KB151475

고전시가강의
古典詩歌講義

고전시가강의
古典詩歌講義

이 창 식

역락

개정판 서문

　고전시가는 한국문학유산의 본류다. 옛노래의 힘은 기대 이상으로 한국인의 삶 속에서 예술적 감동으로 작용하였다. 시와 노래는 하나다. 한국인에게 고전시가의 울림과 아름다움은 생존하면서 누린 생명력의 화석이다. 오늘날 우리에게는 불후의 명작을 넘어 과거와 소통하는 자원이다. 매우 소중하다. 값진 오래된 문학창고다. 고전시가의 정체성과 가치성에 대한 기본적 생각과 발상을 새롭게 할 시기다. 특히 놀이적인 국면을 쟁점으로 부각시켜 이론화하고 싶다.

　독자들에게 좀더 가까이 다가가기 위하여 2009년 초판 발간 후 개정판을 4년만에 다시 발간하게 되었다. 그간 이 책으로 강단에서 학생들과 수업을 하고, 학회 토론을 하면서 부족한 점들이 두루 찾아져 개정판으로 다시금 내놓게 되었다. 주요 개정 작업으로는 작품을 싣는 과정과 편집에서의 실수를 비롯하여 작품 해설에서의 고쳐야 할 부분을 검토하여 수정, 보완하였고, 작품 범주를 알맞게 재배열하였으며 장르별 빠진 작품군의 내용을 추가로 싣게 되었다.

　고쳐내기에 걸맞게 새롭게 각 장르(상대시가, 향가, 속요, 경기체가, 악장, 시조, 가사, 잡가)에서의 문학사적 의의를 추가하고 강조하였다. 이러한 점은 고전시가의 각 갈래별 특징과 중요 작품에 대한 해설을 종합하는 한편 문학사적 가치를 발견하여 독자들로 하여금 경직된 수용이 아닌 새롭게 읽기와 능동적인 사고를 지향하도록 노력하였다. 이는 향후 고전시가유산의 다양한 창작콘텐츠 개발로의 발판이 될 것이라 전망한다.

책을 통하여 고전시가의 흐름에 따라 각 갈래별 특징과 중요작품들을 이해하고, 뒤에 소개된 시가콘텐츠와 작품론 사례들을 보면서 작품을 비판적 시각으로 꿰뚫어보는 힘을 기르고 시가콘텐츠의 활용 방법을 연마하도록 배치하였다. 더구나 한국 고전시가유산 속에 숨겨져 있는 가치와 오묘한 문화적 요소, 곧 현대적인 삶 속에서의 활용, 소통, 미학수용의 다양성, 계승방안 등을 풀어내 보는 기회가 되길 보태어 주문한다. 이 점이 이 책의 차별화 성격이기도 하다.

개정판임에도 불구하고 여전히 한시와 민요 장르론을 추가하지 못해 아쉽다. 그러나 이 책은 정통 기존 고전시가 갈래를 다루는 구체적인 개론서가 없는 점을 고려하여 쉽게 풀어썼다. 이 책에는 한국 고전시가를 공부하고자 하는 학생들에게는 전공 연구의 흥미로운 길잡이 구실로, 한국어 및 한국문화교육, 한류 세계화의 현장에 힘쓰시는 선생님들에게는 한국 정서를 외국인들도 교감할 수 있도록 하는 교육매체로써 이 교재가 미력하게나마 도움이 되기를 바라는 뜻을 담았다.

조언하면서 읽어준 동학 강석근 교수님 등 이 방면의 학계 여러 분께 고마움의 고개를 숙인다. 끝으로 개정판을 내는 데 배려해준 역락 이대현 대표님에게 감사드리며, 편집에 힘써준 권분옥 팀장님, 개정수정작업을 옆에서 챙겨준 백수빈 조교에게도 감사드린다.

2013. 8. 15. 퇴강서재에서
이창식 쓰다.

초판 서문

문학은 삶의 얼굴이다. 삶을 극명하게 표출하는 방편이 문학이다. 옛 사람들의 문학이 고전문학이다. 노래로 된 고전문학이 고전시가(古典詩歌)이다. 고전시가에는 옛 사람들의 삶이 진솔하게 드러나 있고 곡진한 정서가 스며 있다. 옛 노래문학으로서 고전시가는 과거 여행문학인 동시에 예전의 거울을 통해 삶을 깨닫게 하는 그릇이다. 고전시가의 존재방식은 지난날의 얼굴을 드러내는 데 있지만 때로는 누구나 공감하는 진정성(眞情性)이 있어야 한다. 분석 역시 이러한 형상적 인식에서부터 이루어져야 한다.

고전시가는 용어에서 말해 주듯이 한민족에 의해서 음악과 함께 노래로 향유되다가 가사에 이르러 비로소 음악과 분리되었다. 고전시가는 구비시가적인 성격을 지닌다. 같은 작품의 사설이라도 전하는 문헌에 따라서 넘나듦이 나타나는 것은 이러한 구전의 전통 때문이다. 이런 경향은 시조의 경우가 가장 심하고 고려가요도 그것을 전하는 문헌은 많지 않지만 표기상에 다소간의 차이를 보이며, 입으로 흥얼거리는 형태로 전해졌을 것으로 보이는 가사의 경우에도 이본(異本)이 있으면 이런 구체적 현상이 두드러진다. 오랜 세월 동안 구전되다가 문자로 정착되는 과정에서 그러한 차이가 생기는 것은 당연한 일이다.

고전시가 문학이 이처럼 구전되는 자료로서 구비시가의 특성을 가진다는 것은 그 작품의 창작 과정이 지금 여기의 시인이 작품을 쓰는 과정과는 달랐음을 시사하며, 그 작품들의 향유 또한 눈으로만 읽는 오늘날의 독서와는 달랐음을 드러내는 것이다. 민족어시가의 내면적 지향이 외향적 틀과 어떻게 달랐을 것인가를 주목해야 한다. 민족어시가가 한시(漢詩)와는 달리 글자 수에 대범한 형식을 지녔던 것과 압운 등의 정형적 요건을 필요로 하지 않았던 것은 바로 이런 연유에서 비롯된 것이다. 다만 한시도 넓게는 고전시가론의 범주에 든다.

노래로 불렀던 고전시가는 그 길이로 보아 짧은 것과 긴 것이 자유롭게 지어질 수 있었다. 향가 가운데 넉 줄짜리와 같이 짧은 형식의 노래가 있는가 하면 열 줄짜리와 같이 비교적 안정된 길이의 노래가 있고, 더구나 균여(均如)의 <보현십원가>처럼 11수의 작품이 길게 되풀이될 수 있는 요건도 노래의 형식을 되풀이한 데서 찾을 수 있다. 고전시가 유산은 시조처럼 짧은 형식이 있는가 하면 악장이나 가사처럼 긴 형식도 가능하였고, 고려가요처럼 같은 연을 되풀이하는 형식도 등장하였다. 한시의 시론과 민요의 현장론을 바탕으로 시가문화론(詩歌文化論)적 검증이 요구된다. 향유자의 전승방식에 따라 형식의 변화가 왔음을 읽어야 한다.

갈래마다의 독특한 양식성(樣式性)을 지녔던 고전시가는 그 다양한 변화가 보여주듯이 문학적 조건에 따라 얼마든지 새로운 면모로 변화할 수 있는 가능성을 지녔음이 특징이다. 근대 이후에 새로운 자유시가 도입되어 정착될 때에도 그러한 사조에 별 무리 없이 대응할 수 있었던 것도 이러한 고전시가의 유연한 양식성이라는 전통에 힘입을 것이다. 이러한 형식적 유연성과 내용상의 다양성이 고전시가의 한 특질이며 오늘날의 현대시에까지 이어 오는 전통이다. 고전시가 이후에도 민요적 율조를 바탕으로 한 시가 정서적 공감성을 지니면서 창작 또는 작시된 것은 이러한 전통의 구체적 발현이라 할 수 있다.

고전시가의 시성(詩性)은 노래하는 사회적 배경이나 의도에 따라 그 내용도 다양한 모습을 보였다. 함께 일을 하면서 부르는 노동요적 성격의 것이 있는가 하면, 자신의 정서를 표현하는 정감적인 것도 있었다. 그런가 하면 시적 화자가 듣는 사람의 마음을 움직여서 전하고자 하는 말이 담고 있는 목적을 달성하고자 하는 노래도 있었다. 향가 작품 중에 월명사(月明師)가 쓴 두 작품에서 하나는 죽음의 정서를 표현하는 <제망매가>이고 하나는 의식의 기원성을 드러내는 <도솔가>라는 점이 주목된다. 시조 중에도 <황강구곡가>처럼 정서적인 것이 있는가 하면 <훈민가>처럼 교훈적인 것이 있다. 가사에서도 <관동별곡>과 <도통가>는 사뭇 다르다. 이는 노래가 지닌 전달과 표현의 두 기능에 걸쳐 고른 전개를 보였던 것으로 파악할 수 있다.

문학의 기능 가운데 어떤 쪽에 더 치중하는가 하는 것은 그 담당층의 사회적 역할과 깊은 관계가 있다. 조선조의 시조나 가사처럼 사회 상층에 속하는 사람들이 그 작자가 되고 이념적 사회 지향이라는 당면의 목표와 분위기가 형성되었을 때는 이념적으로 고양된 정신세계로의 지향을 설득하기 위한 전달이 주된 목적이 되었던 데 비해서, 그러한 사회 분위기가 흐트러지고 갈래의 담당층이 널리 하층민에게까지 확산되었을 때는 실제 생활 체험의 세세한 부분까지를 적나라하게 드러낸다든지 대상을 희화화해서 웃음을 유발하는 경향을 나타낸 것은 모두 고전시가를 통해 무엇을 누리고자 하였는가에 관계될 것이다. 이념적 경직성이 강요되지 않았던 시대의 시가인 고려가요가 주로 정서의 표현에 편향되어 있는 것은 시가의 그런 기능에 중점을 두었기 때문이다.

이처럼 정서의 표현을 앞세울 때 고전시가에서 두드러지게 나타나는 경향은 이별이나 그리움의 서정적 정서이고, 그래서 이를 가리켜 '한(恨)'이라는 용어로 지적해 고전시가의 특징이라고 말하기도 한다. 또 한 면의 특징은 신바람이라는 즐거움과 재미의 표출 방식이다. 이런 점에서

두 가지 측면을 동시에 이해해야 한다. 하나는 한의 개념이 정서적 개념의 테두리에서 규정되는 점이고, 또 하나는 신바람 같이 느껴지는 정서가 고전시가 전반에 두루 나타나는 특징이라는 점이다. 시조에서 보여주는 바와 같이 둘의 조화를 통해 대응하는 태도가 오히려 우리 민족이 영위해 온 삶에 대한 처지와 관련이 깊다는 점에서 새롭게 인식해야 할 대목이다. 이 같은 두 축의 미적 표출이 드러냄과 숨겨짐을 반복하면서 지속되어 왔다. 이를 필자는 상생시학(相生詩學)이라고 본다.

1990년대 한국시가학회가 조직되어 고전시가의 연구가 이렇듯이 막연한 특질론에 매달리기보다는 민족문화의 정체성(正體性) 연구로 확대되어 세부적인 작품론으로 나아가고 있다. 핵심적인 흐름은 예컨대 삶의 조건과 문학의 관련이라는 점에 관심을 보이고 있는데, 조선조 후기에 나타난 시조와 가사의 여러 양상이 당대 사회의 변화와 어떤 관계를 갖고 있는가 하는 점 등을 그 담당층과 상업 문화의 형성 그리고 신분 계층의 이동이나 다변화와 관련지어 이해하려는 경향을 보인다. 19세기에 들어와서 활발한 양상을 띠는 가객의 역할과 문학적 기여를 헤아리거나 이 시기에 활발한 양상을 보이는 잡가와 판소리 등이 정통적인 고전시가와 관련해서 주목을 받게 되는 이유도 여기에 있다. 장르마다 고른 연구 성과를 선보이고 있다. 쟁점 또한 뜨겁다.

상고시가의 문학적 기능이나 성격에 대한 논의의 여지는 아직도 남아 있는 형편이며, 향찰로 표기된 향가 작품의 해독은 대부분 해결되었다고는 하나 부분적으로는 아직도 새로운 해독과 주석이 가해지고 있다. 속요, 경기체가 역시 주석 문제와 음악적 기반 논의가 많다. '삼구육명(三句六名)'의 개념 문제, 갈래별 장르론, 음보 위주의 율격론 등 해결되어야 할 문제가 상당히 많다. 악장의 음악적 기반과 예악사상의 문제, 한글 창제 후 민족시가의 연행방식, 시조의 미학론, 사설시조의 퍼

스나, 가사의 문화론적 의미 등이 새롭게 연구되어야 한다. 과거 문사철(文史哲) 시대에 걸맞은 시론(詩論)을 개척해야 한다. 동일시학(同一詩學)의 보편적 확장도 여전히 과제다.

고전시가는 향가에서부터 시조, 가사, 잡가에 이르기까지 우리말로 노래한 것들이어서 소중한 가치가 있다. 한글로 표기된 고전소설이 조선조 후기에 와서야 비로소 나타난다는 점에 비한다면 고전시가를 통해서 삼국시대 이후 우리말의 옛 모습을 다시 볼 수 있다는 점도 중요하고, 한문 번역이라는 문자의 장벽이 없이 민족어로 표현된 정서의 모습을 그대로 맛볼 수 있다는 것은 매우 다행스러운 일이다. 중국문화권에 압도적이던 시대에도 이런 고전시가가 중요한 문학양식으로 인정되고 또 창작되었던 사실로 미루어 볼 때, 민족문화에 대한 올바른 인식과 자부심을 일깨워 준다는 점에서도 지금까지 논의한 고전시가는 여전히 중요한 문화유산이다. 다만 한시 장르와 민요를 포함한 구비시가(口碑詩歌) 장르를 구체적으로 다루지 못한 점이 아쉽다. 고전시가의 문학적 사유체계를 시학적으로 짚어낼 수 있는 방안을 제시하지 못한 측면도 한계다.

필자는 구비문학론과 고전시가론을 강의하면서 기존 연구 성과의 정리와 소개에만 머물지 않고 기존 시가 자료를 새롭게 읽어낼 수 있는 궁리를 강조하였다. 이 책에서는 새로운 이론을 모색하되 기존 논의에 대한 문제점을 다각도로 짚었다. 고전시가의 새로운 연구방법은 눈에 보이는 현상에만 매달려서는 고전시가의 진수와 미학을 드러낼 수 없다는 것이고 오히려 문맥 속에 숨겨져 있는 가치와 오묘한 요소를 풀어내야 한다는 점이다. 노래문학의 서정적 아름다움을 논리적으로 말해야 할 것이다. 고전시가의 숨결과 유전자적 원형을 요령껏 포착해야 할 것이다. 그리고 고전시가의 스토리텔링 창작과 문학 치유의 영역까지 열어놓아야 한다. 그러나 정작 정리하는 과정에서 기존의 틀을 벗어나 법고창신(法古

創新)의 묘미를 살려내지 못하였다. 기존 성과를 좇아간 측면이 많다. 도움을 준 앞선 연구자들에게 고마움을 표한다. 푹 익은 시각이 마련되지 못한 탓이다. 깨달음의 경지에 이르지 못한 까닭이다. 그래서 이 책은 미숙한 안내서에 머물러 있다. 필자 스스로 분발을 촉구하면서 세상에 가볍게 보낸다.

2009. 2. 20
옥소문학관을 생각하며 이 창 식

차례

제5장 경기체가론 ─ 지식인의 호방과 교술

제6장 악장론 ─ 주도계층의 예악과 송축

제7장 시조론－시조의 정형과 짧게 드러내기

제8장 가사론─가사의 산문과 길게 들려주기

갈래와 정체성

1. 고전시가의 개념과 이해

(1) 고전시가의 개념

고전문학과 현대문학이 통합적으로 연구되는 경향에 비하여 여전히 고전시가와 현대시는 연구 시각의 거리가 존재하는 것처럼 보인다. 통합의 시각이 요구되며 서로 상생하는 전략이 필요하다. 고전시가와 옛 가요 그리고 옛 노래문학 등의 용어가 명확한 개념 정의 없이 사용되어 온 흐름이 있다. 책마다 다르고 사전류마다 다르다. 고전시가의 일반적 시학(詩學)을 체계화하기 위해 반드시 장르적 개념과 의미 그리고 행위 장르까지 두루 거론해야 할 것이고 역사 속의 시가에 대한 맥락도 짚어야 한다.

시가(詩歌)라는 용어는, 주지하듯이 '시(詩)'와 '가(歌)'의 합성이다. 시는 창작성이 강하되 공유성이 약하다. 가는 음악성이 강하나 개인의 독자성이 약하다. 시가는 시성(詩性)과 가요성(歌謠性)을 융합하고 있다. 시가의 개념을 명확하게 파악하기 위해 '시'와 '가'의 뜻을 사전에서 살펴볼 필요가 있다. 좀 진부한 감은 있지만 문헌 사례를 검증해야 한다. 우선 중국의 『한문대사전(漢文大辭典)』(경인문화사, 1981)에서 '시'와 '가'의 개념을 찾아보면 다음과 같다.

- 시(詩) : ① 성운이 있고 가영(歌詠)할 수 있는 글. ② 시경의 약칭. ③ 악장. ④ 현가풍송(弦歌諷誦)의 소리. ⑤ 암송. ⑥ 가짐, 이음. ⑦ 생각. ⑧ 말. ⑨ 나라 이름. ⑩ 성(姓).
- 가(歌) : ① 노래, 소리를 길게 이끌어 그것을 노래함. ② 곡이 악에 합함. ③ 작시. ④ 새가 지저귐. ⑤ 시문을 노래할 수 있는 것. ⑥ 고시체의 하나. ⑦ 운의 하나. ⑧ 종 이름. ⑨ 산 이름. ⑩ 성.
- 시가(詩歌) : ① 시와 가.

일본의 『대한화사전(大漢和辭典)』(대수관서점, 1985)에서 '시'와 '가'의 개념을 찾아보면 다음과 같다.

- 시 : ① 시. ② 오경의 하나. ③ 악보. ④ 악기의 소리. ⑤ 노래하다. ⑥ 가지다. ⑦ 생각하다. ⑧ 말. ⑨ 나라 이름. ⑩ 성.
- 가 : ① 노래. ② 시의 한 체. ③ 가. ④ 운의 하나. ⑤ 성.
- 시가 : ① 시와 가. ② 한시와 일본 노래.

한국의 『대한한사전(大漢韓辭典)』(삼영출판사, 1985)에서 '시'와 '가'의 개념을 찾아보면 다음과 같다.

- 시 : ① 귀글 시(言志). ② 풍류가락 시(樂章). ③ 받들 시(乘也持也).
- 가 : ① 노래가(聲音). ② 읊조릴 가(詠也). ③ 장단맞출 가(曲合樂).
- 시가 : ① 시와 노래. ② 언어(言語)의 특성(特性)을 교묘하게 구사(驅使)하여 표현한 문학의 한 형태.

한중일 세 나라 사전에서 다같이 '시'는 글로 된 읊조리는 형태의 예술이고, '가'는 가락으로 이루어져 부르는 형태의 연행예술이라 지칭하고 있다. 곧 시는 쓰고 읽는 문학으로, 가는 부르고 듣는 노래문학으로 보고 있다. 두 갈래의 예술을 아울러 지칭하는 말로 '시가'란 말을 사용하였음을 확인할 수 있다. 그밖에 일본에서 '시가'는 한시와 일본노래를 가리키는 말로 사용되었다. 이 같은 의미는 한국의 가집(歌集)이나 문집(文集)에서도 자주 발견되지만, 한국 사전에서는 그보다 더 일반적인 용어로 규정하고 있다. 그러나 시와 가는 명백하게 구분되지 않고 유사성을 띠고 있다. 일본의 경우, 시라는 말에는 '노래하다'라는 의미가 내포되어 있다. 한국의 자전에서는 시가를 문학의 한 갈래를 지칭하는 용어로도 풀이하고 있다. 한편 중국과 일본에서는 가사 시체(詩體)의 하나로 사용되었음도 살필 수 있다.

이렇게 볼 때, 고전시가(古典詩歌)는 고전의 시가예술[시가문학]이라고 정의할 수 있다. 그렇다면 이제 '고전'이라는 시간의 개념을 명확하게 해명해야 할 필요가 있다. 고전이란 원래 시대적, 역사적 구획성을 이미 전제하고서 사용되는 용어이다. 이와 결부하여 고전시가는 근대문학 형성 이전에 존재하였던 시가문학을 뜻하는 것으로 사용되어 왔다. 그런데 일반적인 개념으로 고전시가를 정의하면, 근대와 전근대의 구분 문제가 중요한 논점으로 대두된다. 곧 근대문학의 형성 시기를 어느 때로 설정하느냐에 따라 고전시가의 범주, 곧 고전시가의 시대적 하한선이 설정된다.

종래의 국문학계에서는 일반적으로 갑오개혁(1894)을 근대의 기점으로 잡고서 개략적으로 19세기 이전의 문학을 '고전문학', 그 이후의 문학을 '근대문학' 내지 '현대문학'이라고 불러왔다. 그러나 근래에 와서는 이와 같은 통념적 시대구분에 대한 회의와 더불어 근대문학의 기점을 달

리 설정해야 한다는 견해가 자주 대두되고 있다. 대표적으로 근대문학의
성립 시기를 영·정조 때로 소급해서 설정해야 한다는 견해가 있다. 이
대목도 철학적 통찰이 요구된다. 필자는 고전시가도 현대시의 시학이 두
루 통한다고 본다.

　그러나 갑오개혁을 분기점으로 보는 종래의 통설은 아직도 일반적인
논의에서는 유효성을 지니고 있다. 암묵적으로 근대이행기 이후의 후대
시가문학을 고전시가의 범주에서 제외하는 것도 바로 이와 같은 관점을
바탕으로 하고 있다. 다만 근대이행기 이후까지 창작된 시조(時調)나 잡
가(雜歌)는 전대에 성립된 시가양식을 고수하거나 계승한 것이고, 또 전
대의 시가문학의 특질을 그대로 유지하고 있는 만큼 고전시가의 범주에
서 다룬다.

　필자는 현대시론처럼 고전시론이라고 불러도 되지만 전통적인 관습대
로 고전시가론으로 정리한다. 결국 용어가 학문적 정체성(正體性)을 명확
하게 하는 것은 아니지만, 시학(詩學)의 심화를 위해 반드시 유념해야 한
다. 다만 '고전'에는 오래된 미래의 가치와 누구나 공감하는 진리의 통
섭이 내재되어 있다는 점이다.

(2) 고전시가의 문화론적 문제의식

　고전시가는 음악과 함께 노래로 향유되다가 가사에 이르러 비로소 음
악과 분리된 장르이다. 그래서 고전시가는 구비시가적(口碑詩歌的)인 성격
을 지니고 있다. 결국 동일한 작품의 사설이라도 전하는 문헌에 따라 다
소 차이가 난다. 이러한 경향은 시조(時調)가 가장 짙다. 고려가요(高麗歌
謠)도 전하는 자료가 많지 않지만 표기에 있어 다소간의 차이를 보인다.
가사도 입으로 흥얼거리는 형태로 전승되었던 바, 이본마다 이러한 현상

이 나타난다. 구비적 전통이 시가 장르에 두루 드러난다. 오랜 세월 동안 구전되다 문자로 정착되었기 때문에 발생하는 필연적인 결과로 볼 수 있다.

고전시가가 구비시가의 특성을 지닌다는 것은 작품의 창작 과정이 오늘날 창작 과정과 전혀 다르다는 것을 시사한다. 실제로 현대시처럼 존재하지 않았다. 한시처럼 읊어낸 현상을 찾을 수 있으나 현대시의 존재 양상과는 달랐다. 작품의 향유 또한 눈으로 읽는 전형적인 개념의 독서와 다르다는 것을 말한다. 향유자의 지향적인 세계와 가치가 달랐으며 아울러 시대적 한계가 작용하였다. 고전시가 장르마다 지닌 정체성을 파악하기 위해 통시적 양식 변화를 읽어야 한다. 고전시가가 한시(漢詩)와 달리 자수에 대범한 형식을 지녔던 것과 압운 등의 정형적 요건을 필요로 하지 않았던 것은 바로 이러한 연유 때문이다.

고전시가는 현전하는 작품들의 길이로 보아 짧은 것과 긴 것이 자유롭게 창작되었다. 향가(鄕歌) 가운데는 네 줄로 이루어진 짧은 형식의 노래가 있는가 하면, 열 줄로 이루어진 비교적 긴 형식의 노래가 있다. 더구나 <보현십원가(普賢十願歌)>는 각기 다른 11수의 작품이 동일하게 되풀이되고 있다. 이는 구비시가인 민요의 전통 인자가 작용한 것이다. 당시 고전시가가 노래로 불리었고, 또 노래를 되풀이한 데서 작품 형식의 원인을 찾을 수 있다. 곧 고전시가는 시조처럼 짧은 형식이 존재하는가 하면, 악장(樂章)이나 가사(歌詞)처럼 긴 형식이 존재하기도 하며, 고려가요처럼 같은 연이 되풀이되는 형식도 존재한다. 묘하게도 현대시의 형식처럼 고전시가 사설 역시 이러한 형태를 보이고 있다.

고전시가는 갈래마다의 독특한 양식성을 지니고 있다. 갈래별 양식성을 통해 고전시가가 문학적 조건에 따라 얼마든지 새로운 형식으로 변화할 수 있는 가능성을 함축하고 있다는 것을 알 수 있다. 근대 이후 전혀 다른 형태의 자유시(自由詩)가 도입될 때에도 고전시가는 새로운 사조에 별 무리 없이 대응할 수 있었는데, 이는 유연한 양식성에 힘입은 바라고 할 수 있다. 이러한 형식적인 차원의 유연성과 내용적인 차원의 다양성이 고전시가의 한 특질이며, 그것이 오늘날 현대시에 이르기까지 영향을 미치고 있다. 고전시가 이후에도 민요적 율조를 바탕으로 한 시가 정서적인 공감을 획득하면서 창작된 것은 전통의 현대적 발현이라고 할 수 있다. 시가군(詩歌群)마다 서정적(抒情的) 양식성이 두드러진 것도 현대시의 지속과 변화로 계승된 현상과 관련이 있다.

고전시가는 당대 사회적 배경이나 창작 의도에 따라 내용이 다양하다. 공동작업을 하면서 부르는 노동요적 성격의 작품이 있는가 하면, 자신의 정서를 표출하는 정감적인 작품도 있다. 그런가 하면 듣는 사람의 마음을 움직여서 전하고자 하는 말이 담고 있는 목적을 달성하고자 하는 작품도 있다. 일연(一然)은 향가를 수록하여 이러한 생각을 후세에 알려주었다. 향가 작품 중에 충담사(忠談師)가 지은 두 작품이 하나는 인물에 대한 정서를 표현하는 <찬기파랑가(讚耆婆郎歌)>이고, 하나는 나라의 기본적 위상을 표출하는 <안민가(安民歌)>라는 사실이라든가, 시조 중에도 교훈적인 것이 있는가 하면 정서적인 것이 있고, 가사도 같은 성향이라는 것은 노래가 지닌 전달과 표현의 기능을 고루 전개한 것으로 파악할 수 있다. 상대시가, 향가 등 오래된 장르일수록 당대 사실적 정보를 염두에 두고 신화적 상상력으로 읽어 두 기능을 상생하여 파악해야 한다. 조선시대 시조와 가사처럼 중세 이후의 장르일수록 창작의 의도를 쉽게 알 수 있으나 두 기능의 시적 거리를 조절하여 읽어야 한다.

문학의 두 기능, 곧 '전달'과 '표현' 가운데 어느 쪽에 치중하는가 하는 것은 담당층의 사회적 역할과 깊은 관련이 있다. 시조나 가사의 경우, 사회 상류층에 속하는 부류가 작자로서 이념적 사회 지향이라는 당면의 목표를 지향하였을 때는 고양된 정신세계의 전달이 주된 목적이었던 데 비해서, 그러한 사회 분위기가 흐트러지고 갈래의 담당층이 널리 하층민에게까지 확산되었을 때는 실제 생활 체험의 세세한 부분까지 적나라하게 드러낸다든지 대상을 희화화해서 웃음을 유발하는 경향을 나타내었다. 지식인 시가류가 이중적인 표출양상을 보이고 하층민 시가류에서 생동감 있는 표현방식이 동시대적 목소리를 현실적 대응으로 보이는 것이다. 예컨대 이념적 경직성이 강요되지 않았던 시대의 시가인 고려가요가 주로 정서의 표현에 편향되어 있는 것은 문학의 표현 기능에 중점을 두었기 때문이다.

고려가요처럼 정서의 표현을 앞세울 때, 고전시가에서 두드러지게 나타나는 경향은 이별이나 그리움의 정서이고, 그래서 한국 고전시가의 특징을 '한(恨)'이라는 용어로 일컫기도 한다. 그러나 고전시가의 또 다른 특징은 '신바람'이라는 즐거움의 표출 방식이다. 이런 점에서 '한'과 '신바람'이라는 전혀 다른 속성을 동시에 이해해야 한다. 시조에서 확인할 수 있는 바, 양자의 조화를 통해 대응하는 태도가 오히려 우리 민족이 영위해 온 삶에 대한 태도와 관련이 깊다는 점에서 새롭게 인식해야 한다. 눈물과 한숨이 많을 때 웃음과 여유로 넘어가는 현상을 창조적으로 읽어야 한다. 체험적 삶의 반영이든 삶의 상상적 투영이든 간에 향유층의 현실적 존재 방식과 밀접하게 연관되어 있다.

최근의 고전시가 연구는 막연한 특질론보다 삶의 조건과 문학의 관련성이라는 측면에서 더하게 접근하고 있다. 예컨대 조선후기에 나타난 시조와 가사 그리고 잡가의 여러 양상이 당대 사회의 변화와 어떤 관계를 이루는가 하는 점 등을 시조 및 가사 담당층과 상업문화의 형성 그리고 신분의 이동이나 다변화와 관련지어 이해하려는 경향을 보이고 있다. 19세기에 들어와서 활발한 양상을 띠는 가객(歌客)의 역할과 문학적 기여를 헤아리거나, 이 시기에 활발한 양상을 보이는 잡가와 판소리 등이 정통적인 고전시가와 관련해서 주목을 받는 이유도 여기에 있다. 고전시가의 생활문화적 측면에 대하여 당대 문화층위와 결부하여 읽어내려는 시도가 최근에 두드러진 것도 이와 관련이 있다.

상대시가의 문학적 기능이나 성격에 대한 논의의 여지는 아직도 남아 있다. 그리고 향찰(鄕札)로 표기된 향가 작품의 해독은 대부분 해결되었다고는 하나 부분적으로 새로운 해독이 가해지고 있다. 사뇌가 정형성의 개념 문제, 갈래별 장르론, 율격론 등은 통합론으로 체계화해야 한다. 과거 문사철(文史哲) 시대에 걸맞은 시론에 대하여 작품론의 글쓰기도 개척해야 할 것이다. 또한 동아시아적 시가전통도 무시할 수 없다. 이후 한문문학과 국문문학의 대립과 상생 역시 눈여겨 살펴야 한다. 개별 작품의 문학성에 대해서도 장르의 속성을 전제로 하되 당대 문화론의 장 안에서 읽어야 한다.

고전시가는 향가에서부터 시조, 가사에 이르기까지 우리말로 노래한 것들이어서 그 가치가 크다. 한글로 표기된 고전소설(古典小說)이 조선후기에 와서야 비로소 나타난다는 점에 비하면 고전시가를 통해서 삼국시대 이후 우리말의 옛 모습을 다시 볼 수 있다는 점도 중요하고, 한문 번역이라는 문자의 장벽이 없이 우리말로 표현된 정서의 모습을 그대로 맛볼 수 있다는 것은 매우 다행스러운 일이다. 중국 문화의 영향이 압도적이던 시대에도 고전시가가 중요한 문학 양식으로 인정되고 또 창작되었던 사실로 미루어 볼 때, 민족문화에 대한 올바른 인식과 자부심을 일깨워 준다는 점에서도 고전시가는 중요한 문화유산이다. 민족어시가 차원에서 이중언어(二重言語)체계, 주제의식, 세계관, 미적 특질 등을 이해해야 한다. 지역적 색채도 파악해야 하지만, 개별적 차이를 넘어서는 동아시아적 사고도 중요하다. 창조 유전인자로 고전시가의 시적 원천과 변용의 관계도 고려해야 한다.

2. 고전시가의 율격과 형식

(1) 고전시가의 율격

시가의 운율은 리듬의 범주에 속한다. 리듬은 글을 읽는 소리를 들을 때나, 출렁이는 물결을 바라볼 때, 그리고 낮과 밤의 변화 등 모든 생활에서 느낄 수 있는 반복적이고 회기적인 주기라고 할 수 있다. 이렇게 볼 때 리듬은 우주의 자연 법칙을 총망라한 것이라고 할 수 있다. 따라서 리듬은 인간의 모든 행위와 연관시킬 수 있다. 문학도 리듬을 동반하게 된다. 리듬은 문학의 기본적 재료인 언어에도 질서를 부여한다. 문학의 리듬은 산문과 시가에 있어서 공통적인 현상이지만, 아울러 변별성도 지니고 있다. 넓은 의미의 리듬, 일반적인 의미에 있어서의 리듬, 비주기적이고 비순환적인 형태를 포함하는 리듬, 이러한 리듬은 산문의 리듬이다. 반면 시가의 리듬은 규칙적이고 주기적인 반복을 필수 조건으로 한다. 시가의 리듬인 운율을 다음과 같이 규정할 수 있다.

- **운(韻)** : 시가에 있어서 언어의 음성적, 음운적 조직에 의해 유발되는 감각적, 정서적, 미학적, 구조적 효과 전반을 개념으로 사용한다.
- **율(律)** : metre에 해당하는 개념으로 사용한다. 이는 음절 및 음절이 가지고 있는 운소(韻素)의 일정한 조직이 규칙적으로 반복됨으로 해서 형성되는, 리듬의 한 특수화한 형태의 유형이다.

'운'과 '율'은 동·서양을 막론하고 작시법(作詩法)의 양대 지주가 되어 왔다. 통상적으로 운은 운자(韻字)의 제한 곧 압운(押韻)을 뜻하고, 율은 율격(律格)을 지칭하는 것으로 사용되어 왔다. 운율이라는 용어는 운과 율의 복합개념으로 보는 것이 타당하다. 이는 한국어의 음악적 자질과도 관계된다. 그렇지만 엄격한 의미에서 압운과 율격은 공통점이 있지만 차이점도 있어 구별되어야 한다. 곧 운과 율이 시행에서 구현되는 소리의 현상이라는 점과 규칙성과 반복성을 갖는다는 점에서는 동일하다. 그러나 율격이 소리의 시간적 질서 위에서 나타나는 거리의 반복임에 비해서 압운은 위치의 반복이라는 점에서 다르다. 한국의 시가는 압운보다 율격에 의해 리듬감이 우선적으로 부여된다. 그러므로 용어의 쓰임이나, 한국 시가의 리듬으로 차지하는 위상으로서도 운율이라는 용어보다 율격이라는 용어가 적당하다. 그래서 고전시가는 율문양식이다.

일련의 율격적 질서에 의해 수립된 율격 규칙은 한국 시가의 작품에서 흔히 감지할 수 있다. 율격적 질서에 의해 실현된 형태를 '율격 규칙'이라고 할 수 있다. 이 규칙은 여러 자질들이 복합적으로 조화를 이루어 실현된다. 그러므로 율격을 형성하는 가장 기본적인 자질로서 기저 자질은 무엇이며, 기저 자질이 어떠한 질서를 좇아 실현되느냐 하는 문제는 율격 체계를 연구하는 데 가장 근본적인 과제라고 할 수 있다. 곧 한국 시가의 율격 체계를 형성하는 원리를 발견하는 가장 기본적인 임무는 기저 자질의 드러내기와 체계화이다. 한국 시가의 기저 자질은 언어 원칙에서 찾아야 한다. 언어 자질의 원칙이란 일상적인 언어생활에서 사용되는 언어 원칙을 말한다.

기저 자질을 설정하기 위한 다음 작업은 연속된 음절이 율격 단위를 형성할 때 음절의 분할을 결정하는 경계를 찾아서 율격적 타당성을 밝히는 것이다. 분할된 단위의 구성 원리를 언어학적 입장에서 검토하여 율격적으로 검증하는 과정이다. 먼저 율격의 기저를 이룰 수 있는 자질을 찾아 과연 그것이 율격적 단위로서 적당한가를 검토한다. 이때 "작가가 독자들의 율독을 위하여 작품에 어떠한 암시를 하였는가."를 살펴야 할 것이다. 율격은 관습적 산물이므로 어떤 징표가 있으면, 이는 곧 율격의 기저 자질을 살피는 단서가 되기 때문이다.

다음은 작품에서 음절 연속체가 율격 단위를 형성할 때, 단위와 단위 사이를 분할하는 경계를 언어시학적으로 검토하는 일이다. 이는 물론 구체적 자료 현상을 토대로 실증적 검토를 중심으로 살펴야 할 것이다. 시조와 가사를 통해 보면 다음과 같다.

> 강호에병이깁퍼듁림의누엇더니관동팔빅리에방면을맛디시니어와성은이
> 야가디록망극하다

> 盤中早紅감을고아도보니업다柚子아니라도품엄즉도ᄒ다마ᄂᆞᆫ품어가반기
> 리업스니그롤슬허ᄒ노라

위의 두 자료는 음절의 연속체만 보이고 있을 뿐, 단위 분할을 암시할 어떠한 정보도 제공하지 않는다. 제시한 자료에서 가능한 분할의 적절성을 검토하여 분할되는 양태를 살펴보도록 하겠다.

> 1
> 강호에병이깁퍼듁림의누엇더니관동팔빅리에방면을맛디시니어와성은이
> 야가디록망극하다
> 1´
> 盤中早紅감을고아도보니업다柚子아니라도품엄즉도ᄒ다마ᄂᆞᆫ품어가반기
> 리업스니그롤슬허ᄒ노라
> 2
> 강호에병이깁퍼듁림의누엇더니 / 관동팔빅리에방면을맛디시니 / 어와성은

이야가디록망극하다

2′

盤中早紅감을고아도보니업다 / 柚子아니라도픔엄즉도ㅎ다마는 / 픔어가
반기리업스니그롤슬허ㅎ노라

3

강호에병이깁퍼듁림의 / 누엇더니관동팔빅리에 / 방면을맛디시너어와 / 셩
은이야가디록망극하다

3′

盤中早紅감을고아도 / 보니업다柚子아니라도픔엄즉도 / ㅎ다마는픔어가
반기리업스니 / 그롤슬허ㅎ노라

4

강호에병이깁퍼 / 듁림의누엇더니 / 관동팔빅리에 / 방면을맛디시니 / 어와
셩은이야 / 가디록망극하다

4′

盤中早紅감을 / 고아도보니업다 / 柚子아니라도 / 픔엄즉도ㅎ다마는 / 픔어
가반기리업스니 / 그롤슬허ㅎ노라

5

강호에 / 병이깁퍼 / 듁림의 / 누엇더니 / 관동 / 팔빅리에 / 방면을 / 맛디시
니 / 어와 / 셩은이야 / 가디록 / 망극하다

5′

盤中早紅감을 / 고아도보니업다 / 柚子아니라도 / 픔엄즉도ㅎ다마는 / 픔어
가반기리업스니 / 그롤슬허ㅎ노라

6

강호에 / 병이 / 깁퍼 / 듁림의 / 누엇더니 / 관동 / 팔빅리에 / 방면을 / 맛디시
니 / 어와 / 셩은이야 / 가디록 / 망극ㅎ다

6′

盤中 / 早紅감을 / 고아도 / 보니 / 업다 / 柚子 / 아니라도 / 픔엄즉도 / ㅎ다마
는 / 픔어가 / 반기리 / 업스니 / 그롤 / 슬허 / ㅎ노라

　이상은 분할 가능성이 있는 모든 양상들이다. 분할된 형태를 보면, 1~4의 경우는 두 단위, 세 단위 등의 단위별 분할이다. 다섯 단위의 분할을 하지 않은 것은 어떠한 형태로 분할을 하든 통사적으로나 율격적으로 자연스러운 균형성이 보이지 않기 때문이다. 일곱 단위에서 열한 단위에 이르는 분할도 마찬가지이다. 그러나 열두 단위는 4의 단위를 다시 양분하여 나타내 5와 같은 분할을 보였다. 마지막으로 문법적 어절 단위로 분할하여 보면 6과 같은 형태를 보인다.

　1의 경우는 통사론적 관점에서도 이탈된 것을 알 수 있다. 통사적인 관점에서 "팔빅리에"와 "방면을 맛디시니" 사이를 경계선으로 하기에는 둘 사이의 긴밀도가 매우 강하다. 그렇다고 문장 상의 율격적 완성을 보여주지도 않는다. 이에 비하여 2의 경우를 보면 통사적으로 안정성을 보여주고, 3개의 단위가 형평을 잃지 않고 안정감을 준다. 3의 경우는 1의 경우와 마찬가지로 자연스러움을 얻을 수 있다. 그러나 6의 경우에는 5의 경우와 별다른 차이를 느끼지 못할 수도 있으나, 6′의 예를 보면 그렇지 않다. 5′에서 한 단위가 6′에서도 한 단위로 분할된 반면, 5′에서 한 단위가 두 단위로 분할되기도 하여 평형이 이루어지지 않아 안정감을 얻지 못하고 있다.

　분할 형태에서 분석한 결과 율격적 의의를 지닐 수 있는 형대는 2와 4, 그리고 5의 세 경우뿐이다. 세 가지의 분할 형태 중 가장 큰 단위로 분할된 것은 2이고, 4는 그보다 작은 단위로 볼 수 있다. 5는 더 이상 단위로써 분할되지 않는 기본단위라고 할 수 있다. 또한 이 세 가지에 분할되는 곳은 모두 공통적으로 언어학적으로 휴지(쉼)가 있으며, 이는 문법적 요소와 관련이 있음을 알 수 있다. 이와 같이 율격적 휴지는 통사적 휴지에 근거를 두고 있지만, 위의 예에서 보듯이 모든 통사적 휴지가 율격적 휴지는 아니다. 이는 가장 작은 통사적 단위로 분할되는 6과 비교하면 쉽게 판명된다. 다시 말해 하나에서 몇 개의 통사적 단위가 모여 율격적 기본단위인 음보를 이루는 것이다.

또한 율격은 관습상 규칙적 반복이 이루어져야 하는데, 음보가 기본단위라면 이를 규칙적으로 실현할 수 있는 기준단위를 확립해야 할 것이다. 한국 시가에서 율격의 기준단위가 될 수 있는 것은 행, 연이라고 할 수 있다. 율격 반복의 기준단위는 음보보다 상부구조인 행이어야 한다. 행 내에서는 내재적으로 포함되어 있는 다양성을 포괄적으로 충분히 설명할 수 있다. 곧 어느 체계에서도 율격 단위로 설정될 수 있는 보편성을 가지고 있기에, 행은 실증적 자료인 작품의 시적 형상화에 율격적으로 관여하는 최소 자립단위라고 할 수 있다. 율격 단위 분할 가운데 가장 큰 단위는 연이지만, 연과 연 사이의 분할은 율격적 자질보다 작품의 구조적 현상이라고 보는 것이 더 큰 의의를 가지고 있다. 이 점 또한 민족시가의 언어적 한계가 있다.

(2) 고전시가의 형식

❶ 시행(음보율)

시가 형태를 구성하는 기본 단위가 음보(音步)라면 그것 몇 개가 모여서 보다 더 높은 단위를 구성하는 것이 시행(詩行, verse)이다. 그런데 이 시행은 고래의 표기 방법이 시행의 구획을 짓는 의식이 없었기 때문에 주관적인 자의성을 피할 길이 없을 듯하나, 대체로 문법적 어구와 논리적 휴지에 의하여 결정지을 수 있다. 그래서 음보의 율격론이 가능하다.

1　돌하 노피곰 도드샤
　　2　　3　　　3

머리곰 비취 오시라
　3　　　2　　　3

2　내님을 그리ᅀᆞ와 우니다니
　3　　　　4　　　　4

　山졉동새 난이슷 ᄒᆞ요이다
　4　　　　3　　　　4

3　호미도 ᄂᆞᆯ히어신 마ᄅᆞᄂᆞᆫ
　3　　　　4　　　　3

　낟ᄀᆞ티 들리도 어쓰새라
　3　　　3　　　　4

4　德으란 곰ᄇᆡ예 받잡고
　3　　　3　　　3

　福으란 림ᄇᆡ예 받잡고
　3　　　3　　　3

5　雙花店에 雙花사라 가고신ᄃᆡᆫ
　4　　　　4　　　　4

　回回아비 내손모글 주여이다
　4　　　　4　　　　4

6　大同江 너븐디 몰라셔
　3　　　3　　　　3

　ᄇᆡ내여 노혼다 샤공아
　3　　　3　　　3

7　살어리 살어리 랏다
　3　　　3　　　2

　靑山애 살어리 랏다
　3　　　3　　　2

8　가시리 가시리 잇고
　3　　　3　　　2

　ᄇᆞ리고 가시리 잇고
　3　　　3　　　2

9　듥긔동 방해나 잇고
　3　　　3　　　2

　게우즌 바비나 지ᅀᅥ
　3　　　3　　　2

10　廣大도 金線이 샤ᄉᆞ이다
　3　　　3　　　4

    궁에사 山ㅅ굿봇 겻더신돈
    3   3   4

11 술도 됴터라 드로라
    2   3   3

    고기도 됴터라 드로라
    3   3   3

12 오부샹셔 비샹셔 슈여天子
    4   3   4

    天子大王 景象에 보허러여
    4   3   4

13 삭삭기 세몰애 벌혜
    3   3   2

    삭삭기 세몰애 벌혜
    3   3   2

    구은밤 닷되를 심고이다
    3   3   4

14 어름우희 댓닙자리 보아
    4   4   2

    님과나와 어러주글 만뎡
    4   4   2

15 머자 외야자 綠李야
    2   3   3

    샐리나 내신고홀 미야라
    3   4   3

16 元淳文 仁老時 公老四六
    3   3   4

    李正言 陳翰林 雙韻走筆
    3   3   4

이상에서 열거한 것은 『악학궤범(樂學軌範)』, 『악장가사(樂章歌詞)』, 『시용향악보(時用鄕樂譜)』 등 고문헌 자료에 기재된 고전시가의 시행을 표시하였거니와, 이러한 특징은 다음과 같은 민요에서도 발견할 수 있다.

아리랑 아리랑 아라리요
3   3   4
아리랑 고개로 넘어간다
3   3   4

도라지 도라지 도라지
3   3   3
심신 삼천에 백도라지
2   3   4

위의 사설은 대개 그 음보의 수가 3개로 되어 있다. 따라서 이러한 시가의 시행은 3음보를 구성 단위로 하는 강약약형 시행이니, 이를 운율학의 용어를 빌린다면 강약약형 3음보의 시행이라고 할 수 있다.

1 坊廂애 ㄱ드가리 노니실 大王하
   3   4   3   3
2 瘴ㄱ쇼실가 三城大王 일ㅇ쇼실가 三城大王
   5   4   5   4
3 비오다가 개야 눈하디신 나래
   4   2   4   2
4 비두로기 새는 우르믈 우루디
   4   2   3   3
5 흔남종과 두남종과 열세남종 주쇼쌘라
   4   4   4   4
6 耿耿 孤枕上애 어느즈미 오리오
   2 4   4   3
   西窓을 여러흐니 桃花ㅣ 發흐두다
   3   4   3   4
   桃花는 시름업서 笑春風 흐느다
   3   4   3   3
7 南山애 자리보아 玉山을 버여누어
   3   4   3   4

錦繡山 니블안해 麝香각시를 아나누어
　3　　　4　　　5　　　　4

藥든 가슴을 맛초옵 사이다
　2　　3　　　3　　　3

8　春山에 눈녹인바람 건듯불고 간데업네
　　3　　　5　　　　4　　　4

　　저근덧 비러다가 쑤리고자 마리우희
　　3　　　4　　　4　　　4

　　귀미테 해묵은서리를 불어볼가 하노라
　　3　　　6　　　　4　　　3

9　紅塵에 부친분네 이내生涯 엇더ᄒᆞᆫ고
　　3　　　4　　　4

10　어제 올탄말이 오늘이야 왼줄알고
　　2　　4　　　4　　　4

11　秋夜長 睡未央에 千里相思 그지없다
　　3　　　4　　　4　　　4

12　江湖에 病이깁허 竹林의 누엇더니
　　3　　　4　　　3　　　4

13　不老草로 술을비져 萬年盃에 가득부어
　　4　　　4　　　4

14　平生我才 쓸데업셔 世上功名 下直ᄒᆞ고
　　4　　　4　　　4

15　四海蒼生 農夫들아 一生幸苦 怨치마라
　　4　　　4　　　4　　　4

16　꽃사이에 돈는달이 네가丁寧 花月이라
　　4　　　4　　　4　　　4

17　어화우리 벗님네야 내한말을 들어보소
　　4　　　4　　　4　　　4

18　달아달아 밝은달아 앞냇가에 눕은달아
　　4　　　4　　　4　　　4

19　울밑에선 봉선화야 네모양이 처량하다
　　4　　　4　　　4

이상에서 고려시대의 속요에서부터 시조, 가사, 잡가, 내방가사, 민요,

창가에 이르는 모든 시가 형태를 나열하여 보았거니와, 이들은 모두 앞서 본 3음보와는 달리 그 대부분이 4음보로 되어 있다. 따라서 이러한 시가 형태는 강약중강약형 4음보라 하겠는데, 그 독법(scansion)에 있어서는 생리적인 조건으로 인하여 대개는 전 2보와 후 2보의 중간에 휴지를 넣어서 소리 등장(breath group)으로 나눔이 온당하다.

한국 시가의 시행은 크게 나누어 3음보와 4음보의 2종류로 볼 수 있다. 여기서 한 가지 흥미를 끄는 문제는 3음보로 된 시가의 대부분이 고려시대에 제작되었고, 전해지는 가사 또는 고려시대에 제작되었을 것이라고 추측되는 가사가 거의 이 3음보로 되어 있으며, 더욱이 오늘날 우리 민족의 대표적인 민요로 알려진 <아리랑>과 <도라지타령>도 3음보로 되어 있다는 사실에 주목할 필요가 있다. 변격일 경우 자유로우며 열린 음보감을 지닌다.

❷ 음수율

앞서 열거한 시행의 구성 방법에서 본 바와 같이, 한 음보를 충전(充塡)하는 음절의 수가 대체로 2음절에서 4음절의 사이를 왕래하고 있다. 이에 음수율을 시행 중의 음보에 따라 분류하면 대체로 아래와 같은 경향을 지닌 종류로 음수율의 기준형을 나눌 수 있다.

- 3음보
  ① 3 3 2   ② 3 3 3   ③ 3 3 4   ④ 4 4 4
- 4음보
  ① 3 4 3 4   ② 3 4 4 4   ③ 4 4 4 4

이와 같은 기준형을 설정할 수는 있으나, 국어의 성질상 대체적인 경향은 될지언정 엄격한 운율 단위는 되지 못할 것은 물론이다.

❸ 연(구수율)

앞서 본 시행이 몇 개 모여서 다시 더 큰 단위를 구성하는 것이 있으니 그것을 연(구수율)이라고 부르는 바, 보통 4구체가, 8구체가, 10구체가라고 말하는 것이 그것이다. 그런데 한국시가에 있어서는 한 연의 구성 방법이 대개는 전대절(前大節) 후소절(後少節)의 양 부분으로 성립되어 있다는 공통적인 특성을 가지고 있다. 이를테면 사뇌가(詞腦歌), 별곡(別曲), 시조와 같은 정형시의 연들이 모두 이런 방법으로 구성되어 있다. 그리고 시행의 군단(群團) 곧 구수율(句數律)은 3행으로부터 10행의 사이를 왕래하는 것을 볼 수 있다.

❹ 정형시

완결된 개개의 시형(詩形)은 혹은 단련(單聯)으로서 하나의 독립된 형태를 이루는 경우도 있으며, 2연 이상 많은 것은 최고 13연으로 된 것도 있다. 삼구육명(三句六名)과 같은 정형성(定型性)은 만들어진 그릇인 동시에 작품이라는 완성도를 뜻한다. 한국 시가에서 정형시형을 형태론을 기준으로 하여 분류하면 대개 다음과 같다.

① 사뇌가

주로 신라 통일기로부터 고려 초기에까지 성행하던 시형으로서 현재까지 알려지기로는 10행으로 된 단련시형(單聯詩形)을 말한다. 독자적인가는 여전히 숙제인데 첫 번째 세련된 정형성과 미학성(美學性)을 지닌다는 점을 강조해야 할 것이다. 단형적(短形的)인 서정시 갈래로 한국문학의 시가사상에 으뜸가는 우아한 형태를 보인다. 그러나 현재까지 시도된 이종류의 시가에 대한 해독 방법이 3·4조 또는 4·4조라는 오인된 음수율의 기성관념에 얽매여 무리한 해독을 시도하여 왔던 점이 아직까지

미해결로 남아 있는 한계다.

② **별곡**

이 시형은 초기에는 사뇌가 형태의 잔류를 이어받아 단련(單聯)으로 되었던 것이 후에 차차 첩련형태(疊聯形態)를 취하게 되어 최고 13연으로 완결된 것도 있다. 1연의 시행 수는 작품에 따라 제각기 달라 별곡 형태 전반에 걸쳐 공통성은 찾을 수 없으나, 대체로 6구체가 많고 음보율은 대개 3음보로 되어 있음을 확인할 수 있다. 이 형태가 성행한 시기는 고려 중기부터 사뇌가의 형태를 이어받아 형성된 듯하며, 그 뒤 점차 분화하여 조선초기까지 지속되어 왔다.

③ **시조**

이 시형은 이미 널리 알려져 있는 형태이다. 형태상의 특징은 3행 단연의 간결하고도 참신한 인상을 주는 것으로 한국 시가사(詩歌史) 중에 보이는 제형태 중에서 가장 단형적인 서정시형이다. 1행은 4음보로 되어 있으되, 제2보와 제3보 사이에 휴지(cesura)를 넣게 되어 있다. 이 시형의 발생에 관하여는 오늘날 이설이 분분하여 아직 그 정설을 보지 못하고 있으나, 음보율의 교체로 보아 4음보가 3음보를 정복하는 단계에 들어서서 오늘날 볼 수 있는 시조형의 모태적인 형태가 형성되었을 것이다.

④ **악장**

이 시형은 전체적인 형태가 별곡과 같다. 다만 시행의 음보수가 별곡에서는 3음보였던 것이 악장에 와서는 4음보로 되었다는 것이 다르다. 연의 형성 방법이 별곡에 있어서는 대체로 전대절 후소절의 양부로 구분되어서 형성된 데 반해서 악장에는 그러한 구별이 없다.

⑤ 비연시형

위의 정형시 이외에 이른바 비연시형(non-stanzaic form)에 속하는 허다한 시가들이 있다. 비분절 형태라고도 하는데 전연시형인 것이다. 이들의 대부분은 4음보의 시행을 아무런 제한 없이 계속하는 방법으로 구성되어 있는 가사(歌詞 또는 歌辭)를 말한다.

3. 문화콘텐츠로서 고전시가의 활용

(1) 고전시가의 현대적 계승과 새로운 연구 방향

상상력은 돈이 되고 있다. 고전시가의 시적 상상력도 돈이 된다. 근래 4~5년 동안 겨울이면 기다리는 영화가 있다. 한 학년이 올라감에 더불어 극중 주인공들뿐만 아니라 배우의 외모도 변해가는 재미를 동반한 <해리포터> 시리즈는 전 세계가 주목한다. 잊을 만하면 다시 관객과 독자를 설레게 하고 영화예매표를 매진시키고, 발행되기도 전의 책을 예약한다. 실로 엄청난 문화의 힘이다. 상상력이 세상을 바꾸고 영국의 이미지를 문화의 힘과 연관시켜 놓았다.

또한 영화 <반지의 제왕> 시리즈도 전 세계를 휩쓸고 게임계에도 엄청난 영향력을 미쳤다. 불과 10년 전에만 해도 판타지소설은 쓰레기이거나 이해할 수 없는 괴물 정도로 평가되었다. 그러나 그 유희에 불과하던 판타지는 전 세계를 들썩이는 유전이 된 것이다. 그 힘은 과연 어디에 있는가. 그들은 그 힘의 원천을 어디에서 찾아낸 것인가. 그리고 그 힘은 우리에게는 없는 것인가. 더구나 한국판 노래문학의 스토리텔링을 어떻게 할 것인가. 고전시가의 킬러콘텐츠가 필요하다.

우리는 한 편의 소설이 영화를 만들고, 게임을 만들고, 캐릭터를 개발하고 그로 인한 부가가치 사업들이 문어발처럼 뻗을 수 있는 시대에 살고 있다. 4~5년에 걸쳐 번역해도 될까싶은 고전도 데이터베이스 구축으로 인해 누구든지 손쉽게 읽을 수 있는 시대에 과연 정통을 고수해야 한다는 사고와 아날로그식 독해를 주로 하는 한국문학은 언제까지 학문의 만이로서 자리를 견뎌낼 수 있을지 자문할 수밖에 없다. 따라서 고전시학 또한 새로운 길 찾기가 필요하다.

멀티미디어가 이미 더 이상 새로운 매체가 아니며, 익숙한 의사소통 수단이 된 지금 고전 연구는 세상의 변화에 발맞출 준비를 서둘러야 할 때가 되었다. 다행히 고전문학의 하위 부류에서는 다양한 측면으로 그 준비를 차근차근하고 있다. 가장 선두주자로서 구비문학 연구자들은 민요, 설화 등을 이용한 문화산업의 육성을 체계화시키고 있으며, 고소설 연구자들 또한 문화산업의 중요성을 인식하고 새롭게 보기를 시작하였다. 그들의 공통적인 견해는 문화산업의 원형은 우리 민족의 정신적인 뿌리인 고전시가에 있다는 것이다.

우리 고전문학의 특징인 시대를 넘어 온 적층성과 시공간을 초월한 상상력이 디지털 기술력과 조화를 이룰 때 창조되는 문화의 힘은 <해리포터> 시리즈도 <반지의 제왕> 시리즈도 압도할 수 있게 된다. 고진시가가 문화적 부가가치를 가지고 있음을 확신하기 때문에 고전시가가 더 나아가 국문학 전부가 문화콘텐츠산업의 대상이 될 수 있다. 필자는 일찍 문학공학을 강조하였고 감성과 상상력이 충만한 고전시가콘텐츠 연구를 강조하였다.

▌제망매가

생사길은
예 있으매 머뭇거리고
나는 간다는 말도
못다 이르고 어찌 가는가.
어느 가을 이른 바람에
이에 저에 떨어질 잎처럼,
한 가지에 나고
가는 곳 아아, 미타찰에서 만날 나
도 닦아 기다리겠노라

이 시를 사이버 속에서 영상과 함께 만날 수 있다. 이야기와 함께 읽을 수 있다. 영상의 중독성을 경험할 수 있다. <반지의 제왕>에 대한 찬사가 감독 피터 잭슨에게 쏠리고 국내 관객 천만 명을 돌파한 <왕의 남자>가 감독 이준익에게 쏠리고 있지만 그 이전에 작가 톨킨과 김태웅(극단 우인 대표)을 만나게 된다. 2005년 겨울 방학 아이들을 극장가로 끌어들인 <찰리와 초콜릿 공장> 또한 팀 버튼 감독 이전에 영국 작가 퀸틴 블레이크가 있음을 간과해서는 안 된다. 이처럼 급물살을 타는 문화 산업의 원자재는 '이야기' 속에 있다. 그 '이야기'는 우리들 가슴속에 침잠되어 있다가 영상의 자극을 통해 드러난 것이다. 우리의 옛 노래문학은 이야기의 원천이다.

애니메이션 <날아라 슈퍼보드>, 게임 <삼국지>, 동화로 읽는 삼국지(파랑새 어린이), 고우영의 만화 <삼국지> 등은 중국의 고소설 <삼국지>를 원자재로 하고 있다. 영화 <스타워즈>는 아더왕 이야기를 바탕으로 하였으며, 조앤.K.롤링의 <해리 포터>는 영화는 물론 게임, 캐릭터, 학용품, 크리스마스 선물 등으로 산업화되었다. 요즘 한류의 열풍으로 수출되고 있는 드라마 <대장금>은 『중종실록』에서 그 원형을 찾을 수 있으며, 요구르트 광고 <쿠퍼스>는 <토끼전>에서, 영화 <장화 홍련>은 고소설 <장화홍련전>에서, 남북합작 애니메이션 <왕후 심청>은 고소설 <심청전>에서, <오늘이>는 제주도 신화에서 그 원소스를 찾고 있다.

한국의 지하자원이 거의 고갈된 것에 비해 고전시가의 문화자원은 무궁무진하다. 그렇다고 그 많은 자원이 모두 제품이 되는 것은 아니다. 자원을 어떻게 개발하고 상품화시키느냐 하는 방법이 경쟁력을 낳듯이 문화자원을 어떻게 문화콘텐츠화시킬 것인가 하는 고민과 더불어 문학을 상업화하는 그 자체를 정통학문에서 벗어나 장사꾼이 되는 듯 바라보는 시각의 전환이 필요하다. 문화감성시대라고 해서 문학 그 자체가 달라지는 것은 결코 아니며 깊이 있는 문학 연구 없이는 좋은 문화콘텐츠로서의 가치가 없어지기 때문이다.

이렇게 볼 때 가장 시급하고 필요한 작업은 고전문학을 현대적 관점으로 재해석하는 일이다. 재해석의 과정에서 동반되어야 하는 것이 상상력이다. 영화 <왕의 남자>는 이미 김태웅의 <이(爾)>라는 연극 대본이 있었지만 이준익 감독의 새로운 상상력을 현대인의 삶과 잘 융합하여 최고의 영화로 곧 엄청난 부가가치를 창출하는 문화산업으로 탈바꿈시켰다. 고전문학 작품들을 재미있게 현대적 관점으로 재구성한다면 멀티미디어 콘텐츠로 다시 향유할 수 있을 것이다. 주요 인물, 주요 사건을 중심으로 한 기존의 연구에서 벗어나 눈여겨보지 않았던 부분에 대한 연구를 통해 고전 작품을 다양한 영역에서 상품화시킬 수 있도록 도와줘야 한다. 예를 들어 고소설의 유통과정에서 살펴볼 수 있는 강창사나 책비(冊婢)의 에피소드를 드라마나 영화로 제작할 수 있다. 이야기를 듣던 청객들의 다양한 반응에 의해 제2의 작가가 되는 강창사들의 눈으로 세상을 바라보는 스토리 개발이라든지, 여염집 안방으로 책을 읽어주러

갔던 책비들의 이야기를 통해 비밀스럽게 닫혀 있던 조선시대 여인들의 삶을 엿보는 과정 또한 새로운 흥미를 유도할 것이다. 노래문학의 열린 구연방식도 스토리텔링의 접속으로 변신을 보여줄 수 있다.

단일 매체인 책과 다중 매체인 멀티미디어 콘텐츠의 차이는 두 매체 간의 이야기 및 이야기하기에 대한 차이에서 비롯된다. 멀티미디어 콘텐츠를 이해함에 있어 중요한 부분 중의 하나는 멀티미디어 스토리텔링, 곧 디지털 스토리텔링에 대한 이해이다. 창작한 작가와 시대적으로 점점 멀어지고 있으며 적극적으로 읽기에 참여하는 독자들도 점점 줄어드는 이 시점에서 디지털 스토리텔링의 이해와 활용은 필요하기 때문이다. 고전시가의 영상 속의 스토리텔링으로 만날 때 또 다른 수용미학적 가치를 획득할 수 있다. 연구방향 역시 이러한 트렌드를 간과할 수 없다. 고전시가의 노래문학 활용은 관련 이야기와 고전시가 원형자원을 통해 명품 문학산업이 될 수 있다.

(2) 고전시가 작품의 문화콘텐츠 활용방안

고전시가유산은 문화콘텐츠의 원소스다. 원천으로서 고전시가작품은 스토리텔링 창작을 통해 새로운 문화상품이 될 수 있다. 아직도 구비 전승되고 있거나 수집된 구비문학적 요소는 집약된 이야기 형식을 가지고 있기 때문에 다양한 시각으로 스토리텔링할 수 있는 가능성을 내포하고 있다. 특히 설화부분에서 '신화'는 문화콘텐츠 영역을 통해 새롭게 주목받을 필요가 있다. 이는 아직도 단군신화에서 삼국시대의 건국신화에 머물러 있는 상태이기 때문이다. 그리스 로마 신화나 중국 신화처럼 다수의 인물과 사건을 '이야기하기'를 시도해 본다면 좋을 것이다. 중국신화의 일부분으로 나오는 머리는 소모양이고 신체는 사람의 형상을 갖고 있다는 치우는 분명 고조선 신화 속에 삽입시킬 수 있으며, 고구려 벽화 속의 다양한 신들을 통해 스토리를 구성한다면 그리스로마신화를 몇 번이고 반복해서 읽는 우리 아이들에게도 우리 조상들에 대한 자부심을 고취시킬 수 있을 것이다. 아울러 우리 옛 노래문학의 신화적 탐색이 요구된다.

또한 학교 역사서에서 배제된 부분에 대한 스토리 구성은 새로운 신화창조를 돕는다. 예를 들어 고구려의 역사에서 제2대 유리왕의 삶이 어떠했을지 상상해 본다면, 지금까지 알려진 칠각모의 바위 위의 소나무를 찾던 유리에서 아버지를 찾아가 왕이 되고 후손을 번창시켜 나가는 과정에서의 외로움과 권력다툼과 시기와 음모가 숨어 있을 것이다. 유리가 나타나기 전까지 자신들이 왕위를 계승할 것이라고 믿었던 비류와 온조는 아무 반항도 하지 않고 순순히 새로운 왕국을 건설하였는가. 제2대 유리왕 다음에는 어떠한 왕들이 고구려를 지켜온 것인가. 요즘 들어 역사에 부쩍 관심이 많아진 독자들을 겨냥한 신화의 재창조는 기대된다. 드라마 '서동요'와 '해신', '바람의 나라'에서 <황조가> 등을 통해서 신화적 이야기가 문학콘텐즈로 변신하고 있다.

전설은 증거물이 있다는 장점이 있다. 이야기가 있는 답사가 충분히 이루어질 수 있다. 지금까지는 학생들의 체험학습이 깃발 아래 이동하는 지루한 역사 유적지 답사위주로 진행되고 있다. 이야기가 있는 혹은 역사적 사실을 바탕으로 한 이야기를 창출한 아이템으로 현장학습을 유도하는 교육적 사업도 권할 수 있다. 예를 들어 단양의 '온달산성'을 이용하여 1박2일의 고구려 문화를 체험할 수 있다. 최근 단양군에서는 지역의 관광산업을 활성화시키기 위하여 군·관·학이 합동하여 새로운 문화사업을 추진하고 있다. 그들의 계획대로 된다면 학생들뿐만 아니라 세계적으로 단양군에만 오면 시대를 넘나드는 타임머신적 경험을 할 수 있을 것이다. 고구려 벽화 속에 나오는 거리를 걸을 수 있을 것이며, 그들이 입던 옷을 입고, 먹던 음식을 먹음으로써 요동반도를 호령하던 고구려인의 기상을 느낄 수 있을 것이다. 상상력이 관광감동으로 이어질 것이다. 몇 주에 걸친 역사 수업은 1박2일의 고구려 체험학습으로 끝날 수 있기 때문이다. 이러한 사업은 학생뿐만 아니라 세계 관광객을 끌어 들일 수 있으며 동북공정으로 일그러진 고구려 역사를 바로 잡을 수 있는 문학적 대응전략이 될 수 있다.

물적 증거의 이야기인 전설은 모바일 게임의 시나리오로도 적합하다. 대체적으로 전해져 내려오는 전설은 아주 간략하게 되어 있다. 예를 들어 치악산의 '구룡사' 전설의 경우, 절을 지으려는 의장대사와 지금까지 살아왔던 연못을 지키려는 아홉 마리의 용이 한 바탕 싸움을 벌이는 이야기이다. 싸움 장면은 게임에 있어 가장 중요한 요소가 된다. 전설속의 싸움의 과정은 상상력이 총동원된 판타지의 세계다. 영상화되었을 때 무한한 양상으로 나타날 수 있다. 실제 학생들에게 리포트를 내 준 결과 아홉 마리의 용이 몬스터로 변하면서 다양한 유닛을 이용하는 게임을 만들었다. 의장대사는 『서유기』에 나올 법한 신기한 도술을 사용한다. 개인의 능력에 따라 점수를 많이 획득할 것이며, 그에 따른 무기와 외형적 변화를 가져올 수도 있고, 급기야는 의장대사가 그곳에 절을 짓지 못할 수도 있다. 요즘은 컴퓨터 게임보다 이동하면서 즐길 수 있는 모바일 게임을 선호하는 추세이므로 전설은 다양한 게임의 원자재로서 적격이라고 하겠다.

구비시가인 민요의 활용을 보아도 대체로 그렇다. 민요는 주제가 다양한 노래양식이며 한 작가의 노래가 아니라 개인이나 집단에 의해 변화 가능성이 큰 장점을 가지고 있다. 곧 문화콘텐츠로서 좋은 조건을 가지고 있다. 그러나 민요의 원형 그대로를 유지하면서 현대인에게 다가설

수는 없다. 그러나 애국가의 저변, 붉은 악마 응원가의 기반, 브라질 빌라 로보스 음악의 창조 등에서 민요의 잠재력을 찾을 수 있다. 더 나아가 한류의 열풍으로 수출되는 드라마 '대장금'의 오프닝곡과 앤딩곡에서도 민요의 활용 가능성은 입증되었다. 말도 제대로 되지 않는 아기의 입에서 옹알이하듯 부르는 "오나라, 오나라—"라는 노래는 누가 말을 하지 않아도 한 민족에 흐르는 정신의 뿌리를 함께 느낄 수 있게 한다. 이렇게 민요 원형의 현대적 활용은 이질감보다는 동질적 의식으로 자연스럽게 받아들이게 될 것이다.

이러한 점을 바탕으로 시가콘텐츠 방안을 창출해야 한다. 대중가요, 학교 체조시간, 게임의 배경음악, 드라마나 영화의 삽입곡, 광고 배경음악, 마당극, 스포츠 경기 중 응원가, 공익광고의 배경음악, 심리치료의 한 방법 등 다양한 측면에서 활용할 수 있다. 대중가요의 경우 장르에 따라 이별의 노래, 한의 노래, 신바람의 노래, 해학적인 노래 등을 응용할 수 있으며, 학교 체육시간의 경우 기존의 국민체조에서 벗어나 좀 더 활발하고 기운찬 곡조를 이용할 수 있을 것이다. 게임의 배경음악은 서구적인 것이 압도적인 상황이지만 세임의 시나리오를 한국적 정서에 맞춘다면 배경음악도 민요조에서 찾는 것이 불가능하지는 않을 것이다. 드라마나 영화의 삽입곡은 이미 진행되고 있는 중이며, 음악적 요소가 작품에 거다란 영향을 미친다는 것은 언급할 필요도 없다. 광고 배경음악으로 적합한 것은 민요의 반복되는 리듬이다. 빠른 시간 안에 제품의 이미지를 전달하는 것이 광고의 목적인만큼 3·4조나 7·5조의 리듬으로 카피를 만든다면 어떨 것인가. 마당극이나 탈춤 등의 공연에서는 민요를 원형 그대로 보존할 수 있는 기회를 가질 수 있다. 그러나 관객의 다양한 계층을 유도하기 위해서는 어쩔 수 없는 변형이 필요하다. 스포츠 경기 중의 응원가로는 어느 정도 활용하고 있는데 그중 붉은 악마의 응원가는 세계인의 응원가가 되었다. 스포츠의 종류도 다양하고, 스포츠에 대한 관심도 많아지면서 응원도 개인의 차원을 넘어 집단화되는 경향을 보인다.

　노동요를 힘든 경기에서 아군에게 힘을 북돋아 주는 응원가의 활용도 가능하겠다. 공익광고의 배경음악은 그 내용에 따라 다양하게 선택할 수 있는데, 예를 들어 식목일에 한 그루의 나무라도 자신의 나무를 심기를 권하는 내용이라면 '나무타령'의 흥겨움으로 광고를 해 볼 수 있다. 마지막으로 심리치료의 방법으로도 활용할 수 있다. 예를 들어 요즘 우울증이나 화병은 여자들만의 병이 아니라 아이들까지도 스트레스로 인해 발생하고 있는 한국병이다. 오늘날의 주부들은 옛날처럼 고된 시집살이는 없어졌지만 가족 간의 대화부족과 바쁜 일상으로 인하여 한 공간 안에서도 외로움을 느낄 수 있으며, 그 외로움은 우울증으로 변하여 아파트에서 투신자살하는 사람들이 늘고 있다. 이웃 간에도 마음의 벽이 높기 때문에 나타나는 정신적 소외감은 육체적인 병보다도 더욱 심각한 병을 초래한다. 이제 신경정신과 치료는 어느 정도 보편화되고 있는 실정이다. 치료 시 민요의 음률과 사설을 이용할 수 있다. 누군가 자신의 마음을 이해해 주고 자신을 위해 노래를 만든 것 같은 느낌을 통해 위로하는 것이다. 영상과 함께라면 더욱 좋은 것이다. 시댁과의 갈등이 있는 주부는 시집살이 노래를, 삶의 낙오자가 된 듯 좌절하는 젊은이는 희망적인 노랫가락을 들려주어야 한다. 그러나 이러한 민요의 활용은 민요를 이미 죽은 분야로 치부한다면 이는 결코 개발될 수 없다. 민요를 잘 정리하고 필요한 분야에 맞춰 적용할 수 있는 시스템이 필요하다. 민요는 단순히 지나간 노래양식으로 묻혀두지 말고 새로운 문화콘텐츠로 활용하고자 하는 노력이 필요하다.

　또 다른 콘텐츠의 자원으로는 민속놀이를 들 수 있다. 주 5일제 근무가 활성화되면서 아이들의 놀이문화에 관심이 많아졌다. 각 가정마다 거의 한두 명의 자녀만 두는 '소황제 시대'가 도래하고, 놀이터 문화보다는 인터넷 문화에 익숙해져 가는 아이들을 위한 콘텐츠 방안의 하나가 바로 민속놀이다. 사회체육학과 학생들을 지도하면서 가능성을 확인하였다. 자치기나 비석치기, 구슬치기, 팽이 돌리기, 연날리기, 널뛰기 등의 놀이를 할 때 사용되는 운동의 양을 측정하고, 신체부위의 어느 면의 운동을 가장 많이 활용하는 지를 분석하였다. 운동의 부위가 한 쪽으로 몰린 경우라면 두 가지 이상의 놀이를 연계하여 구성하였다. 이러한 콘텐츠의 효과는 단순히 온몸의 근육을 사용하는 신체놀이의 차원을 넘어서 함께 할 수 있는 단체 놀이라는 점에서 그 의미가 크다. 개인주의가 보편화되어 가는 아이들의 세계를 놀이를 통해 협동심과 인내를 가르칠 수 있는 기회를 제공할 수 있을 것이다. 사회체육학과의 새로운 전망을 예지할 수 있었다.

20세기말 학자들은 인문학의 위기를 외쳐왔다. 대학에서 '국어'강좌가 사라지기 시작하였으며, 인문학을 지원하는 학생 수도 현저히 줄어드는 것도 사실이다. 하지만 인문학이 없는 학문은 성립할 수 없다는 사실도 누구나 인지한다. 시가콘텐츠도 마찬가지다. 가장 원소스가 될 수 있는 부분은 인문학에 있음은 누구나 인지한다. 그것을 어떤 방법으로 가공할 것인지에 대한 뚜렷한 방법론이나 활용통로가 인문콘텐츠학회 등을 중심으로 활발하게 개진되고 있다. 이것은 문화콘텐츠의 활용이 인문학 연구자만이 아니라 다른 영역의 연구자와 기술력이 함께할 때 가능하다는 것을 말해 준다. 고전시가의 창조적 연구도 이러한 연장선에서 새로운 방법과 방향을 찾아야 할 것이다.

문화산업론 강의 시간에 문학유산 활용 발표를 개진한 적이 있었는데 가장 기억에 남는 학생의 작품이 '박달재 전설'을 통한 제천시 홈페이지 오픈장면을 만드는 것이었다. 대부분의 홈페이지 오픈 장면은 그 도시의 대표적인 문화재나 역사적 사건을 사진이나 동영상을 제시한다. 그러나 이 학생은 사랑을 이루지 못하고 죽은 박달과 금봉이가 손을 꼭 잡고 제천 10경을 소개하는 사다리 타기 놀이를 제안하였다. 자신이 선택한 인물을 따라 내려가다 보면 제천의 명소가 나오고 간단한 소개를 통해 제천을 알린다. 그러나 처음에는 학생의 기술력 부족으로 사다리 게임의 속도가 느려 다른 학생들의 관심을 끌지 못하였다. 종강 무렵 그 학생은 전공 교수의 기술적 도움을 받아 아주 빠르고 흥미로운 게임으로 바뀌어 있었다. 인문학에서는 시나리오적 자원을 제공하고, 게임을 프로그램으로 만드는 사람들은 기술을 제공할 것이며, 기타 음악적 기능과 창의적인 캐릭터 생성 기능 등이 함께해야만 가능하다는 것을 보여준 일례이다.

　인문학적 요소 중 고전시가적 요소를 제공하는 연구자들은 자신이 연구하는 분야에 대해 깊은 연구를 수행해야 한다. 고전시가 연구 방법은 문학 연구가 그러하듯이 고전시가 전반에 대한 가장 합리적인 방법론을 찾아 깊이 있는 연구를 수행해야 한다. 아직도 학문의 정통성만을 강조하는 시각에서 볼 때 깊이 없는 학문의 퓨전으로 보일 수 있기 때문이다. 고전시가를 연구하는 1차적 이유는 학문적 정통성을 유지하는 차원에서 연구를 심화시켜 가는 방향이고, 고전시가를 연구하는 2차적인 이유는 우리 고전 속에 품어져 있는 우리 민족의 창조적 잠재력을 통해 오늘의 여기의 모습과 미래의 청사진을 진전시켜 나가기 위함이다. 옛것에 얽매여 오늘날과 괴리된 학문은 사장될 수밖에 없는 것은 당연하다.

　고전시가를 통한 문화콘텐츠로의 활용은 고전문학의 변이가 아니라 새로운 발전임을 깨달을 때가 된 것이다. 고전시가의 실증적 읽기에서 상상력과 감각적 미학이 통하는 시학적 읽기가 필요하다. 기왕에 시도된 연구 축적 위에 지금 여기에 요구되는 감성과 본질적 시성(詩性)을 고려한 읽기가 요구된다. 원전에 대한 정치한 분석 위에 활용의 가치발견이 필요하다. 문헌적 탐색의 기반 위에서 세계적 총체 영상에 대한 인식의 지평을 열어가야 한다. 고전시가가 죽은 장르라는 편견을 넘어서는 미래 여행이 되도록 '지금 여기'의 시론작업의 창조적 글쓰기를 기대한다.

상대시가의 신화적 상상력과 제의

1. 상대시가의 개념

고대(古代)는 구석기, 신석기, 청동기 시대로 한국시가문학이 태동한 시기이다. 한민족은 다른 민족들과 마찬가지로 음악, 무용, 시가가 분화되지 않은 원시종합예술을 즐겼다. 이러한 종합예술은 인간의 삶이 복잡해지고 분화되면서 시가(詩歌) 형태로 분리되고, 이 시가는 다시 신화(神話)와 전설(傳說)로 이루어진 서사문학, 기원(祈願)과 예찬을 중심 내용으로 하는 서정문학으로 분화되었다. 어느 민족의 경우나 문학은 시가와 무용과 음악이 한데 어우러진 원시종합예술의 형태로 발생하였다. 한국의 경우도 진수(陳壽)의 『삼국지(三國志)』 <위지(魏志) 동이전(東夷傳)>에 나오는 부여의 영고(迎鼓), 동예의 무천(舞天), 고구려의 동맹(東盟), 그리고 마·변·진한 등 삼한의 제천의식(祭天儀式)을 통해 이루어진 가무의 관습에서 상대시가(上代詩歌)의 원천을 찾을 수 있다. 음주가무의 '가(歌)'가 그 뿌리다.

선사시가(先史詩歌), '상대시가(上代詩歌)' 또는 '상대가요(上代歌謠)'는 한민족의 선조인 예·맥족이 한반도와 남만주 일대에 삶의 터전을 잡고 생활을 영위하고부터 향찰(鄕札) 표기의 향가(鄕歌)가 발생하기 이전까지에 존재하였던 시가를 묶어서 부르는 편의상의 명칭이다. 이 시기는 정치·사회적으로 구석기시대의 씨족사회 시대로부터 부족국가 시대를 거쳐 고대국가인 고구려, 백제, 신라, 발해가 정립하던 시기까지로, 문학사적으로 주술노래 시대로부터 원시종합예술의 시기를 거쳐 향찰 표기의 향가가 발생하기까지의 시기이다. 대체로 주술·제의와 관련된 시가, 생업(주로 수렵, 어업, 농사)과 관련된 시가, 전쟁과 관련된 시가, 연정과 관련된 시가 등이 존재하였다. 문자시대 이전에 창작되었기 때문에 기록으로 전해지고 있지 않아 현재로서는 구체적인 실상을 파악하는 데 다소 무리가 있다. 그러나 생각보다 많은 시가 각편(各篇)이 존재했을 것이다.

상대시가는 한국 시가의 역사상 가장 이른 시기에 나타난 일련의 작품들을 묶어서 부르는 편의상의 명칭이다. 좁게는 문헌상 처음 등장하는 <공무도하가>, <구지가>, <황조가> 등 기원 전후의 작품을 가리키는 것이 상례이나, 넓게는 3~4세기 원삼국시대의 시가작품까지 확대하여 상고시가라 지칭하기도 한다. 상대시가는 그 자체의 내재적인 미학성을 중시하여 설정된 것이라기보다는 한국시가의 원천을 파악하고자 하는 연구의 편의적 필요성에서 설정된 범주이기에 연구방법상 개방성이 다소간 허용된다.

한민족의 시가발생 국면에 관한 논의에 있어서도 구체적 자료나 근거를 풍부하게 갖지 못한 관계로 이에 대한 접근은 여러 난관에 부딪친다. 그러나 민족 시가의 기원을 탐색한다는 것 자체가 힘든 과정이지만, 상대적으로 이에 관한 논의도 활발하게 이루어져 왔다. 그동안 상대시가의 정체성 해명에는 고고학, 민속학, 문화인류학, 종교현상학, 분석심리학, 신화학, 역사학 등 원용 가능한 모든 연구방법론이 적용되어 왔다. 상대시가는 대부분 서사문맥 속에 존재하는 까닭에 산문전승과의 긴밀한 관련성 속에 논의가 전개되었는데, 연구 초기에는 연구방법론을 무리하게 적용시킴으로써 텍스트 해석에서 시가와 산문 그 어느 한쪽에 의미부여가 편중되는 결과를 드러냈다. 연구 성과의 축적으로 점차 균형 있는 의미파악을 통해 상대시가의 숨겨진 뜻을 문학적으로 해명하고 있다.

2. 상대시가의 기록

고문헌과 출토품을 토대로, 사학자들은 중국의 요하(遼河), 송화강(松花江) 일대로부터 한반도 전역에 걸쳐서 언어와 풍속, 그리고 생활과 의식이 비슷한 몇몇 종족들이 공존하고 있었다고 말하고 있다. 그들은 지속적으로 이동하였으나, 서력 기원 3세기를 전후하여서는 고조선(古朝鮮), 부여(夫餘), 고구려(高句麗), 읍루(挹婁), 옥저(沃沮), 예맥(濊貊), 마한(馬韓), 진한(辰韓), 변한(弁韓)이라는 이름으로 정착 생활을 영위하면서 상당히 발전된 문화를 향유했던 것으로 알려져 있다. 역사 발전의 시기나 문화 발전의 수준에 차이가 있었겠지만, 그들은 비슷한 생활 체험을 통하여 자연과 현실에 대한 인식의 세계를 확대함으로써 유사한 예술과 문화를 창조할 수 있는 가능성을 얻을 수 있었을 것으로 추측된다. 고고학 자료가이를 뒷받침해 준다. 이른바 조형예술의 원천에서 찾을 수 있다.

오늘날 전하는 영세한 문헌으로는 이 시기 사람들의 예술 활동을 자세히 알 길은 없다. 다만 진수(陳壽)의 『삼국지(三國志)』 위지(魏志)에 보이는 <동이전(東夷傳)> 등 중국 사서에서 비교적 자세한 기술을 찾아볼 수 있다. 노래와 역사적 사실이 결부되어 있으며 미분화 형태로 존재한다. 우선 부여(扶餘)조의 기록을 보면 다음과 같다.

부여(扶餘) 사람들은 정월에 하늘에 제사를 드리는데, 나라 백성들이 크게 모여서 며칠을 두고 마시고 먹으며 춤추고 노래 부르니, 그것을 곧 영고(迎鼓)라고 일컫는다. 또한 밤낮을 가리지 않고, 길목에는 사람이 가득 차 있으며, 늙은이나 어린이 할 것 없이 모두가 노래를 불러 그 소리가 날마다 그치지 않았다.

고구려(高句麗)조의 기록은 다음과 같다.

고구려 백성들은 노래 부르는 것과 춤추는 것을 좋아하여 나라 안의 모든 읍과 촌락에서는 밤이 되면, 많은 남녀가 모여서 서로 노래하며 즐겨 논다. 10월에는 하늘에 제사를 지내고 나라 안 사람들이 크게 모이는데 그것을 동맹(東盟)이라 부르고 있다.

예(濊)조의 기록은 다음과 같다.

매양 10월에 하늘에 제사 지내되, 낮밤을 마시며 노래 부르고 춤추니, 이것을 무천(舞天)이라고 한다.

위의 자료는 북쪽에 웅거하던 종족들에 대한 기록이다. 반면 한반도의 남쪽에 자리한 한족(韓族)의 경우, 마한(馬韓)조의 기록은 다음과 같다.

마한(馬韓)에서는 매양 5월에 모종을 끝마치고 귀신에게 제사를 드린다. 많은 사람들이 떼를 지어 노래 부르고 춤추고 술을 마시며 밤낮을 쉬지 않는다. 그 춤추는 모양은 수십 인이 같이 일어나서 서로 따르며, 땅을 혹은 낮게 혹은 높게 밟되 손과 발이 서로 응하여 마치 중국의 탁무(鐸舞)와 같다. 10월에 농사일이 다 끝나고 나면, 또한 같은 놀이를 한다.

변진(弁辰)조의 기록은 다음과 같다.

그 풍속이 노래와 춤과 술 마시기를 좋아하고, 슬(瑟)이라는 악기가 있
는데, 그 모양은 마치 중국의 축(筑)과 비슷하고, 그것을 탈 때에는 또한
음곡이 있다.

이상에서 살펴본 기록을 통해서 당시 영고, 동맹, 무천이라는 이름의
공동체종합제의가 있었고, 그때에는 반드시 가무가 동반되었다는 사실
을 알 수 있다. 농공(農工)의 시필기(始畢期)에도 가무의 행사가 있었다는
사실, 종교의식이나 농공 시필기 이외에도 수시로 음주와 가무를 즐겼다
는 사실, 모든 가무는 반드시 집단적으로 이루어졌다는 사실, 중국의 탁
무(鐸舞)와 비슷한 춤과 중국의 축(筑)과 비슷한 슬(瑟)이라는 악기가 존재
하였다는 사실을 등을 알 수 있다. 신에게 제사를 바치고 즐기는 행위가
보인다.

이러한 사실들을 좀 더 일반화시켜 이 땅에서 살았던 선민들의 예술
생활의 특성을 유추할 수 있다. 곧 고대 예술은 종교나 농경 생활과 깊
은 관련이 있었다는 사실, 그 형태는 언제나 집단적이었다는 사실, 예술
생활을 즐겼고 창조적 능력이 탁월하였다는 사실 등이다. 그러나 이러한
특성은 다만 관념적으로 파악되는 것일 뿐이고, 구체적인 예술 활동의
내용이나 형식이 어떠하였는지는 오늘날에는 알 길이 없다. 다만 선사학
(先史學)이나 고고학(考古學) 또는 민속학(民俗學)의 힘을 빌어서, 당시의 모
습을 재구해 볼 수는 있으나, 언어기원론의 해명이 늦어 확연하지 않다.
앞으로 민속학의 분야에서 광범하고도 적극적인 자료 수집이 이루어져
체계적인 문학현상이 해명되어야 한다. 구체적인 고대 예술의 내용과 형
식을 찾아낼 수 있으리라 기대를 걸고 있으며, 최근 원시조형예술에 대
한 다각도의 연구를 통해 조금씩 실마리가 풀리고 있다.

3. 상대시가의 배경설화

상대시가와 그 배경설화의 관계는 그것들이 결합되는 양상에 따라 유기적 관계, 설명적 관계, 부가적 관계로 나눌 수 있다. 유기적 관계는 배경설화의 서사구조 속에 시가가 유기적인 일부분을 차지하면서 서사 전개에 있어서 중요한 기능을 담당하는 양상으로 결합되어 있는 경우를 말한다. 설명적 관계는 배경설화의 서사구조 전체가 시가의 생성 동인 혹은 계기를 인과론적으로 설명해 주는 양상으로 결합되어 있는 경우를 말한다. 부가적 관계는 배경설화와 시가가 일정한 관련을 맺기는 하되, 전자의 서사 전개에 있어서 후자가 긴요한 일부로 관여하지 않고 다만 말미에 부가되는 형태로 결합되어 있는 경우를 말한다. 이렇게 볼 때, <구지가>와 그 배경설화의 결합 양상은 유기적 관계에 해당하고, <공무도하가>는 설명적 관계에, <황조가>는 부가적 관계에 해당한다고 하겠다.

이러한 관계를 더욱 구체적으로 검토하기 위해 <황조가>와 그 배경설화가 수록되어 있는 김부식의『삼국사기』<고구려본기> 유리왕 3년조를 인용해서 살펴보도록 하겠다.

　　3년(서기전 17) 가을 7월에 골천(鶻川)에 별궁(別宮)을 지었다. 겨울 10월에 왕비 송씨(松氏)가 죽자, 왕은 다시 두 여자에게 장가들어 [이들을] 후처(後妻)로 삼았다. 하나는 화희(禾姬)인데 골천인의 딸이고, 또 하나는 치희(稚姬)인데 한(漢)나라 사람의 딸이다. 두 여자가 사랑 받으려고 서로 다투며 화목하지 않았으므로 왕은 양곡(凉谷)에 동·서 2궁을 지어 각각 살게 하였다. 그 후에 왕이 기산(箕山)으로 사냥 나가 7일 동안 돌아오지 않자 두 여자가 서로 다투었다. 화희가 치희를 꾸짖어 "너는 한나라 사람 집의 천한 첩으로 어찌 무례함이 심할 수 있는가?"라고 하였다. 치희가 부끄럽고 한스러워 도망쳐 돌아갔다. 왕은 그 말을 듣고 말을 채찍질하여 좇아 갔으나 치희는 성을 내며 돌아오지 않았다. 왕은 어느 날 나무 밑에서 쉬 다가 꾀꼬리[黃鳥]가 날아와 모여드는 것을 보고 감탄하여 노래하였다. "훨훨 나는 저 꾀꼬리 암수 서로 노니는데 나 홀로 외로우니 뉘와 함께 돌 아갈까."(三年 秋七月 作離宮於鶻川 冬十月 王妃松氏薨 王更娶二女以繼室 一曰禾姬 鶻川人之女也 一曰雉姬 漢人之女也 二女爭寵 不相和 王於涼谷 造東西二宮 各置之 後王田於箕山 七日不返 二女爭鬪 禾姬罵雉姬曰 汝漢 家婢妾 何無禮之甚乎 雉姬慙恨亡歸 王聞之 策馬追之 雉姬怒不還 王嘗息 樹下 見黃鳥飛集 乃感而歌曰 翩翩黃鳥 雌雄相依 念我之獨 誰其與歸.)

위의 기록에서는 배경설화와 <황조가>의 연결 고리로서 '상(嘗)'이란 글자가 중요한 역할을 하고 있다. 이것을 '일찍이'라는 보편적 개념으로 해석한다면, 배경설화가 제시하는 서사의 내용 이전에 시가가 생성된 결 과가 되어 시가와 배경설화의 관계는 무관한 것으로까지 볼 수 있다. 그 러나 배경설화의 중심인물과 시가의 생성 주체가 동일한 인물인 유리왕 으로 기술되어 있고, 또 배경설화에 이어 시가가 연속적으로 제시되어 있기 때문에 둘 사이의 관계가 매우 긴밀하다. <황조가>의 시적 구조 역시 배경설화와 긴밀히 해석해야 한다. 배경설화와 시가의 연속적, 계 기적 진술을 중요시하여 '상'을 '이때 잠시'로 푼다면 전후 문맥에 어울 리는 온당한 이해가 될 것이다.

그런데 시가가 배경설화에 연속적, 계기적으로 접맥되어 있다 하더라 도, 그 결합 방식에 있어서는 <구지가>나 <공무도하가>와는 궤를 달 리하고 있음을 주목해야 할 것이다. <구지가>의 경우, 가요는 배경설화 의 서사 전개에 있어서 갈등이나 대립을 해소 혹은 중재하는 중핵적 기 능을 담당하면서 중요한 유기적 일부로 존재하고 있고, <공무도하가> 의 경우 배경설화는 시가의 생성 유래를 설명해주는 설화로서의 기능을 담당하고 있음에 비해, <황조가>의 배경설화는 산문전승의 독자적 전개 끝에 시가가 산문 부분을 보유(補遺)하는 형태로 결합되어 있음이 그 차이점인 것이다.

이처럼 배경설화와 시가의 관계가 보유형태를 취하고 있음은 둘 사이의 결합이 결코 우연이거나 구비적 기록에 의한 것이 아니라 필연적임을 말해줌과 동시에 시가의 기능이나 성격 혹은 본질은 그 자체로서 독자적으로 결정될 성질의 것이 아니라 배경설화의 서사 전개와 관련 체계 아래서 파악될 수 있음을 확실히 해둘 수 있다. 그러므로 <황조가>의 실체 해명을 위해서는 그 배경설화의 서사 문맥을 이해하는 일이 선결해야 할 문제라고 하겠다.

서사체는 말할 것도 없이 인물과 그 인물들의 행위로서 이루어진다. 자료의 이해를 위해서는 우선 주요등장인물인 유리왕과 화희, 치희의 서사구조상의 의미를 밝혀야 하고 또 그들의 행위가 보여주는 대립 혹은 갈등의 의미를 규명해야 한다. 그렇게 함으로써 <황조가>와 그 배경설화의 특수성이 선명하게 드러날 것이다. 등장인물 화희와 치희의 이면적 의미는 작품과 배경설화의 이해에 주요한 관건이 되고 있다. 그것은 화(禾, 벼)와 치(雉, 꿩)라는 동물숭배신앙의 표현물로 볼 필요가 있다. 따라서 희(姬)라는 여성의 상징은 벼 농사 집단과 꿩 수렵 집단의 의미를 드러낸다. 등장인물이 이처럼 복합적 약호로 되어 있음은 그 시대적 위상의 특수성을 가늠할 수 있게 된다. 곧 화와 치라는 동물숭배적 기호는 원시적 사유체계와 관계되는 것이다.

서사문맥의 계기적 흐름을 보면 화희와 치희 두 여인 간의 대립과 갈등이 중심구조를 이루면서, 한편 그 대립과 갈등을 조정해야 할 중재자로서 유리왕이 주인공으로 설정되어 있음에도 불구하고 그러한 중재에 실패하는 과정이 서사전개의 중심축을 이루고 있다는 점에 유념해야 할 것이다. 여기서 화희와 치희의 대립의 의미와 유리왕의 중재자로서의 실패에 대한 의미는 그러한 의미론적 내용을 하나의 문화단위로 간주하고 그 전언(傳言)을 문화적 문맥에 위치시킬 때 당대적 의미가 정리된다.

<황조가>의 이야기는 전개가 허구적인 이야기이면서도 『삼국사기』 <고구려본기>라는 역사기술물 속에 용해되어 있다는 점이다. 이러한 특수성은 <황조가>의 배경설화를 순전히 허구적, 가공적인 이야기로서만 다루어서도 안 된다. 반대로 순전히 실제 사건의 기록물인 역사로서 다루어서도 안 된다. 사실과 허구를 상생적으로 이해해야 된다. 허구적 서사체인 설화의 본질을 속성으로 하면서 경험적 서사체인 역사로 전환된 양상으로 서술되어 있기 때문에 그러한 특수성을 충분히 감안한 접근이 요청된다는 것이다. 이는 곧 설화와 설화 텍스트는 초기의 형성 단계를 지나 구비전승물로 확정되면 일정기간 살아 있는 텍스트로서 주요한 기능을 담당하면서 수용층에 의해 향유되지만, 그러한 수용층이 활기를 잃고 역사의 현장에서 퇴조 혹은 도태되면서부터는 텍스트의 급격한 변모가 일어나면서 기록 서사양식인 의사역사(擬似歷史) 기록물로 되어 정착되는 과정을 밟게 된다. <황조가> 텍스트도 이러한 과정을 거치면서 역사의 한 부분으로 수용되었을 것이다.

4. 상대시가의 작품세계

원시시대는 초자연적 존재와 특수한 능력에 대하여 주술적으로 사고해 왔다. 온화한 기후와 풍요한 자원을 즐기면서, 부족과 불만을 알지 못하는 백성이라고 하지마는, 그들의 생활 감정이 평화와 풍성만으로 일관될 수는 없었다. 인간의 능력으로 해결할 수 없는 자연의 위력 앞에서, 그리고 끊임없이 인간의 생명을 위협하는 맹수의 습격, 질병의 유행, 농작물을 침범하는 해충의 재해, 이러한 불가항력적인 일들을 당하면, 그들은 초인간적이고 초현실적인 새로운 세계를 생각하지 않을 수 없었다.

고대인들은 신의 세계를 상상하고, 또한 그것을 인식하지 않을 수 없었다. 인간사회를 에워싼 자연물들에게도 다원적인 신의 자격을 부여하여 그를 신봉하게 되었고, 영웅적인 부족의 추장은 조상신으로 숭앙하기에 이르렀다. 동물숭배사상, 무속사상, 정령숭배사상 등 원시적 사고방식이 존재한다. 그들은 자연신이나 조상신에게 자주 제례를 올렸다. 이러한 사실은 앞서 인용한 『삼국지』 <위지 동이전>이 여실히 입증하고 있는 터이다. 물론 이러한 주술적인 계기로 행하여지는 일련의 가무도 집단적인 형태를 벗어나지 않았으므로 집단무요(集團舞謠)의 영역을 넘어서지는 않았다.

오늘날 전하는 문헌에 의거해서는 종교적인 가무요의 가사 내용을 알 길이 없다. 다만 『삼국유사』의 가락국기(駕洛國記)에 기록된 건국신화 속에 포함되어 있는 <구지가(龜旨歌)>가 있을 뿐이다. 또 한편 고구려의 제2대왕 유리왕(琉璃王)이 지었다고 전해지는 <황조가(黃鳥歌)> 그리고 고구려 진졸(津卒) 곽리자고(藿里子高)가 목격하고 그의 처 여옥(麗玉)에 의하여 널리 전파되었다고 전하는 <공무도하가(公無渡河歌)> 등이 신화 또는 전설 속에 묻혀서 오늘날까지 그 가사의 내용이 한역으로 전하여 오고 있을 뿐이다. 이들 시가는 한역노래문학인 셈이다.

▌공무도하가

公無渡河	님이여, 강을 건너지 마오.
公竟渡河	님이여, 끝내 건너시다가
墮河而死	마침내 물에 빠져 돌아가셨구려
當奈公河.	님아, 이 일을 어찌 하오리.

　<공후인(箜篌引)>이란 노래는 조선 땅의 뱃사공 곽리자고(霍里子高)의 처 여옥(麗玉)이란 여자가 지은 것이다. (이 노래가 지어진 연유를 소개하자면) 자고가 새벽 일찍이 일어나 나루터에 가서 배를 손질하고 있었다. 그때에 난데없이 머리가 새하얗게 센 미치광이 한 사람이 머리를 풀어 헤친 채 술병을 끼고 비틀비틀 강물 속으로 들어가는 것이었다. 그리고 그 뒤에는 그 늙은 미치광이의 아내가 쫓아오면서, 목이 찢어지도록 남편을 부르면서, 한사코 남편을 물에 들어가지 못하도록 말리는 것이었다. 그러나 아내의 애절한 정성도 보람 없이, 그 늙은이는 깊은 물속으로 휩쓸려 들어가 기어이 물에 빠져 죽고 말았다. 죽을힘을 다하여 쫓아오던 아내는 남편의 그런 죽음을 당하자, 들고 오던 공후(箜篌)를 끌어 잡고 튀기면서 공무도허(公無渡河)의 노래를 지어 불렀다. 그녀의 노랫소리는 말할 수 없이 구슬펐다. 노래를 마치자 그 아내 또한 스스로 몸을 물에 던져 죽어 가는 것이었다. 이러한 뜻밖의 일을 당한 자고는 제 눈을 의심하는 듯 집으로 돌아가, 아내 여옥에게 처음부터 끝까지 본 대로 그 일을 이야기 하고, 또한 그 노래의 사설과 소리를 아내에게 들려주었다. 남편의 이야기와 노랫소리를 다 듣고 난 여옥은 저도 모르는 사이에 눈물을 흘리며, 벽에 걸린 공후(箜篌)를 끌어안고 남편이 일러 주는 대로 그 노래를 다시 한 번 불러 보았다. 그리하여 이 노래를 듣는 사람이면 누구나 눈물을 막을 수 없었고, 울음을 터뜨리지 않는 사람이 없었다. 노래는 다음과 같다. "님이여, 강을 건너지 마오. 님이여, 끝내 건너시다가 마침내 물에 빠져 돌아가셨구려. 님아, 이 일을 어찌 하오리."

　<공무도하가>는 임을 잃은 슬픔을 애절한 목소리로 노래하고 있는 작품인데, 국문학사상 최고(最古)의 서정시로 평가받고 있다. 악곡명을 따

라 <공후인(箜篌引)>이라고도 부른다. 이 노래의 시적 화자는 자신의 만류를 뿌리친 채 물에 빠져 죽고 있는 임에 대한 애절한 절망과 사랑을 표현하고 있다. 시가사에 면면히 흐르는 한(恨)의 정서를 찾을 수 있다. 배경설화에 의하면 시적 화자는 사랑하는 남편의 죽음을 슬퍼한 나머지 남편의 죽음을 뒤따라 스스로 자신의 목숨을 끊는데, 여기서 기다림과 한, 인종과 절개의 여성상을 상상하게 한다. 설화와 연관하여 읽으면 앞선 <황조가>, <구지가>처럼 문화적 의미를 읽을 수 있다.

이 노래에 등장하는 백수광부를 주신(酒神)으로, 그의 아내를 악신(樂神)으로 해석하는 견해도 있다. 곧 물에 빠져 죽는 백수광부의 행동을 황홀경에 든 신, 혹은 강신의 행동으로 보는 것이다. 이러한 견해는 강물에 뛰어들어 죽음을 이기고 새로운 권능을 확인하는 의식의 하나로 해석하는 경우에 해당한다. 또한 한치윤의 『해동역사(海東繹史)』에서 백수광부가 물에 빠져 죽으니 그의 아내는 통곡하여 울다가 슬피 공후를 타며 노래를 부른 후 자기도 물에 몸을 던져 죽었다는 내용에 따라, 원작자(原作者)는 백수광부의 아내이며, 이를 노래로 정착시킨 사람이 여옥이라고 보는 견해도 있다. 또 전하는 가사가 시경체(詩經體)인 것으로 보아, 당시 중국에서 성행한 시경체가 한국에도 영향을 준 것이라 보기도 한다.

이 노래에서 가장 중심을 이루는 소재는 '물'이다. 첫 행에서의 '물'은 '충만함'의 이미지를 지니며, 남편에 대한 아내의 깊은 사랑을 의미한다. 그리고 둘째 행의 '물'은 임의 부재(不在)로 인한 사랑의 종말을 의미한다. 셋째 행의 '물'은 사랑과 죽음을 함께 내포하면서, 임과 화자 사이에서 뛰어넘을 수 없는 단절감을 나타낸다. 이렇게 물이라는 소재를 매개로 하여 사랑과 죽음을 결합한 이 노래는 사랑과 죽음을 서로 바꿀 수 있다는 강렬한 애정을 나타낸 것이다. 이면에는 물과 관련된 제의성이 내면화되어 있다.

▌ 구지가

龜何龜何	거북아 거북아
首其現也	머리를 내어라
若不現也	만약 내놓지 않으면
燔灼而喫也.	구워서 먹으리라.

후한(後漢) 세조(世祖) 광무제(光武帝) 건무(建武) 18년 임인(壬寅) 3월 계욕(禊浴)하는 날에 그곳 북쪽 구지(龜旨)에서 무엇을 부르는 수상한 소리가 났다. 군중 2~300명이 이곳에 모이니, 사람의 소리는 나는 듯 하되 그 형상은 보이지 않고 소리만 내어 말하기를, "여기에 사람이 있느냐?" 구간(九干)이 이르되, "우리들이 여기 있습니다."고 하였다. 또 말하기를 "여기가 어디이냐?" 대답하되 "구지봉입니다."라 하였다. 또 말하되, "황천(皇天)이 나에게 명(命)하기를 이곳에 와서 나라를 새롭게 하여 임금이 되라" 하였으므로 이곳에 일부러 내려왔으니 너희들은 마땅히 봉상(峯上)에서 흙을 파면서 노래하여 '거북아 거북아 머리를 내어라. 만약 내놓지 않으면 구워서 먹으리라' 하고 무도(舞蹈)하면 대왕을 맞이하여 환희용약(歡喜勇躍)할 것이리라 하였다. 구간 등이 그 말과 같이 모두 기뻐서 가무(歌舞)하다가 얼마 아니하여 쳐다보니 자색(紫色) 줄이 하늘에서 내려와 땅에 닿는지라 줄 끝을 찾아보니 붉은 폭에 금합이 싸여 있었다. 열어보니 해와 같이 둥근 6개의 황금알이 있었다. 모두 기뻐하여 백배(百拜)하고 조금 있다가 다시 싸가지고 아도(我刀干)의 집으로 돌아와 탑 위에 두고 각기 흩어졌다. 하루를 지나 이튿날 평명(平明)에 여러 사람들이 다시 모여 합을 여니, 여섯 알이 화하여 동자(童子)가 되었는데 용모가 매우 깨끗하므로 상에 앉히고 여럿이 배하(拜賀)하고 극진히 위하였다. 나날이 자라 10여 일을 지나매 신장이 구척(九尺)이나 되었으니 이는 은(殷)의 천을(天乙)과 같고 그 얼굴이 용과 같았음은 한(漢)의 고조(高祖)와 같고 눈썹의 팔채(八彩)는 당고(唐高 ; 堯)와 같고 눈에 동자가 둘씩 있음은 우순(虞舜)과 같았다. 그달 보름날에 즉위하였다. '처음으로 나타났다'고 하여 휘(諱)를 수로라 하고 혹은 수릉(首陵)이라 하며, 나라를 대가락(大駕洛) 또는 가야국(伽耶國)이라고도 일컬으니 곧 육가야(六伽耶)의 하나요, 나머지 5인은 각각 가서 오가야(五伽耶)의 주인이 되었다.

　기왕의 <구지가> 해석이 신화론적 측면에서, 제의학파적 측면에서, 종교주술적 측면에서 활발하게 이루어져 왔다. 어떤 측면에서의 접근이든 <구지가>의 해석에 있어 유의미한 것으로 볼 수 있다. 특히 제의적 측면에서 <구지가>와 그 배경설화의 해석이 더한 설득력을 얻고 있는데, 여기서는 제의성에 한정해서 살펴보도록 하겠다.

　우선 해당 문맥을 제의 절차에 유의하여 구분하면 1행은 신탁의식, 2행은 강림의식, 3행은 탄생의식, 4행은 등극의식이라고 하겠다. 1행은 말이 위주인 불러들이기 중심이고, 2~4행은 행위가 위주인 위협적 언사 중심이다. <구지가>는 이처럼 영신제의 가운데서도 맨 처음 제차(祭次)에 해당되는 신탁의식의 핵심이 되고 있다. 신탁의식의 불러들임은 <가락국기>의 기록과 통한다. 신이 자신을 맞이하기 위해서는 <구지가> 노래를 부르고, '봉우리 흙을 파고 모으는[掘峰頂撮上]' 행위를 하고, '춤추며[蹈舞]', 마음으로부터 '기뻐하고 날뛰라[歡喜踊躍]'고 하였다. 이것은 신이 인간에게 건네는 말이다. 보통의 평범한 말이 아니라 명령이자 약속이자 예언의 말씀이다. 그런데 제의의 실현에서 신의 말씀을 전하는 것은 무당이고, 그를 통해 전달되는 신의 말씀은 공수이다. 오늘날 무속에서 공수는 대체로 대화체의 산문 형식이고, 가창이 아니라 읊조린다. 그런데 가락국기의 신탁의식에서 공수는 대화체의 산문 형식은 점은 동일한데, 그 가운데 <구지가>라는 노래가 삽입되어 있는 점이 다를 뿐이다. 그러나 신탁의식의 공수이기에 여기서는 가창되지 않고, 그 신탁의 공수를 받들어 모시는 강림의식에서 구간 등이 가창하였다. 오늘날 무속에서의 공수와 완전히 일치한다고 하겠다.

　제의적 측면에서 <구지가>는 신탁의식에서 발하여진 신의 말씀 곧 공수의 일부분임이 분명하다면 이제 <구지가>의 해석, 특히 '거북[龜]'과 '머리[首]'를 둘러싸고 전개되었던 모든 논의를 모두 포괄할 단서가 마련된 셈이다. 신의 말씀인 공수인 이상 그 의미의 해석에 연연해하거나 매달릴 필요가 없다. 오히려 그런 시도는 신성 모독이다. <가락국기>의 문맥에서 정치적 전략을 읽을 수 있다. 신은 이르기를 "너희들은 반드시[汝等須] 자신의 말을 따르라"라고 하였고, 또한 "구간 등이 그 말과 같이 하여 모두 기뻐 노래하고 춤추었다[九干等如其言 咸忻而歌舞]"라고 하였다. 요컨대 <구지가>는 신이 가르쳐 준 그대로 부르기만 하면 되는 그런 존재인 것이다. 신이 가르쳐 준 노래, 그래서 신성한 노래인 신가(神歌)라는 것이다.

종래 <구지가>를 제의적인 측면에서 고찰한 견해들이 많이 제시되었는데 그 주요한 몇 가지를 보이면 다음과 같다.

- 신탁제의, 희생제의, 영신제의 가운데 희생제의 현장에서 가창된 노래
- 거북숭배의 제사에서 실현되었던 표현과 전략이 집약된 것
- 신탁의식, 구복의식, 등극의식 가운데 구복의식 현장에서 가창된 노래
- 탄생제의에서 정상출산을 촉구하면서 부른 주술적 노래
- 신탁의식, 영신의식, 강림의식만 있고 희생의식은 빠져 있는데, 그 빠져 있는 희생의식이 잠재된 노래

각각의 논의에서 풀이하고 있는 '거북[龜]'과 '머리[首]', 표현물의 중심인 '굴봉정찰토(掘峰頂撮上)'의 의미를 차례대로 제시하면 다음과 같다.

- 희생, 우두머리 출현의 조짐, 희생의식에 따른 무용
- 토템, 군주, 제의상의 상징, 토템인 거북의 의작태(擬作態)
- 점치는 도구, 우두머리, 탄강할 신이 정좌할 신좌를 만드는 과정의 서술
- 신군, 군주의 구체적인 모습으로서의 머리
- 희생, 거북의 머리, 신의 강림지의 정지, 새로운 우주 창조에 대한 예행적 행동

위의 논의들에서 '거북'과 '머리'의 의미 해석은 <구지가>를 어떤 의식과 연관 지어 보는가에 따라 결정되고 있다. 희생의식에서 불린 것으로 보았기 때문에 '거북'은 희생물로 바쳐진 동물로서의 거북 그 자체이고, '머리'는 그 거북의 머리가 된다. 거북 제사의 의식석상에서 시조인 김수로왕의 출현을 신격 강림으로 신성화한 이야기, 곧 수로신화가 낭송된 것으로 보았기 때문에 '거북'은 숭배하는 토템 동물이고, '머리'는 그 신성한 토템인 거북과 가창자인 대중 사이에 개제할 존재 곧 군주가 되는 것이다. 불러들이기는 거북을 가지고 군주의 강림 여부를 점치는 구복의식에서 가창된 것으로 보았기 때문에 '거북'은 점치는 도구이고, '머리'는 우두머리가 되는 것이다. 군주의 탄생제의에서 가창된 것으로 보았기 때문에 '거북'은 신군이 되고, '머리'는 그 신군이 출생할 때 맨 먼저 나오게 되는 그 머리 부분이 되는 것이다. 그러므로 신을 신성하게 맞이함으로써 탄생의 절대성을 강조하고 있다.

<구지가>의 노래기능은 신탁의식에서 신의 말씀인데 전달되는 공수로 보는 문맥으로 보아, 한정되는 '거북'과 '머리'의 일차적인 의미는 신의 입장과 가창자들의 입장 그 어느 쪽에서도 거부감 없이 공감되는 것이어야 하는 것이다. 거침없이 강압적으로 발하여졌음에도 불구하고 모두가 흔쾌히 수용할 수 있는 것이어야 하는 것이다. <해가>의 '중구삭금(衆口鑠金)'에서 볼 때 공동체적 공감대 형성이다. 따라서 '거북'과 '머리'의 의미는 구체적으로 무엇을 나타내는지는 분명하지 않지만 신화적 상상력으로 보아 새로운 군주를 맞이하는 제의행위와 관련된 시가임을 알 수 있다.

<구지가> 공수가 집단적이고 주술적인 소망을 담고 있기 때문에, 신이 거침없이 수용할 수 있는 것이라야 된다는 것과 수로왕의 출현을 촉구하는 것이리라는 정도의 의미망의 기본 틀임을 보여준다. 이와 같은 사정은

'굴봉정촬토'의 경우도 동일하다. 왜냐하면 그것 역시 신탁의식의 공수로 내려진 제의현장에서 베풀어져야 할 행위이기 때문이다. 제의에서 실현되는 행위 곧 의식상징 때문에 실질적이고도 구체적인 성격을 띤 것은 아니라고 보아야 할 것이다. 비록 그 연원이 사실적이고도 구체적인 행동에서 비롯된 것이라 할지라도 제의현장에서는 암시적, 양식화를 거친 몸짓과 행위 방식이기 때문이다. 따라서 <구지가>는 표면적으로 집단적 소망을 드러내는 서정시인 동시에 이면적으로 주술적 서사요적인 측면이 잠재되어 있다.

▌황조가

翩翩黄鳥	훨훨 나는 저 꾀꼬리
雌雄相依	암수 서로 노니는데
念我之獨	나 홀로 외로우니
誰其與歸.	뉘와 함께 돌아갈까.

<황조가>는 표면적으로 특정 개인이 지은 서정적 창작가요로 보이지만, 독사적 발생 계기를 가진 상대시가로 볼 경우에 <황조기>의 작가가 유리왕이라고 하기에는 한계가 있다. 더구나 한시(漢詩)로 지었다는 견해도 당대의 여건으로 보아 논리에 맞지 않는다. 게다가 설화의 문면에서도 황조가를 노래[歌曰]로 소개하고 있지 시[詩曰]로서 소개하고 있지 않아 보다 정밀하게 성찰할 필요가 있다. 그런데 논지에 따라 <황조가>가 시경의 몇 작품과 소재와 주제면에서 그리고 수사면에서 동질성을 보이고 있어, 우리의 고유한 창작가요가 아니라, 『시경』의 영향 속에 이루어진 모방작이라는 견해(김창룡)와 설화 연관의 서정가요라는 입장(김학성)이 제시되었다.

고구려는 <황조가> 정도의 소박한 서정민요 정도도 창작해내지 못하

는 문화적으로 문약한 고대민족인가 하는 점이다. 아니다. 고구려벽화에
서 보듯이 뛰어난 조형미를 지닌 국가였다. 모방작의 근거로 내세우는
입론을 보면 우선 황조가의 제1행 '편편황조(翩翩黃鳥)'와 『시경』 소아(小
雅) <남유가어(南有歌魚)> 제4연에 보이는 '편편추(翩翩雛)'가 조사법(措辭法)
이 일치하고, 황조가의 제3행 '염아지독(念我之獨)'은 시경 소아(小雅) <정
월(正月)>편 제1장과 <소명(小明)>편 제2장의 '염아독혜(念我獨兮)'에 그대
로 보이고, 특히 소아(小雅) <황조(黃鳥)>현은 '황조'와 '고독'이라는 제재
뿐 아니라 시상의 전개 구조마저도 상관성을 보여준다는 것이다.

작품의 영향관계를 추적하여 소재나 화소의 부분적 유사성을 들어 영
향수수관계로 단정을 내리는 경향이 있었으나, 이러한 차원의 유사성은
의식구조와 주위 환경의 유사성에 따른 공통의 심리상태와 문화적 반응
의 유사성에 기인한다. 이러한 작업이 별반 뜻이 없다고 비판되었다. 올
바른 비교문학 연구도 작품의 특성을 차원 높게 해명하고 특히 구조의
대비를 통해 작업을 수행하고 있다. 결국 '황조'나 '고독'이 중국인만이
시의 소재나 정서로 삼을 수 있는 전유물이 될 수 없다. 그 밖의 유사한
표현어구도 중국인만이 표현할 수 있는 독특성을 갖는 것이 아니고 보
편적인 시적 발상이다. 다만 소아(小雅)의 <황조> 편은 구조상의 상관성
까지 보인다 하여 주목되나, 실제로 두 작품을 대비해 보면 시경시는 형
식도 7행인데다, 주제의 방향도 <황조가>처럼 서정적 자아의 개인적
고독을 문제 삼고 있는 것이 아니라 부족집단의 생존 혹은 여인의 생존
문제에 걸리는 고립이 중심이 되듯이 당대 역사적 변혁이 문맥화되어
있다.

'황조'의 이미지도 <황조가>에선 암수 정답게 노니는 조화의 이상으
로 그려지고 있음에 반해, 시경시는 뽕나무에 앉아 기장을 쪼아 먹는 수
탈자를 우의하는 것으로 그려지고 있어 서로 특성을 완전히 달리하고

있다. <황조가>는 시경시와는 무관하게 생성된 고구려의 고유한 창작 가요이며, 다만 후대에 정착될 때 한역자가 시경시의 표현 어구에 친숙한 나머지 부분적 유사성을 보이는 정도의 영향관계를 상정할 수 있다. <황조가>는 고구려 초기에 우리 민족에 의해 자생된 고유의 상대가요 이다. 그것이 유리왕의 비극적 사실과 후대의 문학적 개연성을 결합함으로써 고구려 유리왕의 정치적 현실과 비극적 사연이 정서적으로 형상화된 작품이라고 연구가 이루어졌다.

<황조가>는 화희(禾姬)와 치희(雉姬)의 사랑의 아픔을 노래한 서정시인 동시에 고구려 유리왕 때 현실적 갈등과 이해관계를 함축적으로 보여주는 정치민요의 성격을 보여주고 있다. 아울러 황조 곧 꾀꼬리는 삼족오(三足烏)에 버금가는 상징적인 대상이다. 꾀꼬리는 고구려 집단에게는 상징적인 동물이다. 황금새 이미지는 신화성을 다분히 내포하고 있다. 고구려 신화적 상상력과 고구려의 역사적 사실을 동시에 읽어야 한다.

> 3년(서기전 17) 가을 7월에 골천(鶻川)에 별궁(別宮)을 지었다. 겨울 10월에 왕비 송씨(松氏)가 죽자, 왕은 다시 두 여자에게 장가들어 [이들을] 후처(後妻)로 삼았다. 하나는 화희(禾姬)인데 골천인의 딸이고, 또 하나는 치희(稚姬)인데 한(漢)나라 사람의 딸이다. 두 여자가 사랑 받으려고 서로 다투며 화목하지 않았으므로 왕은 양곡(凉谷)에 동·서 2궁을 지어 각각 살게 하였다. 그 후에 왕이 기산(箕山)으로 사냥 나가 7일 동안 돌아오지 않자 두 여자가 서로 다투었다. 화희가 치희를 꾸짖어 "너는 한나라 사람 집의 천한 첩으로 어찌 무례함이 심할 수 있는가?"라고 하였다. 치희가 부끄럽고 한스러워 도망쳐 돌아갔다. 왕은 그 말을 듣고 말을 채찍질하여 좇아갔으나 치희는 성을 내며 돌아오지 않았다. 왕은 어느 날 나무 밑에서 쉬다가 꾀꼬리[黃鳥]가 날아와 모여드는 것을 보고 감탄하여 노래하였다. "훨훨 나는 저 꾀꼬리 암수 서로 노니는데 나 홀로 외로우니 뉘와 함께 돌아갈까."

이 문맥을 고구려 제2대 유리왕의 사실적 기록으로 보면, 이 노래는 치희를 잃은 슬픔의 서정가요가 된다. 그러나 이규보의 <동명왕편>을 보면 유리왕은 아버지 주몽이 감춘 단검을 찾고 하늘을 향해 뛰어오르는 신이한 행동을 보이는 등 신화적 인물로 설정되어 있다. 주몽을 이어 왕위에 등극한 유리왕에 대한 기록은 역사적 문맥으로 보기 어렵고 오히려 신화적 문맥으로 보아야 할 것이다. 또 하나 왕비 송씨의 죽음에 대한 의문이다. 유리왕 3년에 왕비가 죽었다고 하였으면서도, 『삼국사기』에서는 제3대 대무신왕이 왕비 송씨의 소생이라고 기록하고 있다. 그는 유리왕 23년에 태어난 셈인데, 왕비 송씨의 소생이라고 하였으니 사실에 어긋난다.

이 문맥을 다른 각도에서 살펴야 풀릴 것이다. 고구려 건국 초기의 사회상을 보면, 소노부(消奴部)와 절노부(絶奴部)가 결혼 동맹으로 부족공동체를 이룩하는 시기인데도 근본을 모르는 화희와 치희를 계실로 삼았다는 점은 납득이 안 간다. 정말 왕비가 죽었다면 다시 왕비를 들어앉힐 일인데, '화희와 치희의 쟁투' 이야기가 이어진다는 것은 왕비의 죽음이 '모의적인 죽음'일 가능성이 크다. 그렇다면 주몽 모(母) 유화와 같은 지모신이나 농업신으로서의 여신신화가 동명왕대를 거쳐 유리왕대에도 계승되었을 가능성을 배제할 수 없다. 『삼국사기』유리왕 3년조에 나타나는 송씨의 죽음은 '죽음을 거쳐 부활하는 지모신'의 성격을 보여주는 것일 수 있다. 왕비의 죽음이 '모의적 죽음'이라면, '화희 치희의 쟁투'는 계절제의에서 이루어지는 농경신과 수렵신의 싸움인 것이다. 이런 사회적 변화의 문맥을 여러 군데에서 발견할 수 있다.

한 남성, 곧 유리왕을 사이에 둔 두 여자 화희와 치희의 싸움은 겨울을 보내고 농사지을 수 있는 계절, 곧 봄(혹은 여름)을 맞이하는 계절제의의 가장 원형이라 할 수 있다. 이 계절제의의 전통은 면면히 이어져 후

대 탈춤에까지 그 잔영이 나타나는데, 탈춤이 원래 농촌의 풍요를 기원
하는 굿에서 유래하였기 때문일 것이다. 풍요를 기원하는 농촌의 탈놀이
흔적을 제주도의 춘경풍속(春耕風俗)에서도 발견할 수 있다.

제주도의 입춘굿놀이에서 농경제의의 흔적을 읽을 수 있다. 이원조(李
源祚)의 기록에도 입춘일에 호장이 관복을 입고, 보습을 들고 목우를 끌
며 밭가는 모습을 보인다고 하며, 이는 탐라왕 때에 왕이 친경하는 유속
이라고 하였다. 봄 밭갈이 전에 농경을 모의적으로 행하며, 이때에 가면
을 쓴 한 남자와 두 여자가 쟁투하는 행위를 모의적으로 거행한다고 한
다. 두 여자의 싸움은 당연히 농사가 잘 되게 하기 위한 굿의 형태였음
은 자명하다. 1914년 일본인의 기록에 의하면, 이 놀이는 묵극(默劇)으로
거행되는데, 등장인물이 가면을 쓰고 '농부가 씨를 뿌리고, 새가 씨를
쪼고, 남녀가 농사짓는 모의 농경을 행하고, 여자를 서로 빼앗는 장면'
을 연출하는데, 이 놀이를 벌이면 그 해는 오곡풍양(五穀豊穰)이 된다고
한다. 풍요기원의 계절제의는 이처럼 남녀의 쟁투를 드러낸 성적의례로
이루어진다. 그래서 『시경』의 발상을 살려서 인용하여 <황조가>를 "계
절적 제례의식에서 베풀어지는 배우자를 선정하는 기회에서 불린 사랑
의 노래로, 거절당한 남자의 애절한 구애곡"이라고 한 정병욱의 견해는
어느 정도 설득력이 있으나 그는 화희와 치희의 쟁투가 지닌 풍요제의
적 요소를 간과하였고, 결국 <황조가>를 보편적인 서정가요로만 보게
되었다.

<황조가>는 계절제의에서 불린 제의가이나 제의에서 불린 집단적 서
정가요이다. 이 노래에는 명령이나 위협의 요구적 어법이 전혀 없으며,
봄의 정경과 인간의 정감이 있을 뿐이다. 고대가요의 대부분은 제의와
결부되어 있는데, 제의적인 노래라고 해서 주술성의 노래라고 규정하면
안 되듯이, <황조가>도 계절제의와 결부되어 있더라도 그것은 제의를

통한 생의 표현—서정성으로 보아야 할 것이다. 우리는 삶이 어떻게 구체화되어 시가로 표출되는가 하는 점과, 인간과 자연의 교감이 어떻게 시가에 투영되는가 하는 점을 밝혀야 한다. 그런 의미에서 <황조가>에서 자연의 생산력과 인간의 생식력이 교감되는 바를 주목해 볼 때, <황조가>에는 풍요 기원의 집단 서정성이 있음을 살필 수 있다. 따라서 <황조가>의 표면적 의미는 실연과 고독을 노래하고 있으나, 이면적인 의미에는 농경제의적 요소가 설화문맥을 통해서 드러나고 있다.

5. 상대시가의 문학사적 의의

상대시가는 주로 구지가, 황조가, 공무도하가를 지칭하는 향가 이전 시가의 총칭으로서 원시제정일치 사회에서 고대국가 초기로 넘어가는 과도기적 시기를 거치며 시대적 양상을 반영한다. 제천의식의 집단적이고 서사적인 종합예술체에서 개인적이고 서정적인 시가가 분리되면서 생성·발전하게 되었다. 당시에는 문자가 없어 구전되다 그중 몇 수가 한자로 기록되거나 후대에 기록되어 전한다. 상대시가는 우리 국문학사에 있어서 최초의 서정시가 형태를 보여주며, 서정시 발달의 시초인 점에 있다.

향가의 귀신감동과 서정

1. 향가의 개념

향가(鄕歌)는 이야기와 노래로 구성의 틀이 짜여 있다. 이야기와 노래의 대부분은 불경에서 기인한 것이고, 불교를 넓게 펴기 위한 홍법을 목적으로 한 것이다. 어려운 불경의 내용을 대중들에게 흥미 있게 전달하려는 데서 파생한 문학이 향가이다. 향가와 사뇌가(詞腦歌)란 용어가 나타난 문헌은 『삼국유사』, 『삼국사기』, 『균여전』 등이다. 이들 문헌에는 향가와 사뇌가에 대한 말뜻을 구별하여 분명히 드러냈지만, 후대 논자들이 그 속뜻을 쉽게 파악할 수 없었기 때문에 시가의 명칭으로 사용하는 데 혼동을 가져온 것이 사실이다. 특히 사뇌의 말뜻에 대하여는 이를 향찰(鄕札) 표기로 인지하였고, 또 그것의 풀이하는 데에도 서로 다른 견해를 밝혔다.

먼저 향가의 개념을 규정한 그간의 설은 다음과 같다. 첫째, 향가는 시대로 보면 신라, 표기상으로는 향찰, 그리고 이들 노래의 형식은 대개 4구, 8구, 10구로 구성되어 있다. 둘째, 향가의 어의를 정의하면, 향(鄕)

은 중국에 대한 우리나라를 지칭한 것이므로 향가는 곧 우리나라의 노
래란 뜻이다. 그런데 이 '향'이란 말은 중국에 대한 자기비하나 천속함
을 드러낸 말이기 때문에 가히 쓸 만한 용어가 아니다. 셋째, 향가의 개
념을 광·협의로 나눌 수 있다. 광의로는 중국 시에 대한 우리나라의 독
특한 노래, 협의로는 신라시대부터 고려 초기에 이르는 사이에 제작된
이두식 문자로 표기된 시가이다.

이들 견해와 더불어 『삼국유사』나 『균여전』에 쓰인 향가의 용례를 찾
아봄으로써 향가의 개념을 더욱 구체화할 수 있다.

- 臣僧但屬於國仙之徒 只解鄕歌 不閑聲梵 王曰 旣卜綠僧 雖用鄕歌可也.

  —『삼국유사』 권5, 月明師 兜率歌

- 名又當爲亡妹營齋作鄕歌祭之.

  —『삼국유사』 권5, 月明師 兜率歌

- 羅人尙鄕歌者尙矣 盖詩頌之類歟.

  —『삼국유사』 권5, 月明師 兜率歌

- 釋永才性滑稽 不累於物 善鄕歌.

  —『삼국유사』 권5, 永才遇賊

- 王素與角干魏弘通 至是 常入內用事 仍命與大矩和尙 修集鄕歌 謂之三代
  目云.

  —『三國史記』 신라본기 11, 眞聖王 2년

- 八九行之唐序 義廣文豊 十一首之鄕歌 詞淸句麗 其爲作也 呼稱詞腦 司
  欺貞觀之詞 …… 彼土之鴻儒碩德 莫解鄕謠.

  —『균여전』 譯歌現德分

- 詩搆唐辭 磨琢於五言七字 歌排鄕語 切磋三句六名.

  —『균여전』 譯歌現德分

위에서 인용한 글에서 향가의 쓰임을 볼 때, 분명한 것은 '우리나라의

노래'란 뜻이다. 그리고 '향(鄕)'의 대칭으로 '당(唐)'을 의식하였음을 알 수 있다. 곧 중국의 노래가 아닌 우리나라의 노래를 범칭해 향가라고 불렀다는 사실이다. 그리고 우리는 고유한 문자를 갖지 아니하였으므로, 우리나라 노래는 향찰로 표기함을 전제로 하였을 것이다. 이렇게 볼 때, 향가란 향찰 표기로 된 우리나라 노래를 범칭 한다는 사실을 알 수 있다. 이같이 개념을 정하고 나면, 우리나라 시가에서의 향가 위치 및 범주는 분명히 드러나리라 본다. 『삼국유사』에 적힌 14수 노래와 『균여전』의 <보현십원가(普賢十願歌)>는 의당 향가 범주에 속할 것이고, 향찰 표기로 된 고려의 <도이장가(悼二將歌)> 역시 향가이다. 향찰이야말로 당대에 유일하게 우리말을 표기할 수 있는 문자였다.

향가란 용어가 중국 시가에 대한 대칭에서 비롯된 것은 사실이다. 여기에는 자기를 낮추거나 겸손에서 붙인 흔적은 없으며, 정감적인 뜻에서 붙여진 것도 아니다. 오히려 향언(鄕言), 향어(鄕語), 향찰(鄕札), 향가(鄕歌)라는 말 속에는 신라라는 것을 강조한 주체적이고 자주적인 의지가 내포되어 있다. 특히 『균여전』의 기록에서는 주체적이고 자주적 의지가 담긴 표현으로 쓰인 사실을 알 수 있다. "당시(唐詩)가 당나라 말로 짜였듯이 향가는 향어로 얽어졌다."라는 표현에서도 중국과의 대등한 자리에서 민족어 노래의 독자적이고 독창적인 자리를 강조하고 있다.

2. 향가의 발생과 창작

한문이 동이족에 들어오면서 중국의 한시가 우리에게 알려지게 되었고, 이때부터 중국의 한시를 바탕으로 우리나라 사람들도 한시를 짓고 활동하였다. 이러한 사실은 지금 전하는 『삼국유사』나 『삼국사기』에도 보인다. 을지문덕이 지었다는 <우중문(于仲文)에게 보내는 시>라든가 신라 진덕왕이 지었다는 오언의 한시인 <태평송(太平頌)>은 한시가 이 당시에 우리나라 사람들에 의하여 지어졌다는 사실을 보여준다. 고구려 유리왕의 <황조가(黃鳥歌)> 역시 마찬가지이다. 그런 가운데 고구려 장수왕 2년(414)에 세워진 '광개토왕릉비(廣開土王陵碑)'는 고구려의 웅대한 기상을 보여주는 대작으로 이 비문에 적힌 글줄은 연대가 확실한 최초의 작품이라 하겠다. 또한 근년에 발견된 충청북도 충주시의 '중원고구려비(中原高句麗碑)'에서도 고구려의 웅혼 우월한 문화를 엿볼 수 있다. 이같이 삼국시기 초엽에 이미 우리나라 사람들이 한자로 글을 지었다는 사실을 확인할 수 있다.

그리고 한편에서는 우리말로 노래를 지어 불렀다. 글자를 새로 만들어 내지 못하였기 때문에 우리 노래를 표기할 수 있는 방법으로 한자의 음과 뜻을 빌려 표기하였다. 이런 노래를 일러 이 시기 사람들은 향가라 하였는데, 이는 중국의 한시와 구별해서 붙여진 이름이었다. 특히 신라에서는 향가를 숭상하는 사람들이 많았다고 한다. 진성왕은 당시 신라에 널리 알려지고 불린 향가를 모아 『삼대목(三代目)』이라는 향가집을 집성하게 하였다. 『삼대목』은 우리나라 최초의 가집(歌集)이다. 가집의 이름에 '삼대목'을 붙인 것은 무슨 뜻인가? 그것은 전시기에 걸친, 곧 신라 전대에 걸친 향가집을 의미한다. 이를 통해 신라시기에 향가가 많이 지어졌음을 알 수 있다. 불교의식에 쓰이는 범패만으로는 우리나라 사람들에게 불교를 전교하기엔 부족하였고, 대중에게 불교를 널리 펴기 위해서는 무엇보다 우리의 고유한 음악이 필요하였기 때문에 우리말로 표현하는 노래를 만들었던 것이다.

『삼국유사』나 『균여전』에 따르면 향가를 짓게 된 까닭은 중국 시가에 상응하여 우리의 주체적인 생각을 담은 노래를 만들어 보겠다는 자주정신에서 비롯된 것이지만, 직접적으로 향가 시형이 새롭게 태어나서 크게 성하게 된 것은 불교를 전교하는 데는 무엇보다도 재래의 우리 음악과 우리말로 불릴 수 있는 노래가 필요하다는 사실을 인식하게 되었기 때문이다. 『삼국유사』에서 경덕왕이 인도의 음악인 범패가 아닌 향가라도 좋다고 한 것은 이런 사실을 설명한 것이다. 원효는 불교를 널리 펴는데 있어 그 한 방법으로 노래를 이용하고자 하였다. 『삼국유사』의 원효불기(元曉不羈)에서 이런 사실을 알 수 있다.

> 우연히 광대들이 가지고 노는 탈바가지를 얻어 보니 그 형상이 괴이하였다. 본을 따서 놀이 용구를 만들었다. 화엄경에서는 모든 것에 막힘이 없는 사람은 곧 생사를 벗어난다고 말하였는데 따라서 이를 무애인(無碍人)이라 불렀다. 드디어 노래를 지어 유포시켰다. 일찍이 이것을 가지고 여러 마을과 촌락을 다니면서 노래하고 춤을 추면서 불교를 전교하고 돌아왔다. 농가와 촌가의 사람들로 하여금 모두 부처의 이름을 알리고 또한 외우게 하였으니 참으로 원효의 영향이 컸다.

백성들에게 불교를 널리 알리기 위한 방법으로 사용된 것이 바로 향가였다. 향가를 이용하여 불교를 전교하였던 모습을 <도솔가(兜率歌)>를 통해서 알 수 있고, 신앙의 고백이나 기원을 향가를 통해 호소하였던 사실을 <원왕생가(願往生歌)>에서 볼 수 있다. <모죽지랑가(慕竹旨郎歌)>와 월명사의 <도솔가(兜率歌)>가 미륵경을 속강한 것이라면, <원왕생가(願往生歌)>, <우적가(遇賊歌)>, <제망매가(祭亡妹歌)>는 『정토경』을, 무왕의 이야기는 관음경을 속강한 것이라고 할 수 있다.

균여의 향가인 <보현십원가(普賢十願歌)>는 온전히 화엄종가(華嚴宗歌)로서 보현행원(普賢行願)의 사상을 고취시켰다는 점을 들 수 있다. 균여의 향가에는 대중의 마음이 잘 드러나 있다. 그것은 높지도 낮지도 않은,

또한 깊지도 얕지도 않은 중생의 소박한 마음에서 우러난 대원이었다. 균여의 마음이 곧 보현의 마음이고, 보현의 마음이 바로 중생의 마음이기에 이 노래는 대중들 사이에서 널리 불렸고 누구나 손쉽게 부처님 마음에 접근할 수 있었다. 보현십원가를 우리말로 표현하였고, 또 우리말로 부른 것은 대중 전교의 방법을 생각한 데서 나온 것이다.

『균여전』에 따르면 균여의 향가를 일러 사뇌가(詞腦歌)라고 하였고, 사(詞)가 밝고 구(句)가 당나라 초기의 사(詞)와 견줄 만큼 뛰어나며, 정밀하기는 부(賦) 중에서도 가장 뛰어나 혜제(惠帝)나 명제(明帝) 때의 부와 견줄 수 있다고 하였다. 『균여전』에서는 사뇌가를 향가의 한 갈래로 보았고, 균여 향가는 바로 사뇌 갈래에 속함을 밝혔다. 『균여전』에서는 균여의 향가 <보현십원가>를 일러 특히 사뇌가라 칭하였고, 『삼국유사』에도 <찬기파랑사뇌가(讚耆婆郎詞腦歌)>라 부른 노래가 있는 바 사뇌는 향가의 한 갈래 노래임을 알 수 있다. 이 사뇌가의 형식상 특징은 세 단락의 의미 구조와 차사(嗟辭)를 지니고 있는 점이다. 또 한 가지 분명한 것은 사뇌가는 불교사상에 뿌리를 두고 지어진 노래이며, 차사를 갖춘 10행시이며, 사찰을 중심으로 하여 크게 성행하였다는 점이다. 불교사상을 바탕으로 삼고 있기에 하층민에서부터 국왕까지도 이 노래를 이해했던 것으로 파악된다.

사뇌가는 신라에서 고려 중엽까지 경주를 중심으로 하여 황해도 황주까지, 시기로나 지역으로나 두터운 층을 이룬 시가문학사에서 대표적인 노래임을 알 수 있다. 『삼대목』이 발견되지 않아 전하는 작품의 수가 얼마 되지 않으나, 이 시대에 크게 유행한 대표적인 시가란 점에서 향가는 시가문학사에서 높은 자리를 차지한다고 하겠다. 열 줄 사뇌가의 전통은 향가문학의 핵심인데 지속적으로 발전되어 오늘에 이르지 못한 까닭은 아직 밝혀져 있지 않다.

3. 향가의 형식과 구조

『균여전(均如傳)』에서 최행귀는 균여의 <보현가(普賢歌)>의 시형을 다음과 같이 밝혔다.

> "然而詩講唐辭 磨琢於五言七字 歌排鄕語 切磋於三句六名 論聲則隔若參
> 商 東西易辨 據理則敵如矛盾 强弱難分"
>
> ―『균여전』 역가현덕(譯歌現德)

향가 시형에 대한 언급을 최행귀가 균여의 사뇌가를 한역하면서 붙인 서문의 구절에서 확인할 수 있다. 『균여전』의 이 구절은 전문이 '사육병려체(四六騈儷體)'로 기술되어 있으며, 또한 이 대목은 정연한 대구로 설명되어 있다. 당시(唐詩)가 '오언칠언(五言七言)'의 고시(古詩), 절구(絶句), 율시(律詩)로 구성되어 있듯이, 향가는 '삼구육명(三句六名)'으로 되었고, 당시가 당나라 말로 씌어졌듯이 향가는 반드시 우리말로 불린다고 하였다. 그렇듯 당시와 향가가 시형에서 판이하다는 뜻이다.

삼구육명이란 향가 시형에 대해서는, 그 풀이에 서로 다른 견해가 있어 해석의 어려움이 지적된 바 있다. 최철은 『삼국유사』 노예왕(弩禮王) 때 "始作兜率歌有嗟辭詞腦格"이란 구절에서 사뇌의 시형을 찾아보았다. 일연은 사뇌의 격식을 '차사(嗟辭)'로 보았고, 이런 차사를 지닌 최초의 작품을 <도솔가>라고 지칭했다. '차사'란 감탄의 말이며, 이는 <도솔가>의 종결귀에 보이는 감동사를 칭하는 것이다. 또 사뇌격이란 사뇌가의 형식, 곧 사뇌 시형의 격식을 의미하는 것이다. 이로 보아 <도솔가>야말로 차사라는 사뇌 격식을 갖춘 최초의 작품이란 사실을 알 수 있다.

정열모는 『향가연구』에서 사뇌격인 차사를 아래와 같이 지적하였다. "차사라는 것은 사뇌가에서 흔히 볼 수 있는 '후구(後句)', '아야(阿耶)',

'아야(阿也)', '탄왈(嘆曰)'이라든지 오늘날 시조에서 볼 수 있는 '구태여', '어즈버'와 같은 것만이 아닌 것이다. 사뇌가나 시조에서 차사라고 하는 것은 바로 結에 해당되는 것이다. (…중략…) 이와 같이 차사를 지니는 것이 사뇌가 내지 사뇌격인 도솔가의 특색이며, 이것이 있으므로 3장의 구조로 되었다. 지헌영도 "삼구육장체시가(三句六章體詩歌)의 후귀 머리에 '아으' 또는 '아' 등의 감탄사가 붙어 있음을 학계와 교육계, 고등학교 학생들도 숙지하고 있는 바이니, 삼구육명체시가(三句六名體歌)는 감탄사를 수반하는 시가라 하여도 좋을 것이다. 삼장육구체가는 차사를 지닌 사뇌, 차사사뇌라고 대칭하더라도 조금도 괴이할 것이 없는 것이라 하겠다."라고 하였다. 일찍이 정열모, 지헌영이 차사야말로 바로 사뇌가의 형식상 특징이며, 이를 일러 '삼국육명체가'라 함을 지적하였다.

일연은 『삼국유사』에서 사뇌 격식을 차사라고 하였고, 최행귀는 『균여전』에서 <보현십원가>를 한시로 번역하면서 이 시형의 특색을 삼구육명이라 하였다. 차사와 삼구육명의 관계, 차사와 삼구육명의 등식, 차사의 기능, 삼구육명의 실체 등을 따져볼 필요가 있다.

균여 향가의 차사를 보면 아래와 같다.

後句	공덕가
湺句	참회가, 주세가(句 三)
隔句	여래가
阿耶	공양가, 무진가
嘆曰	예불가
後言	법륜가
城上人	불학가(名 六)
打心	중생가
病吟	회향가

『삼국유사』 소재 사뇌가, 곧 <찬기파랑가>, <우적가>, <원왕생가>, <맹안득안가>, <제망매가>, <혜성가>, <안민가> 등은 차사를 갖고 있다. 균여의 사뇌가 11편은 전부 차사를 지니고 있다. 반면 중국의 시에는 향가에 보이는 차사가 없다. 중국 시와 견주어서 향가 시형의 특징은 당시(唐詩)가 당사(唐辭)로 지어지듯 우리말로 지어진 것이고, 당시가 오언칠자의 짜임으로 얽어지듯, 향가는 결미에 반드시 삼구육명의 차사가 붙는다. 최행귀는 차사야말로 우리나라 노래 곧 향가의 특징이라고 본 것이다. 이 구절은 당시와 견주어서 향가의 형식상 다름을 들어 설명한 대구인데, 오언칠자의 대구로서 삼구육명이라고 칭하였던 것이다. '언(言)'과 '자(字)'를 같은 의미로 본 점은 '구(句)'와 '명(名)'을 같은 의미의 차사로 본 것과도 같은 대구의 표현법이다. '후구(後句)', '약구(落句)', '격구(隔句)'의 차사를 삼구로, '아야(阿耶)', '탄왈(嘆曰)', '후언(後言)', '성상인(城上人)', '타심(打心)', '병음(病吟)'의 차사를 육명으로 칭했던 것이다.

실로 우리 옛시가인 사뇌 시형의 특징은 바로 차사이며, 이 차사를 오언칠자의 대구로 설명한 것이 바로 최행귀의 삼구육명이다. 그리고 사뇌가의 차사는 후대 우리나라 옛시가인 고려가요나 시조, 가사, 현대시에까지 이어지는 한국 시가 시형의 특징이다. 지금까지 '삼구육명'에 대한 기존의 풀이는 지나치게 구나 명의 자의(字意)를 따지거나, 또는 사뇌의 얽음새를 해체 분석하여 구성 단위, 의미 단위, 가락 등과 연관시켜 드러낸 데에 함정이 있었다.

현존 향가는 크게 두 종류의 시형으로 나뉘는데, 하나는 사뇌가이고 다른 하나는 민요계 향가이다. 그것은 형식에서도 확연히 구별된다.

『삼국유사』에는 사뇌 형식을 갖춘 9편의 사뇌가가 있다. 이 9편은 균여의 향가와 같은 형식미를 지닌다. 자수에 있어서도 85자 내외이며, 3단 구성과 차사를 두는 것도 균여의 향가와 같다. 『삼국유사』에 수록되어 있는 9편의 향가는 균여 향가와 같은 구조를 지녔고, 내용도 불교 신앙에 바탕을 두고 있어 사뇌가 장르로 보는 것이 합당하다.

나머지 5편은 사뇌가 형식과 다르다. 자수에서도 <헌화가>는 34자, <처용가>는 61자, <서동요>는 25자, <풍요>는 26자, <도솔가>는 37자로 절반도 미치지 못하였다. 그러나 <처용가>나 <도솔가>는 노래 내용이 크게 3단으로 짜였고, 종결구에 차사를 지닌다는 점에서 사뇌시형과 맥을 같이한다는 사실을 지적해 두고자 한다. 또 한 가지 덧붙일 점은 향가 시형이 뒷날 시조 시형에 변체로 드러난다고 했는데, 시조가 3장 구성에 종장 첫머리에 탄사를 두는 것은 사뇌시형의 변체임이 확실하다. <보현십원가> 11수로 한 작품을 형성하는 것 역시 연시조에 그대로 반영되고 있다. 15세기 맹사성의 <사시가>, 16세기 이황의 <도산십이곡>, 이이의 <고산구곡가> 등 한 체계의 제목 아래 여러 수의 시조를 짓는 작가들이 많았다. 이것도 균여의 향가로부터 지속적으로 계승되어 온 시가 형식이라고 하겠다.

4. 향가의 구성 원리

향가 개개 작품들의 창작 연유를 알리는 이야기, 곧 배경설화는 일연의 『삼국유사』에만 기록되어 전한다. 따라서 일연의 『삼국유사』의 성격과 편찬 동기를 찾아보는 일은 신라 향가의 성격을 규명하는 데 있어 꼭 필요한 작업이다. 『삼국유사』는 그 명칭이 시사하듯, 사기류(史記類)의 정사(正史)와는 달리 역사 이면에 숨어 있는, 민간에 떠도는 전설(傳說), 잡사(雜事), 만록(漫錄) 등을 포함한 잡사(雜史)의 성격을 지닌다. 일연은 그의 자서에서도 『삼국유사』의 성격을 단적으로 표현해 놓았다. 그 한 예로

신이지사(神異之事)를 서술함에 있어 그것이 조금도 기이한 것이 아님을 강조한 사실을 들 수 있다. 『삼국유사』는 일연 자신의 관점에 따라 중요한 이야기들을 모아서 채록한 것이다. 그러므로 그 내용은 일연의 취향과 신분, 성격, 입장이 잘 반영되어 있는 것이라고 할 수 있다.

『삼국유사』는 그렇기 때문에 신라 중심, 왕대 중심, 경주 중심, 김씨 중심, 불교 중심, 곧 일연 중심이 되지 않을 수 없었던 것이다. 따라서 포교라는 명제하에 불교의 신이성을 강조한 이야기가 많다. 말하자면 『삼국유사』는 불교 관계자료를 집대성한 책이다. 그러므로 여기에 기록된 향가 관련 이야기들이란 불교의 전교와 매우 밀접한 강론집과 같은 성격을 지닌다 하겠다. 향가는 불교사상을 담고 있다. 특히 현존 향가만을 볼 때, 이 노래는 불교 포교담과 관련된 찬불가로 생각되기 때문에 어느 한 쪽 계층의 사람들에게는 소외되었을 가능성도 있다. 이러한 부정적인 이유 때문에 향가는 신라 노래로서 당대에 크게 숭상되었지만 이는 상대적으로 어느 한 쪽의 표현일 수 있다.

향가문학이 이야기와 노래로 구성의 틀이 짜인 것은 불교를 전교하는 방법이 강론과 강창의 두 길이 있음을 암시한다. 불교를 홍법(弘法)하기 위해 속강승들은 속강(俗講)을 위한 일정한 대본을 갖고 있었다. <원왕생가>, <도솔가>, <맹안득안가>, <제망매가>, <안민가>, <모죽지랑가>, <서동요>, <원가>와 그 이야기 형식의 강론들은 그러한 속강승들이 썼던 강창 구조로 된 단형의 대본들이다. 향가에는 불경 또는 불경고사를 속강한 노래가 있는가 하면, 사원 연기(緣起)나 호국신앙 또는 불교적 출생담을 담은 노래들도 있다. 대체로 홍법의 구연적 성향이 강하다.

(1) 향가의 종교성

향가문학의 성격을 귀신감동의 신악(神樂)이라고도 규정하고 있다. 이는 신의 성격이 불교의 부처님이나, 유교의 조상이나, 도교의 하늘이나, 무속의 범신론적 세계이든 신적(神的)인 기원을 노래한, 넓은 의미의 시가적 성격으로 신에게 기원하는 노래를 말함이다. 『삼국유사』의 설화와 작품 내용을 살펴보면 향가문학은 대부분 신이나 운명에 대한 기원으로 주술성을 갖고 있다. 이들 기원성의 바탕이 된 불교사유나 유교사유, 무속사유 등 작품 안에 때로는 융합되어 통합된 기원성으로 나타나 있다. 이는 곧 유·불·선을 바탕으로 한 풍류도(화랑도)의 기원성이기도 하다.

❶ 불교적 기원

『삼국유사』에 전해오는 향가작품들이 불교적 성격을 가진 것은 일연이 승려로 불교적인 관점에서 작품을 선정하거나 해석하였기 때문일 수도 있으나, 일단 남아 전하는 향가만으로 볼 때 시와 설화에서 모두 불교사상을 기반으로 하고 있는 것만은 분명한 사실이다. 이러한 불교적인 기원으로 창작된 작품들은 다음과 같은 불교신앙에 그 영향을 입은 것으로 보인다.

① 미륵사상 : 〈도솔가〉, 〈혜성가〉, 〈서동요〉, 〈모죽지랑가〉, 〈찬기파랑가〉 등

〈도솔가〉에서 산화공덕(散花功德)으로 미륵좌주(彌勒座主)에게 이일병현(二日并現)의 재앙을 없애주기를 빌고 있으며, 〈혜성가〉 또한 세 화랑의 풍악 유람길에 혜성이 나타나기에 융천사를 통하여 미륵의 힘을 빌어 혜성을 소멸시키려는 작품이다. 〈서동요〉는 서동어미의 설화에서 용화산(龍華山) 아래 지룡(池龍)과 교통(交通)하여 서동을 잉태하였고 후에 미륵사

창건설화에 이르고 있으며, <모죽지랑가>는 죽지랑의 전생설화에서 술 종공과 거사가 만나 서로 감탄하고 거사가 죽자 그 무덤에 돌미륵을 세운 것으로 보아 미륵을 통하여 신라를 구원할 인물인 죽지랑의 탄생을 기원한 것으로 보아야 하겠다. <찬기파랑가>에서는 충담사가 남산 삼화령 미륵세존에게 삼짇날 차를 올리고 오는 것으로 보아 미륵불의 힘으로 이 땅을 구원할 기파랑과 같은 인물이 나타나기를 고대하고 있음을 알 수 있다.

② 아미타사상 : <원왕생가>, <제망매가>, <풍요> 등

아미타사상은 이 땅에서 공덕을 닦아 서방 극락정토인 아미타불의 세계에 태어나고자 하는 불교신앙으로 <원왕생가>에 잘 나타나 있다.

> 달하 이제
> 서방까지 가십니까?
> 무량수불전에
> 일러다가 사뢰고 싶습니다.
> 다짐 깊으신 부처님께 우러러
> 두 손 모두어
> 원왕생 원왕생
> 그릴 사람 있다 사뢰고 싶습니다.
> 아으 이몸 남겨 두고
> 사십팔대원 이루실까?

<제망매가>에서는 월명사가 누이의 죽음을 맞아 인간적으로 슬퍼하며 미타찰에서 다시 만나기를 기원하며 도닦아 기다리고자 하는 소박한 심정이 잘 표현되어 있다. <풍요>에서는 "온다 온다 온다 온다 / 서럽더라 서럽다 우리들이여 / 공덕 닦으러 온다"고 하여 이 땅의 무상함을

깨닫고 불상조성에 필요한 흙을 나르는 공덕으로 서방정토에 다시 태어나고자 하는 불자들의 마음으로 해석하여도 좋을 것이다. <찬기파랑가>를 기파랑의 죽음을 애도하는 시로 해석할 때, '울다 지쳐서 하늘을 쳐다보니 달이 흰 구름을 좇아 서방으로 가고 있음'을 아미타 세계로 간 기파랑을 상징한다고 보면 미타사상의 일면으로 생각할 수도 있고, <우적가>의 영재가 나이 90이 되어 깊은 산으로 은거하러 감을 들어 미타 정토사상의 흔적으로 볼 수도 있다.

③ 관음사상 : 〈천수대비가〉, 〈우적가〉 등

<천수대비가>는 '천 개의 눈과 천 개의 손을 가진 관세음보살님께 빌어, 두 눈이 먼 아이에게 눈 하나만을 주신다면 얼마나 관음보살님의 자비가 크실까?' 하는 민중들의 바람을 노래한 것이다. <우적가>는 60인의 도적들을 노래 한 수로 교화하여 부처님의 세계로 인도하신 작자 영재가 곧 관음보살의 화신인지도 모를 일이다.

❷ 유교적 기원 : 〈안민가〉, 〈원가〉, 〈찬기파랑가〉 등

직접적으로 유교사상을 노래한 작품으로는 <안민가>를 들 수 있고, 간접적으로 임금과 국가에 대한 충(忠)이나 국가적 인물을 노래한 작품에는 <원가>, <찬기파랑가>, <모죽지랑가> 등을 꼽을 수 있다. <안민가>는 '임금은 아비요, 신하는 어머니, 백성은 아이와 같다'고 하여 서로 본분을 지켜고 선정(善政)한다면 나라가 태평할 것이라는 치리(治理)의 도를 말하고 있으며, <원가>는 신충이 왕에 대한 믿음[君爲臣綱]을 저버리지 않았음을 노래하였으며, <찬기파랑가>에서는 국가가 필요한 기파랑과 같은 인격이 높은 인물을 흠모하고 있으며, <모죽지랑가>에서는 득오의 죽지랑에 대한 신의와 존경[朋友有信, 兄友弟恭]을 노래하고 있다.

❸ 주술적 기원 : 〈처용가〉, 〈서동요〉, 〈혜성가〉, 〈모죽지랑가〉 등

주력(呪力)의 기원을 노래한 작품으로 아내에게 붙은 역신(疫神)을 물리치는 주술인 〈처용가〉, 구애의 한 방법으로 전래하던 민요인 〈서동요〉, 노래로 혜성과 일본병을 물리친 〈혜성가〉, 작품의 표현면에서 그리움의 끝에 죽어서 다시 만나리라는 전통적 내세관을 노래한 〈모죽지랑가〉 등을 들 수 있다. 〈처용가〉는 역신을 물리치는 축신(逐神)의 주술적 무가이다. 〈서동요〉는 짝을 얻기 위한 참요적 성격의 노래로서 일찍부터 '누구와 누구는 ～에서 ～해가지고 ～한대요'라는 전래민요에 그 기원이 있다. 〈혜성가〉는 어떤 나쁜 일을 오히려 좋게 해석함으로써 재앙을 물리치고자 하는 무속적인 방법이 내재되어 있다. 〈모죽지랑가〉의 마지막 2행 "낭이여 그리는 마음의 갈 길 / 다봇 굴헝에 잘 밤 있으리"를 만가(輓歌)로 해석하여 민속적으로 볼 때, 이 땅에서는 다시 만날 수 없음에 "죽어 무덤에서 다시 만나리"라는 것은, 삶은 곧 죽음의 연장이기에 '죽어 저 세상에서 다시 만나자'라는 전통적인 민중의 내세관이 깃들어 있다고 볼 수 있다.

(2) 향가의 정치·사회성

향가의 정치 사회성으로는 나라를 다스리는 방법을 비유로 노래하거나 사건 또는 문제를 해결하려는 치리적(治理的) 성격의 노래, 사람을 교화하거나 인물을 찬양하여 남에게 전범이 되게 하는 치인적(治人的) 성격의 노래, 그리고 참요나 민요적 성격의 노래로 나눌 수 있다.

❶ 치리적(治理的) 성격 : 〈안민가〉, 〈혜성가〉, 〈도솔가〉, 〈원가〉 등

대표적인 치리가의 작품으로 〈안민가〉를 드는 데는 이의가 없는데,

제목에서도 <이안민가(理安民歌)>라고도 하여 백성을 편안히 다스리는 노래라 함을 보아도 알 수 있다. <혜성가>는 하늘의 혜성이 나타난 불길한 징조를, <도솔가>는 하늘에 두 개의 해가 나타난 불상사를 노래로 해결하고자 하며, <원가>는 효성왕이 신하와의 약속을 어겼음을 노래로 일깨워 주는 일종의 충신의 간언(諫言)과 같은 의미를 지니고 있다.

❷ 치병적(治病的) 성격 : 〈처용가〉

<처용가>는 아내의 열병을 치유하기 위한 무굿으로 처용신의 주문(呪文)인데, 역신(疫神)을 쫓아냄은 곧 병을 물리치거나 치유되었음을 의미한다. <처용가>를 시의 표면 그대로 남녀의 다리가 네 개라는 음란성으로 볼 것이 아니라, 처용은 용의 아들[龍神]이기에 처용의 눈에 역신의 모습이 보인 것이라 생각함이 더 옳다. 민간의 속설에 병이 든 사람에게 보통 귀신이 덮였다고 한다. 이를 물리치기 위해 행하는 것이 무굿임에 <처용가> 또한 고려에 와서 확실한 무가(巫歌)로 변화하였음을 알 수 있다.

❸ 치인적(治人的) 성격 : 〈우적가〉, 〈모죽지랑가〉, 〈찬기파랑가〉

생에서의 재물과 이욕이 부질없음을 노래하여 도적을 교화시킨 <우적가>와 삼한을 통일하는 데 크게 기여하고 부하를 지극히 사랑하였던 죽지랑을 기리는 <모죽지랑가>, 잣나무 가지처럼 인격이 높아 눈이나 서리가 내리지 못할 고매한 기파랑을 찬양한 <찬기파랑가>는 이들의 모습을 본받기를 바라는 신라인들의 치인적 성격의 노래라 할 수 있다.

❹ 민요적 성격 : 〈서동요〉, 〈풍요〉

<서동요>는 구애의 방법으로 사용된 전래적 참요이며 아이들이 부른 동요라고 할 수 있고, <풍요>는 불자들이 현세의 공덕으로 극락정토에

왕생하기를 원하는 전래민요로 볼 수 있으나, 역으로 불사(佛事)에 동원된 노역자들의 고통을 노래한 풍자적 민요로 볼 수도 있다.

(3) 향가의 서정성

시문학에서 서정성은 어느 작품에서나 공통적으로 존재한다. 향가문학의 서정성도 보편적으로 사랑과 죽음, 삶의 문제 등에서 크게 예외적이지 않다.

❶ 세상살이의 문제 : 〈풍요〉, 〈원가〉 등

〈풍요〉는 인생이란 찰나적 존재의 서러움을 서술적으로 노래하고 있고, 〈원가〉는 믿음을 저버린 슬픔을 노래한 것으로 '색깔 좋은 잣나무는 가을이 되어도 변치 않는데, 잣나무를 두고 언약한 왕의 얼굴빛이 고치실 줄이야'라고 하여 마치 〈정과정곡〉의 정서와 유사하여 상관관계가 주목되는 바이다.

❷ 죽음의 문제 : 〈모죽지랑가〉, 〈찬기파랑가〉, 〈제망매가〉 등

죽음은 인간의 영원한 문제이다. 〈모죽지랑가〉는 죽지랑의 늙음을 한탄하고 죽어서 다시 만나리라는 기원을 노래하고 있다. 〈찬기파랑가〉는 기파랑의 인격을 냇가에 남은 조약돌에서라도 좇고 싶은 그리움을 노래하고 있다. 〈제망매가〉는 형제자매의 삶이 한 가지에 난 잎과 같이 제각기 흩어지듯 동기간의 죽음 또한 이처럼 부질없음을 인간적인 눈으로 노래하고 있다.

5. 향가의 작품세계

향가는 더러 '사뇌가'라고도 일컬어지며, 신라(新羅) 때에 생겨나 고려 (高麗) 초기까지 불리다가 없어진 노래를 말한다. 그때, 우리 조상들은 우리 글자가 없었기 때문에 한자(漢字)의 음(音)과 뜻을 활용(活用)하여 노래를 적어 남겼다. 당시의 노래를 모아서 『삼대목(三大目)』이라는 책을 엮어 냈다고 하나, 지금은 전해지지 않는다. 다만, 『삼국유사(三國遺事)』에 14수와 『균여전(均如傳)』에 11수가 남아 있어서 그 대강을 짐작할 따름이다.

지금 전해지는 향가의 형식(形式)을 보면, 넉 줄로 된 4구체(4수), 여덟 줄로 된 8구체(2수), 열 줄로 된 10구체(19수) 들이 있고, 그 내용을 보면, 신라인의 생활과 정신세계를 보여 주는 노래가 많다. 그중에서 <제망매가(祭亡妹歌)>, <찬기파랑가(讚耆婆郎歌)>, <헌화가(獻花歌)> 등은 대표작이다.

(1) 4구체 향가

4구체로 된 작품은 비교적 초기 형태에 가까운 것으로, <서동요>, <풍요>, <헌화가>, <도솔가> 등의 4편이 있다. 이 중 <서동요>와 <풍요>는 발생 설화, 창자(唱者)나 내용상으로 보아 민요적 성격이 강하다. <도솔가>나 <헌화가>는 그 자체로는 민요가 아니지만, 민요형식으로 지어진 작품이다. 이들 작품을 민요형식으로 보는 이유는 신라의 가요형식을 이어받은 고려의 속요 역시 4구체였다는 점과 삼국시대 중엽까지 우리말로 된 노래 중에 상류계급과 서민층의 노래가 분리되지 않았다고 보기 때문이다. <서동요>와 <헌화가> 작품을 살펴보도록 하겠다.

▌〈서동요〉, 양주동 해독

선화공주(善化公主)니믄	善化公主主隱
눔 그스지 얼어 두고	他密只嫁良置古,
맛둥바올	薯童房乙
바믜 몰 안고 가다	夜矣卯乙抱遣去如.

선화공주님은
남 몰래 정을 통해 두고
맛동(서동) 도련님을
밤에 몰래 안고 간다.

　〈서동요〉는 현존하는 최고의 향가로서 민요가 4구체 향가로 정착한 유일한 노래이며, 동시에 향가 중 유일한 동요(童謠)라는 데서 그 문학사적 의의를 찾을 수 있다. 신라 제26대 진평왕 때 백제의 무왕(武王)이 지었다는 4구체 향가로 전래의 민요가 정착된 가장 오래된 작품인데, 이 노래와 같이 통일신라 이전의 작품으로서 원사가 전하는 것은 4구체인 〈풍요〉와 10구체인 〈혜성가〉가 있을 뿐이다. 『삼국유사』에 의하면 무왕이 신라의 선화공주를 아내로 맞이하기 위해 이 노래를 지어 아이들에게 부르게 하였다는 설화가 전하며, 사랑을 위해 목숨을 거는 정열과 순진하고 소박한 심성을 노래한 것으로 고대동요의 전형적 성격을 띠고 있다.

　〈서동요〉는 민요 중에서도 동요이며, 선화공주와 서동의 결함을 암시하는 의도적 특징을 고려할 때 참요적 성격도 띠고 있는 작품이다. 또한 서동의 잠재적 갈망을 선화공주란 상대편에 전가시키고 있으므로 주객을 전도시켰다는 데 그 수사적 특징이 있으며, 『삼국유사』 권2, 무왕(武王)의 일대기에 그 내용이 전하고 있다.

▌〈헌화가〉, 양주동 해독

딛배 바회 ᄀᆞᆷ희	紫布岩乎邊希
자ᄇᆡ온손 암쇼 노히시고	執音乎手母牛放敎遣
나ᄒᆞᆯ 안디 붓ᄒᆞ리샤ᄃᆞᆫ	吾肹不喩慚肹伊賜等
곶ᄒᆞᆯ 것가 받ᄌᆞ오리이다	花肹折叱可獻乎理音如.

붉은 바위 끝에(제4구 꽃으로 연결)
(부인께서)암소 잡은 (나의) 손을 놓게 하시고
나를 부끄러워하시지 않으신다면
꽃을 꺾어 바치겠습니다. (정연찬 풀이)

이 노래는 민요 형식을 본받은 4구로 된 서정적 향가로, 소를 몰고 가던 어느 노인이 수로 부인에게 철쭉꽃을 꺾어 바치면서 불렀다는 노래이다. 배경 설화와 함께 『삼국유사』에 노랫말이 향찰로 표기되어 전하고 있는데, 아름다운 여인에게 꽃을 바치는 노인의 심정이 붉은 바위의 색깔 이미지에 조응(照應)되어 선명하게 묘사되었으며, 가정법과 도치법을 구사하여 헌신적이고 지극한 마음을 잘 드러내고 있다.

천 길 벼랑에 핀 꽃, 그 꽃을 탐하는 여심(女心), 위험을 무릅쓰고 꺾어오는 용기와 헌신, 꽃을 바치는 겸손하고 정성된 마음은 모두가 아름다운 모습들이다. 아름다운 귀부인과 소를 몰고 가는 노인을 대비시켜 귀함과 속됨, 젊은 여인의 아름다움과 노인의 원숙한 아름다움이 격조 높게 드러나면서 성(聖)과 속(俗), 미(美)와 추(醜)를 초월하는 숭고한 정신을 느끼게 하는 이 노래에서 신라인의 소박하면서도 고상한 정신세계를 엿볼 수 있다.

▌〈도솔가〉, 양주동 해독

오늘이에 산화(散花)블어	今日此矣散花唱良

샌 술본고자 너는	巴寶白乎隱花良汝隱
고돈 Ʌ슴미 명(命)ʌ브리ᄋ디	直等隱心音矣命叱使以惡只
미륵좌주(彌勒座主) 뫼셔롸.	勒座主陪立羅良

오늘 이에 산화 불러
뿌린 꽃아 너는
곧은 마음의 명 받들어
미륵좌주를 모시어라.

겨울 11월, 왕이 국내를 순시하다가 한 할멈이 기한에 쪼들려 죽게 된 것을 보고서 "내가 하찮은 몸으로 윗자리에 있어 백성을 잘 기르지 못하고 노약자로 하여금 이 지경에 이르게 하였으니, 모두 나의 허물이로다." 라고 말하고, 자기 옷을 벗어 입혀 주고 자기 먹을 음식을 미루어 먹이고, 따라서 유사에게 명하여 곳곳마다 방문하여 홀아비·홀어미·고아·늙은 이·병자로서 자활할 수 없는 자를 급양하게 하니, 이에 이웃 나라 백성이 소문을 듣고 오는 자가 많았다. 이 해에 민속이 환강하여 도솔가를 지으니, 가악의 시초였다.

<도솔가>는 향가로 알려져 있지만 상대시가적 요소가 짙다. 이 노래가 불린 당대에는 박씨(朴氏)와 석씨(石氏)의 왕위 경쟁뿐만 아니라 부족 간 및 부족 내부의 쟁투가 상존해 있었다. 매우 국가적으로 변란이 심했던 시기였다. 이런 건국 초기의 혼란에도 불구하고 민속이 환강해져 <도솔가>를 지었다는 기록은 석연하지 않으나 이는 몇 가지 정치적으로 암시하는 측면이 있다. 왕의 노력으로 민속환강하게 되었다는 내용이기보다 나라를 평안하게 하자는 기원의 내용을 당시의 기록에 짜맞춘 것이라 여겨진다. <도솔가>는 국가의 기반을 수립하는 시기에 야기된 여러 위난을 극복하려는 일환으로 거행된 제의에서 민속환강을 기축(祈祝)하는 가악이었을 것이다. 조동일도 "국가적인 안정을 기원하

는 재래적이 형태의 노래"라며 민속환강을 인정하기보다 '안정의 기원'
에 초점을 맞추고 있다. <도솔가>는 전통적인 제의에서 주술과 기원
을 곁들이는 노래였을 것이다.

그런데 이 제의적인 형태의 노래가 불린 제의란 무속제의가 아닌 '선
풍(仙風)의 제의'인 것이다. 신라의 국가적 제사는 '삼산오악이하명산대천
(三山五岳以下名山大川)'인데, 제산천의 기초 위에 제천과 제시조신을 결합
한 것이 선풍이고, 이는 국가 형성기에 이미 무속을 주변부로 밀어내고
지배이념이 되었다. 신라 제5대 파사왕(婆娑王) 30년 7월에 "누리가 곡식
을 해치므로 왕은 산천에 두루 제사하여 기도를 드렸더니 누리가 없어
지고 풍년이 들었다."는 기록에서 풍요와 국가적인 안정을 꾀하기 위해
산천에 제사한 흔적을 볼 수 있다. 이 <도솔가>의 전통은 계속 이어져
8세기 경덕왕대 월명사의 <도솔가>에 맥이 닿았다. 월명사는 국선지도
(國仙之徒)에 속하는 인물로 곧 화랑이며 승려로서 해가 둘 나타난 국가적
인 위난을 향가를 불러 해결한 인물이다. 화랑 혹은 선랑이라고 하는 선
도(仙徒)는 바로 신라의 지배이념인 선풍(仙風)을 숭상하고, 나라의 안녕을
위해 '유오산수(游娛山水)'하며 산천에 제사를 올리는 집단이다. 선도 중
낭승(郎僧)인 월명사와 같은 부류는 가악을 담당하였고, 특히 향가를 지
어 집단의 결속을 강화하고 국가적인 위기를 해결하기도 하였다.

원래의 전통적인 화랑사상에 미륵과 같은 불교적인 색채가 가미되어
낭불융합(郎佛融合)의 의식이 드러난다. 중세 합리주의 사상의 두 견인차
인 유교와 불교의 문학이라면 당연히 고대적 주술성에서 벗어나야 어울
릴 법하고, 절대적 존재인 부처를 공경하는 노래라면 마땅히 찬양과 기
원의 어법으로 이루어져야 할 텐데, 이 노래는 '너는'이라는 꽃에 대한
호칭과 '모시어라'는 명령의 어법이 사용되고 있다. 그래서 주술적인 노
래라고 한다. 그러나 무속적인 주술이 아님은 명백하다. 오히려 미륵좌

주라는 불교적 대상과 환기·명령의 주술적 어법이 결합되어 있기에 불
교적인 주술이라 할 만하다.

이런 복합적 성격을 해명하는 두드러진 견해를 김승찬에서 찾을 수
있다. 그는 도솔가의 주사(呪詞)를 "잡밀(雜密)과 관련된 주사인 것이다.
잡밀은 역병의 퇴치, 원적(怨賊)의 축출, 위액(危厄)의 제거, 기우(祈雨), 기
청(祈晴), 승전(勝戰) 등 양재초복(禳災招福)을 바라는 속신관(俗信觀)과 혼합
되어 발전한 불교이다."라고 하여 불교적 주사로 보고 있다. 결국 향가
의 주술성을 고유신앙에 바탕을 둔 주사와 불교신앙에 바탕을 둔 주사
로 나누어 고찰하도록 제안하고 있다.

경덕왕대 <도솔가>에는 불교의 잡밀적 주술이 어느 정도 가미되어
있다고 보아도 좋겠다. 그러나 미륵이 화랑사상의 상징이 되었으므로 고
유사상의 측면이 강한 듯하다. 그리고 고유신앙에 바탕을 둔 주사를 '무
적(巫的) 신앙의 무속적인 주사'와 '선적(仙的) 신앙의 선풍적 주사'로 나
누어 보아야 할 것이다. 김학성은 <도솔가>의 주술성이 무속의 주술적
어법과 거리가 있다고 다음과 같이 언급한다. "<도솔가>를 보면 주술
의 대상에 대해 초논리적이고 위협적으로 명령·강제하지 않고 논리적
이고 설득적으로 명령·강제하며, 직설적으로 진술하지 않고 상징 혹은
은유를 통한 간접적 언술방식을 택한다는 점에서 무속의 주술가요와는
질적 차이를 보인다."

김학성도 향가와 풍월도적 사유체계와의 연관성을 밝힌 바 있다. 향
가의 면면을 보면 요구의 주술성과 호소의 기원성을 볼 수 있는데, 그
요구의 주술성이 무속적 주술사유와는 상당히 격차를 보이고 있다. 이
<도솔가>에는 불교 이전의 사고방식이 작용하되 풍월도적(혹은 선풍적)
사유체계가 작용하고 있다. 그리고 이 노래에서는 신앙 대상보다 언어에
주목해야 한다. '모셔라'의 요구의 형식에 주목하여 이 노래를 선풍의

고유사상에서 비롯된 토속적 주술로 보아야 할 것이다. 그런데 여기서의 위협의 대상은 꽃이고, 기원의 대상은 미륵이다. 그렇다면 <구지가> 해석에서처럼 신의 출현을 기원하며 '거북'을 위협하는 언어형식과 동일하고, 거북이 신의 매개자이듯이 꽃도 신의 매개자로 해석될 가능성이 있다. 두 <도솔가>는 다 같이 민속의 환강이나 국가적 안정을 기원하는 제의에서 불리는 노래로, 호소의 방식이 아닌 요구의 형식으로 이루어진 주술적 노래이다. 직설적인 어법이 아닌 은유와 상징의 간접적인 어법으로 진술된 노래이다. 유리왕대 <도솔가>는 민속환강을 기뻐하는 노래가 아니라, 고대국가 건국시기에 안정 희구의 전통적 제의에 불린 집단적 주술가요인 셈이다.

(2) 8구체 향가

8구체는 전·후절의 구분 없이 8구로 되어 있으며 4구체가 발전된 형태이다. <모죽지랑가>, <처용가> 2수가 이에 해당한다.

▌〈모죽지랑가〉, 양주동 해독

간 봄 그리매	去隱春皆林米
모든 것사 우리 시름	毛冬居叱哭屋尸以憂音
이롬 나토샤온	阿冬音乃叱好支賜烏隱
즈싀 샬쯈 디니져	貌史年數就音墮支行齊
눈 돌칠 스이예	目煙廻於尸七史伊衣
맛보옵디 지소리	逢烏支惡知作乎下是
낭(郎)이여 그릴 ᄆᆞᄉᆞ미 녀올 길	郎也慕理尸心未 行乎尸道尸
다봊 굴허혜 잘 밤 이시리.	蓬次叱巷中宿尸夜音有叱下是

간 봄 그리워

모든 것이야 서러이 시름하는데
아름다움 나타내신
얼굴에 주름살 지려 할제.
눈 돌이킬 사이에나마
만나뵙기를 만드리
죽지랑이여, 그리는 마음의 가는 길
다북쑥 마을에 잘 밤 있으리.

<모죽지랑가>는 득오가 죽지랑이란 화랑을 추모 또는 사모한 노래이
다. 죽지랑은 이름난 화랑이며 장군으로, 진덕왕 때 김유신과 함께 국사
를 논의하던 술종공의 아들이며 진골 출신이다. 아버지가 미륵상을 세운
뒤 그 공덕으로 태어났다고 하는데, 삼국 통일에 큰 공을 세우고 벼슬이
이찬에까지 올랐으며, 미륵의 화신으로 여겨질 정도로 높이 숭앙된 인물
이다. 이 노래는 다음과 같은 배경설화가 전해져 온다.

신라 제32대 효소왕 때에 죽지랑의 무리 가운데 득오(得烏)라고 하는 급
간(級干, 신라 관등의 제 9위)이 있었다. 화랑도의 명부에 이름을 올려 놓
고 매일 출근하더니, 한 열흘 동안 보이지 않았다. 죽지랑이 그의 어미를
불러 아들이 어디에 갔느냐고 물어 보았다. 그의 어머니는 "당전(幢典, 오
늘날의 부대장에 해당하는 신라 때의 군직) 모량부(牟梁部, 사람 이름)의
익선아간(益宣阿干, 아간은 신라 관등의 제 6위)이 내 아들을 부산성(富山
城)의 창직(倉直, 곡식창고를 지키는 직책)으로 임명하였습니다. 그리하여
급히 가느라고 낭께 알리지 못하였습니다."라고 대답하는 것이었다.
죽지랑은 이 말을 듣고, "그대의 아들이 만일 사사로운 일로 그 곳에 갔
다면 찾아 볼 필요가 없지마는 공사로 갔다니 마땅히 가서 위로하고 대접
해야겠다"라고 하였다. 죽지랑은 익선의 밭으로 찾아가서 가지고 간 떡과
술을 득오에게 먹인 다음, 익선에게 휴가를 청하였으나 이를 거부하고 허
락하지 않았다. 그때 마침 간진이라는 사람이 추화군(지금의 밀양) 능절(能
節)의 조 30석을 거두어 성 안으로 싣고 가다가, 죽지랑의 선비를 존대하

는 풍도를 아름답게 여기고, 익선의 막히고 변통성이 없는 것을 품위가 없고 천하게 생각하여, 가지고 가던 벼 30석을 익선에게 주면서 득오를 보내도록 청하였으나 허락하지 않았다. 그래서 또 진절사지(珍節舍知, 신라 관직의 제13위)가 쓰는 말안장을 더 주었더니 드디어 허락하였다.

　조정의 화주(花主, 신라에서 화랑을 관장하는 관직)가 이 이야기를 듣고 익선을 잡아다가 그의 더럽고 추한 마음을 씻어 주고자 하였는데, 도망쳐 버렸으므로 그의 아들을 대신 잡아갔다. 때는 동짓달 몹시 추운 날인데 성 안의 못에서 목욕을 하게 하여 얼어 죽게 하였다. 대왕이 이 말을 듣고 모량리 사람은 모두 벼슬에서 몰아내게 하였고, 승복을 입지 못하게 하였다. 반면 간진의 자손에 대하여는 평정호손을 삼아서 표창하였다. 결국 죽지랑은 부산성 창직에서 고생하는 득오를 구하게 된 것이다.

　<모죽지랑가>는 죽지랑에 대한 사모의 정이 간절하게 나타나고 있다. 이 노래는 죽지랑과 고락을 같이하던 지난 시절을 그리워하면서 시작된다. 특히 '이미 가 버린 돌이킬 수 없는 봄'이란 은유적인 기법을 사용, 청춘 곧 죽지랑과 함께 지낸 시절에 대한 회상과 아쉬움을 강하게 묘사하고 있다. 죽지랑의 죽음에 대한 애도 또한 이 세상 모든 것이 슬퍼한다고 표현함으로써 죽지랑의 인품을 한 차원 높이고 있으며, 고매한 인품의 소유자임을 알 수 있게 한다.

　특히, 마지막 7, 8행은 10구체 향가의 낙구인 9, 10구와 같은 감탄사를 가진 유사성을 보여 주는 동시에, 절묘한 은유적 표현으로 전개되어 있다. '그리는 마음의 가는 길'이라는 감정의 구상화와 '다북쑥 마을'이 지니는 황촌(荒村)은 곧 작자 득오가 낭을 만날 수 없다는 인식에서 오는 정신적 초토(焦土)나 폐허의 은유적 표현인 것이다. 여기에서 우리는 시적 자아의 정서적 처절성이 가열하면 해질수록 죽지랑이라는 화랑의 인품과 덕의 높음을 실감 있게 상상할 수 있을 것이다.

　죽지랑을 사모하는 간절한 이러한 마음은 당시 의리에 충실하고 의리를 목숨보다 더 소중하게 생각하였던 화랑의 정신에서 비롯됨을 알 수 있다. 존경하는 재상, 나아가 자신이 어려운 처지에 있을 때 몸소 찾아와 자신을 구해준 사람의 죽음 앞에서 그를 추모하는 마음은 남다를 것이다.

▌〈처용가(處容歌)〉, 양주동 해독

시볼 볼긔 드래	東京明期月良
밤 드리 노니다가	夜入伊遊行如可
드러ㅿ 자리 보곤	入良沙寢矣見昆
가ᄅ리 네히어라	脚烏伊四是良羅
둘흔 내해엇고	二隱吾下於叱古
둘흔 뉘해언고	二隱誰支下焉古
본더 내해다ᄆ론	本矣吾下是如馬於隱
아ㅿ놀 엇디ᄒ릿고	奪叱良乙何如爲理古

서울 밝은 달에
밤 깊도록 놀고 다니다가
들어와 잠자리를 보니
다리가 넷이로구나
둘은 내 것이었고
둘은 누구의 것인가
본디 내 것이지마는
빼앗은 것을 어찌하리

〈처용가〉는 신라 헌강왕 때 처용이 지었다는 8구체 향가이다. 〈삼국유사〉에 따르면 '헌강왕이 개운포(開雲浦) 바닷가로 놀러 갔다가 용을 만나고 용이 자신의 일곱 아들 중 한명을 왕의 정사를 돕도록 하였다. 그가 처용이다. 처용의 아내는 매우 아름다워 역신(疫神)이 사모하였다.

역신은 사람으로 변해 처용이 없는 밤에 그의 아내를 찾아와 동침하였다. 처용이 외출하였다가 집으로 돌아와 보니 자기 아내의 잠자리에 두 사람이 누워 있었다. 이에 <처용가>를 지어 부르며 춤을 추면서 그 자리를 물러나왔다. 처용이 물러나자 역신은 모습을 드러내 무릎을 꿇고 "제가 공의 아내를 사모해 오늘 밤 범하였습니다. 그런데도 공은 성난 기색을 보이지 않으니 참으로 감복하였습니다. 맹세하건대 이후로는 공의 모습을 그린 화상만 보아도 그 문 안에는 들어가지 않겠습니다"라고 말하였다. 이 때문에 사람들은 문간에 처용의 얼굴을 그려 붙여 사귀(邪鬼)를 물리치고 경복(慶福)을 맞아들였다고 한다.'라는 배경설화가 있다.

<처용가>의 내용과 형식은 시적 화자가 역신의 화자 처 범접을 보고서 그 현장 상황과 그에 대한 화자의 대응태도를 일인칭 독백체 형식으로 노래하되, 노래에는 주가적 성격이 전혀 드러나 있지 않다. 그러나 처용이 이 노래를 부르고 춤을 추며 물러나니 역신이 노하지 않음에 감복하여 사죄하고 물러났기에 이 노래를 일반적으로 주가로 읽는다.

벽사진경(僻邪進慶, 간사한 귀신을 물리치고 경사를 맞이함)의 소박한 민속에서 형성된 무가(巫歌)이다. 무격신앙과 관련지어 생각할 때 처용은 제웅(역신을 쫓기 위하여 음력 정월에 동구 밖에 내던져 액을 면하게 한다는 볏짚 인형. 처용과 제웅은 발음 및 축사의 기능이 같으므로 처용을 곧 제웅이라고도 한다)과 연결시킬 수 있다. <처용가>는 의식무, 또는 연희의 성격을 띠고 고려와 조선 시대까지 계속 전승되었다. 더불어 고려 속요에도 '처용가'가 있어 향가 해독(解讀)의 계기를 마련해 주었다.

(3) 10구체 향가

10구체는 가장 정제된 형태로서, 특히 낙구(落句)에 '아으' 등의 감탄사를 상투적으로 배치한 부분은 후대에 발생한 시조의 종장 첫 구에 흔히 나타나며, 가사의 낙구에도 그 흔적이 남아 있다. 10구체 향가에는 <혜성가>, <원왕생가>, <원가>, <제망매가>, <안민가>, <찬기파랑가>, <천수대비가>, <우적가>, <보현십원가> 등이 있다.

▌〈제망매가〉, 양주동 해독

生死路ᄂᆞᆫ	生死路隱
예 이샤매 저히고	此矣有阿米次肹伊遣
나ᄂᆞᆫ 가ᄂᆞ다 말ㅅ도	吾隱去內如辭叱都
몯다 닏고 가ᄂᆞ닛고.	毛如云遣去內尼叱古
어느 ᄀᆞᄉᆞᆯ 이른 ᄇᆞᄅᆞ매	於內秋察早隱風未
이애 저애 ᄠᅥ딜 닙다이	此矣彼矣浮良落尸葉如
ᄒᆞᄃᆞᆫ 가재 나고	一等隱枝良出古
가논 곧 모ᄃᆞ온뎌	去奴隱處毛冬乎丁
아으 彌陀刹애 맛보올 내	阿也彌陀刹良逢乎吾
道닷가 기드리고다	道修良待是古如

生死路는
예 있으매 저어하고,
나는 간다 말도
못다 이르고 갑니까.
어느 가을 이른 바람에
이에 저에 떨어질 잎인 양,
한 가지에 나고
가는 곳 모르온저.
아아, 彌陀刹에서 만날 나,
도 닦아 기다리겠노라 (황패강 현대역)

<제망매가>는 신라 경덕왕 때 월명사(月明師)가 지은 10구체 향가로

기록에 따르면 죽은 누이의 명복을 비는 노래이다. 작자인 월명사가 승려 신분인 점, 가사 내용에 미타찰(彌陀刹)에서 만나기를 기약하고 있는 점 등으로 미루어볼 때 불교문학적 성격을 지니고 있다. 1~4행까지는 죽은 누이에 대한 안타까움과 그리움이 잘 표현되어 있고, 5~8행까지는 인생의 무상(無常)함과 젊은 나이에 요절한 누이에 대한 한탄이 서려 있다. 가을, 바람, 가지, 잎 등의 자연물과 자연현상을 통해 인간의 삶과 죽음을 은유적으로 표현하였다. 마지막 9~10행에서는 불교적인 믿음을 통해서 다시 만나고자 하는 작가의 다짐이 표현되어 있다. 여기서 미타찰은 극락세계의 아미타불이 있는 곳으로 도를 닦아서 누이와 함께 극락세계에서 다시 만나고자 하는 염원이 담겨 있다. 10구체 향가 9행에는 낙구(落句)라는 것이 있는데, 그 첫머리에 '아야(阿耶)' 또는 그 밖의 감탄사를 쓰는 것이 특징이다. 이러한 표현을 사용해서 감정의 전환을 보임으로써 시의 완결성을 높여 주고 있다.

▎ 〈찬기파랑가〉, 양주동 해독

열치매	咽烏爾處米
난호얀 드리	露曉邪隱月羅理
힌구룸 조초 떠가는 안디하	白雲音逐于浮去隱安支下
새파론 나리여희	沙是八陵隱汀理也中
耆郎이 즈싀 이슈라	耆郎矣 史是史藪邪
일로 나릿 지벽희	逸烏川理叱磧惡希
낭이 디니디샤온	郎也持以支如賜烏隱
ᄆᆞᅀᆞ미 ᄀᆞ홀 좇누아져	心未際叱肹逐內良齊
아으, 잣ㅅ가지 노파	阿耶 栢史叱枝次高支好
서리 몯누울 花判이여	雲是毛冬乃乎尸花判也

(구름 장막을)열치매
나타난 달이
흰 구름 쫓아 떠가는 것 아니냐?
새파란 시냇물에
기랑의 모습이 있구나.
이로 냇가 조약돌에
랑이 지니시던
마음의 끝을 따르련다.
아, 잣가지 드높아
서리를 모를 화랑이여.

충담사가 지은 두 편의 향가 가운데 하나인 <찬기파랑가>는 기파랑이라는 화랑을 추모하는 내용의 10구체 향가이다. 이 노래를 지은 계기는 기파랑이 지금 곁에 없다는 아쉬움 때문인데, 기파랑을 하늘에 뜬 달로 혹은 물가의 수풀로 빗대면서 자신은 자갈벌에서 기파랑이 지녔던 마음의 끝을 좇는 것으로 그려내고 있다. 1~5행에서 대상의 고결함과 드높은 기상을 나타내었다. 그리고 이어지는 6~8번째 줄에서는 자신을 자갈벌에 서 있는 것으로 나타내어 기파랑의 고결한 모습과 대비시킴으로써 추모와 찬미의 대상을 한껏 높이는 기법이 무척 세련되게 표현하였다. 그런가 하면 마지막 아홉째~열째 줄에서 '아아'라는 감탄사로 정서적 고양과 전환을 이루면서, 드높은 잣가지여서 눈이라도 덮지 못할 화랑임을 확신하고 있다. 단지 고결하고 광명한 달은 하늘의 것이어서 인간과 비교하기는 어렵지만 땅에 뿌리를 내리고 서서 하늘을 찌를 듯한 잣나무의 이미지로 기파랑의 위엄을 표현하였다. 위의 두 작품 <제망매가>, <찬기파랑가>는 10구체 형식의 사뇌가로 향가 작품 중에 서정성이 매우 뛰어난 작품으로 알려져 있다.

고려시대 초 승려 균여(均如)가 지은 11수의 십구체(十句體) 향가인 <보

현십원가>의 전체 내용은 보현보살이 제시한 열 가지 원을 작자 스스로
행하고자 다짐하는 것이다.

▌〈예경제불가〉, 김완진 현대역

心未筆留	마음의 붓으로
慕呂白乎隱佛體前衣	그리온 부처 앞에
拜內乎隱身萬隱	절하는 몸은
法界毛叱所只至去良	(그 정성) 法界 없어지도록 이르거라.
塵塵馬洛佛體叱刹亦	티끌마다 부첫 절이며
刹刹每如邀里白乎隱	절마다 뫼셔 놓은
法界滿賜隱佛體 法界	차신 부처
九世盡良禮爲白齊 九世	내내 절하옵저
歎曰 身語意業無疲厭	아아, 身語意業无疲厭
此良夫作沙毛叱等耶	이리 宗旨 지어 있노라

'여러 부처님께 예경(禮敬)하는 노래'인 <예경제불가(禮敬諸佛歌)>는 『화
엄경』 보현행원품의 예경제불(禮敬諸佛)의 내용을 시화(詩化)한 것이다.

초장에서는 부처를 사모하며 위하는 사람은 법계가 끝날 때까지 정성
을 기울여야 함을 말했다. 중장에서는 절은 무궁무진하여 그 절들은 부
처를 모셔놓고 영원히 받들어야 한다고 하였다. 종장에서는 전심전력으
로 정성을 다하여 부처를 받들어 나가자고 말하고 있다.

나머지 수를 살펴보면, <칭찬여래가(稱讚如來歌)>는 여래불의 공덕을
칭송하는 노래로, 칭송자의 혀에 무한한 능력이 함께하기를 기원하고 있
다. <광수공양가(廣修供養歌)>는 넓게 여러 가지 공양을 모두 행하겠다는
내용으로, 그 많은 공양 중에서도 물질공양이 아닌 몸으로 하는 법공양
이 으뜸임을 강조한다. <참회업장가(懺悔業障歌)>는 유일하게 보현행원품
의 참제업장(懺除業障)이라는 제목을 고친 노래로, 그 내용은 오늘의 참회

로부터 다시는 죄를 짓지 않겠다는 다짐이다. <수희공덕가(隨喜功德歌)>는 어느 누구의 공덕이라도 이는 곧 나의 공덕이 되니, 그 모든 공덕을 따라 기뻐하겠다고 한 노래이다. <청전법륜가(請轉法輪歌)>는 법륜(중생의 악을 부수는 설법)을 굴리도록 청하는 노래로, 그 내용은 부처님의 은혜로 중생이 깨달은 아름다운 세계를 보여 준다. <청불주세가(請佛住世歌)>는 부처님이 비록 이 세상과 인연을 다해 서방으로 가려고 할지라도 가지 말고 이 세상에 계속 머물면서 중생을 구제해 주도록 갈구하는 내용이다. <상수불학가(常隨佛學歌)>는 항상 부처님을 따라서 배우겠다는 노래로, 부처님이 닦으신 어렵고 괴로운 수행을 좇고자 하면서 스스로의 마음을 다짐한다. <항순중생가(恒順衆生歌)>는 항상 중생을 따르겠다는 내용으로, 부처님도 중생으로 뿌리를 삼으셨으니 자신도 그렇게 중생을 따르겠다고 노래하고 있으며, <보개회향가(普皆廻向歌)>는 자신이 닦은 모든 공덕의 선을 중생에게 돌려, 중생에도 미혹한 무리가 없게 하겠다고 다짐한다. <총결무진가(總結無盡歌)>는 앞의 10수를 묶어 결론짓는 노래로, 생계(生界)를 다하면 자신이 바라는 바도 다할 날이 있으리니, 보현행원만을 열심히 행하겠다고 다짐하는 내용이다. 이상 십대원은 53인의 선지식의 구도적 사상의 총결편이며 실천으로써 중생을 제도하려는 화엄사상의 최고 목표를 제시했다고 볼 수 있다.

　균여는 보현십대원을 누구나 알기 쉬운 우리말 노래로 풀이하여 노래로 만들었다. 각 행원마다 노래 하나씩을 지어 노래 이름에 '~가(歌)'를 붙였고, 1편 '총결무진가(總結無盡歌)'를 두어 총 11수가 된다.

6. 향가의 문학사적 의의

향가는 통일신라 이후 한반도 전역에 걸쳐 널리 창작되고 향유된 우리의 민족 문학이다. 우리글이 없었던 당시 부득이하게 한자의 음과 훈을 이용한 향찰 문자를 만들어 사용한 것을 보면 강한 민족적 주체성도 엿보인다.

향가는 우리 문학사상 최초의 정형화된 서정시라는 점에 중요한 의의가 있다. 또한, 그 가사는 신라어의 연구에 귀중한 자료가 되고, 그 표기법은 외래 문화를 주체적으로 수용, 발전시킨 좋은 예가 된다. 숭고한 이상 추구를 주된 내용으로 했던 이 문학 양식은 소박하면서도 깊이 있는 수사(修辭)로 원만하고 차원 높은 신라인의 정신세계를 잘 반영하고 있다. 향가는 우리의 주체성을 보여 주면서 민족정신과 정서를 바탕으로 하여 꽃피운 민족문학의 유산이라 할 만하다.

속요의 구비적 전통과 진술

1. 속요의 개념

일반적으로 고려시대의 시가를 범칭할 때 고려가사(高麗歌詞), 고려가요(高麗歌謠, 麗謠), 고려장가(高麗長歌)라는 이름으로 불러왔다. <한림별곡(翰林別曲)>, <관동별곡(關東別曲)>, <죽계별곡(竹溪別曲)> 따위의 한문계 시가들을 경기체가(景幾體歌) 또는 별곡체(別曲體)라 불러 왔지만, <청산별곡(靑山別曲)>, <서경별곡(西京別曲)>, <만전춘별사(滿殿春別詞)>, <정석가(鄭石歌)>, <이상곡(履霜曲)>, <쌍화점(雙花店)>, <가시리> 따위의 시가군(詩歌群)을 불러 속요(俗謠) 또는 고속가(古俗歌)라 하여 왔었다. 이러한 여러 명칭들 중에서 그 대상의 형식과 내용의 특성을 고려하여 어느 정도 그 개념이 뚜렷이 형성된 명칭을 찾는다면, 속요와 경기체가가 있는 듯하고, 또 이 둘을 통합한 개념으로 고려가사와 장가가 통용되고 있다.

속요(俗謠)는 『악학궤범(樂學軌範)』, 『악장가사(樂章歌詞)』, 『시용향악보(時用鄕樂譜)』 등 여러 전적에 실려 전해지는 고려시대의 노래 가운데 경기체가를 제외한 우리말로 된 서정가요를 가리키는 시가양식이다. 원래 속요란 백성들의 입에서 입으로 전하여져 온 시속(時俗)의 노래란 의미이다. 이들 작품들은 발생 시기나 작가를 알 수 없는 것이 대부분이고, 형식에 있어서도 일정한 틀이 정해져 있지 않다. 그러나 고려시대의 속요는 민중에 의해 자연발생적으로 생성된 민요와는 구분되는 상당히 복잡한 형성 배경과 향유 계층 및 전승 과정을 지니고 있다.

고려조에 접어들면서 향가는 예종의 <도이장가(悼二將歌)>와 같은 작품의 창작도 있었지만 점차 쇠퇴하였다. 표기 방식의 제약 때문이기도 하겠으나, 무엇보다 이 시기 한문학의 발달은 점증하는 표현 욕구를 굳이 거추장스럽게 향찰 표기에 의하지 않고도 충분히 소화할 수 있게 해주었다. 이러한 사정 때문에 고려시대의 국문시가는 구비전승에 의해서 전해오다가 한글 창제 이후에야 비로소 문헌에 정착되어 전해지게 된 것이다. 고려시대에도 다양한 정감을 달아 지어진 여러 형식의 노래가 불리었을 것이 틀림없기에, 현재 가사에 전해지는 노래만을 가지고 고려가요의 전반적인 성격을 단정적으로 논단할 수는 없을 것이다.

속요는 고려가 망한지 한 세기 이상이 지난 뒤인 조선조 성·중종대에 와서야 문자로 채록되었다. 당시 가악(歌樂)을 정리하면서, 이들 노래들은 그 가사가 비리(鄙俚), 망탄(妄誕)하고, 남녀상열(男女相悅)의 내용을 담은 음사(淫詞)로 규정되어 악정의식(樂正意識)에 입각한 '사리부재(詞俚不載)'의 원칙에 저촉되어 산삭·변개되는 수모를 겪게 된다. 다만 이 가운데 국가적 의식이나 연회에서 연주되었던 <정읍사(井邑詞)>, <처용가(處容歌)>, <정과정(鄭瓜亭)>, <동동(動動)> 등 4편은 『악학궤범』에 올랐으며, 그 나머지 중 소수의 노래만이 『악장가사』, 『시용향악보』 등에 채록되게 되었다. 이에 따라 여기에 수록된 노래들만 오늘날 그 가사가 현전하게 된 것이다. 이들 속요를 고려의 노래로 보는 것은 『고려사』와 이재현(李齋賢)·문사평(文思平) 등이 당시의 노래를 한시로 번역한 『소악부(小樂

府)』의 기록 등을 참조하여 추정한 것이다. 다만 속요가 고려가 망한지 한 세기 이상이 지난 조선초기 궁중음악의 속악가사로 수집되어 정리되 었다는 점을 상기한다면, 현재 전하는 노래의 가사가 고려시대에 불리던 당시의 원형을 그대로 간직하고 있다고 보기는 어려울 것이다.

2. 속요의 장르와 특성

속요는 작자나 제작 시기를 알 수 없는 것들이 대부분이고, 제작 경위 나 제목을 알 수 있더라도 실제 작품이 전하지 않기도 한다. 그리고 하 나의 장르로 규정지을 수 없을 정도로 노래에서 일정한 형태를 찾기 힘 들다. 예컨대 <서경별곡(西京別曲)>의 2연과 <정석가(鄭石歌)>의 6연이 동일한 것처럼 한 노래의 특정한 연이 다른 노래에 나타나거나 <만전춘 별사(滿殿春別詞)>의 3연과 <정과정(鄭瓜亭)>의 5~6행의 가사 일부분은 동일하다. 그리고 <만전춘별사>의 1연은 순수 우리말이지만 2연에 이 르러 한시현토체로 바뀌는 문체상의 문제도 있다. 게다가 여음이나 후렴 도 가두(歌頭), 가중(歌中), 가미(歌尾)에 붙기도 한다. 이렇듯 속요와 관련된 작품의 내외적 문제는 일목으로 규정하기 힘들 정도이다. 물론 속요와 관련된 이러한 문제는 원가가 궁중예인집단에 의해 개사·편사됨에 따 라 일어난 것이다.

그러나 속요에 대한 일반론에서 벗어나 장르의 발생 및 전개 등과 관 련된 폭 넓은 검토가 이루어진 바 있다. 김학성은 "속요는 민속가요 가 운데 민요를 속악으로 전용하는 과정에서 생성·발전해 갔으며 이러한 속요가 더욱 세력을 얻어 장르의 발전 및 전성기를 맞게 되자 무가 및 불가를 수용하는 데까지 확산되어 간 것으로 추정된다."고 하였다.

속요의 장르적 특성을 규정한 이러한 논의는 형태론적으로 볼 때, 개
개의 노래가 민요의 특성과 관계를 맺은 듯하면서도 그렇지 않은 것을
통해서도 확인된다. 실제로 속요에 나타난 반복구, 후렴구, 여음, 투식어
등을 제거하면 민요와 친연한 작품으로 변모되는 것도 장르적 특성에서
비롯된 것이다. 물론 민요의 특성에서 벗어나게 된 근본적인 이유는 속
악으로 전용되는 과정에 궁중예인집단이 개입하였기 때문이다.

속요의 장르적 특성을 고려할 때 송(宋)의 대성악(大晟樂)과 사악(詞樂)의
역할이 주목된다. 주지하듯이 대성악은 송의 궁중악으로 고려 궁중악의
악제(樂制)를 정비하는 데에 결정적인 역할을 한다. 『고려사』 악지(樂志)에
따르면 고려 궁중악에는 아악, 당악, 속악이 있는데, 아악은 대성아악이
고 당악은 중국 속악 중에서 송사의 악이며 속악은 우리의 악이다.

- 당악은 고려에서 섞어 썼기 때문에 모아서 부기한다.
  —『고려사』 악지 악2 당악
- 우리 동방은 아직도 옛 관습에 따라 종묘에는 아악을 쓰고 조회에는 당
  악을 쓰고, 연향에는 향악과 당악을 번갈아 연주하였다.
  —『태종실록』 9년 4월 7일조

대성악과 송사(宋詞)의 수입이 기존에 있던 우리의 악을 소멸시킨 게
아니라, 개개의 악이 공존하면서 그에 맞는 기능을 수행하게 하였던 것
이다. 이런 경향은 고려조에 당악과 향악이 좌우(左右)인 '양부(兩部)'로 조
선조에 '동서(東西)'로 구분되었다는 점을 통해서도 알 수 있다. 물론 좌
우나 동서로 양분된 당악과 함께 향악은 후대에 이르러 좌방(左坊)에 중국
의 아악과 우방(右坊)에 중국과 우리의 속악인 당악과 향악이 병합되기에
이른다.

당악과 송악이 병합되기 이전, 이것들은 좌우나 동서로 구분되어 질주(迭奏, 번갈아 연주)의 형태로 공존하고 있었다. 당악과 송악이 동일한 연향에서 질주되었다고 할 때 유사점이 있기 마련이다. 송수지사(頌壽之詞)의 내용이 당악에서는 치어(致語)와 구호(口號)를 통해 드러나는 반면 속악에서는 가사 자체의 서두나 끝 부분에 배열, 혹은 노래 전체가 송도인 내용인 경우도 있다. 이러한 유사점은 연향에서 당·향악이 질주됨에 따라 생긴 것이다.

그렇다고 질주 과정에 송도의 내용만 개입된 것은 아니다. 당악의 가사 중에 "혀는 향기롭고 부드럽고 (…중략…) 젖은 달고 허리는 가늘고"처럼 여인네의 애무하는 장면을 방불케 하는 노랫말은 <만전춘별사(滿殿春別詞)>의 "얼음 위에 댓잎자리 만들어 님과 내가 얼어 죽을망정, 정 나눈 오늘 밤 더시 새오시라 (…중략…) 각시를 안고 누워 (…중략…) 가슴을 맞추옵니다."에 나타나는 것도 당악과 속악의 질주에 따른 일이다.

당·송악의 이런 유사성은 궁중 유입 과정에서도 발견된다. 먼저 당악의 주류를 차지하던 송사악(宋詞樂)은 저속한 민간 가요에서 출발한 것으로 기존의 가락에 가사를 짜 맞추는 방식이고, 주제도 도시 남녀의 사랑, 이별, 그리움, 음사(淫事)를 위주로 한다. 이것은 속요의 궁중 유입 과정에 따른 형식적 특성과 주제면에서도 서로 유사하다. 그리고 양자간의 유사점은 담당층에서도 발견되는데, 낮은 벼슬을 하거나 혹은 벼슬과 무관하게 기루(妓樓) 근처에서 평생을 보낸 사람들이 송사와 관련되었듯이, 속요 또한 악공이나 기녀라는 예인집단과 밀접하다.

속요의 일반적인 특성을 일별하는 가운데 당·향악의 질주와 관련된 문제를 살펴보았다. 결국 연향에서 이루어지는 당·향악의 질주에 양자간의 내용·형식적 측면은 물론 담당계층에서도 유사점을 발견할 수 있었다. 특히 기루 근처에서 방탕하게 보낸 사람들이 도시 남녀의 음정(淫

情)을 노래한 송사와 속요의 유사점은 시정 정취와 관련된 원가 문제를
생각하게 한다. 속요의 원가를 막연히 민요로 상정하는 데 벗어나 속요
와 송사의 일반적 특성을 고려해 볼 때 시정 정취와 관련된 노래를 보
다 구체적으로 이해할 수 있을 것이다.

3. 속요의 형성과 전개

속요는 고려 궁정에서 가창되었고, 조선 왕조 궁실에까지 전승되어
불리었다. 속요는 대부분 여항의 노래인 민요에서 비롯되었고, 민요가
궁중으로 이입되면서 악곡적 배려에 따라 반복구 및 후렴구가 삽입되는
등 가사의 개변과 함께 일부 성격적 변모를 겪는다. 그러나 형성 과정을
놓고 볼 때, 고려시대의 민요가 속요로 이행되는 과정은 그렇게 단순하
지가 않다.

<이상곡(履霜曲)>과 정서의 <정과정(鄭瓜亭)> 등의 작품은 향가의 전
통을 그대로 계승하고 있다. 예종의 <도이장가(悼二將歌)>까지 염두에 둔
다면 신라 향가의 문학적 전통은 속요의 시대에 와서도 완전히 단절되
었던 것이 아님을 알 수 있다. 엄격한 격식을 지닌 향가의 전통이 왕조
를 달리하여서까지 오랫동안 명맥을 유지한 것을 볼 때, 자유스런 양식
의 구비문학인 민요 또한 강한 생명력을 지니고 고려시대에 민간에 전
승되었을 것은 분명하다.

이러한 점은 구체적으로 작품의 변모나 결합 과정을 통해서도 증명된
다. 예컨대 <사모곡(思母曲)>은 처음 신라 목쥬(木州)라는 지방에서 불리
던 제목도 없는 노래였다. 그러나 점차 이 노래가 전국적으로 확산되면
서 <엇노래>라는 제목을 갖춘 보편성을 띤 노래로 탈바꿈하게 되고,

이어서 <사모곡>이라는 한자 조어(造語)로 바뀌면서 고려 궁중 무악(舞樂)으로 상승·채택되었다. 또 『고려사』 악지의 '동백목(冬栢木)' 조에는 <동백목>은 채홍철(蔡洪哲)이 죄를 지어 먼 섬에 유배되어 있을 때 충선왕을 사모하여 지은 것이라 하고, 한편으로 "옛 부터 이 노래가 있었는데 홍철이 이 노래 가사를 고쳐서 자기의 뜻을 우의(愚意)하였다고 한다."라고 첨언하고 있다. 이는 <동백목>이 채홍철이 새로 창작한 작품이 아니라 전래하는 기존의 가요를 재창작한 것임을 의미한다. 대개 <사모곡>과 <동백목>의 예를 통해 우리는 <정과정>이나 <이상곡>처럼 향가의 속요화만이 아니라, 신라시대의 민요까지도 고려 민간사회에 전승되어 속요에 흡수되었음을 암시받을 수 있다.

속요가 그 기반을 민요에 두고 있음은 속요에 삽입되어 있는 다음과 같은 유형가사(類型歌詞)의 존재를 통해서도 확인된다.

> 가
> 구스리 바회에 디신들 긴힛돈 그츠리잇가
> 즈믄히롤 외오곰 녀신들 信잇돈 그츠리잇가
>
> 나
> 넉시라도 님은혼디 녀져라 아으
> 벼기더시니 뉘러시니잇가
>
> 다
> 넉시라도 임을혼디 녀닛景 너기다니
> 벼기더시니 뉘러시니잇가

가는 <정석가>와 <서경별곡>에 똑같이 들어 있고, 나는 <정과정>, 다는 <만전춘별사>에 들어 있다. 왜 같은 내용의 가사가 서로 다른 작품에 삽입되어 있을까? 어느 한 노래에서 먼저 불린 것을 다른 노래가 따온 것일 수도 있겠지만, 그보다는 당시 민간에서 널리 불리던 관용구로 보는 것이 학계의 일반적인 인식이다. 가사가 전해오는 십여 편의 속요 가운데 4편의 작품에서 확인되는 이러한 유형가사들의 존재는 속요가 특정 개인의 창작가요가 아닌 오히려 민간의 노랫가락에 기초한 민요적 성향의 노래였음을 의미하는 것이다.

한편으로 이러한 민요 성향의 노래들이 궁중에 유입되는 과정에서 〈정석가〉와 〈동동〉의 경우에서처럼 일부 가사가 삽입되거나 개편되어 성격이 변모되는 예도 찾아볼 수 있다. 곧 두 노래의 첫 연을 살펴보면,

> 딩하 돌하 當今에 계샹이다
> 딩하 돌하 當今에 계샹이다
> 先王聖代예 노니ᄋᆞ와지이다
>
> 德으란 곰비예 받ᄌᆞᆸ고
> 福으란 림비예 받ᄌᆞᆸ고
> 德이여 福이라
> 호ᄂᆞᆯ 나ᅀᆞ라 오소이다
> 아으 動動다리

라 하여, 모두 이하 본사(本詞)와 결사(結詞)의 내용과는 무관한 격식화된 서사적(序詞的) 기능을 갖는 내용이 실려 있다. 이는 이들 노래의 본사나 결사가 원래는 민간에서 불리던 애정노래였는데, 이것이 궁중에 이입되어 속악가사로 개편되는 과정에서 임금에 대한 충성과 만세를 축원하는 송도적 의미가 머리말에 삽입된 것으로 볼 수 있다.

민간사회에서 생성된 민중들의 노래인 민요가 왕실에 유입되어 이른바 속악으로 자리를 잡는 과정에서 몇 가지 환경을 지적할 수 있다. 그

것은 우선 고려 왕실에 계승된 삼국 속악의 일정한 기여와 광종, 문종, 예종, 충렬왕 등 고려 역대 군주의 민요에 대한 기호, 이러한 왕실의 취향에 영합한 왕립 음악기관과 문신들의 역할, 행신(倖臣)들의 아첨과 기녀들의 공헌 등을 들 수 있다. 그밖에 당악(唐樂)의 영향력 또한 간과할 수 없는 중요한 요소였다. 당악의 흡인력이 없었다면 민요의 궁중 이입은 그처럼 활발할 수 없었을 것이다.

당악은 4대 광종 때 고려에 소개된 이래 왕실의 큰 애호를 입어 성행하였다. 당시 수입된 당 악곡의 가사는 대부분 송의 사문학(詞文學)으로, 이는 대곡(大曲)과 산사(散詞)로 크게 분류된다. 이들 가사를 살펴보면, 특히 산사의 경우 대부분 인생의 무상감이나 남녀간의 사랑과 이별, 이로 인한 그리움을 주된 내용으로 하고 있어 현전하는 고려 속요와 그 주제와 내용에 매우 유사한 작품이 많다는 사실을 알 수 있다. 이러한 점은 당악에 경도되어 있던 임금이나 신하들에게 그와 비슷한 내용의 민요를 궁중 무악의 가사에 흡입하도록 자극을 주었을 것으로 추정된다.

이러한 점은 속요의 형성 시기 문제와도 연관된다. 속요는 고려 말 원나라의 지배 아래 궁중이나 사회의 기강이 극도로 문란해진 시기에 형성된 것으로 보는 견해가 많았다. 그러나 삼국의 민요나 음악이 신라를 거쳐 고려에까지 전승되어 오는 과정이나, 문헌상으로 광종 때 이미 속요가 궁궐 안에서 즐겨 가창되어 최승로(崔承老)가 상소를 올려 이의 시정을 요구한 일이 있었다는 기록으로 보아, 속요의 형성은 훨씬 앞 시기까지 소급될 수 있다. 더욱이 속요가 조선조에 와서 '남녀상열지사(男女相悅之詞)'로 폄하되어 가사가 산삭 당하는 수모를 입었지만, 고려의 시각에서 본다면 <쌍화점>이나 <만전춘별사>와 같은 음란성이 짙은 가요를 제외하고는 나머지 남녀간의 사랑과 이별을 노래한 <동동>, <서경별곡>, <가시리>, <정석가> 등의 작품들은 당시에는 불건전한

노래, 음탕한 노래로는 취급되지 않았을 것이 분명하다. 이런 의미에서
도 속요의 형성을 여말의 문란한 시대상황과 반드시 연계시키려는 의
식은 매우 피상적이고 비합리적인 발상이라 여겨진다.

민요가 궁중에 이입되어 속요화하는 과정에 참여한 사람들은 어떤 계
층이었을까. 우선 각 지방이나 개경의 관기, 무녀 등이 왕립 음악기관인
태악서와 관현방에 소속되어 왕실의 여러 행사에 참여하는 과정에서 이
들에 의해 많은 민요들이 유입되었다고 볼 수 있다. 그밖에 충렬왕대의
기록을 보면 왕의 행신들이 각도에 파견되어 지방의 민요를 채집해 오
는 경우도 있었던 것으로 판단된다. 그밖에 기록을 통해 볼 때, 귀족 사
대부 계층에서도 민요를 채집하여 임금에게 올린 사례들이 밝혀지고 있
다. 속요의 작자층은 시적 화자를 작가로 단정하여 민중이나 부녀자로
볼 수만은 없고, 기녀와 악공, 나아가 왕과 측근의 신하들도 운반자, 개
작자, 편집자로서 넓은 의미의 작자층에 포함되며, 이들은 동시에 향수
자로서의 지위도 누리고 있다고 볼 수 있다.

4. 속요의 작품세계

고려가요는 속요 계통의 노래와 경기체가 계통의 노래로 크게 구분된
다. 속요 계통의 노래들이 언어의 운율미, 구비적 전통미를 잘 살리고
있는 서정가요라면, 경기체가 계통의 노래는 교술적인 성격이 두드러진
노래라는 점에서 서로 구분된다. 그밖에 작가와 향유계층의 이념과 사
상, 역사적 성격면에서도 이들은 서로 판이하다.

일반적으로 속요는 바탕을 민요에 두고 있지만, 민요 그대로가 아닌
새로운 상층 수요자의 요구에 따라 새롭게 개편되어 재창작된 것들이다.

그밖에 속요에는 형태나 기원, 작자층 등에서 성격을 달리하는 작품들도 있다. 예컨대 <처용가>와 같은 무가(巫歌) 계통의 가요나 <정과정> 같은 개인 창작가요도 있다. 오늘날 가사가 전해지는 속요는 <정읍사(井邑詞)>, <동동(動動)>, <처용가(處容歌)>, <정과정(鄭瓜亭)>, <정석가(鄭石歌)>, <청산별곡(靑山別曲)>, <서경별곡(西京別曲)>, <사모곡(思母曲)>, <가시리>, <쌍화점(雙花店)>, <이상곡(履霜曲)>, <만전춘별사(滿殿春別詞)>, <유구곡(維鳩曲)>, <상저가(相杵歌)> 등 14편이 있다.

속요의 작품세계는 매우 다양하여 부모에 대한 효와 임금을 향한 충의 내용이 그려지는가 하면, 이와는 전혀 동떨어지게 남녀간의 노골적인 성애가 음란한 필치로 묘사되기도 한다. 굿 현장에서 불리는 무가도 있고, 전란의 와중을 떠도는 피난민의 노래도 있다. 그러나 속요에서 가장 보편적인 주제는 남녀간의 사랑과 이별, 기다림과 그리움에 있다. 그 사랑의 모습도 각양각색이다. 길을 떠나 돌아오지 않는 남편을 기다리는 망부(望夫)의 기다림이 있으며, 육체·찰나적 몸짓조차 마다 않는 거침없는 사랑의 하소연이 있고, 보내고 싶지 않은 님을 떠나보내며 고통을 마음속에 삼키는 안쓰러운 사랑도 있다.

▌ 사모곡

호미도 눌히언마ᄅᆞᄂᆞᆫ	호미도 날이지마는
낟ᄀᆞ티 들리도 업스니이다	낫같이 들 리도 없습니다.
아바님도 어어어신마ᄅᆞᄂᆞᆫ	아버지도 어버이시지마는
위 덩더둥셩	
어마님ᄀᆞ티 괴시리 업세라	어머님같이 사랑하실 분이 없습니다.
아소 님하	말씀 마시오 임이시여,
어마님ᄀᆞ티 괴시리 업세라	어머님같이 사랑하실 분이 없습니다.

<사모곡>은 어머니의 깊은 사랑을 비유를 빌어 날카롭게 노래한 작품이다. 『악장가사』에도 실려 전한다. 『시용향악보』에는 속칭 '엇노래'라 하여 글자가 약간 다르게 실려 있다. '위 덩더듬셩'이라는 여음을 빼면 모두 5행으로 되어 있는데, 제5행은 4행을 반복하면서 서두에 '아소 님하'를 덧붙여 주제를 선명히 강조하였다. 이 노래는 『고려사』 삼국속악(三國俗樂) '목주(木州)'조에 실려 전하는 설화 속의 <목주가(木州歌)>가 처음 특정 지방의 민요로 전해지다가, 점차 공감영역이 확장되면서 <엇노래>로 바뀌어 불리다가, 마침내 궁중에 이입되어 속악가사로 채택되면서 <사모곡>이란 명칭을 얻게 되는 단계를 밟았던 것으로 보인다. 이렇게 볼 때, 이 노래는 속요의 성격적 변모 과정을 이해하는 중요한 단서를 제공하고 있는 셈이다. 아버지와 어머니의 사랑을 각각 호미와 낫에 비교하고 있는 이 노래는 비유의 소박성과 진솔성으로 볼 때, 처음에는 돌아가신 어머니를 그리워하며 불린 노래였던 것으로 보인다.

▌ 상저가

듥긔동 방해나
디히 히애
게우즌 바비나
지서 히애
아바님 어마님끠
받줍고 히야해
남거시든 내머고리
히야 해 히야 해

덜커덩 방아나
찧어 히애
거친 밥이나

지어서 히얘
아버님 어머님께
드리옵고 히야 해
남거든 내가 먹으리
히야 해 히야 해

<상저가>는 방아를 찧어 밥을 지어 부모님께 드리고 남으면 자기가 먹겠다는 효를 주제로 한 4행의 짤막한 노래이다. 제목은 이 노래가 두 사람이 공이를 들고 서로 방아를 찧으면서 불렀던 노동요였음을 암시하고 있다. 방아 찧는 소리를 '듥긔동'으로 표현해야 생동감을 자아냈고, '히얘' '히야해' 등의 여음구는 노동요에서 흔히 볼 수 있는 박자를 맞추는 기능을 하고 있는 것으로 볼 수 있다. 형식이나 표현면에서 민요의 일반현상을 거의 그대로 지니는 노래라고 할 수 있다.

▌동동

德으란 곰비예 받줍고 福으란 림비예 받줍고
德이여 福이라호놀 나ᅀᆞ라 오소이다
아으 動動다리

正月ㅅ 나릿므른 아으 어져 녹져 ᄒᆞ논듸
누릿 가온듸 나곤 몸하 ᄒᆞ올로 녈셔
아으 動動다리

二月ㅅ 보로매 아으 노피 현 燈ㅅ 블 다호라
萬人 비취실 즈ᅀᅵ샷다
아으 動動다리

三月 나며 開한 아으 滿春 ᄃᆞᆯ욋고지여

느민 브롤 즈슬 디녀 나샷다
아으 動動다리

四月 아니 니저 아으 오실셔 곳고리새여
므슴다 錄事니몬 녯나롤 닛고신뎌
아으 動動다리

五月 五日에 아으 수릿날 아춤 藥은
즈믄힐 長存ᄒ샬 藥이라 받줍노이다
아으 動動다리

六月ㅅ 보로매 아으 별해 브룐 빗다호라
도라 보실 니믈 젹곰 좃니노이다
아으 動動다리

七月ㅅ 보로매 아으 百種 排ᄒ야 두고
니믈 흔디 녀가져 願을 비읍노이다
아으 動動다리

八月ㅅ 보로몬 아으 嘉俳나리마론
니믈 뫼셔 녀곤 오놀낤 嘉俳샷다
아으 動動다리

九月 九日애아으 藥이라 먹논
黃花고지 안해 드니 새셔 가만ᄒ얘라
아으 動動다리

十月애 아으 져미연 ᄇ룻 다호라
것거 ᄇ리신 後에디니실 ᄒ부리 업스샷다
아으 動動다리

十一月ㅅ 봉당 자리예 아으 汗衫 두퍼 누워
슬홀ㅅ라온뎌 고우닐 스싀옴 녈셔
아으 動動다리

十二月ㅅ 분디남ㄱ로 갓곤 아ᄂᆞ 나올 盤잇 져다호라
니믜 알픠 드러 얼이노니 소니 가재다 므ᄅᆞᆸ노이다
아으 動動다리

　<동동>은 송도체(頌禱體)의 노래로 평가되어 고려 때부터 조선시대에
이르기까지 궁정에서 연주되었으나, 송도의 뜻이 나타난 것은 서사와 3
연과 4연 정도뿐이고, 전체적으로는 남녀 간의 연정을 노래한 작품이라
고 볼 수가 있다. 이 노래가 속요 가운데 가장 뛰어난 작품 중의 하나로
평가되는 이유는 12월의 특성에 맞춰 송축과 찬양, 이별한 임에 대한 원
망과 한탄, 고독과 그리움, 함께 살아가기를 간절히 비는 마음 등이 애
절하고 선명하게 드러나 있기 때문이다. 제1연은 서사로 송축의 뜻을 담
고 있고, 1월령은 자신의 고독한 신세, 2월령과 3월령은 임에 대한 송축,
4~11월령은 임으로부터 버림받은 고독감, 12월령은 뜻대로 되지 않는
실연의 탄심을 노래하고 있다. 전편이 연가풍이면서도 서사만은 그렇지
않은데, 이것은 이 노래가 궁중에서 불리었다는 사실과 연결시켜 생각할
때 어떤 의식 절차를 갖추기 위해 후대에 이 장이 덧붙여진 것으로 보
인다.
　<동동>이라는 제목은 "아으 動動다리"에서 따온 것인데, 이익은 『성
호사설』에서 이를 북소리를 모방한 '둥둥'이라 하였다. 제1연의 '곰비',
'림비'는 뒤와 앞이라는 뜻을 수도 있고, 신령님과 임금님이라고 볼 수
도 있다. 시적 화자는 그러한 대상에게 복이며 덕을 바치며, 그를 찬양
한다. 제2연 이하는 정월에서 섣달까지 계절의 변화나 명절이 돌아온 것

을 이야기하고, 그때마다 임이 생각난다는 사연을 달거리체로 나타냈다.
이 작품에는 이처럼 이별의 상황에 선 시적 화자의 비극적인 정조가 애
절하게 표현되어 있는데, 이는 한편 민요의 진수이기도 하다.

▌▌쌍화점

雙花店에 雙花사라 가고신된
回回아비 내손모글 주여이다
이말스미 이店밧긔 나명들명
다로러거디러 죠고맛간 삿기광대 네마리라 호리라
더러둥셩 다리러디러 다리러디러 다로러거디러 다로러
긔 자리예 나도 자라 가리라
위 위 다로러거디러 다로러
긔 잔더 フ티 덦거츠니 업다

三藏寺애 브를 혀라 가고신된
그뎔社主ㅣ 내손모글 주여이다
이말스미 이뎔밧긔 나명들명
다로러거디러 죠고맛간 삿기上座ㅣ 네마리라 호리라
더러둥셩 다리러디러 다리러디러 다로러거디러 다로러
긔 자리예 나도자라 가리라
위 위 다로러거디러 다로러
긔 잔더 フ티 덦거츠니 업다

드레우므레 므를길라 가고신된
우믓龍이 내손모글 주여이다
이 말스미 이우믈밧긔 나명들명
다로러거디러 죠고맛간 드레바가 네마리라 호리라
더러둥셩 다리러디러 다리러디러 다로러거디러 다로러
긔 자리예 나 자라 가리라
위 위 다로러거디러 다로러

그 잔디 フ티 덮거츠니 업다

술풀지븨수를사라 가고신딘
그짓아비 내손모글 주여이다
이 말스미 이집밧긔 나명들명
다로러거디러 죠고맛간 싀구바가 네마리라 호리라
더러둥셩 다리러디러 다리러디러 다로러거디러 다로러
그 자리예 나도자라 가리라
위 위 다로러거디러 다르러
그 잔디 フ티 덮거츠니 업다

<쌍화점>은 고려 충렬왕 때 지어진 고려가요 또는 향악곡이다. ≪악장가사≫·≪대악후보≫·≪악학편고≫에 실려 있다. 또한, ≪고려사≫ 악지(樂志)에는 제2장만이 발췌되어 '삼장(三藏)'이라는 제목으로 한역되어 전하고, ≪시용향악보≫에는 한시로 개작한 <쌍화곡>이 전한다.

이 노래의 제목인 <쌍화점>은 첫째 연 첫구(句)에서 따온 것으로 만두가게를 의미하며, 한역가의 제목인 '삼장'도 제2장 첫구에서 유래한다. 쌍화는 만두를 뜻하는 음차(音借)의 말이다. 조선시대에는 이른바 남녀상열지사(男女相悅之詞)의 대표적인 노래로 지목되기도 하였다.

이 노래의 기원에 대해서는 여러 가지 설이 있다. 즉, 이것을 당시 유행하던 속요로 보는가 하면, ≪고려사≫의 기록에 등장하는 승지 오잠(吳潛)의 창작물, 혹은 궁중에서의 다수에 의한 합작물이라고도 한다. 그런데 당시 연락(宴樂)을 즐기는 등 방탕한 기질이 농후하던 충렬왕의 기호에 부합하기 위하여 만들어졌을 점을 감안한다면, 대체로 당시 원나라의 간섭과 왕권의 동요로 혼란스럽고 퇴폐적으로 된 사회상을 반영하는 속요를 채취하여 오잠의 무리가 왕의 기호에 맞게 손질을 가하였을 가능성이 유력시되고 있다.

<쌍화점>은 여느 고려가요와 마찬가지로 악무(樂舞)와 더불어 연행되었을 것인데, 독특하게 이 노래의 경우는 연극적인 성격이 강하였을 가능성도 아울러 논의되고 있다. 기록에 의하면 이 노래는 남장별대(男粧別隊)에 의하여 불렸다. 이들은 수도인 개성과 전국 8도에서 차출된 여자 기생들이 남자복색을 한 집단으로, 노래기생·춤기생·얼굴기생으로 나뉘었다. 이들은 1279년(충렬왕 5) 오잠의 지휘 하에 왕 앞에서 이 노래를 대본으로 연희하였다는 것이다. 이러한 연희는 충렬왕의 상설무대였던 수령궁(壽寧宮)의 향각(香閣)에서 있었다고 한다. 특히, 충렬왕을 대상으로 이 연극이 행하여졌다는 점과, 충렬왕은 이미 30대에 몽고풍에 익숙한 상태였고, 그 몽고풍의 하노가 연극이었다는 점과 연관되어 이 노래가 연극의 대본이었을 가능성이 뒷받침되고 있다.

《악장가사》와 《대악후보》의 <쌍화점>은 전 4장으로 그 내용이 같으나, 《대악후보》의 <쌍화점>은 3장으로 구성되어 있으며, 술집아비와 관련된 제4장이 없다. 노래 대상에 따라 장이 바뀌고 있는데, 곧 회회(回回)아비, 삼장사의 사주(社主), 우물의 용, 술집아비에 대한 노래로 이어진다.

▌만전춘별사

어름우희 댓닙자리 보와 님과나와 어러주글만뎡
어름우희 댓닙자리 보와 님과나와 어러주글만뎡
情둔 오ᄂᆞᆺ밤 더듸 새오시라 더듸 새오시라

耿耿 孤枕上애 어느ᄌᆞ미 오리오
西窓을 여러ᄒᆞ니 桃花ㅣ 發하두다
桃花ᄂᆞᆫ 시름업서 笑春風ᄒᆞᄂᆞ다 笑春風ᄒᆞᄂᆞ다

넉시라도 님을 흔디 녀닛景 너기다니
넉시라도 님을 흔디 녀닛景 너기다니
벼기더시니 뉘러시니잇가 뉘러시니잇가

올하 올하 아련 비올하
여흘란 어듸두고 소해 자라온다
소콧 얼면 여흘도 됴ᄒ니 여흘도 됴ᄒ니

南山애 자리보와 玉山을 벼여누어
錦繡山 니블안해 麝香각시를 아나누어
南山애 자리보와 玉山을 벼여누어
錦繡山 니블안해 麝香각시를 아나누어
藥든 가슴을 맛초옵사이다 마초옵사이다

아소 님하 遠代平生에 여힐술 모르옵새

　

〈만전춘별사〉는 6연으로 된 남녀간의 정사(情事)를 대담하게 표현한
작품이다. 『악장가사』에 실려 있다. 각 연의 형태와 표현기법이 제각기
달라 다양한 여러 노래를 한 자리에 모아놓은 듯한 인상을 준다. 특히
제2연과 5연은 반복구를 빼면 시조 형식에 가까워 주목되어 왔다. 또 3
연은 〈정과정〉에도 거의 그대로 들어 있는 유형가사로, 이 노래의 잡
연성을 잘 보여주고 있다. 그러나 형식상의 잡연성에도 불구하고, 내용
상으로는 정제성을 갖추어 작품 전체가 자연스럽게 통일된 질서를 유지
하고 있어 무턱대고 이것저것을 모아 놓은 것이 아니라 전체 주체를 염
두에 두고 합성시켜 놓았음을 알 수 있다. 제1연에서는 님과의 열렬한
사랑이 영원히 지속되기를 희구하였고, 2연은 님 없는 밤의 외로움, 3연
은 약속을 어긴 님에 대한 원망, 4연은 제3연의 탕장에 대한 조소, 그리
고 5연은 님과의 육체적이 관계를 통한 화합에의 희원을 각각 담아 노

래하고 있다. 6연에서는 다시 한 번 님과의 사랑이 영원하기를 기원하는 축원을 반복 강조하였다. 4연과 5연은 의미 해독 상에 다양한 견해가 엇갈리고 있다. 5연의 '금수산(錦繡山)', '남산(南山)', '옥산(玉山)' 등의 어휘를 남녀의 육체적 결합의 모순이나 남성 또는 여성의 지칭으로 해석하여 노골적 성희(性戱)의 묘사로 이해한 견해도 있는데, 앞뒤 문맥이나 통사적 질서로 볼 때 '산(山)'을 떼고 '남쪽(아랫목)'에 자리를 깔고, 옥(벼게)을 베고 누워, 비단 이불을 덮고' 정도로 이해하는 것이 타당할 듯하다. "사향(麝香)각시"도 일반적으로 여성 화자 자신으로 간주되어 왔으나, 사향각시를 안은 다음 "藥든 가슴"을 맞추는 행위가 이어지는 것으로 보아 사람이 아닌 무생물, 곧 '사향주머니'를 가리키는 것으로 이해해야 무리가 없다.

▌▌ 서경별곡

西京이 아즐가
西京이 셔울히마르는
위 두어렁셩 두어렁셩 다링디리

닷곤디 아즐가
닷곤디 쇼셩경 고요마른
위 두어렁셩 두어렁셩 다링디리

여희므론 아즐가
여희므론 질삼뵈 브리시고
위 두어렁셩 두어렁셩 다링디리

괴시란디 아즐가
괴시란디 우러곰 좃니노이다
위 두어렁셩 두어렁셩 다링디리

구스리 아즐가
구스리 바회예 디신돌
위 두어렁셩 두어렁셩 다링디리

긴히쏜 아즐가
긴히쏜 그츠리잇가 나는
위 두어렁셩 두어렁셩 다링디리

즈믄히를 아즐가
즈믄히를 외오곰 녀신돌
위 두어렁셩 두어렁셩 다링디리

信잇돈 아즐가
信잇돈 그츠리잇가 나는
위 두어렁셩 두어렁셩 다링디리

大洞江 아즐가
大洞江 너븐디 몰라셔
위 두어렁셩 두어렁셩 다링디리

빈내여 아즐가
빈내여 노혼다 샤공아
위 두어렁셩 두어렁셩 다링디리

네가시 아즐가
네가시 럼난디 몰라셔
위 두어렁셩 두어렁셩 다링디리

널빈예 아즐가
널빈예 연즌다 샤공아
위 두어렁셩 두어렁셩 다링디리

大洞江 아즐가
大洞江 건넌편 고즐여
위 두어렁셩 두어렁셩 다링디리

비타들면 아즐가
비타들면 것고리이다 나눈
위 두어렁셩 두어렁셩 다링디리

<서경별곡>은 모두 세 부분으로 나누어 볼 수 있다. 첫 부분은 이별의 고통과 임의 뒤를 따르겠다는 애절한 소망과 연모의 정을 노래한 4행까지(후렴구 제외), 둘째 부분은 사랑의 정은 끊어지지 않으리라는 것을 노래한 8행까지, 마지막 부분은 임을 배에 싣고 떠나는 사공을 원망하는 내용이 담긴 마지막 행까지이다. 특히 3연에서 떠나는 임이 대동강을 건너가기만 하면 곧 다른 여인에게 정을 주리라고 생각하는 시적 화자가, 임의 그러한 행위를 도와주는 '사공'을 원망하는 목소리에서는 이 작품의 골계적인 성격을 발견할 수 있다. 한편 이 작품의 2연은 <정석가>의 6연과 일치하는데, 이것은 오랜 구전 과정을 통해 작품 간에 첨삭 또는 중복 현상이 일어났음을 시사해준다. 또한 3연에 걸친 시상의 흐름이 매끄럽지 않은 점을 들어 이 작품이 당시에 유행하던 각각의 다른 노래들을 궁중의 악곡에 맞추어 합성한 것이라는 설도 있다.

<서경별곡>은 <가시리>와 함께 시적 화자의 목소리가 여성적이며, 이별을 소재로 하였다는 공통적인 면을 지니고 있다. 그러나 <가시리>와는 달리 이 노래의 시적 화자는 여인상을 드러낸다. <서경별곡>의 화자는 사랑과 믿음을 중요시하는 자기중심적이며 직선적인 성격의 여인이라고 할 수 있다. 따라서 희생을 통해 재회를 기약하고 있는 <가시리>와는 달리 <서경별곡>은 이별을 적극적으로 거부하고, 함께 있는

행복과 애정을 강조한 이별가라고 할 수 있다.

▌ 가시리

가시리 가시리잇고 나는
브리고 가시리잇고 나는
위 증즐가 太平盛代

날러는 엇디 살라ᄒ고
브리고 가시리잇고 나는
위 증즐가 太平盛代

잡ᄉ와 두어리 마ᄂᆞ는
선ᄒ면 아니올셰라
위 증즐가 太平盛代

셜온님 보내ᅌᅩ노니 나는
가시ᄂᆞᆫ듯 도셔오쇼셔 나는
위 증즐가 太平盛代

　<가시리>는 외형적으로 "위 증즐가 太平盛代"라는 여음구에 의해 모두 4연으로 구분되어 있는 분장체이나, 원래는 짧은 형식의 노래였던 것이 속악가사로 편입되면서 음악적 배려에 의해 재배열된 노래로 보는 것이 타당할 듯하다. 『악장가사』에 전문이 실려 있고, 『시용향악보』에는 제1연만 <귀호곡(歸乎曲)>이란 이름으로 수록하고는 <가시리>는 이의 속칭이라고 적고 있다. 이 점을 두고 <사모곡>의 경우처럼 지방 민요가 보편화되어 <가시리>로 불리다가, 속악가사로 개편되면서 <귀호곡>으로 불린 3단계 수용과정으로 이해하는 견해도 있다. 민요 <아리랑>이나 소월의 <진달래꽃>의 정서와도 일맥상통하는 이 노래는 민요적

성격을 지니고 있다. 한편 그 서정적 미의식을 높이 사 일찍부터 동서고
금 이별가의 절조(絶調)라는 평가까지 있을 정도로, 보내고 싶지 않은 님
을 떠나보내는 여인의 안타까운 마음이 곡진하게 잘 그려져 있다.

▌ 처용가

新羅聖代 昭聖代
天下大平 羅侯德
處容아바
以是人生애 相不語하시란디
以是人生애 相不語하시란디
三災八難이 一時消滅하샷다
어와 아븨즈싀여 處容아븨 즈싀여
滿頭揷花 계오샤 기울어신 머리예
아으 壽命長願ᄒ샤 넙거신 니마해
山象이슷 깅어신 눈님에
愛人相見하샤 오올어신 눈네
風入盈庭하샤 오올어신 귀예
紅桃花ㄱ티 붉거신 모야해
五香 마트샤 웅긔어신 고해
아으 千金 머그샤 어위어신 이베
白玉琉璃ㄱ티 힉여신 닛바래
人讚福盛ᄒ샤 미나거신 특애
七寶 계우샤 숙거신 엇게예
吉慶 계우샤 늘의어신 ᄉ맷길헤
설믜 모도와 有德ᄒ신 가ᄉ매
福智俱足ᄒ샤 브르거신 빈예
紅鞓 계우샤 굽거신 히리예
同樂大平ᄒ샤 길이신 허튀예
아으 界面 도르샤 넙거신 바래
누고 지어 셰니오 누고 지어 셰니오

바늘도 실도 어삐 바늘도 실도 어삐

處容아비롤 누고 지어 셰니오

마아만 마아만ᄒ니여

十二諸國이 모다 지어 셰온

아으 處容아비롤 마아만ᄒ니여

머자 외야자 綠李야

샐리나 내 신고홀 미야라

아니옷 미시면 나리어다 머즌말

東京 발긴 ᄃ래 새도록 노니다가

드러 내자리롤 보니 가르리 네히로새라

아으 둘흔 내해어니와 둘흔 뉘해어니오

이런저긔 處容아비옷 보시면

熱病神(大神)이아 膾ㅅ가시로다

千金을 주리여 處容아바

七寶를 주리여 處容아바

千金 七寶도 말오

熱病神를 날자바 주쇼셔

山이여 미히여 千里外예

處容아비롤 어여려거져

아으 熱病大神의 發願이샷다

<처용가>는 신라 향가 <처용가>에 기원을 둔 무가(巫歌)로 모두 45행으로 이루어진 긴 호흡의 노래이다. 『악학궤범』과 『악장가사』에 실려 전한다. 신라 <처용가>의 전체 8구 가운데 앞 6구가 약간 변개되어 34~36행에 삽입되어 있다. 형식은 연 구분이 없어 다소 산만하게 느껴 지나, 내용은 네 단락으로 구분된다. 첫째 단락에는 서사적(序詞的) 원망 (願望)의 기원을 담았고, 둘째 단락은 처용의 당당한 모습을 머리에서 발 까지 낱낱이 묘사하였으며, 셋째 단락에서는 처용의 모습에 감탄하고 찬 양하는 말을, 넷째 단락에서는 역신(疫神)을 물리치는 처용의 주술적 위

력을 묘사하였다. 문헌상 <처용가>와 관련된 기록이 처음 나타나는 것은 고종 23년인데, 이 노래는 고려 초기나 중기부터 불린 것은 아니고, 고려 말 민간 사회에서 주로 연행되다가 궁중에 유입되어 나례의식(儺禮儀式)에 채택되었고, 조선조에 들어와서 본격적으로 궁중 나례에 정착되었던 것으로 보인다.

▌정석가

딩아 돌하 當今에 계샹이다
딩아 돌하 當今에 계샹이다
先王聖代에 노니ᄋ와지이다

삭삭기 셰몰애 별헤 나는
삭삭기 셰몰애 별헤 나는
구은밤 닷되를 심고이다

그바미 우미도다 삭나거시아
그바미 우미도다 삭나거시아
有德ᄒ신 님믈 여희ᄋ와지이다

玉으로 蓮ㅅ고즐 사교이다
玉으로 蓮ㅅ고즐 사교이다
바회우희 接柱ᄒ요이다

그고지 三同이 퓌거시아
그고지 三同이 퓌거시아
有德ᄒ신 님 여희ᄋ와지이다

므쇠로 텰릭을 몰아 나는
므쇠로 텰릭을 몰아 나는
鐵絲로 주롬 바고이다

그오시 다 헐어시아
그오시 다 헐어시아
有德ᄒ신 님 여희ᅌᆞ와지이다

므쇠로 한쇼룰 디여다가
므쇠로 한쇼룰 디여다가
鐵樹山애 노호이다

그 쇠 鐵草를 머거아
그 쇠 鐵草를 머거아
有德ᄒ신 님 여희ᅌᆞ와지이다

구스리 바회예 디신ᄃᆞᆯ
구스리 바회예 디신ᄃᆞᆯ
긴힛ᄃᆞᆫ 그츠리잇가

즈믄ᄒᆡ롤 외오곰 녀신ᄃᆞᆯ
즈믄ᄒᆞ롤 외오곰 녀신ᄃᆞᆯ
信잇ᄃᆞᆫ 그츠리잇가

　　<정석가>는 『악장가사』에 실려 전하는 전 11연으로 이루어진 노래이다. 의미단락으로 나누면 모두 6연으로 구분된다. 서사(序詞)인 제1연은 3구로 이루어져 있고, 2연에서 5연까지는 본사(本詞)로 매 6구로 되어있는데, 매 연의 끝구는 "有德ᄒ신 님 여희ᅌᆞ와지이다"라는 후렴구가 규칙적으로 들어간다. 제6연은 결사(結詞)로 6구인데, <서경별곡>에도 꼭같이 들어 있는 유형가사이다. 서사인 제1연은 성향에 있어 격식화된 의식사(儀式詞)의 성격을 띠고 있어, <동동> 제1연과 맥을 같이한다. 본사는 동일한 구조 위에 어휘만 바꾸어 넣는 반복 형식을 취하고, 그 내용은 군밤에서 싹이 난다거나 옥으로 새긴 연꽃에서 꽃이 핀다거나 하는

불가능한 것을 극단화하여 님을 향한 강렬한 사랑을 노래하였다. 그 발상이나 표현에서 민요와 궤를 같이한다. 이렇게 볼 때, <정석가>는 더 길게 반복될 수도 있는 민요 계통의 노래와 당대에 널리 전승되었던 결사를 편사(編詞)한 위에 다시 송수적(頌壽的) 의미를 지닌 서사를 얹어 형성된 것으로 볼 수 있다.

<정석가>의 성격에 대해서는, 아예 처음부터 왕실에서 전문적으로 제정한 송수가로 보는 견해와 처음 민간차원에서 불리던 민요가 궁중에 이입됨에 따라 임금에 대한 충성과 성수(聖壽) 만세(萬歲)를 축원하는 송수가로 변이 되었다는 견해가 있다. 그러나 본사의 결사의 어법이나 형식으로 보아 민요가 궁중에 이입되어 속악가사로 개편되면서 송도가적 성격으로 변모되었다고 보는 것이 옳을 것이다. 제목의 '정석(鄭石)'은 사랑하는 대상의 이름, 또는 노래 첫 구의 "딩아 돌하"의 차자(借字)로 보아 금속악기 소리로 보고 있는데, 일반적으로 악기 소리로 보는 것이 통설이다.

▌▌ 이상곡

비오다가 개야 아 눈하 디신나래
서린 석석사리 조본 곱도신 길헤
다롱디우셔 마득사리 마두너즈세 너우지
잠짜간 내 니믈 너겨
깃든 열명길헤 자라오리잇가
종종霹靂 아 生 陷墮無間
고대셔 싀여딜 내모미
내님 두숩고 년뫼롤 거로리
이러쳐 뎌러쳐
이러쳐 뎌러쳐 期約이잇가
아소 님하 ᄒᆞᆫ디 녀졋 期約이이다

<이상곡>은 13행으로 이루어진 단형의 노래이다. 『악장가사』에 실려
있다. 양식적인 측면에서 볼 때, <이상곡>은 향가의 잔존 형태를 보여
주면서, 동시에 민요적 요소가 가미된 노래이다. 남녀상열지사의 지목을
입어 성종 때 개산(改刪)되었으나 음탕한 노래는 아니며, 돌아올 리 없는
님을 기다리며 님을 향한 변치 않는 사랑을 다짐하는 비극적 사랑의 노
래이다. 작품 가운데 보이는 '열명길', '無間' 등 불교적 어휘로 보아 불
교와의 연관성을 짐작할 수 있으나, 불교 계통의 노래는 아니다. 여음구
"다롱디우셔 마득사리 마두너즈세 너우지"는 다른 노래에서 볼 수 없는
특이한 형태인데, 이를 장단을 맞추기 위한 사설(辭說) 혹은 범어(梵語)의
진언(眞言)으로 보기도 한다. 17·18세기의 인물 이형상(李衡祥)은 <이상
곡>을 채홍철(蔡洪哲)이 지은 것이라고 밝히고 있어 주목을 끈다. 문헌적
근거가 없어 신빙 여부가 의심스러우나, 채홍철이 전래의 가요에 약간의
수정을 더한 것으로 보거나, 그가 <자하동>, <동백꽃>과 같은 속악가
사를 지었던 인물임을 볼 때, <이상곡>도 그의 작품일 가능성이 있다
고 본 견해가 있다. 시적 화자의 언술을 통해 확인되는 죄의식을 윤리성
의 문제와 연관지어 접근한 시각도 있다.

▐ 정과정

내님믈 그리ᅀᆞ와 우니다니
山졉동새 난 이슷ᄒᆞ요이다
아니시며 거츠르신둘 아으
殘月曉星이 아르시리이다
넉시라도 님은 ᄒᆞᆫ더 녀져라 아으
벼기더시니 뉘러시니잇가
過도 허믈도 千萬 업소이다
ᄆᆞᆯ힛 마러신뎌

술웃븐뎌 아으
니미 나롤 ᄒ마 니즈시니잇가
아소 님하 도람 드르샤 괴오쇼셔

　　<정과정>은 충신연주지사(忠臣戀主之詞)의 대표적 작품으로 후대에까지 널리 회자된 작품이다. 속요 가운데 작자가 분명히 밝혀져 있는 유일한 작품이다. 정서(鄭敍)가 지은 이 노래는 10구체 향가의 형태를 취하고 있다. 『악학궤범』에는 '삼진작(三眞勺)'이란 명칭으로 전해오는데, 이는 노래의 악조명(樂調名)일 뿐 내용과는 무관하다. 유배시가(流配詩歌)인 이 노래는 이재현(李齋賢)의 소악부(小樂府)에 한시(漢詩)로 번역되어 전하며, 조선조에 들어와서도 다른 속요와 달리 매우 중시되어 궁중에서뿐 아니라 사대부들에게도 널리 애호되었다. 인종(仁宗)의 총애를 받던 정서가 의종(毅宗) 즉위 후 동래(東萊)로 귀양 가 오래 되어도 왕이 불러주지 않자 이에 상심하여 거문고를 어루만지며 지었다는 노래이다. 자신의 무고함과 임금을 향한 변함없는 단심(丹心)을 구슬프고 비통한 어조로 읊조리고 있다. 신라 향가 <원가(怨歌)>와 성격이 비슷한 노래이다.

▌▌유구곡

비두로기 새논
비두로기 새논
우루믈 우루디
버곡댱이ᅀᅡ
난 됴해
버곡댱이ᅀᅡ
난 됴해

　　<유구곡>은 『시용향악보』에 실려 있고, '비두로기'로 불리기도 한

다. 이 노래는 예종이 지었다고 전해지는 <벌곡조(伐谷鳥)>와 같은 노래
로 보는 것이 거의 통설로 굳어지고 있다. 예종이 자신의 허물과 시정
(時政)의 득실을 듣고 싶어 언로(言路)를 열어 놓았으나, 혹시 신하들이
말하지 않을까 근심하여 바른말 해 줄 것을 유도하려고 불렀다는 노래
이다. 지금까지 관계 기록 가운데 '유공군하불언(猶恐群下不言)'의 대목을
'뭇 신하들이 (임금을) 두려워하여 말하지 않자' 왕이 이 노래를 지어
풍유하였다고 해석하여 '공(恐)'의 주체를 잘못 파악함으로써 작품 이해
에 혼선이 빚어져 왔다. 이는 "뭇 신하들이 말하지 않을까 두려워하여"
로 해석해야 옳다. 반복구를 거듭 사용한 짤막한 형식의 이 노래는 비
둘기처럼 울지 말고 뻐꾸기처럼 시원스럽게 바른 말을 해달라는 메시
지를 담고 있는데, 이를 예종의 사상적 번민과 연관 지어 작품의 심층
적 의미를 분석한 연구도 있다.

▌ 청산별곡

살어리 살어리랏다
靑山애 살어리랏다
멀위랑 두래랑 먹고
靑山애 살어리랏다
얄리얄리 얄랑셩 얄라리 얄라

우러라 우러라 새여
자고니러 우러라 새여
널라와 시름 한 나도
자고니러 우니로라
얄리얄리 얄라셩 얄라리 얄라

가던새 가던새 본다

믈아래 가던새 본다
잉무든 장글란 가지고
믈아래 가던새 본다
얄리얄리 얄라셩 얄라리 얄라

이링공 뎌링공 ᄒᆞ야
나즈란 디내와손뎌
오리도 가리도 업슨
바므란 ᄯᅩ엇디 호리라
얄리얄리 얄라셩 얄라리 얄라

어듸라 더디던 돌코
누리라 마치던 돌코
믜리도 괴리도 업시
마자셔 우니노라
얄리얄리 얄라셩 얄라리 얄라

살어리 살어리랏다
바ᄅᆞ래 살어리랏다.
ᄂᆞᄆᆞ자기 구조개랑 먹고
바ᄅᆞ래 살어리랏다.
얄리얄리 얄라셩 얄라리 얄라

가다가 가다가 드로라
에졍지 가다가 드로라
사ᄉᆞ미 짒대예 올라셔
奚琴을 혀거를 드로라
얄리얄리 얄라셩 얄라리 얄라

가다니 빈브른 도긔
설진 강수를 비조라

조롱곳 누로기 미와
잡스와니 내엇디 ᄒᆞ리잇고
얄리얄리 얄라셩 얄라리 얄라

<청산별곡>은 모두 8연으로 구성되었다. 이 노래에 대한 해석은 다양하지만, 일반적으로는 산이나 바다를 찾아 외롭게 사는 민중의 애달픈 심정과 삶에 대한 비애를 읊은 내용으로 이해된다. 산에 살며 인생의 고뇌를 잊으려 하였으나, 삶의 고뇌는 운명처럼 피할 수 없어 다시 바다에 가서 피해 보려 하였더니 거기도 다를 바가 없어, 독한 술에 취해 잊어 보려 한다는 내용이다. 은둔한다고 풀어질 수 없는 삶의 고뇌를 술로 달래는 괴로움이 우수적인 표현과 음악성 속에 잘 용해되어 있다. 이처럼 <청산별곡>은 속요 중 가장 문학성이 뛰어난 작품 중 하나로, 매 연마다 반복되는 시적 이음 고리가 음악적인 효과를 거두고 있다.

이 작품에서 '청산'과 '바다'는 현실의 갈등과 고뇌에서 벗어날 수 없는 장소성이라고 할 수 있다. 1연에서 화자는 '멀위랑 다래랑 먹고' 청산에 살고 싶다 하는데, 이것은 밭에서 나는 음식이 아니라 산에서 나는 열매라는 점에서 화자가 세상살이의 어려움에서 벗어나고 싶어 한다는 뜻으로 해석할 수 있다(6연의 'ᄂᆞᄆᆞ자기 구조개'도 '멀위, 다래'와 같은 의미를 지닌다). 2연에서는 '새'에 감정을 이입하여 화자의 슬픔을 노래하고 있다. 3연에서 '가던 새'는 '날아가던 새' 또는 '갈던 밭'으로 해석되는데, 어쨌든 속세에 대한 미련을 나타낸다. 4연에서는 밤의 절망적인 고독을 노래하고 있다. 5연에서 화자는 어느 누구를 미워한 적도, 사랑한 적도 없는 데 방향도 목표도 없이 날아온 돌에 이유도 없이 맞아서 운다고 하였다. 곧 '돌'은 피할 수 없는 운명과 같은 것이며, 맥없이 맞고 운다는 것은 운명을 체념하고 받아들이는 태도로 해석할 수 있다. 6연에 이르러 화자는 '바다'로 향한다. 도피처인 청산에서 삶의 고뇌를 잊지 못하고 새로운 환경을 찾아 나선 것이다. 7연에서 사슴이 장대에 올라 해금을 켜는 것을 듣는다는 것은 대체로 기적이 일어나기를 바라는 것으로 해석한다. 이것은 그만큼 화자의 삶이 절박함을 드러낸다(사슴의 탈을 쓴 광대가 장대에 올라가 해금을 켜는 것을 듣는 것으로 해석하기도 한다). 8연에서는 청산과 바다 어느 쪽에서도 위안을 얻지 못한 화자가 '술'로써 시름을 달래려 하는 모습이 나타나 있다. <청산별곡>은 해석상 견해가 엇갈리는 부분이 있지만, 고려시대의 무신 집권, 외적의 침입으로 인한 전란의 피해 등과 관련지어 볼 때, 쫓기는 현실에서 벗어나 안정된 이상향을 갈망하는 마음을 노래한 작품이라고 할 수 있다.

5. 속요의 문학사적 의의

고려속요는 표현의 소박성과 함축성, 꾸밈없는 생활 정서의 표현, 높은 문학성 등으로 시조와 더불어 우리 문학사의 대표적인 시가 양식으로 꼽히고 있다. 적나라한 인간성과 풍부한 정서를 우리말로 표현하여 국문학의 중요한 유산으로서의 가치가 있으며, 음악적으로 경쾌한 리듬을 살리는 기교 등은 고전 문학의 진수를 맛보게 하는 요소로서의 기능을 한다.

신라 때의 속요가 고려가요로 넘어가는 과정에서 생겨난 과도기적인 시가 형태로, 고려 때 지어졌는데 그 표기가 향찰로 되어 있거나 향가의 형식을 갖춘 시가를 향가계 여요라 한다. 향가계 여요는 향가와 고려가요를 연결하는 교량적 역할을 하는 문학 형태라고 할 수 있다. 고려광종 때 균여대사가 지은 '보원십원가'는 고려 시대까지 향가문학이 계속되어 온 것을 보여주는 본보기라 할 수 있다. 그러나 이는 고려시대에 시행된 과거 제도의 영향으로 지식인들은 한문학만을 숭상하였고, 향가의 표기법인 향찰의 표기 체계에 통일성이 없었기 때문에 그 사용이 부진하게 되었다. 예종이 지은 '도이장가'는 8구체 향가에 가깝고 나 의종 때 정서가 지은 '정과정곡'은 고려가요에 보다 가까웠다. 이러한 향가의 변이(變移)를 거쳐 고려에 와서는 귀족문학으로 경기체가, 일반 서민문학으로는 고려가요가 등장하게 된 것이다.

지식인의 호방과 교술

1. 경기체가의 개념

경기체가(景幾體歌)는 고려시대 후기 새로운 이념 세력으로 등장한 신흥사대부들에 의해 형성되어 16세기까지 지속되었던 정형시를 일컫는 시가의 한 양식이다. 경기체가는 엄정한 형식과 독특한 표현 어법으로 여말선초 문화변동기의 역사적 전환을 주도했던 신흥사대부 특유의 사유방식을 드러내고 있기 때문에 특징이나 성격이 비교적 선명하다. 그러나 이를 실제로 짓고 노래하던 당대의 사람들에게는 이것만을 따로 내세워 이름짓는다든가 독자적인 시의 양식으로 구별하여 인식하려는 의식이 별반 없었다. 독자적인 장르성은 대체로 약하다.

고전시가가 대부분 그렇듯이, 그 생성력과 전파의 힘은 언어 형식으로서 시보다 음악을 동반한 포괄적 형식으로서 노래에 놓여 있었기 때문에 오늘날 장르 의식과는 기준부터가 달랐다. 고려 후기의 속요나 조선초기의 악장과 명확한 구별을 짓지 않은 채 다만 궁중음악으로서 아악(雅樂), 당악(唐樂)에 대비되는 속악(俗樂)의 형태로 함께 분류되고 창작되는 일이 대부분이었다. 교술성이 강해 문학성이 구체적이지 못하다.

이러한 까닭으로 문학의 한 양식으로 인식되면서 근대에 들어 붙이기 시작한 경기체가라는 명칭은 아직 통일되어 있지 않다. 관점에 따라 별곡(別曲), 별곡체(別曲體), 별곡체가(別曲體歌) 또는 경기하여가(景幾何如歌), 경기하여체가(景幾何如體歌), 경기체가(景幾體歌) 등 여러 가지로 불리고 있어 자못 혼란을 빚고 있다. 제각기 나름대로 타당한 논리와 근거를 갖고 있지만, 가장 무난한 명칭은 역시 경기체가로 보아야 할 것이다. 그 이유는 경기체가가 개별 작품마다 공통으로 나타날 형식적 특징과 이의 장르적 성격을 가장 적확하게 드러내주는 명칭이라는 점, 일반적으로 기존 논의에서 빈번하게 통용되는 명칭이라는 점에 있다.

2. 경기체가의 형성과 향유 계층

고려 중기 이후 무신집권기에 새로이 나타난 한림별곡류(翰林別曲類)의 경기체가는 당시에 궁중 속악으로 널리 불린 속요와 그 형식과 율격이 매우 비슷하지만, 몇 가지 측면에서 뚜렷한 차이를 보이고 있다. 그것은 작가와 창작 연대가 분명하고 대부분 한자어의 나열로 된 교술적(敎述的)인 내용을 지니고 있다. 더구나 상당한 기간 동안 정형성이 유지되었고, 창작 계층의 지향에 영합되어 새로운 창작이 속출하였다는 점이다.

최초의 작품으로 알려진 <한림별곡(翰林別曲)>에서, 제1장에 등장하는 아홉 명의 실존 인물이 당대의 일류 문사나 고관으로서 직접 창작에 관여한 것으로 추정할 때, 이들은 지방의 향리 출신으로서 최씨 무신집권기에 관료로 발탁되어 발랄하고 득의에 찬 생활 속에서 그들의 포부와 꿈을 키워 간 신흥사대부들이다. 그들에 의해 고안된 <한림별곡>이라

는 새로운 시가 형식은 약 1세기 후에 안축(安軸)의 <관동별곡(關東別曲)>
과 <죽계별곡(竹溪別曲)>으로 이어지고, 조선초기의 악장으로 대거 계승
되면서 서서히 하나의 갈래로 관습화되었고, 차츰 다양한 내용으로 발전
해 나갔다.

그렇다면 경기체가라는 양식이 형성된 계기는 무엇이며, 어떠한 선행
양식의 영향으로 창작된 것인가. 지금까지 이루어진 연구는, 첫째 우리
시가의 전통에서 곧 향가의 계승이나 민요(속요)의 영향으로 보는 견해,
둘째 중국 시가의 영향에 관심을 갖고 악부(樂府)나 사(詞) 또는 사륙문(四
六文)의 관련 양상에 주목한 견해, 셋째 위의 두 가지를 아울러 포괄하는
견해 등으로 나눌 수 있다. 그중에서 경기체가를 향가의 후계 양식으로
보는 견해의 주안은, 향가와 경기체가가 모두 당대 상층 지식인의 작품
이라는 점과 향가의 낙구(落句)에 해당하는 첩구(疊句)를 경기체가가 지니
고 있다는 점, 또 부분적으로 경기체가도 이두(향찰)식 표기를 사용하고
있다는 점이다.

그러나 이 시기에는 향가의 전통이 끊어진지 이미 오래되었고, 대부
분의 향가가 서정적인 데 비해 경기체가는 교술성이 두드러진 갈래라는
점에서 향가의 정통 후계 양식으로 보기에는 무리가 있다. 따라서 향가
보다 민요와의 관련성을 생각해 보는 것이 순리일 듯하다. 오늘날 전하
는 속요가 당시 민요를 원형대로 수용한 것이 아니라 하더라도, "가시
리 / 가시리 / 잇고 // 브리고 / 가시리 / 잇고"나 "삭삭기 / 셰몰애 / 별
혜나는 // 구은밤 / 닷되를 / 심고이다"의 3음보는 오늘날의 민요로서
<아리랑타령>이나 <도라지타령>에까지 지속되고 있는 끈질긴 전통성
으로 보아, 한시문(漢詩文)이 삶에 배인 그들에게 "元淳文 / 仁老詩 / 公老
四六"의 뒤가 무거운 3음보로 쉽게 수용될 수 있었을 것이다.

그런데 한시와 한문을 마음대로 구사할 수 있는 신흥사대부들이 구태

여 새로운 형태의 노래가 왜 필요하였는가. 그것은 퇴계 이황의 발언, "마음에 느꺼운 바가 있으면 매양 시로써 나타내지마는 근체시(近體詩)는 고시(古詩)와 달라서 읊을 수는 있어도 노래 부를 수가 없다. 노래로 부르려고 하면 꼭 우리말로 노래를 지어야 한다."로 미루어 한시만으로 충족할 수 없는 노래 부르기 욕구를 위해서 고안되었다고 볼 수 있다. 또 이황이 같은 글 서두에서 "대저 우리 동방의 가곡은 대체로 음탕하고 비속한 것이 많아 족히 말할 것이 못 된다."라고 한 말을 함께 고려할 때, 당시 노래라고는 속요밖에 없는 실정에서 사설이 저속한 속요를 그대로 부를 수는 없는 일이라, 그 가락은 빌리되 알맹이는 그들의 특기인 한시를 변형하여 그들의 생활과 감정을 담아 만들어 낸 것이라고 볼 수 있다.

새로운 형태의 노래가 고안되자, 신흥사대부의 절실한 가창 의욕을 충족시킬 수 있어서 크게 환영되어 널리 보급되었고, 지속하여 모방 작품이 속출함으로써 사설의 내용도 단순히 풍류나 서경에 그치지 않고 그들의 이념을 교술하는 송도, 교훈은 물론 찬불, 서정으로 확대됨으로써 작가나 수용자도 신흥사대부는 물론이거니와 불승과 불교도에게까지 확산되어 갔다. 사실 <한림별곡>이 등장할 무렵에 부를 수 있는 노래는 속요가 주류를 이루었고, 점잖은 노래로서는 고시(古詩)를 집구(集句)하여 만든 <어부가(漁父歌)>와 경기체가밖에 없었다. 그런데 <어부가>의 세계는 내용이 너무 특수하고, 경기체가도 대체로 교술시 위주일 뿐만 아니라, 형식이 너무 구속적인 결함이 있어 후대로 올수록 차츰 전형적인 율격 구조에서 일탈과 함께 내용도 서정적인 것으로 탈바꿈해 갔다.

그것은 초기의 경기체가와 16세기 권호문(權好文)의 <독락팔곡(獨樂八曲)>을 비교해 보면 쉽게 알 수 있다. 그러다가 농암(聾岩) 이현보나 퇴계(退溪) 이황이 새로운 형태의 시가로서 시조를 지어냈고, 면앙정(俛仰亭)

송순이나 송강(松江) 정철과 같은 대가가 가사를 지어 부르는 전범을 보
이자, 교술 기능에서는 가사를 따를 수 없고, 서정시로서는 시조를 미칠
수 없는 경기체가는 자연스럽게 소멸될 수밖에 없었을 것이다.

3. 경기체가의 형식과 변모 양상

경기체가의 형식과 관련한 연구는 매우 다양한 시각에서 이루어져 왔
다. 기본형의 설정과 아울러 형식의 변모 양상을 어떻게 설명하느냐에
따라 조금씩 차이를 보이고 있지만, 형식의 변화에 따른 종류로 기본형,
변격형, 파격형의 분류가 널리 소개되었다. 그러나 기본형을 어떻게 설
정하고 무엇을 변형이나 파형으로 보느냐의 문제는 관점에 따라 달라질
수 있다.

경기체가의 기본형을 어떻게 잡느냐 하는 데에는 가장 이른 시기의
작품인 <한림별곡>을 근거로 하여 자수율의 기본형을 제시하는 경우가
많다. 그러나 <한림별곡>만 하더라도 전체 8장에서 동일한 음수율을
가진 엄격한 정형이 유지되는 것은 아니다. <한림별곡>의 제1·2·3장
의 음수율을 보면 제1·2·5·6·7·8장의 각 3행은 '3, 3, 4 / 4, 4,
4'의 공통 운율을 지니는데 반해, 제3장과 제4장의 제3행은 '4, 4, 4'와
는 다른 음수율을 지니고 있다.

> 제3장 3행양수필 서수필 빗기드러 (3, 3, 4)
> 제4장 3행앵무잔 호박매예 ᄀ득브어 (3, 4, 4)

<한림별곡>에서 가장 정형화된 1·2·3장조차 어느 정도 가변적인

형식임을 알 수 있다. 여기에 제4행과 제6행이 또한 가변적임을 알 수
있다.

> 제8장 4행위 내 가논디 눕 갈셰라 (위 4, 4)
> 제1장 6행위 날조차 몃부니잇고 (위 3, 5)
> 제6장 6행위 듣고아 줌드러지라 (위 3, 5)
> 제7장 6행위 囀黃鶯 반갑두셰라 (위 3, 5)

제4행과 제6행의 '－景 긔 엇더 ᄒ니잇고'의 경우도 '경(景)' 앞에 대
체로 2자 내지 4자의 음수를 지켰으나, 2장의 경우는 '위 註조쳐 내외옭
景 긔 엇더 ᄒ니잇고'로 파격적인 양상을 보이고 있다. 따라서 경기체가
의 형식 또한 시조나 가사와 같은 다른 시가의 형식처럼 절대적인 정형
이 아니라 가변적인 형태의 정형성을 지니고 있다고 보아야 할 것이다.

경기체가의 3음보나 4음보, 1연의 6행 형식, 전절과 후절의 구분 등
은 속요의 특성과 다를 바 없는 공통적인 요소들이다. 안축(安軸)의 <관
동별곡(關東別曲)>이나 <죽계별곡(竹溪別曲)>의 모방작을 거쳐 조선초기
에 악장으로 유사 형식들이 창작되면서 경기체가의 틀이 인식되기 시
작한 것이다. 고려시대와 조선초기의 경기체가 작품들이 공통적으로 지
닌 형식만을 추출해 보면, 모두가 연장체(聯章體, 疊聯)로 이루어졌다는
점, 한 장(章)이 주로 6행으로 구성되어 있다는 점, 제1·2·3행은 3음
보이며 주로 '3, 3, 4 / 3, 3, 4 / 4, 4, 4'의 음수가 많다는 점, 제5행은
'4, 4, 4, 4' 또는 '4, 4'의 음보와 음수로 구성되어 있다는 점, 제4행과
제6행은 '－景 그엇더 ᄒ니잇고'의 형태이나 우리말로의 변형도 있다는
점 등이다.

그러나 이와 같은 정형의식을 지닌 문학 양식에서도 정형의 작품들을
찾기가 쉽지 않다. <한림별곡>에서조차 일정하지 않던 음수율이 조선

초기의 몇 작품에서 어느 정도 형태를 의식하였음을 알 수 있다. <화산 별곡(華山別曲)>, <연형제곡(宴兄弟曲)>, <오륜가(五倫歌)>, <성덕가(聖德歌)>, <구월산별곡(九月山別曲)> 등 다섯 작품은 아래에 제시한 것처럼 동일한 정형을 가지고 있다. 특히 <구월산별곡>은 개인의 창작이지만, 작가 유영(柳穎)은 태조대에서 세종대까지 중앙에서 벼슬(대사헌, 예조참판)을 한 관료로서 당대의 경기체가에 정통하였던 것으로 보인다.

> 3, 3, 4 / 3, 3, 4 / 4, 4, 4 / 위 -景 긔엇더 ᄒᆞ니잇고
> 4, 4, 4, 4, / 위 -景 긔엇더 ᄒᆞ니잇고

그러나 이를 정형의 기본적인 틀로 잡더라도 자수의 자유로움을 지지고 있는 <한림별곡>, <관동별곡>, <죽계별곡>을 정형에서 벗어난 것으로 보기에는 문제가 있고, <상대별곡(霜臺別曲)> 또한 종장인 제5장이 4행의 우리말 문장으로 파격을 취하였으나, 제1장에서 제4장까지는 기본형을 그대로 유지하고 있으며, 성종 시대 정극인(丁克仁)의 <불우헌곡(不憂軒曲)>도 제1장에서 제6장까지는 기본형인 반면 종장인 제7장을 3행으로 마무리하고 있다. 이는 정형성에 대한 의식이 없었다기보다 문학적으로 종장의 다양한 변화를 의도한 것으로 보인다.

파격형으로 볼 수 있는 것들은 각 장의 6행이 파괴되고 자유롭게 장과 행이 구성된 후기의 작품들이다. <축성수(祝聖壽)>를 경기체가로 볼 수 없다는 견해도 있다. 그러나 각 장이 2행으로 구성되었지만, '偉 -景 何如'라는 둘째 행을 사용하고 있음은, 작자가 경기체가의 특성을 인식하고 창작하였기에 경기체가로 보아야 할 것이다. 그래야만 주세붕(周世鵬)의 <도동곡(道東曲)>, <육현가(六賢歌)>, <엄연곡(儼然曲)>, <태평곡(太平曲)> 등과 같이 한 장이 2·3행으로 구성된 작품들도 경기체가로 볼

수 있는 동일한 근거가 마련된다.

<축성수>의 음악은 <한림별곡>의 음악과 달리, <정동방곡(靖東方曲)>과 마찬가지로 <서경별곡>의 가락에 <축성수>의 가락을 얹어 불렀을 것으로 추정된다. 그러나 주세붕의 작품들은 <한림별곡>의 음악이 소실된 후대에 도덕을 선양하기 위해 자의적으로 지은 파격형의 읽는 문학인 것으로 보인다. 시의 형식에 있어서 <정동방곡>이나 한문악장이나 <축성수>는 비슷한 양식이다. 그러나 경기체가의 장르 명칭에서부터 그 개념을 '-景 그 엇더 ㅎ니잇고'란 구절을 주된 형식으로 약속한 이상, 다른 형식이 거의 파괴되었더라도 이 구절만 유지된 형태의 작품까지를 경기체가의 장르 범주에 넣을 수밖에 없다.

4. 경기체가의 작품세계

앞서 살펴보았듯이, 경기체가의 형식적 특성을 연장체 시가라는 점, 전대절과 후소절로 되어 있다는 점, 제1~3행은 3음보격, 제4~6행은 4음보격으로 된 6행시라는 점, 제4행과 제6행은 '위 -景 긔 엇더ㅎ니잇고'로 4음보를 이루는 것이 원칙이라는 점, 제1·2행은 3, 3, 4란 음수율에, 제5행은 4, 4, 4란 음수율에 매우 익숙하다는 점으로, 장르적 성격을 교술시가라는 것으로 요약할 수 있다.

같은 시대의 속요가 서정시가임에 비해, 경기체가는 실제로 존재하는 작품 외적 세계상을 작품 내에 그대로 옮겨 놓았을 뿐, 작품에서 특별히 창조한 것을 찾을 수 없으며, 작품화되기 이전에 가졌던 문자 그대로의 외면적 의미를 제시하는 데 그칠 뿐이다. 그런데 이러한 특성도 <한림별곡>을 위시한 초기의 몇몇 작품에서 추출한 결론일 뿐, 후기에 올수록 교술성이 상대적으로 약화되고 차츰 대상 세계를 내면화 및 주관화하는 서정성이 강화됨과 동시에 엄격한 율격적 통제를 벗어난 작품이 나오고 자유스러운 형태를 취하는 경향이 두드러진다.

경기체가는 교술성과 서정성의 복합적 성격을 가진 장르로서 초기에는 교술성을 지향하다가 후기에 올수록 서정성이 우세해진 것으로 파악할 수 있다. 12세기 초에 여러 선비들이 풍류의 마당에서 돌림노래로 즉흥적으로 불리었을 법한 <한림별곡>은 약 100년 뒤에 안축에 의하여 개인 창작의 선례를 보인 이후, 각 시대 상황이나 작가의 처지에 따라 다양한 내용을 담으면서 율격과 형식도 차츰 변모되어 갔다. 오늘날 경기체가로 인정받고 있는 대표적인 작품을 사례로 들어 살펴보겠다.

▌한림별곡

✔ 제1장

元淳文 仁老詩 公老四六
李正言 陳翰林 雙韻走筆
冲基對策 光鈞經義 良鏡詩賦
위 試場ㅅ景 긔 엇더ㅎ니잇고
(葉) 琴學士의 玉笋門生 琴學士의 玉笋門生
위 날조차 몃 부니잇고.

✔ 제2장

唐漢書 莊老子 韓柳文集)
李杜集 蘭臺集 白樂天集
毛試尙書 周易春秋 周戴禮記
위 註조쳐 내 외올 景 긔 엇더ㅎ니잇고
(葉) 大平廣記 四百餘卷 大平廣記 四百餘卷
위 歷覽ㅅ景 긔 엇더ㅎ니잇고

✔ 제8장

唐唐唐 唐秋子 早莢남긔
紅실로 紅글위 미요이다
혀고시라 밀오시라 鄭少年하
위 내 가논디 남 갈셰라
(葉) 削玉纖纖 雙手ㅅ 길혜 削玉纖纖 雙手ㅅ길혜
위 攜手同遊ㅅ景 긔 엇더ᄒ니잇고

<한림별곡>은 고려 고종 3년(1216)에 한림제유(翰林諸儒)가 지은 전체 8장의 경기체가이다. 가사의 내용은 시부(試賦), 서적(書籍), 명필(名筆), 명주(名酒), 화훼(花卉), 음악(音樂), 누각(樓閣), 추천(鞦韆) 등에 투영된 사대부의 자부심을 담고 있다. 경기체가 최초의 작품으로 고려시대의 속악가사로 사용되었으며, 형식은 정격이다. 그렇지만 제1·6·7장의 제6행과 제8장의 제4행이 정격의 형식과 율격에서 벗어나 있다. 특히 8장은 서정적 연전의 세계가 섬세하게 표현되고 있다. 조선시대까지 속악의 형태로 향유되어 『악장가사(樂章歌詞)』나 『대악후보(大樂後譜)』 등에 실리게 되었다. 흔히 예문관(藝文館)의 신임자 축하연에서 이 노래를 부르는 것이 관습화되기도 하였다. 조선 중기에 이르러 이황의 <도산십이곡발>에서 퇴폐적이며 현실도피적인 노래라고 비판받기도 하였으나, 오늘날 경기체가류(景幾體歌類)의 전범으로 인정받는 작품이다.

▌ 관동별곡

✔ 제1장

海千重 山萬疊 關東別境
碧油幢 紅蓮幕 兵馬營主
玉帶傾盖 黑槊紅旗 鳴沙路애
위 巡察ㅅ景 그엇더ᄒ니잇고

朔方民物 慕義趨風
위 王化中興ㅅ景 그엇더ᄒ니잇고

✔ 제4장

三日浦 四仙亭 奇觀異迹
彌勒堂 安祥渚 三十六峯
夜深深 波激激 松梢片月
위 고온양지 난이슷ᄒ요이다
述郞徒이 六字丹書
위 萬古千秋에 尙分明ᄒ요이다

<관동별곡>은 안축(安軸)이 고려 충숙왕 17년(1330)에 강원도존무사(江原道存撫使)의 임기를 마치고 한양으로 돌아오는 길에 관동지방의 절경을 읊은 전체 9장의 경기체가이다. 서사(序詞)인 순찰경(巡察景)을 비롯하여 학성(鶴城), 청석정(叢石亭), 삼일포(三日浦), 영랑호(永郞湖), 낙산사(洛山寺), 강릉(江陵), 삼척(三陟), 정선(旌善)의 자연경관을 차례대로 예찬하고 있다. 형식은 정격으로 볼 수 있으나, 각 장의 제5행이 2음보격으로 정격이 갖는 반복을 생략하였다. 또한 제3·4장의 제4·6행과 제5·6·7·8장의 제6행이 정격의 형식과 율격에서 다소 벗어나 있다.

■ 상대별곡

✔ 제1장

華山南 漢水北 千年勝地
廣通橋 雲鐘街 건너드러
落落長松 亭亭古栢 秋霜烏府
위 萬古淸風ㅅ景 긔 엇더ᄒ니잇고
(葉) 英雄豪傑 一時人才 英雄豪傑 一時人才
위 날조차 몃부니잇고

✔ 제2장

鷄旣鳴 天欲曉 紫陌長堤
大司憲 老執義 臺長御史
駕鶴驂鸞 前呵後擁 辟除左右
위 上臺ㅅ景 긔 엇더ᄒ니잇고
(葉) 싁싁한뎌 風憲所司 싁싁한뎌 風憲所司
위 振起頹綱ㅅ景 긔 엇더ᄒ니잇고

✔ 제5장

楚澤醒吟이아 녀는 됴녀
鹿門長往이아 너는 됴녀
明良相遇 河淸盛代예
驄馬會集이아 난 됴이다

    <상대별곡>은 권근(權近)이 조선 정종 원년(1399)에서 태종 9년(1409)
사이에 지은 전체 5장의 경기체가이다. 내용은 사헌부(司憲府)의 위풍에
대한 칭송을 비롯하여 사헌부 관원의 등청(登廳)과 집무하는 모습 그리고
퇴청(退廳) 후에 벌이는 놀이 등이다. 형식은 제1장에서 제4장까지 정격
이나, 제5장이 완전 파격이다.

▌ 화산별곡

✔ 제1장

華山南 漢水北 朝鮮勝地
白玉京 黃金闕 平夷通達
鳳峙龍翔 天作形勢 經緯陰陽
위 都邑ㅅ景 긔 엇더ᄒ니잇고
太祖太宗 創業貽謀 太祖太宗 創業貽謀
위 持守ㅅ景 긔 엇더ᄒ니잇고

✔ 제7장

止於慈 止於孝 天性同歡
止於仁 止於敬 明良相得
先天下憂 後天下樂 樂而不淫
위 侍宴ㅅ景 그 엇더ᄒ니잇고
天生聖主 父母東人 天生聖主 父母東人
위 萬歲를 누리쇼셔

<화산별곡>은 변계량(卞季良)이 세종 7년(1425) 4월에 창작한 전체 8장의 경기체가이다. 여러 악부에 실려 궁중의 연향에서 향유되었다. 내용은 왕도(王都)의 위대함, 왕실과 국가의 태평함, 우문정치(右文政治)의 정당성, 강무(講武)로서 국토방위, 무일(無逸)의 정경, 등람(登覽)의 아름다움, 시연(侍宴)의 광경, 조선 왕업의 영원함 등이다. 형식은 정격이되 제5·6·7장의 제6행이 정격의 형식과 율격을 벗어나 있다.

▌▌ 가성덕 · 축성수

✔ 가성덕, 제1장

於皇明 受天命 聖繼神承
履九五 大一統 撫綏萬邦
日月所照 霜露所隊 莫不來庭
偉 四海一家景何如
帝德廣運 覃被九圍 帝德廣運 覃被九圍
위 四海一家景 何如

✔ 축성수, 제1장

我朝鮮 在海東 殷父師 受周封
偉 永荷皇恩景 何如

두 작품은 세종 11년(1429) 6월에 예조에서 새로 지은 악장 계통의 경기체가이다. <가성덕(歌聖德)>은 전체 6장으로 구성되어 있고, <축성수(祝聖壽)>는 전체 10장으로 구성되어 있다. <가성덕>은 조선의 건국에 정당성을 부여한 명나라 황제의 공덕에 대한 칭송의 내용이며, <축성수>는 명나라 황제의 성수(聖壽)를 기원하는 동시에 황은을 사례하는 내용이다. 일종의 사대악장(事大樂章)으로 볼 수 있다. 형식은 <가성덕>이 정격이되 제2장에 후소절(後小節)이 없고, <축성수>는 완전 파격이다. <축성수>의 각 장은 2행으로 구성되어 있는데, 제1행은 4보격(제5·6장은 3보격), 3, 3, 3, 3의 음절수(제5·6장은 4, 4, 4의 음절수)이며, 제2행은 1장에서 10까지 '偉 永荷皇恩景 何如'를 동일하게 후렴으로 사용하고 있다.

▌ 오륜가·연형제곡

✔ 오륜가, 제4장

男有室 女有家 天定其配
納雙雁 合二姓 文定厥祥
情勢好合 如鼓瑟琴 夫唱婦隨
위 和樂ㅅ景 긔 엇더ᄒ니잇고
百年偕老 死則同穴 百年偕老 死則同穴
위 言約ㅅ景 긔 엇더ᄒ니잇고

✔ 연형제곡, 제1장

父生我 母育我 同氣連枝
免襁褓 著斑爛 竹馬嬉戲
食必同案 遊必共方 無日不偕
위 相愛ㅅ景 긔엇더ᄒ니잇고
良智良能 天賦使然 良智良能 天賦使然
위 率性ㅅ景 긔 엇더ᄒ니잇고

두 작품은 세종 14년(1432)을 전후하여 예조(禮曹)에서 새로 지은 악장
계통의 경기체가이다. <오륜가(五倫歌)>는 전체 6장으로 구성되어 있고,
<연형제곡(宴兄弟曲)>은 전체 5장으로 구성되어 있다. 두 작품 모두 제목
을 통해 알 수 있듯이, 유교적인 윤리와 도덕을 선양, 강조하려는 교도
적(敎導的)인 내용을 담고 있다. 교술성을 보여주는 작품이다. 형식은 모
두 정격이다.

▌▌불우헌곡

✔ 제4장

耕田食 鑿井飮 不知帝力
賞良辰 設賓筵 兄弟朋友
談笑之間 不遑他及 孝悌忠信
偉 樂且有義景 何叱多
舞之蹈之 歌詠聖德 舞之蹈之 歌詠聖德
偉 祈天永命景 何叱多

✔ 제7장

樂乎伊隱底 不憂軒伊亦
樂乎伊隱底 不憂軒伊亦
偉 作此好歌消遣世慮景 何叱多

<불우헌곡>은 정극인(丁克仁)이 성종 원년, 그의 나이 70세에 창작한
경기체가이다. 행사간원(行司諫院)의 벼슬을 물리고 향리인 태인(泰仁)으로
돌아와 동몽(童蒙)을 모아 학문을 전수하자, 성종이 3년(1472)에 특가삼품
산관(特加三品散官)의 영예를 내린 데 대한 성은의 표현으로 창작하였다.
전체 7장으로 구성되어 있으며, 내용은 유학자로서 자족한 자기생활의
흥취와 자신의 영광 및 성은의 감격 등이다. 형식은 제6장까지 정격이

나, 제7장은 완전 파격이다.

▌화전별곡

✔ 제1장

天地涯 地之頭 一點仙島

左望雲 右錦山 봉내고내

山川奇秀 鍾生豪俊 人物繁盛

위 天南勝地人景 긔 엇더ᄒ니잇고

風流酒色 一時人傑 風流酒色 一時人傑

위 날조차 몃분이신고

✔ 제6장

綠波酒 小麴酒 麥酒濁酒

黃金鷄 白文魚 柚子盞 貼匙臺예

위 ᄀ득 브어 勸觴景 긔 엇더ᄒ니잇고

鄭希哲氏 過麥田大醉 鄭希哲氏 過麥田大醉

위 어늬 제 슬플 저기 이실고

<화전별곡>은 김구(金絿)가 을사사화에 휘말려 남해(南海)로 유배를 가서 지은 전체 6장의 경기체가이다. 내용은 남해의 풍경과 인물의 찬양, 산수간(山水間)에서 기녀들과 시주(詩酒)로 자족하는 풍류인의 멋 등이다. 한 장의 행수는 제1장에서 제4장까지는 6행, 제5·6장은 5행으로 구성되어 있다. 형식과 율격은 제2장의 제5행, 제3장의 제3·6행, 제4장의 제3·5·6행, 제5장의 제3행이 변격을 이루고 있으며, 제6장은 완전 파격이다. 이러한 파격은 <상대별곡> 및 <불우헌곡>의 종장과 맥락을 잇고 있다.

▍독락팔곡

✔ 제1장

太平聖代 田野逸民 太平聖代 田野逸民
耕雲麓 釣烟江이 이 밧긔 일이 업다
窮通이 在天ᄒ니 貧賤을 시름ᄒ랴
玉堂金馬ᄂ 내의願이 아니로다
泉石이 壽域이오 草屋이 春臺라
於斯臥 於斯眠 俯仰宇宙 流觀品物ᄒ야
居居然 浩浩然 開襟獨酌
岸幘長嘯景 긔 엇더ᄒ니잇고

<독락팔곡>은 이이(李珥)의 제자인 권호문(權好文)이 그의 나이 30세인 명종 16년(1561)에 진사시에 합격하고 전야(田野)에 묻혀 한가로이 지낼 때 창작한 전체 7장의 경기체가이다. 흔히 <독락곡(獨樂曲)>이라고 하며, 경기체가의 마지막 작품으로 알려져 있다. 내용은 자연을 벗 삼아 즐기는 유유자적하며 고고한 생활과 그것에 대한 심회 등이다. 형식은 완전 파격으로 각 장의 행수는 제1·6장이 8행, 제2·4장이 7행, 제3·5장이 9행, 제7장이 11행으로 구성되어 있으며, 각 장의 끝에 '−景 긔 엇더ᄒ니잇고'가 붙어 있다. 이 상투어만 빼고 나면 경기체가보다 가사 형식을 닮은 작품이다.

5. 경기체가의 문학사적 의의

경기체가는 고려 고종 때 발생하여, 조선 초기까지 약 350년 간 이어진 사대부들의 교술시가(敎述詩歌)이다. 형식은 속요를 모방하면서도 내용

은 사대부의 삶을 소개한 특이한 형태의 문학이다. 조선시대에 들어와서
도 사대부들에 의해 창작되다가 장편 교술 시가로서의 본분을 가사에
넘겨준 뒤 소멸하였다.

고려 고종 때는 안으로는 무신들의 집권, 밖으로는 몽고의 침입 등으
로 국토가 유린되는 험난한 시대였다. 그러나 이러한 상황에서도 귀족
계급의 문화는 한문의 도입이 융성해지자 난숙기에 달했다. 무신들이 정
권을 잡게 되자 문신들은 밀려나 초야에 묻혀 은일주회(隱逸酒會)를 일삼
았다.

경기체가는 다소 풍류적이고 향락적인 점에 치우친 면도 있으나 신진
사대부들의 의욕적인 기개와 의식세계가 잘 나타나 있다 할 수 있다.

주도계층의 예악과 송축

1. 악장의 개념

　악장은 조선시대 궁중에서 종묘제향(宗廟祭享) 때 부르던 송축가(訟祝歌)로 교술시가다. 본래 음악 용어다. 조선 건국과 문물제도(文物制度)를 찬양하는 내용을 담고 있으며, 달리 '악부(樂府)'라고도 한다. 조선 건국이 천명(天命)에 의한 사업이었음을 주지시키기 위해 창업주(創業主)의 공덕을 찬양하고, 임금의 만수무강(萬壽無疆)과 자손의 번창을 축원하며, 후대 임금을 권계(勸戒)하는 내용이다. 노래의 효용성을 강조한 목적문학이다.

　악장은 4구 2절의 형식으로 경기체가의 영향을 받아 이루어진 특권계급의 과장적인 문학이다. 주로 한시의 형식을 이어받은 한문계의 악장이 중심이지만, 국문계의 악장도 있다. 그러나 국문계 악장도 <용비어천가(龍飛御天歌)>나 <월인천강지곡(月印千江之曲)> 이외에는 대부분이 한시에 토를 단 정도이다. 정도전(鄭道傳)이 지은 <문덕곡(文德曲)>과 <무공곡(武功曲)>은 태조 이성계의 공덕을 찬송한 것으로 한문에 한글 토만 달았고, 하륜(河崙)의 <근천정(覲天庭)>과 <수명명(受明命)>은 태종이 즉위하기

전에 중국 명나라에 가서 명제(明帝)의 봉례(奉禮)를 받아온 것과 또한 태
종이 사대(事大)의 예를 다하니 천자가 명명인장(明命印章)과 면복(冕服)을
주었던 일을 읊고 있는데, 순한문체로서『시경(詩經)』의 아송체(雅頌體)를
그대로 본뜬 것에 지나지 않는다.

  악장은 조선전기에 주로 발달했으나, 특권 귀족층이 전유한 문학형태
로서 얼마 안가서 소멸되었다. 악장의 범주에 드는 작품으로는 그밖에도
경기체가적 성향이 강한 정도전의 <납씨가(納氏歌)>, <정동방곡(靖東方
曲)>, <신도가(新都歌)>, 권근(權近)의 <상대별곡(霜臺別曲)>, 변계량(卞季良)
의 <화산별곡(華山別曲)>, 윤회(尹淮)의 <봉황음(鳳凰吟)> 등이 있고, 또 작
자 미상인 <축성수(祝聖壽)>, <성덕가(聖德歌)>, <유림가(儒林歌)>, <오륜
가(五倫歌)>, <연형제곡(宴兄弟曲)> 등이 있다.

2. 악장의 제작 배경

  정도전 등 신흥사대부의 추대 형식으로 역성혁명에 성공한 조선 왕조
는 건국 직후부터 민심을 수습하고 정치를 쇄신하기 위하여 척불숭유(斥
佛崇儒)의 국시(國是)를 내걸고 새 바람을 일으키는 방편으로서 예악(禮樂)
의 정비에 온 힘을 쏟았다. 한마디로 예는 질서 확립을 위한 것이고, 악
은 민심 융화를 위한 것인데 예악으로 치국함은 유교입국의 정치이상이
었던 것이다.

  정도전은 그의『조선경국전(朝鮮徑國典)』예전총서(禮典總序)조에서 "주상
전하는 위로는 하늘에 호응하고 아래로는 인민에 순응하여 왕위에 오른
뒤에 옛일을 상고하여 나라를 경륜하니, 모든 사물이 질서가 잡혀서 조
화를 이루기 시작하였다. 그러므로 이제야말로 예악이 일어날 시기인 것

이다."라고 하고, 또 같은 책 악(樂) 조에서는, "악이란 올바른 성정에서 근원하여 성문(聲文)을 빌어서 표현하는 것이다. 종묘의 악은 조상의 거룩한 덕을 찬미하기 위한 것이고, 조정의 악은 군신간의 장엄하고 존경함을 극진히 하기 위한 것이다."고 하여 새로운 악장 제작의 필요성과 적시성(適時性)을 강조하면서 스스로 악장을 지어 시범을 보이자, 많은 공신문관들의 추종이 따랐다.

다음에 작가와 내용적 특성을 살피기 위하여 주요한 작품을 열거하면 다음과 같다.

- **정도전(鄭道傳)** : 몽금척(夢金尺), 납씨가(納氏歌), 정동방곡(靖東方曲), 신도가(新都歌), 문덕곡(文德曲) 등
- **권근(勸近)** : 천감(天監), 화산(華山), 신묘(新廟), 상대별곡(霜臺別曲) 등
- **하륜(河崙)** : 수명명(受明命), 조선성덕가(朝鮮盛德歌), 한강시(漢江詩), 도인송덕곡(都人頌德曲) 등
- **변계량(卞季良)** : 문명지곡(文明之曲), 무열지곡(武烈之曲), 자전지곡(紫殿之曲), 화산별곡(華山別曲) 등
- **윤회(尹淮)** : 봉황음(鳳凰吟)
- **권제(勸踶), 정인지(鄭麟趾), 안지(安止)** 등 : 용비어천가(龍飛御天歌)
- **세종(世宗)** : 월인천강지곡(月印千江之曲)
- **작자 미상** : 유림가(儒林歌), 감군은(感君恩) 등

우선 작가를 훑어보면, 대개가 개국공신이나 고관대작 또는 학자라는 것을 알 수 있다. 그들은 신흥사대부로서 새 왕조의 주도적 세력이었으며, 조선 왕조의 운명은 그들의 운명과 직결되어 있었다. 왕조의 존엄성과 권위를 높이고 질서를 바로잡고 민심의 귀순을 도모하는 일이 무엇보다 긴요하였다. 결국 감화력과 호소력이 강한 갖가지 노래 형식을 동원하여 새 왕조의 기반을 다지는 데 열을 올림은 너무나 당연한 일이었다.

노래의 내용은 제목만 보아도, 한마디로 창업을 구가하고 수성(守成)을 규계한 것인데, 천명사상(天命思想)과 지리도참설(地理圖讖說)까지 동원하여 군왕의 비범한 문덕(文德)과 무공(武功)을 칭송하며, 하늘이 내신 성군(聖君)을 모시고 하늘이 점지한 새 터전에서 찬란한 문물제도를 갖추고 성은(聖恩)에 감격하면서, 축복 받은 이 나라를 길이 보전하기 위해서는 경천근민(敬天勤民)을 게을리 하지 않아야 할 것을 강조한 교술적인 내용이다. 따라서 이들 작품 속에는 어떤 갈등이나 비판의식은 자리할 여지가 없는 숭고한 우아미(優雅美)의 표출이 특색이라 할 수 있을 것이다.

이와 같은 노래가 조선 건국으로부터 성종(成宗) 때까지 약 1세기를 풍미하다가 정치 및 사회 체제가 확립되고 국가 기반이 안정되자 선동적이고 교술적인 노래의 새로운 창작은 뜸해지고, 태평성대를 구가하는 보다 서정적인 경향으로 바뀌게 된 것도 자연스러운 추세라고 할 수 있다.

3. 악장의 유형과 형식

악장은 아악, 당악, 향악 등 음악적 형식에 따라, 제향(祭享)이나 연향(宴享) 등 행사의 성격에 따라 그 원류나 형태가 다양하다. 그래서 악장의 유형은 구조적 차이나 성격보다 언어형식에 따른 표기체계상의 차이를 중심으로 분류할 때 그 특징이 더욱 잘 드러난다. 우선 한문과 국문이라는 두 언어체계에 따라 각기 시적 전통을 달리하기 때문에, 악장이 보이는 여러 가닥의 형식적 연원을 체계적으로 살필 수 있는 이점이 있다. 그리고 한글의 창제로 획득한 말과 글의 일치 현상이 악장의 장르 형성에 작용하고 있는 양상을 밝힐 수 있는 이점까지도 있다. 이에 따라 악장은 크게 세 가지 유형으로 나눌 수 있다. 한문악장(漢文樂章)과 국문

악장(國文樂章), 그리고 한시에다 우리말로 된 토를 한 현토악장(懸吐樂章)
이다.

(1) 한문악장

한문악장은 악장의 본래 영역이라고 할 수 있다. 음악적인 관점에서
볼 때, 악장이라는 말은 원래 모든 제향과 일부의 연향에서 쓰는 한문가
사를 일컫는 용어이기 때문이다. 따라서 양적으로나 음악적인 비중으로
나 한문악장은 조선초기 악장의 중심 위치를 차지하고 있다. 정도전, 하
륜, 변계량 등이 대표적인 작가이고, 4언구 중심의 시경체(詩經體)와 장단
구(長短句) 중심의 초사체(楚辭體)가 대표적인 형식이다. 그러나 조선초기
시가의 대표적 장르로서 악장을 본다면, 한문악장은 오히려 중심 위치에
서 벗어나 장르의 형성에 영향을 미치는 보조적 위치에 놓일 뿐이다. 이
러한 관점에서 주목되는 한문악장은 시경체나 장단구와 같은 정통 형식
의 악장보다 오히려 우리말 시가의 영향을 받아 이루어진 후렴구 형식
의 다음과 같은 한문악장들이다.

- **정동방곡(靖東方曲)** : 정도전, 태조 2년(1393), 5장
  3·3·3·3 형식, 偉 東王德盛
- **천 권 곡(天 眷 曲)** : 변계량, 세종 원년(1418), 5장
  3·3·3·3 형식, 偉 萬壽無疆
- **응 천 곡(應 天 曲)** : 변계량, 세종 7년(1425), 10장
  3·3·3·3 형식, 荷天福祿
- **축 성 수(祝 聖 壽)** : 예조, 세종 11년(1429), 10장
  3·3·3·3 형식, 偉 永荷皇恩景何如
- **악장종헌(樂章終獻)** : 예조, 성종 2년(1417), 5장
  3·3·3·3 형식, 偉 吾東德盛

이들은 모두가 3언 4구(또는 6언 2구)의 한시에 특정한 후렴구를 붙인 분절형식과 여러 연이 거듭되는 연장형식으로 이루어져 있다. 이러한 형식은 우리말 시가의 형식적 원리를 수용한 조선초기 한문악장의 새로운 모습임에 틀림없다. 특히 후렴구의 형태를 중심으로 본다면 <축성수>는 경기체가의 영향을 받아서, 나머지는 고려속요의 영향을 받아서 이루어진 것임을 확신할 수 있다.

(2) 국문악장

국문악장은 각종 연회에서 주로 당악과 향악으로 불린 노래의 정음체(正音體) 가사로서, 한문악장에 비하면 작품수에 있어 비교가 안 될 만큼 적다. 그러나 이 역시 조선 건국과 더불어 일찍부터 창작되기 시작하였고, <용비어천가(龍飛御天歌)>나 <월인천강지곡(月印千江之曲)>과 같은 방대한 장편이 창작된 사실에 비추어 그 비중은 결코 가볍지 않다. 지금까지 알려진 작품을 모두 들면 다음과 같다.

- 신도가(新都歌) : 정도전, 태조 연간, 단련형, 악장가사 수록
- 신도형승곡(新都形勝曲) : 하륜, 태종 14년(1414), 8장, 가사 부전
- 도인송수곡(都人頌壽曲) : 하륜, 태종 14년(1414), 8장, 가사 부전
- 유림가(儒林歌) : 작자 미상, 세종 24년(1443) 이전, 6장, 악장가사 수록
- 감군은(感君恩) : 작자 미상, 세종 24년(1443) 이전, 4장, 악장가사 수록
- 용비어천가(龍飛御天歌) : 정인지 등, 세종 27년(1447), 125장, 용비어천가 수록
- 월인천강지곡(月印千江之曲) : 세종, 세종 29년(1449), 580여 장, 월인석보 수록

비록 예외가 있기는 하지만, 국문악장 역시 연장형식과 분절형식이 지배적인 구조화 원리로서 작용하고 있다. 주목되는 사실은 이들 형식이

크게 두 가지 다른 양상을 보이고 있어 장르 형성의 과정을 살피는 데 중요한 단서를 제공하고 있는 점이다. 비교적 앞 시기의 작품인 <신도가>, <유림가>, <감군은>의 형식은 속요의 형식과 일치한다. 10장 내외의 연장형식은 물론, 일정한 수의 행을 기조로 하여 이에 후렴구(또는 낙구)를 덧붙이는 연 구성방식은 속요의 분절형식과 동일하다. 그러면서도 이러한 형식을 통해 드러내는 작품의 세계는 속요와 전혀 다르다. 이는 <화산별곡>과 같은 경기체가 형식을 취하는 이 시기의 작품들이 경기체가로서의 장르적 성격을 그대로 지키고 있는 것과는 대조적인 현상으로 속요의 형식을 수용하여 새로운 장르로 변용시켜 나가는 과정을 보여주는 좋은 예가 된다.

이에 비해 후기의 작품이라고 할 <용비어천가>와 <월인천강지곡>에 오면 또 다른 국면을 보인다. 구조화의 원리를 같은 연장형식과 분절형식에 두면서도 속요의 영향권을 벗어나 전혀 새로운 형식을 만들어내고 있기 때문이다. 우선 10장 이내의 연장형식이 이에 이르러 100여 장을 훨씬 넘어서는 장편화의 현상을 보이고 있다. 분절형식에 있어서도 뒷절이 후렴구나 낙구의 성격을 완전히 이탈하여 앞절과 대등한 자격으로까지 상승하기에 이른다.

▌▌용비어천가, (제4장)

적인(狄人)ㅅ 서리예 가샤
적인(狄人)이 글외어늘
기산(崎山) 올ᄆ샴도 하ᄂᆞᆶ 뜨디시니
야인(野人)ㅅ 서리예 가샤
야인(野人)이 글외어늘
덕원(德源) 올ᄆ샴도 하ᄂᆞᆶ 뜨디시니

그리하여 각 3행의 앞뒤 두 절이 대등한 자격으로 철저히 병치되는 위의 예문과 같은 형식을 이룬다. 여기에 이르러 악장은 비로소 그 자체의 독자적인 형식을 갖추게 되는 것이다.

(3) 현토악장

현토악장은 형식상 한문악장과 국문악장의 중간적 성격을 지니는, 특이한 위치에 있는 악장이다. 이 유형에 드는 작품은 창작이 아니더라도 기존의 작품(한시)에 우리말 토를 달아서 얼마든지 만들어 쓸 수 있으므로 작품세계가 보이는 독자성보다 한시를 국문시가화하는 형태적 이행의 과정이 더 주목을 끈다. 우선 이 시기에 창작된 현토악장의 목록부터 살펴보면 다음과 같다.

- 문덕곡(文德曲) : 정도전, 태조 2년(1398), 전체 4장, 7언 6구, 분절형식 (낙구)
- 납씨가(納氏歌) : 정도전, 태조 2년(1398), 전체 4장, 5언 4구
- 정동방곡(靖東方曲) : 정도전, 태조 2년(1398), 전체 5장, 3언 4구(6언 2구), 분절형식(후렴구)
- 봉황음(鳳凰吟) : 윤회, 세종 연간, 단련형, 7언
- 북전(北殿) : 작자 미상, 세종 연간, 단련형, 7언
- 경근곡(敬勤曲) : 예조, 세조 연간, 전체 9장, 5언 4구, 분절형식(낙구)

세종 때의 <봉황음>과 <북전>은 7언시로 꼭 맞아떨어지지 않음에 비추어 처음부터 현토악장으로 창작되었을 가능성이 크다. 그러나 세종 이전 정도전의 <문덕곡>, <납씨가>, <정동방곡>은 원래 한문악장으로 창작되었던 것을 뒤에 현토악장으로 바꾼 작품들이다. 이로 미루어

현토악장은 훈민정음의 창제와 더불어 본격적으로 만들어지기 시작하였
다고 볼 수 있다. 두보(杜甫)의 7언절구 <증화경(贈花卿)>을 현토하여 1장
으로 만든 <횡살문(橫殺門)>이나 고려시대부터 있었던 <관음찬(觀音讚)>
이 현토화된 것도 이때부터라고 본다면, 훈민정음 창제가 악장의 장르
형성에 끼친 영향은 대단히 크다고 할 수 있다. 더욱이 <문덕곡>, <경
근곡>, <횡살문> 같은 작품들은 원사(原詞)를 현토악장으로 바꾸는 중
요한 형식 변용의 원리를 전통적인 분절형식에 두고 있어 특히 주목을
요한다. 이들은 모두가 4구나 6구로 된 원사에 낙구나 후렴구를 덧붙이
는 방식에 의해 현토악장을 만들고 있다. 예를 든다면 <문덕곡>의 개
언로장(開言路章)은 7언 6구체의 한문악장을 다음과 같은 방식으로 현토
악장화시키고 있다.

▎▎『태조실록』권4, 『악학궤범』권5
法宮有嚴深九重 → 法宮이 有嚴深九重ᄒ니
一日萬機紛其叢 → 一日萬機 紛其叢ᄒ샷다
君王要德民情通 → 君王이 要德民情通ᄒ샤
大開言路達四聰 → 大開言路 達四聰ᄒ시다
開言路臣所見 → 開言路 臣所見가
我后之德與舜同 → 我后之德이 與舜同ᄒ샷다
아으 我后之德이 與舜同ᄒ샷다

물론 이러한 형식 변용은 음악적인 해명이 있어야 그 실상을 완전히
해명할 수 있을 것이다. 그러나 이 정도의 사실만으로도 국문악장이나
일부의 한문악장과 마찬가지로 대부분 그 형식적 원리를 연장형식과 분
절형식에 두고 있음을 추론하는 데에는 지장이 없다. 따라서 음악적인
의미에서 조선초기의 악장은 그 형식적 전통을 여러 갈래에 두고 있어

어느 하나로 묶어내기가 거의 불가능하지만, 국문시가 장르로서는 어느 정도까지 묶어낼 수가 있다. 여러 가닥에 원류를 두고 있더라도, 그 형식적 원리를 연장형식과 분절형식에 두고 있다는 사실은 악장을 하나의 장르로 묶어내는 데 있어 중요한 통일성의 근거가 될 수 있기 때문이다.

4. 악장의 작품세계

악장의 중심 담당층은 15세기의 신생 조선 왕조를 건국하고 그 기틀을 확고히 다져나간 신흥사대부 가운데 핵심 관료층으로서 정도전, 하륜, 변계량, 권근, 윤회 등 당시의 권신이면서 문병을 잡은 이들이다. 작품의 내용은 고려 후기의 혼란과 모순을 극복하고 새 왕조의 건설을 이룩한 창업주나 왕업을 찬양하고, 그들의 성덕을 기리는 내용이 중심을 이루고 있다. 따라서 이러한 주제에 걸맞은 표현 효과를 획득하기 위하여 문체에 있어서 문어체적 성격을 보이고, 시적 정조에 있어서 장중함과 외경스러움을 짙게 드러내며, 기존 양식의 수용에 있어서도 근엄한 한시양식이나 찬양 및 과시에 적절한 경기체가양식을 집중적으로 선택하되, 혹은 속요 양식을 택하더라도 그 후렴구를 경기체가의 그것과 혼합하든가(감탄사 偉로 시작되는 후렴양식), 삭제하여 새롭게 변화시키고 있다. 앞서 악장의 유형을 살펴본 바, 악장의 대표적인 작품을 선별하면 다음과 같다.

▌ 몽금척

惟皇鑑之孔明兮 吉夢協于金尺 淸者毛髦矣兮 直其戇 緊有德焉是適
帝用度吾心兮 (…중략…) 彌于千億

<몽금척>은 태조 2년(1393)에 정도전이 지은 한문악장이다. 흔히 <금척무(金尺舞)>라고도 한다. 태조가 왕이 되기 전 꿈에 하늘에서 금척을 받든 신인(神人)이 내려와 금척을 주고 곧 왕위에 오를 것을 알렸다는 내용을 무용화한 것으로, 『악학궤범(樂學軌範)』에 당악정재(唐樂呈才)로 소개되어 있다. 한편 고려 공민왕 17년(1368) 봄에 명나라의 황제가 사직(社稷)에 제사지내고, 동년 겨울에 원구(圓丘)에서 하늘에 제사지내면서 지었다는 악장이 <원구악장>이다. 이 작품의 첫 구절이 초사체(楚辭體)로 되어 있는데, 위의 <몽금척>이 초사체로 일관하고 있다. 악장의 초기 형태로서 한문악장이 중국의 악장으로부터 영향을 받았다는 근거가 되고 있다.

▌▌신도가

> 녜논 양쥬(楊洲) 꼬올히여
> 디위예 신도형승(新都形勝)이샷다
> 국국성왕(開國聖王)이 셩티(聖代)를 니르어샷다
> 잣다온뎌 당금경(當今景) 잣다온뎌
> 셩슈만년(聖壽萬年)ᄒ샤 만민(萬民)의 함락(咸樂)이샷당
> 아으 다롱디리
> 알폰 한강슈(漢江水)여 뒤흔 삼각산(三角山)이여
> 덕듕(德重)ᄒ신 강산(江山) 즈으메 만세(萬歲)롤 누리쇼셔

<신도가>는 정도전이 지은 국문악장으로 지리도참설을 배경으로 삼고 있다. 성지(聖地)가 드디어 성군(聖君)을 만났으니, 성대(聖代)를 이루어 만민(萬民)이 만세(萬歲)토록 복락(福樂)을 누릴 것이라는 칭송과 기원으로 이루어진 송수적 성격의 악장이다. 얼핏 보아, 한시의 현토나 번역 같은 인상은 주지 않으나, 일관된 율격은 발견할 수 없고, 여러 가지 노래의 성격이 잡다하게 섞인 것처럼 보인다. 구체적으로 보건대 단련형의 형태를 취하고 있으면서도, 변형이 되기는 하였지만 경기체가의 '-景 그 엇

더흐니잇고'와 속요의 '아으 다롱디리'를 취하고 있다.

▌횡살문

錦城絲管이 日紛紛ᄒ니 半入江風 半入雲이로다
此曲이 只應天上有ㅣ니 人間에 能得幾時聞고
아으 太平曲調를 泰明君하숩노이다

<횡살문>은 두보(杜甫)의 절구 <증화경>의 전문, 곧 "錦城絲管日紛紛 /
半入江風半入雲 / 此曲只應天上有 / 人間能得幾時聞"을 현토하고 다시 하
나의 첨가구를 후렴처럼 덧붙인 국문악장이다. 전체적으로 시조 형식과
무척 흡사함을 느낄 수 있다. 조선초기의 국문악장은 신흥사대붕의 한시
적(漢詩的) 교양과 속요의 형식과 조사법(措辭法)을 빌어 유교적 이념을 담
아, 한시→ 현토→ 번역이라는 과정을 거침으로써 차츰 우리말 사용이
세련되어지면서 <신도가>, <유림가>, <감군은> 등의 실험적인 과도
기적 작품을 낳고, 마침내 <용비어천가>나 <월인천강지곡> 같은 서사
적인 성격의 송시(頌詩)에까지 영향을 미친 것을 알 수 있다.

▌유림가

✔1장

五百年이 도라 黃河ㅅ므리 몰가
聖主ㅣ 中興ᄒ시니 萬民의 咸樂이로다
五百年이 도라 沂水ㅅ므리 몰가
聖主ㅣ 中興ᄒ시니 百穀이 豊登ᄒ샷다
(葉) 我窮且樂 窮且窮且樂아
浴乎沂 風乎舞聘 詠而歸호리라
我窮且樂아 窮且窮且樂아

✔ 5장

珠履三千客과　靑衿七十徒와
杳矣千載後에　豈舞其人이리오
黃閣三十年과　靑風一萬古와
我與房與杜로　終始如一호리라
(葉) 我窮且樂　窮且窮且樂아
浴乎沂　風乎舞聘　詠而歸호리라

　　<유림가>는 조선 창업의 위업을 송축하고 유림들의 '궁차락(窮且樂)'
을 칭송한 전체 6장의 국문악장이다. 『악학편고(樂學便考)』에는 고려속악
장(高麗俗樂章)에 편입되어 있으나, 내용과 형식으로 미루어 조선초기에
창작된 듯하다. <상대별곡>이 관인의 득의에 찬 뽐냄의 노래라면, <유
림가>는 유학자가 태평성대를 맞아 근심과 불만 없이 시화연풍을 구가
한 노래이다. 후렴에서 "아 궁차 궁차락"이라는 음향 효과를 살린 것이
특징이다. 그런데 이 노래의 제1장을 볼 때, 비교적 정연한 4음보격으로
율독할 수 있고, '엽(葉)'을 뺀 2절 4구의 병렬구조는 <용비어천가>의
어느 장과 크게 다르지 않다. 그리고 제1장만으로서는 이것이 현토체나
번역체가 아니라고 보겠으나, 제5장을 볼 때 이 작품도 현토체 또는 잠
재적 번역체라고 할 수 있다. 따라서 <용비어천가>도 국문시가로 표출
되었지만 작가의 머리 속에서는 한시적 발상이 선행하고, 그것을 번역하
면서 지어 나간 작품이라고 유추할 수 있다.

▌감군은

✔ 1장

四海 바닷기픠는 닫줄로 자히리어니와
님의 德澤 기픠는 어니 줄로 자히리잇고

享福無疆ᄒ샤 萬歲를 누리쇼셔
享福無疆ᄒ샤 萬歲를 누리쇼셔
一竿明月이 亦君恩이샷다

<감군은>은 제작 연대 및 작가가 미상이나, 『대악후보(大樂後譜)』, 『악장가사(樂章歌詞)』, 『양금신보(梁琴新譜)』 등 여러 가집에 실려 전하는 것으로 보아, 당대 연향이나 제향에서 두루 향유되었을 것으로 보이는 작품이다. 작품의 내용은 일반적인 관점에서 은혜를 사해의 깊이와 넓이, 그리고 태산의 높이로서도 미칠 수 없다고 전제하고, 임금의 향복(享福)과 무강(無疆)을 기원하는 동시에 자신의 안락한 생활이 지속되기를 기원하고 있다. 그리고 임금에 대한 일편단심을 맹세하는 것으로 마무리하고 있다. 전체적으로 <정석가>의 분위기와 매우 흡사하며, 후렴을 뺀 본사 2행은 <용비어천가>의 구조와 유사하다. 한편 후렴에 쓰인 "享福無疆ᄒ샤 萬歲를 누리쇼셔"는 맹사성, 이현보, 송순 등의 시조에서 흔히 발견할 수 있는 관용구이다.

▌▌용비어천가

✔1장
해동(海東)육룡(六龍)이 ᄂᆞᄅᆞ샤 일마다 천복(天福)이시니
고셩(古聖)이 동부(同符)ᄒ시니

✔2장
불휘 기픈 남ᄀᆞᆫ ᄇᆞᄅᆞ매 아니 뮐썬
곶 됴코 여름 하ᄂᆞ니
시미 기픈 므른 ᄀᆞ모래 아니 그츨썬
내히 이러 바ᄅᆞ래 가ᄂᆞ니

<용비어천가>는 조선 건국의 정당성을 강조하고 후대 왕들을 권계하기 위해 지은 훈민정음으로 된 최초의 작품이다. 내용은 조선 건국의 유래가 유구함과 조상들의 성덕을 찬송하고, 태조의 창업이 천명에 따른 것임을 밝힌 다음 후세의 왕들에게 경계하여 자손의 보수(保守)와 영창(永昌)을 비는 뜻으로 이루어져 있다. 매장 2행에 매 행마다 4구로 되어 있으나, 1장이 3구이고 125장이 9구로 된 것만은 예외이다. 3장에서 109장까지는 대개 첫 절에 중국 역대 제왕의 위적(偉蹟)을 칭송하였고, 다음절에 태조의 4대 조상인 목조·익조·도조·환조와 태조·태종 등 6대임금의 사적(事蹟)을 읊고 있다. 110장에서 124장까지는 '물망장(勿忘章)'이라 하여 "닛디 마쇼셔"로 끝마친다. <용비어천가>는 한글로 된 최초의 서사적 작품이라는 점에서 문학사에서 주목된다. 또한 이규보의 <동명왕편>을 이은 왕조 서사시로서 건국신화적 의미도 내포되어 있어 중요한 가치를 지니며, 15세기 국어 연구의 귀중한 자료가 되고 있다.

▌ 상대별곡(霜臺別曲)

1
華山南 漢水北 千年勝地
廣通橋 雲鐘街 건나드러
落落長松 亭亭古栢 秋霜烏府
위 萬古淸風ㅅ 景 긔 엇더ᄒ니잇고
(葉)英雄豪傑 一時人才 英雄豪傑 一時人才
위 날조차 몃부니잇고

2
鷄旣鳴 天欲曉 紫陌長堤
大司憲 老執義 臺長御史
駕鶴鸞 前呵後擁 除左右
위 上臺ㅅ 景 긔 엇뎌?니잇고

(葉)싁싁ᄒ뎌 風憲所司 싁싁ᄒ뎌 風憲所司
위 振起頹綱ㅅ景 긔 엇더ᄒ니잇고

   <상대별곡>은 세종 때 권근(倦勤)이 지은 것으로『악장가사』에 실려
전한다. 사헌부의 위엄을 노래하며 칭송하는 것으로 전 5장의 분절체 형
식으로 구성되었다. '상대(霜臺)'란 사헌부의 별칭이다. 상대에서의 생활
을 통하여 새 국가 문물제도의 훌륭함과 정연(整然)함을 칭송함으로써 창
업의 위대함을 과시하고 있다. 이 노래는 한자어를 나열한 것과 3 · 3 ·
4조의 운율, 후렴구가 경기체가의 형식이며, 전절과 후절로 나눈 것은
경기체가와 같다.

‖ 월인천강지곡

  [其一] 巍巍釋迦佛 無量無邊 功德을 劫劫에
         어느 다 ᄉᆞᆯᄫᆞ리

  [其二] 世尊ㅅ일 ᄉᆞᆯᄫᅩ리니 萬里外ㅅ일이시나
         눈에 보논가 너기ᅀᆞᄫᆞ쇼셔
         世尊ㅅ말 ᄉᆞᆯᄫᅩ리니 千載上ㅅ말이시나
         귀예 듣논가 너기ᅀᆞᄫᆞ쇼셔

   <월인천강지곡>은 세종 29년(1447)에 왕명에 따라 수양대군(首陽大君)
이 소헌왕후(昭憲王后)의 명복을 빌기 위하여『석보상절(釋譜詳節)』을 지어
올리자 세종이 석가의 공덕을 찬송하여 지은 노래이다. '월인천강지곡(月
印千江之曲)'이란, 부처가 나서 교화한 자취를 칭송한 노래라는 뜻으로,
상 · 중 · 하 3권에 500여 수의 노래가 수록되어 있다. 이는 <용비어천
가>와 아울러 훈민정음으로 표기된 한국 최고(最古)의 작품이다. 내용은
위의 서두를 시발로, 제3장부터 석가의 전생에서부터 그가 현세에 왕자

로 태어나 출가 성불하게 된 전후 사실이 초월적인 것과 일상적인 것의 흥미로운 대조로 전개되어 나간다. 그런데 <월인천강지곡>의 제작은 <용비어천가>의 선례를 따르면서도 몇 가지 다른 점이 있다. 한시의 대역이 없고 다른 사실과의 무리한 대비도 없이, 다만 석가의 전기를 일관성 있게 서술해 나갔기 때문에 통일성이 있고 서사적 구조가 한결 더 긴밀한 작품이라고 할 수 있다. 그러나 찬송된 그 사실을 구체적으로 알기 위해서는 『석보상절』을 참조해야 하기 때문에 그런 편의를 위해서 이 두 책을 합본 재편집하여 『월인석보』로 다시 간행하였다.

5. 악장의 문학사적 의의

악장은 조선 초기에 발생하여 세종 때 성행한 갈래로, 조선의 건국되고 국가의 기틀이 마련되자 차차 조선의 건국과 문물제도를 찬양하고 임금의 만수무강과 자손의 번창을 축원하였다.

대부분 조선조의 특권층인 권신(權臣)들이 창작하였고, 향유 계층도 소수 특권 귀족층에 국한됨으로써 국민문학으로 일반화되지는 못했고, 그 생명도 오래 가지 못했다. 대부분 왕조를 찬양하기 위한 목적 문학이었기 때문에 작위성이 강하고 과장과 아유(阿諛)가 심해서 문학성은 그리 높지 않지만, 훈민정음 창제 당시의 표기 형태를 알 수 있는 자료로서 국어학 연구의 귀중한 문헌이 된다.

시조의 정형과 짧게 드러내기

1. 시조의 개념

시조는 한국의 정형시 중 가장 단형으로 형식이 정제된 조선조의 대표적인 시가이다. 사설시조를 포함하는 시조 양식은 시적자아가 세계를 끌어들여 심사를 짧게 드러내는 서정적 양식이다. 시조는 고대시가의 전통 속에서 연원을 찾을 수 있다. 800년의 역사를 가진 시형으로 고시조 작품으로 현재 전하는 것은 총 5,000여 수에 이르며, 이 가운데 작자를 알 수 있는 것은 450명에 3,300여 수이며 작자를 알 수 없는 것이 1,700여 수이다. 또한, 시조는 한국인의 가락과 그 호흡에 가장 알맞고 잘 다듬어진 시형인 3장 6(12)구의 리듬 형식을 지니고 있다. 전통사회에서는 반드시 창이 전제되어 구연되었다는 사실이 중요하다.

시조라는 명칭은 '시절가조(時節歌調)'에서 나온 것으로, '시절가'란 '이 시절의 노래'라는 뜻이 들어 있는 말이며 여기에 곡조를 뜻하는 '조(調)'가 붙은 것이다. 그런가 하면, '옛 가락' 또는 '본디의 가락'이라는 뜻을 가진 '고조(古調)'에 상대되는 개념을 지닌 말로 이해되기도 한다. 시조를 가리켜 '단가(短歌)'라고도 하는데 이는 노래의 길이가 짧은 데서 연유한 것이지만, 판소리의 허두가(虛頭歌)도 단가라고 부르는 까닭에 시조의 명 칭으로는 별반 사용하지 않는다. 또한, 노래라는 의미로 '가', '가곡', '가요', '악', '악장', '창영언'이라 부르기도 하였으며, 새 노래라는 의미 로 '신조', '신성', '신곡', 한시와 구별되는 노래라는 의미로 '시여'라고 부르기도 하였다.

시조의 명칭이 이처럼 '가락' 또는 '노래'와 연관이 깊은 것은 시조가 본디 노래로 향유되었던 사실과 관계가 깊다. 오늘날 우리가 시조라 명 하는 것은 '가곡(歌曲)'이라고 부르는 음악의 노랫말이었으며, 똑같은 노 랫말을 가지고 '시조(時調)'라는 음악으로 노래하기도 하였다. 이것은 오 늘날에도 그대로 전해오고 있는 음악적 관습이다.

2. 시조의 형식

문학부류로서의 시조는 3장 45자 내외로 구성된 정형시라고 할 수 있 다. 시조는 3행으로 1연을 이루며, 각 행은 4보격으로 되어 있고, 이 4보 격은 다시 두 개의 숨 묶음으로 나누어져 그 중간에 사이 쉼을 넣게 되 어 있다. 그리고 각 음보는 3개 또는 4개의 음절로 구성되는 것이 보통 이다. 곧 초장, 중장은 3·4·4·4조로 구성되며, 종장은 3·5·4·3조 로 구성되어 있다. 그러나 이러한 형식은 어디까지나 하나의 가상적인 기준형에 지나지 않는 것이고, 절대 불변하는 고정적인 제약을 받는 것 은 아니다. 우리말 자체의 성질에서 오는 신축성이 어느 정도 허용되는 기준이다.

시조의 시형으로는 자수율과 음보율에 입각하여 창작된 단형 시조의 형식인 평시조가 있으며, 종장의 제1구를 제외한 어느 구절이나 하나만 이 길어진 중형시조의 형식인 엇시조가 있으며, 초·중·종의 3장으로 되어 있는 것은 다른 시조 형식과 같으나, 종장의 첫째 마디가 3자를 지키는 것을 제외하고는 어느 장의 어느 마디든지 마음껏 길어질 수 있는 형식을 보이고 있으며, 그 길이에 제한이 없듯이 정해진 통일성도 없어서 작품에 따라 그 길이가 매우 다양한 장형시조의 형식인 사설시조가 있다.

시조의 음수율(音數律)은 3·4 또는 4·4조가 기본 운율로 되어 있다 이 기본 운율에 1음절 또는 2음절 정도를 더 보태거나 빼는 것은 무방하다. 그러나 종장은 음수율의 규제를 받아 제1구는 3음절로 고정되며, 제2구는 반드시 5음절 이상이어야 한다. 이 같은 종장의 제약은 시조 형태의 정형과 아울러 평면성을 탈피하는 시적 생동감을 깃들게 한다.

구수율(句數律)은 음수율과 달리 구절 단위를 강조한 것이다. 이광수와 이은상은 12구체로 파악한 일이 있고, 이병기는 초장과 중장을 각각 2구로 보고 종장의 특이성을 살리기 위하여 종장만을 4구로 보아 8구체를 주장하기도 하였다. 그러나 안확·조윤제 등은 6구체를 주장하였으며, 오늘에 와서는 6구체로 보는 것이 정설로 인정되고 있다. 6구체로 볼 경우의 구수(句數)는 제각기 두 구절 씩 짝이 되어 하나의 행, 곧 한 장(章)을 이루고 있다.

3. 시조의 형성과 전개

(1) 고시조 형성

시조는 14세기경인 고려 말기에서 조선초기에 걸쳐 정제된 것으로 추정되고 있다. 현전하는 시조집 중에는 고구려의 을파소(乙巴素)나 백제의 성충, 신라의 설총 등의 작품이라 실려 있는 경우가 있으나 구비적 성향으로 거의 인정하지 않는다. 현재 남아 있는 시조집에서 비교적 초기에 속하는 작가들을 들어보면 고려 총숙왕 때의 우탁, 충혜왕 때의 이조년, 공민왕 때의 이존오, 길재, 원천석, 이색, 정몽주와 조선초기의 정도전, 변계량 등을 들 수 있다. 이들은 모두 고려말 조선 초의 유학자들이다.

초기의 시조 작가가 당대의 쟁쟁한 성리학의 학자들로 망라되어 있다는 사실은 곧 시조가 형성되는 데 있어서 성리학이 중대한 의의를 가졌음을 암시한다. 즉. 신라 이후로 우리 민족의 생활과 민족문화의 뒷받침이 되어온 불교가 고려 말기에 들어서서는 누적된 폐단으로 말미암아 백성과 나라를 해치는 화근으로 전락되었고, 이에 새로운 지도 이념으로 각광을 받게 된 주자학의 등장과 함께 시조문학이 성립되었던 것이다.

시조의 기원을 크게 두 갈래로 나눌 수 있는데, 하나는 외래기원설로서 중국의 불가곡(佛歌曲)에서 수입되었다는 설과 한시를 번역하면서 이루어졌다는 설이 있으나, 이 두 설은 오늘날 부정되고 있는 학설이다. 또 하나는 재래기원설이라고 할 수 있는 것으로, 신가(神歌)나 민요 또는 무당의 노랫가락이 시조의 원형이라는 설, 시조의 기원을 향가에서 찾을 수 있다는 설, <정읍사>와 같은 6구체가(六句體歌)가 붕괴되어 단형으로 형성되면서 시조시형이 이루어졌다는 설이 있다.

(2) 조선전기의 시조

조선 초의 절의가는 단종의 퇴위에 관련된 사육신과 생육신이 그들의 절개를 읊은 작품들이다. 박팽년, 성삼문, 이개 등의 절의가와 함께, 15세기의 시조 작품으로 큰 비중을 차지하는 것은 한가롭고 평화스러운 경치를 읊은 서경시(敍景詩)라는 점이다. 새로이 건국된 조선왕조가 비교적 안정되고 모든 기구가 정제됨에 따라 사대부들의 여유 있는 생활이 시조의 주된 소재를 이루었고, 시조는 그들의 정신적 자세를 표현하는 그릇이 되었던 것이다. 예컨대 맹사성의 <강호사시가>는 4계절에 따른 자연의 변화와 그 속에서 생활하는 즐거움을 노래하는 작품인데, 이같이 평화로운 삶을 누릴 수 있는 근원은 어디까지나 군주의 은혜로써 비롯되었다는 뜻을 담은 종장이 반복되는 연시조로서, 그 뒤 수없이 쏟아져 나온 서경시의 한 정형이 되었다.

16세기 후반에 이르면서 세 갈래의 지향점을 발견하고, 그 세 방향에서 각기 우수한 작품들이 산출되었다. 첫째, 이황의 <도산십이곡>과 이이의 <고산구곡가> 등이 대표되는 작품으로 정치적 이념과 태도를 선행시키고 있는 조선전기의 자연에 대한 유학자들의 태도가 도달할 수 있는 고아한 품격과 자연에 투영된 인생관의 한 극치를 시조가 수용할 수 있게 되었다. 둘째, 정철의 <훈민가>가 대표하는 것으로서 유교적인 윤리관을 주제로 하되 백성들을 계몽하기 위하여 쓰인 토속적인 언어기교를 시조가 수용할 수 있게 되었다. 셋째, 황진이로 대표되는 기녀들의 작품들로서 구체적이고 인간적인 애정의 형상화가 시조시형을 통하여 이루어졌다는 사실을 들 수 있다. 이와 같은 경로를 밟으면서 시조문학은 새로운 가능성을 찾게 되었고, 관념적인 유교이념을 형상화하는 데 부족함이 없을 뿐 아니라, 구상적인 인간성을 서정적으로 형상화하는 데 있어서도 모자람이 없는 이원적 성격을 지니게 되었다.

(3) 조선후기의 시조

조선후기, 특히 17세기의 시조에서도 조선 초와 동일하게 이원적 성격은 지속적으로 나타났다. 이 시기를 대표하는 작가로 신흠과 윤선도가 있다. 윤선도는 시조문학사에서 가장 뛰어난 시인으로서 손꼽힌다. 그의 <어부사시사>는 4계절마다 각 10수씩 총 40수로 된 연시조인데, 우리말의 아름다움을 갈고 닦아 간결하면서도 품격이 돋보이는 표현에 뛰어났으며, 속화된 자연을 시로써 승화시킨 대표작이다. 기교면에서 대구법의 처리, 자연의 변화와 시간의 흐름에 따른 시상의 전개가 펼쳐 보이는 인간과 자연의 조화는 주목할 만하다. 그 뒤에도 많은 작가와 작품이 산출되었으나, 제재 및 주제 면에서 크게 달라진 것은 없다.

조선후기 시조의 가장 두드러진 변화는 사설시조의 등장이라 할 수 있다. 사설시조의 바탕이 된 실학사상은 과거의 율문 전성시대를 극복하고 산문문학을 발전시키는 계기를 마련하였다. 이러한 사설시조는 모든 문학예술의 형식을 산문화하는 방향으로 전환하던 이 시기의 혁신적인 시가문학의 산물이었다. 사설시조의 화자는 이야기 속의 그것을 닮았다.

(4) 평민가객의 출현과 가집 편찬

사설시조의 발달과 함께 주목할 만한 사실은 그 발달 과정에 있어 가장 주동적인 구실을 하고 있는 평민가객의 출현이다. 이들 평민가객들 중의 한 사람인 김수장이 편찬한 시조집 『해동가요』에는 17, 18세기에 걸쳐 활약한 가객 56인의 명단이 실려 있다.

18세기 초반에 일군의 가객들과 더불어 가단 활동을 한 것으로 보이는 김천택은 주의식(朱義植)의 작품을 구해준 변문성, 김성기의 작품을 얻어준 김중려 등의 협력과 이 밖의 많은 가단 구성원들의 이해와 협조를 얻어 시조집 『청구영언』을 편찬하였다.

김천택이 이끄는 가단의 일원이었던 박효관, 안민영은 18세기 후반에 새로이 배출된 신진가객들과 더불어 가단을 재편성하여 발전시켰으며, 이들의 협조를 얻어 시조집 『가곡원류』를 편찬하였다. 이밖에도 송계연월옹의 『고금가곡』, 이형상의 『병와가곡집』, 편찬자 미상의 『화원악보』, 『남훈태평가』, 김교헌의 『대동풍아』 등의 시조집들이 전한다.

4. 시조의 작품세계

(1) 시조의 형태

시조는 박철희가 말하는 타설시조와 자설시조로 구분할 수 있다. 타설시조는 인간이 자기를 드러내려는 정신 기술의 한 방식으로 타의 선험에 의지하려는 경향을 보이고 있으며, 관습적인 문맥에 의하여 자신의 의지를 정당화시키고 있으며, 추상적, 관습적 테두리 속에서 고정된 반응으로 계열화하여 표현하려는 방식을 취하고 있다. 대표 작가로는 황희, 맹사성, 이현보, 이이, 이황, 신흠 등이 있다. 자설시조는 리얼리티의 새로운 국면과 밀접한 관련이 있으며, 자기체험의 구체적 현실 감각으로 자설적 현장성 획득을 골격으로 하고 있으며, 부분적이면서 구체적으로 현실적 감각을 드러내고자 하였다. 대표 작가로는 윤선도, 송순, 황진이 등이 있다.

(2) 시조 주요 작품

■ 〈강호사시가〉, 맹사성

강호(江湖)에 봄이 드니 미친 흥이 절로 난다
탁료계변(濁醪溪邊)에 금린어(錦鱗魚) 안주로다
이 몸이 한가(閑暇)히옴도 역군은(亦君恩)이샷다.

강호(江湖)에 녀름이 드니 초당(草堂)에 일이 없다
유신(有信)한 강파(江波)는 보내느니 ᄇᆞ람이다
이 몸이 서눌히옴도 역군은(亦君恩)이샷다.

강호(江湖)에 ᄀᆞ올이 드니 고기마다 술져 있다
소정(小艇)에 그물 시러 흘리 ᄯᅴ여 더뎌 두고
이 몸이 소일(消日)히옴도 역군은(亦君恩)이샷다.

강호(江湖)에 겨월이 드니 눈 기픠 자히 남다
삿갓 빗기 ᄡᅳᆨ고 누역으로 오슬 삼아
이 몸이 칩지 아니히옴도 역군은(亦君恩)이샷다.

　〈강호사시가〉는 맹사성의 작품으로 그가 벼슬에서 물러나 향리(鄉里)에서 한가한 생활을 보낼 때 지은 작품으로, 자연을 즐기며 임금의 은혜를 생각하는 마음이 계절별로 한 수씩 표현되어 있다. 사시한정가(四時閒情歌)라고도 하며 현전하는 연시조 가운데 첫 작품이다.

　〈강호사시가〉는 자연 속의 삶을 노래하는 이른바 강호가(江湖歌)로 불리는 시조의 원류이다. 이 연시조를 이루고 있는 4수의 시조는 모두 초장에서 사계절의 특징, 그중에서도 계절의 풍요로움을 읊었고, 중장에서는 술을 즐기는 모습, 강바람을 쐬는 유유한 모습, 배를 타고 즐기는 모습, 삿갓을 빗기 쓴 모습 등 안빈낙도하는 군자의 삶을 서술하였다.

그리고 종장에서는 이 모두가 임금의 은혜임을 강조하고 있다. 전원(田園)으로 물러나 한가한 생활을 누리면서도 임금의 은혜를 인지 않는 점에서 태평성대에 유유자적하는 사대부의 전형적인 모습을 볼 수 있다.

▌〈도산십이곡〉, 이황

✔ 언지(言志)

이런둘 엇더ᄒ며 뎌런둘 엇다ᄒ료
草野愚生이 이러타 엇더ᄒ료
ᄒ믈려 泉石膏肓을 고텨 므슴ᄒ료

煙霞로 지블 삼고 風月로 버들사마
太平聖代예 病으로 늘거나뇌
이듕에 바라는 이른 허믈이나 업고쟈

淳風이 죽다ᄒ니 眞實로 거즈마리
人生이 어다다 ᄒ니 眞實로 올ᄒ 마리
天下애 許多英才를 소겨 말솜ᄒᆯ가

幽蘭이 在谷ᄒ니 自然이 듣디 됴해
白雲이 在山ᄒ니 自然이 보디됴해
이 듕에 彼美一人을 더욱 닛디 몯ᄒ얘

山前에 有臺ᄒ고 臺下애 有水ㅣ로다
ᄲᅦ 만ᄒ 굴며기는 오명가명 ᄒ거든
엇디다 皎皎白鷗는 머리 ᄆ음 ᄒᄂᆞᆫ고

春風에 花滿山ᄒ고 秋夜애 月滿臺라
四時佳興ㅣ 사롬과 ᄒᆫ가지라
ᄒ믈며 漁躍鳶飛 雲影天光이아 어늬 그지 이슬고

✔ 언학(言學)

天雲臺 도라드러 玩樂齊 簫洒흔듸
萬卷生涯로 樂事ㅣ 無窮ᄒ애라
이 듕에 往來風流를 닐어 무슴홀고

雷霆이 破山ᄒ야도 聾者는 몯 듣ᄂ니
白日이 中天ᄒ야도 瞽者는 몯 보ᄂ니
우리는 耳目聰明男子로 聾瞽ᄀ디 마로리

古人도 날 몯 보고 나도 古人 몯 뵈
古人를 몯 뵈도 녀던 길 알퓌 잇ᄂ
녀던 길 알퓌 잇거든 아니 녀고 엇덜고

當時예 녀던 길흘 몃히를 ᄇ려 두고
어듸 가 돈니다가 이제ᅀᅡ 도라온고
이제나 도라오나니 년듸 ᄆ솜 마로리

靑山는 엇뎨ᄒ야 萬古애 프르르며
流水는 엇뎨ᄒ야 晝夜애 긋디 아니ᄂ고
우리도 그치디 마라 萬古常靑 호리라

愚夫도 알며 ᄒ거니 그 아니 쉬운가
聖人도 몯다 ᄒ시니 그 아니 어려운가
쉽거나 어렵거낫 듕에 늙ᄂ 주를 몰래라

　　<도산십이곡>은 이황이 향리(鄕里) 안동에 도산서원(陶山書院)을 세우고 후진을 양성하며 자신의 심경을 읊은 12수의 연시조이다. 전 6곡 '언지 (言志)'는 자연에 묻혀 사는 뜻을, 후 6곡 '언학(言學)'은 학문 수양의 길을 노래하였다. <도산십이곡>은 율곡의 <고산구곡가>와 쌍벽을 이루는

연시조로서, 자연귀의의 삶을 노래하는 가운데 유교적 보편 가치를 지향하고 있어 관념적 성향이 짙다. 이 작품에 등장하는 대부분의 자연물, 예컨대 '유란(幽蘭), 백운(白雲), 백구(白駒)' 등은 유교적 인격을 상징함으로써 개성적, 창조적인 심상이 아니라 이념적 가치를 표상하는 매개물로 쓰였기 때문이다.

'언지(言志)'는 지은이가 자연과 더불어 사는 뜻이 어디에 있는가를 표현하고 있다. 먼저 1곡에서는 강호에 살겠다는 강한 의지를, 2곡에서는 태평을 누리는 가운데 허물이나 얻고자 하는 소망을 표현하였다. 그리고 3곡은 성악설(性惡說)을 경계하면서 천하 영재를 교육하겠다는 뜻을 내포하고 있으며, 4·5곡에는 천석고황으로 강호에 살고 있지만 임금을 잊지 못하는 화자의 마음이 암시되어 있다. 이처럼 자연 속에서도 임금을 생각하고 학문 연구의 의지를 버리지 않고 있다. 요컨대 화자가 자연과 더불어 사는 뜻이 도(道)의 완성을 지향하는 데 있음을 말하고 있는 것이다.

'언학(言學)' 6수는 한마디로 학문의 즐거움과 의지를 표백한 것이다. 먼저 7곡에서 학문의 즐거움을 말한 뒤, 9곡에는 학문의 길이 옛 성현들을 본받는 데 있음을 노래하였다. 그리고 10곡에서는 잠시 학문의 길(녀던 길)에서 벗어나 벼슬길을 좇았던 일을 후회하면서, 오로지 학문에 몰두할 것을 다짐하고 있다. 11곡에는 '청산'과 '유수'의 영원성을 본받아 학문과 진리의 세계에 영원히 살고 싶은 마음을 토로하였고, 마지막으로 12곡에서 학문의 길이 무궁무진함을 말하고 있다.

▋〈고산구곡가〉, 이이

고산 구곡담(九曲潭)을 사람이 모르드니
주모복거(誅茅卜居)하니 벗님네 다 오신다.

어즈버, 무이(武夷)를 상상하고 학주자(學朱子)를 하리라.

일곡(一曲)은 어드메오 관암(冠巖)에 해 비췬다.
평무(平蕪)에 내 걷은이 원근이 그림이로다.
송간(松間)에 녹준(綠樽)을 놓고 벗오는 양 보노라

이곡(二曲)은 어드메오 화암(花巖)에 춘만(春滿)커다
벽파(碧波)에 꽃을 띄워 야외로 보내노라.
사람이 승지(勝地)를 모로니 알게 한들 엇더리.

삼곡(三曲)은 어드메오 취병(翠屛)에 닙 퍼졋다.
녹수에 산조(山鳥)는 하상기음(下上其音)하는 적의
반송(盤松)이 수청풍(受淸風)하니 녀름 경(景)이 업세라

사곡(四曲)은 어드메오 송애(松崖)에 해 넘거다.
담심암영(潭心巖影)은 온갓 빛이 잠겻셰라.
임천(林泉)이 깁도록 됴흐니 흥을 겨워 하노라.

오곡(五曲)은 어드메오 은곡(隱曲)이 보기 됴해
수변정사(水邊精舍)는 소쇄(瀟灑)함도 가이 없다.
이 중에 강학(講學)도 하려니와 영월음풍 하오리다.

육곡(六曲)은 어드메오 조협(釣峽)에 물이 넓다
나와 고기와 뉘야 더욱 즐기는고
황혼에 낙대를 메고 대월귀(帶月歸)를 하노라.

칠곡(七曲)은 어드메오 풍암(楓巖)에 추색(秋色) 됴탸
청상(淸霜)이 엷게 치니 절벽이 금수(錦繡) ㅣ로다
한암(寒巖)에 혼자 앉아서 집을 잊고 잇노라.

팔곡(八曲)은 어드메오 금탄(琴灘)에 달이 밝다

옥진금휘(玉軫金徽)로 수삼곡을 노론 말이
고조(古調)를 알리 없으니 혼자 즐겨 하노라.

구곡(九曲)은 어드메오 문산(文山)에 세모(歲暮)커다
기암괴석이 눈 속에 무쳐세라
유인(遊人)은 오지 아니 하고 볼 것 없다 하더라

　<고산구곡가>는 율곡 이이가 주자의 <무이구곡가>를 모방하여 지은 연시조다. 황해도 해주의 석담(石潭)에 은거하면서 후학(後學)들을 가르치던 때, 그 곳 고산(高山) 아홉 굽이의 아음다운 자연을 벗하며 학문에 정진하는 즐거움을 노래한 10수의 연시조다. <고산구곡가>에 등장하는 모든 소재들은 조화와 자족(自足)의 경지에 이바지하고 있다. 고통과 불화와 절망의 그림자는 어디에도 찾아볼 수 없다. 지은이는 즐거운 정감을 교감할 수 있는 매개물들을 소재로 채택하고 있다. 마지막 구절인 "유인(遊人)은 오지 아니 하고 볼 것 없다 하더라"에서조차 책망의 태도라기보다 포용하려는 태도가 함축되어 있어, 그것은 한마디로 달인(達人)의 경지라고 할 수 있다. 이러한 정신적 경지는 <도산십이곡>과 그 지향점이 같은 것이다. 그러나 관념적 표현에서 크게 벗어나지 못한 <도산십이곡>에 비하여, <고산구곡가>는 함축성과 형상성이 뛰어나 언어예술로서의 가치면에서 더 우수하다고 할 수 있다.
　<고산구곡가>에서 서시에 해당하는 1수에서는 작품을 지은 동기를 노래하고, 2~10수에서는 관암, 화암, 취병, 송애, 은병, 조협, 풍암, 금탄, 문단 등 구곡(九曲)의 정취를 노래하였다. 이 구곡의 명칭은 지명과 아울러 경관을 표현하는 어휘로도 해석되는 이중적 의미의 공간이다. 또, 배경 시간을 살펴보면, 완벽하지는 않지만 6수(5곡)를 핵으로 하여 대응되는 구조이다. 5곡에 시간성이 배제된 것은 종장에 나와 있는 강학

과 영월음풍이 화자의 삶의 모든 시간대에 해당되는 사실임을 시사하기 위한 기법이라고도 할 수 있다.

▌ 〈훈민가〉, 정철

아바님 날 나흐시고 어마님 날 기르시니
두 분 곳 아니면 이 몸이 살아시랴
하늘ㄱ톤 ㄱ업손 은덕을 어디 다혀 갑수오리.

님금과 백성과 사이 하늘과 따히로되
내의 셜운 일을 다 아로려 하시거든
우린들 살진 미나리를 홈자 엇디 먹으리.

형아 아우야 네 살을 만져 보와
뉘손대 타나관대 양재조차 같으슨다
한 젖 먹고 길러나이셔 닷마음을 먹디 마라.

어버이 살아신 제 섬길 일란 다하여라
지나간 후면 애닯아 엇지하리
평생에 고쳐 못할 일이 이뿐인가 하노라.

한 몸 둘에 난화 부부를 삼기실샤
이신 제 함께 늙고 죽으면 한 데 간다
어디서 망녕읫 것이 눈 흘기려 하나뇨

간나희 가는 길흘 사나희 에도듯이,
사나희 녜는 길흘 계집이 치도듯이,
제 남진 제 계집 하니어든 일홈 묻디 마오려.

네 아들 효경(孝經) 읽더니 어도록 배홧느니
내 아들 소학은 모래면 마츨로다

어느 제 이 두 글 배화 어질거든 보려뇨.

마을 사람들아 옳은 일 하자스라
사람이 되어나서 옳지옷 못하면
마소를 갓 곳갈 싀워 밥 먹이나 다르랴.

팔목 쥐시거든 두 손으로 받치리라
나갈 데 겨시거든 막대 들고 좇으리라
향음주(鄕飮酒) 다 파한 후에 뫼셔 가려 하노라.

남으로 삼긴 중에 벗같이 유신(有信)하랴
내의 왼일을 다 닐오려 하노매라
이 몸이 벗님곳 아니면 사람됨이 쉬울가.

어와 저 조카야 밥 없이 어찌 할고
어와 저 아자바 옷 없이 어찌 할고
머흔 일 다 닐러사라 돌보고저 하노라.

네 집 상사들흔 어드록 찰호슨다
네 딸 서방은 언제나 마치느슨다
내게도 없다커니와 돌보고저 하노라.

오늘도 다 새거다 호미 메고 가쟈스라
내 논 다 매여든 네 논 졈 매여 주마
올 길에 뽕 따다가 누에 먹여 보자스라.

비록 못 입어도 남의 옷을 앗디 마라
비록 못 먹어도 남의 밥을 비지 마라
한적곳 때 실은 휘면 고쳐 씻기 어려우니.

상륙(象陸) 장긔 하지 마라 송사 글월 하지 마라

집 배야 무슴 하며 남의 원수 될 줄 어찌
나라히 법을 세우샤 죄 있는 줄 모르난다.

이고 진 저 늙은이 짐 풀어 나를 주오
나는 저멋거니 돌이라 무거울가
늙기도 설웨라커든 짐을조차 지실가.

송강 정철이 45세 때(1580) 강원도 관찰사로서 도민(道民)을 교화(敎化)하기 위해 지은 16수의 연시조이다. 백성들이 쉽게 이해할 수 있도록 평이하고 정감 어린 시어들을 사용하였다. <훈민가>는 부모에 대한 효성, 형제간의 우애, 경로사상, 이웃 간의 상부상조, 부부와 남녀 사이의 규범, 학문과 인격의 수양 등 유교적 윤리와 도덕의 실천을 주제로 하고 있다. 그리고 이러한 주제 의식은, 송나라 때 선거 고을의 백성을 교화하기 위해 진양이 지었다는 '선거권유문(仙居勸諭文)'을 본보기로 삼은 것이다. 그러나 그 표현 형태는 우리의 전통적 시가 형식을 취하였을 뿐만 아니라, 평이하고 인정이 넘치는 고유어로 정서적 감동을 유발하여 훌륭한 문학으로 승화시키고 있다.

<훈민가>가 계몽적, 교훈적 노래이면서도 세련된 문학으로 설득력이 강한 이유는 무엇보다도 그 언어 형식에 있다. 유교적 윤리관에 근거한 바람직한 생활의 권유라는 주제를 표현하되, 현실적 청자인 백성들의 이해와 접근이 용이한 언어를 사용하고 있는 것이다. 이 작품에는 중국 문학에서 차용한 한자, 한문이 거의 없다. 어법에 있어서도 완곡한 명령이나 인간미를 느낄 수 있는 청유의 형식을 위주로 하고 있다. 지은이가 이런 언어 형식을 취한 것은 통치자로서의 명령적, 지시적 태도를 버리고 인간적인 데에 호소하려는 의도였을 것이다. 그 결과, <훈민가>는 훈민(訓民)이라는 목적의식에서 지어진 많은 시조 가운데 가장 설득력 있

고, 친근감을 주는 작품으로 평가되고 있다.

▎ 〈오우가(五友歌)〉, 윤선도

> 내버디 멋치나 ᄒ니 水石과 松竹이라
> 東山의 ᄃᆞᆯ오르니 긔더옥 반갑고야
> 두어라 이다숫밧긔 또더ᄒᆞ야 머엇ᄒᆞ리

　　고산 윤선도의 〈오우가〉는 우리말의 아름다움을 잘 살려서 시조를 높은 경지로 끌어 올린 뛰어난 작품으로 작자가 56세 때 해남 금쇄동 (金鎖洞)에 은거할 무렵에 지은 『산중신곡(山中新曲)』속에 들어 있는 6수 의 시조이다. 수(水), 석(石), 송(松), 죽(竹), 월(月)을 다섯 벗으로 삼아 서시 (序詩) 다음에 각각 그 자연물들의 특질을 들어 자신의 자연에 대한 사 랑과 고요한 마음으로 자연 관찰하여 시를 읊었다. 이는 고산 문학의 대표작으로서, 우리말의 아름다움을 잘 나타내어 시조를 절묘한 경지로 이끈다.

　　〈오우가〉는 1642년(인조 20)에 지었다. 서사(序詞)에 해당하는 첫 수와 수(水), 석(石), 송(松), 죽(竹), 월(月)에 대한 각 1수씩으로 되어 있다. 둘째 수는 구름, 바람과 비교하여 물의 끊임없음을 노래하였다. 셋째 수는 꽃, 풀과 비교하여 바위의 변함없음을 노래하였다. 넷째 수는 꽃 피고 잎 지 는 나무와 달리 눈서리를 모르는 소나무의 뿌리 깊음을 노래하였다. 다 섯째 수는 나무도 풀도 아니면서 곧고 속이 비어 있는 대나무의 푸르름 을 노래하였다. 여섯째 수는 작지만 밤에 높이 떠서 만물을 비춰주는 달 의 말없음을 노래하였다. 자연관찰을 통해 의미를 끄집어내고 그것을 인 간이 지켜야 할 덕목과 연결해 생각하도록 언어화하였다. 이 노래에서는 인간의 보편적 덕목보다는 특별히 신하로서의 도리, 곧 충(忠)의 개념이

우선시되고 있다. 충의 지속성, 불변성, 강인성, 절조성, 불언성(不言性)을
자연물에 대입하여 윤선도의 충에 대한 의지와 정신을 대변하였다. 조윤
제가 "시조가 이까지 오면 갈 곳까지 다 갔다는 감이 있다."라고 극찬하
였던 이 시조는 윤선도의 시조 가운데서도 백미로 평가되고 있다.

▌ 〈어부사시사〉, 윤선도

✔ 하사2

넌닙희 밥 싸두고 반찬으란 쟝만마라
닫드러라 닫드러라
청약립(靑蒻笠) 써잇노라 녹사의(綠蓑依) 가져오냐
지국총 지국총 어사와
무심(無心)한 백구(白駒)는 내 좃는가 제 좃는가

✔ 추사1

물외(物外)예 조흔 일이 어부 생애(漁夫 生涯) 아니러냐
배떠라 배떠라
어옹(漁翁)을 욷디 마라 그람마다 그렷더라
지국총 지국총 어사와
사시흥(四時興)이 한가지나 츄강(秋江)이 읃듬이라

　〈어부사시사〉는 효종 2년(1651), 고산의 나이 65세 이후 전남 보길도
에 은거할 때 지은 작품이다. 춘사, 하사, 추사, 동사 각각 10수씩 모두
40수로 이루어져 있다. 고려 후기부터 전해오던 〈어부가〉를 조선 중기
에 농암이 개작한 바 있는데, 이를 환골탈태(換骨奪胎)하여 새롭게 지은
것이 〈어부사시사〉이다. 우리말의 묘미를 창조적으로 구사하여 물외한
인(物外閒人)의 경지를 미화함으로써 전대의 작품보다 훨씬 아름다운 세
계를 구상하였다.

<어부사시사>는 4계절의 어촌 정경을 그리되 어부로서의 인간적 삶은 제거된 채 자연의 아름다움에만 초점을 맞추고 있다. 그리고 시조와 달리 후렴구(여음구)가 들어 있다. 특히, 초장 다음의 후렴은 각 계절마다 출범(出帆)에서 귀선(歸船)까지의 과정을 보여주고 있다.

<어부사시사>의 화자에게서는 시름을 찾아볼 수 없다. 그 대신 강호에서 누리는 나날의 넉넉함과 아름다움에 시선이 집중되어 화자의 정서는 고양된 기쁨과 충족에서 오는 흥겨움에 빠져 있을 뿐이다. 이러한 정서적 도취는 이 작품의 자연 묘사 및 화자의 행위 표현이 매우 구체적이고 사실적이어서 생동감을 느낄 수 있다는 사실과도 연관이 있겠지만, 현실 정치의 혼탁함으로부터 벗어나 자연의 아름다움과 여유로운 삶을 누리고자 하는 지은이의 현실관이 반영된 탓이라 하겠다. 농암 <어부가>의 화자가 세속의 삶에 대한 욕구를 떨쳐버리지 못하여 강호의 즐거움에 완전히 몰입하지 못한 것과 대비되는 특징이다.

▌ 박팽년

가마귀 눈비 마자 희는 듯 검노뫼라.
夜光明月이 밤인들 어두오랴.
님向한 一片丹心이야 고칠 줄이 이시랴.

단종 복위 계획을 밀고한 김질이 세조의 명으로 지은이의 마음을 회유하려 하자, 그 대답으로 불렀다는 이 시조는 '가마귀'와 '야광명월'의 대조를 통하여 굽힘 없는 지조를 드러낸 작품이다. '가마귀'는 임금인 것 같아도 정통성 없는 세조 혹인 변절한 간신배를 비유한 시어이고, '야광명월'은 정통성을 갖춘 임금으로서의 단종 혹은 어떤 역경에도 변함이 없는 충신을 가리키는 말이다.

▌▌이색

白雪이 즈자진 골에 구루미 머흐레라.
반가온 梅花는 어늬 곳에 픠엿는고.
夕陽에 홀로 셔 이셔 갈 곳 몰라 ᄒ노라.

기울어가는 고려의 운명을 안타까이 여기는 심정이 자연물에 빗대어
형상화된 작품이다. 역사적 전환기에 처한 지식인의 고뇌를 탄식과 더불
어 표현하면서도, 왕조를 지탱해 줄 우국지사(憂國之士)를 기대하는 마음
이 간절하다. 그리고 백설, 구름, 매화, 석양 등의 상징적 시어가 작품의
예술성을 높이고 있다.

▌▌성삼문

首陽山 바라보며 夷齊를 恨ᄒ노라.
주려 즈글진들 採薇도 ᄒ는 것가.
비록애 푸새엣 거신들 긔 뉘 짜헤 낫드니.

단종을 폐위시키고 스스로 왕이 된 세조에 항거하는 지은이의 의지가
표현된 '절의가(節義歌)'이다. 고대 중국 은(殷)나라의 백이, 숙제가 주(周)
무왕에게 항거하면서 수양산에 들어가 고사리를 캐 먹은 사실을 비판함
으로서, 절의(節義)의 대명사로 칭송되는 '이제'보다 자신의 절개가 더 철
저함을 강조하고 있다.

▌▌이개

방 안에 혓는 燭불 눌과 이별(離別)ᄒ엿관더.
것츠로 눈물 디고 속 타는 줄 모로는고.
뎌 燭불 날과 가트여 속 타는 쥴 모로도다.

수양대군이 어린 단종의 왕위를 빼앗고 영월로 유배시키자, 단종과 이별한 슬픔을 여성적 어조로 완곡하게 표현한 시조이다. 임금과의 이별로 애타는 심정을 촛불에 이입하여 형상화하였다. 이별의 슬픔이 너무나도 커 겉으로 눈물짓는 것 이상으로 속마음이 타들어가고 있다는 심정을 토로함으로써 단종을 향한 충정과 절의를 구체화하고 있다.

▎▎이존오

구룸이 無心툰 말이 아마도 虛浪ᄒ다.
中天에 써 이셔 任意로 돈니면셔
구퇴야 光明호 날빗츨 싸라가며 덥ᄂ니.

작자는 광명한 햇빛을 가리는 구름을 원망하고 있는데, 이것은 자신이 처하였던 당시의 정치적 현실을 반영하였다고 할 수 있다. 이존오는 공민왕 때 왕의 총애를 받던 신돈을 규탄하다가 죽을 고비를 겪은 일이 있다. 그러므로 '날빛'은 '공민왕'을 '구룸'은 '신돈'을 가리키며, '중천(中天)'은 '임금의 총애를 한 몸에 지닌 높은 권세'를 의미한다고 볼 수 있으며, 초장의 '무심(無心)ᄒ다'는 것은 '사심(邪心)이 없다'는 것으로 풀이할 수 있다.

▎▎황진이

동짓(冬至)달 기나긴 밤을 한 허리를 베어내어
춘풍(春風) 이불 아래 서리서리 넣었다가
어른님 오신 날 밤이어든 굽이굽이 펴리라

황진이는 박연폭포, 서경덕과 함께 송도3절(松都三絶)이라 일컫는다. 재색을 겸비한 조선조 최고의 명기이다. 어디를 가든 선비들과 어깨를 겨

누고 대화하며 뛰어난 한시나 시조를 지었다. 가곡에도 뛰어나 그 음색이 청아하였으며, 당대 가야금의 묘수(妙手)라 불리는 이들까지도 그녀를 선녀(仙女)라고 칭찬하였다. 황진이가 지은 <동짓달 기나긴 밤>의 초장은 임이 없이 홀로 지내야 하는 동짓달의 밤은 주관적으로 볼 때 너무나 길게 느껴지는 시간으로 추상적인 시간을 구체적인 사물로 형상화시키면서 임에 대한 애틋한 그리움과 사랑을 절실히 환기시키는 표현의 솜씨가 두드러진다. 중장은 길고 외로운 밤을 잘라 두었다가 임과 함께 보내는 밤을 더 길게 하고 싶다는 것이 이 시조의 중심 시상이다. 시적 화자는 임과 함께 보내는 밤 시간에 잇기 위해 동짓달의 춥고 외로운 밤 시간을 잘라서 따뜻한 이불 아래 넣어 두려 하고 있다. 종장은 그리운 임이 오시거든 이불 아래 넣어 둔 기나긴 밤을 다시 펼쳐 내겠다는 내용으로 임에 대한 그리움을 대담한 비유법을 통해 표현하였다.

이 작품은 임을 기다리는 여성의 마음을 표현한 시조의 하나로, 임을 기다리는 절실한 그리움, 간절한 기다림을 비유에 의해 나타낸, 시적 호소력이 뛰어난 작품이다. 특히 이 작품의 문학성이 뛰어나다는 점은, 동짓달 기나긴 밤이라는 추상적인 시간을 구체적인 사물로 형상화하여 임에 대한 애틋한 그리움과 사랑을 절실히 표현하였다는 것이다. 시간이나 애정의 정서를 참신한 표현 기법으로 형상화하여 여성 특유의 감성을 끌어내었다. 또한, 상층문학(上層文學)의 갈래로 등장하였던 시조가 사랑을 읊은 기녀(妓女)들에 의해 시조의 작자층이 확대되고 주제도 확장되었다.

▌서경덕

ᄆᆞ음이 어린 後ㅣ니 ᄒᆞᄂᆞᆫ 일이 다 어리다
만중 운산(萬重雲山)에 어느 님 오리마ᄂᆞᆫ
지ᄂᆞᆫ 닙 부ᄂᆞᆫ 바람에 행여 귄가 하노라

임을 그리는 애틋한 마음이 담백하게 표출되어 있는 작품이다. '지는 닙', '부는 바람' 소리에도 임의 발자국 소리가 아닌가 조바심하여 환청의 상태에 이르도록 기다림이 절실하게 형상화되어 있다. '만중운산(萬重雲山)'은 그리운 사람과 화자 사이에 가로놓인 장애물의 상징이며, 화자가 거처하는 공간적 특징의 표현이기도 하다. 그리고 초장의 'ᄒᆞᄂᆞᆫ 일'은 종장의 내용을 두고 한 말이다.

▌▌ 박효관

뉘라셔 가마귀를 검고 凶타 ᄒᆞ엿던고.

反哺報恩이 긔 아니 아름다온가.

ᄉᆞ름이 져 식만 못ᄒᆞᆷ믈 못ᄂᆡ 슬허ᄒᆞ노라

사람들이 부모에게 효도하지 않음을 '반포보은'하는 까마귀에 비겨 개탄한 노래이다. 일반적으로 까마귀는 깃털이 검고 울음소리가 곱지 않아 흉조(凶鳥)로 인식되어 있다. 그러나 까마귀는 '반포보은'하는 새로 '반포조' 또는 '효조'라고 불린다. 그러므로 지은이는 불효하는 사람들을 가리켜 까마귀만도 못하다고 통탄하고 있는 것이다.

▌▌ 정몽주의 어머니

까마귀 싸호는 골에 白鷺야 가지마라.

성낸 가마귀 흰빗을 새오나니.

淸江에 좋이 시슨 몸을 더러일까 하노라.

정몽주가 이성계를 문병 가던 날, 그의 노모(老母)가 간밤의 꿈이 흉하니 가지 말라고 하면서 이 노래를 불렀다 한다. 그러나 정몽주는 어머니의 말씀을 듣지 않고 갔다가 돌아오는 길에 선죽교에서 피살되고 말았다. 이 시조에서 '백로'는 '정몽주'를 '가마귀'는 '이성계 일파'를 뜻한다.

'가마귀'와 '백로'의 대조로 소인과 군자를 비유하고 있으며, 나쁜 무리에 어울리지 않고 끝까지 군자로서의 삶을 지켜나가려는 마음이 나타나 있는 작품이다. 까마귀같이 시커먼 마음으로 정권을 찬탈하려는 이성계 무리들이 우글거리는 위험한 곳에 백로처럼 깨끗하게 수양된 정몽주가 뛰어들면 위험하다는 뜻을 까마귀와 백로에 비유하였다.

▌▌ 이직

가마귀 검다 하고 백로야 웃지 마라.
것치 거믄들 속조차 거믈소냐.
아마도 것 희고 속 검을손 너뿐인가 하노라.

조선 개국에 참여한 자신의 행위를 정당화하기 위해 지은 작품이다. '가마귀'는 새 왕조에 동참한 그룹이고, '백로'는 고려의 유신으로 절의를 지킨 그룹이라고 볼 수 있다. 비록 마음을 바꿔 새 왕조를 세우는 데 동참하였을망정, '가마귀'의 행위는 백성을 위한 나라, 유교 이념에 충실한 나라를 세우는 정당한 과업이었다는 것을 우회적으로 말하고 있다. 이에 비해 겉은 청순하고 순결하며 아름다워 보이는 '백로'는 우국지사(憂國之士)인 척하지만, 부패하고 무력한 왕조를 지지하는 위선자일 뿐이라고 비판하고 있다.

▌▌ 황희

대쵸 볼 불근 골에 밤은 어이 뜯드르며,
벼 뷘 그르헤 게는 어이 느리는고.
술 닉쟈 체 쟝수 도라가니 아니 먹고 어이리.

풍요로운 가을 농촌의 풍류를 노래하고 있다. 대추와 밤이 익어 떨어지고, 때마침 게도 내려와 안주가 풍부한데 술 익을 때에 맞추어 체 장수까지 지나가니, 이렇게 술 마시기 좋은 여건에서 어찌 술을 마시지 않겠느냐는 시상이 정겹게 펼쳐져 있다.

▌월산대군

秋江에 밤이 드니 물결이 차노매라.
낚시 드리치느 고개 아니 무노매라.
無心한 달빛만 싣고 빈 배 저어 오노라.

자연 속에서 유유자적(悠悠自適)하는 무위(無爲)의 생활 모습이 선명하게 그려진 작품으로, 강호 한정가의 대표작이다. 가을밤과 찬 물결, 달빛, 빈 배가 형성하는 한적한 심상이 한 폭의 동양화처럼 그려졌으며, 각 장의 끝에 각운을 사용하여 상쾌한 맛을 살렸다. 고기 대신 달빛만 싣고 돌아오는 종장의 상황은 물욕과 명리에서 벗어난 탈속적 삶의 모습을 보여주는 것이다.

▌권섭

하하 허허 혼들 내 우음이 정 우움가
하 어쳑 업서셔 늣기다가 그리 되게
벗님니 웃디를 말구려 아귀 쁴여디리라.

세상일에 환멸을 느껴 그것을 공허한 거짓 웃음으로 표현할 수밖에 없는 심정을 노래한 것으로, 환멸의 구체적 내용은 설명하지 않고 있는 것이 특징이다. 또한 지금까지 보아 온 양반들의 시조와는 달리, 일상적인 말로 권위와 위선에 정면으로 맞서는 태도를 보여준다.

‖ 각씨네! 더위들 사시오.

이른 더위, 늦은 더위, 여러 해 묵은 더위, 오뉴월 복더위에 정든님 만나서 달 밝은 평상 위에 친친 감겨 누웠다가, 무슨 일을 하였던지 오장이 활활 타서 구슬땀 흘리면서 헐떡이는 그 더위와, 동짓달 긴긴 밤에 고운 님 품에 들어 따스한 아랫목 두꺼운 이불 속에 두 몸이 한 몸 되어 그리저리 하니, 수족이 답답하고 목구멍이 탈 적에 윗목에 찬 숭늉을 벌떡벌떡 켜는 더위. 각씨네, 사려거든 소견대로 사시오.

장사야! 네 더위 여럿 중에 님 만난 두 더위는 뉘 아니 좋아하리. 남에게 팔지 말고 부디 내게 파시소.

사설시조는 보통 시조와는 다르게 중장의 길이가 유독 긴 노래를 말한다. 사설시조 중에 조선 중기에 송강 정철이 지은 <장진주사(將進酒辭)>가 유명하다.

‖ <장진주사>, 정철

한 잔 먹세 그려. 또 한 잔 먹세 그려.
꽃 꺾어 산(算) 놓고 무진무진(無盡無盡) 먹세 그려.
이 몸 죽은 후면, 지게 위에 거적 덮혀 주리어 매여 가나,
유소보장(流蘇寶帳)에 만인(萬人)이 울어 예나,
어욱새 속새 떠깔나무 백양(白楊)속에 가기 곧 가면,
누른 해 흰 달 가는 비 굵은 눈 소소리 바람 불제
뉘 한 잔 먹자 할꼬, 하물며 무덤 위에
잰나비 파람 불제야 뉘우친들 어쩌리

<장진주사>는 우리나라 최초의 사설시조다. 전반부에서는 꽃을 꺾어서 술잔 수를 셈하는 낭만적인 태도를, 후반부에서는 무덤 주변의 삭막한 분위기를 표현하여 죽음 이후의 삭막하고, 음울한 분위기가 대조적으로 제시되면서 인생무상(人生無常)의 인식을 보여주는 작품으로 죽음이나

무상감에 대한 불안과 두려움을 술을 마시며 해소하고자 하는 작가의 호방한 성품과 태도를 잘 보여 주고 있다. 이처럼 눈에 띄게 대조적 내용은 인생무상을 더욱 실감하게 한다. 이 작품은 애주가로 이름이 높고 호방한 성격의 소유자인 송강 정철이 성품이 잘 드러난 술을 권하는 노래[勸酒歌]이다. 대부분의 사설시조가 작자, 연대 미상인데 반해 이 노래는 지은이와 신원이 확실한 것이 특징이다. 본문 초장의 '무진무진 먹새 그려'에는 송강 정철의 호탕한 성격이 잘 드러나 있으며, 중장과 종장에서는 인간의 운명인 죽음과 인생의 무상감을 강조하여 상대를 설득하려 한다.

> 두터비 포리를 물고 두험 우희 치드라 안자
> 건넌 山 브라보니 白松骨이 쩌잇거놀
> 가슴이 금즉ᄒ여 풀덕 쒸여 내돗다가 두험 아래 쟛바지거고
> 모쳐라 눌낸 낼싀만경 에헐질번 ᄒ괘라

'두터비, 포리, 백송골'의 대응 관계를 통해 당시 위정자들의 위선을 날카롭게 풍자하고 있다. 즉, '두터비, 포리, 백송골' 등을 의인화하여 약육강식의 인간 사회를 풍자하고 있다고 본다면, 두꺼비는 양반 계층, 파리는 힘 없는 평민 계층, 백송골은 외세(外勢)로 볼 수 있다. 특권층인 두꺼비가 힘 없는 백성을 괴롭히다가 강한 외세 앞에서 비굴해지는 세태를 풍자한 것이다. 따라서 이 노래는 우의적인 표현과 함께 현실 세태에 대한 풍자성을 보여 주고 있다.

> 딕들에 동난지이 사오. 져 쟝스야. 네 황후 긔 무서시라 웨눈다. 사쟈.
> 外骨 內肉, 兩目이 上天, 前行後行 小 아리 八足, 大 아리 二足, 淸醬 ᄋ스슥ᄒ는 동난지이 사오.
> 쟝스야, 하 거복이 웨지말고 게젓이라 ᄒ렴은.

시정(市井)의 장사꾼과 물건을 사려는 사람이 상거래를 하면서 주고받는 이야기가 익살스럽게 표현되어 있다. 서민들의 생활 용어가 그대로 시어로 쓰이고 있다. 서민적 감정이 여과 없이 표출되어 있는 이 노래는, 게 장수와의 대화를 통한 상거래의 내용을 보여 주었다는 점에서 특이하다. 중장에서 '게'를 묘사한 대목은 사설시조의 미의식은 해학미를 보여주는데, 또한 종장에서 '쟝스야, 하 거복이 웨지말고 게젓이라 흐렴은'이란 표현을 통해 어려운 한자를 쓰는 현학적인 태도에 대한 빈정거림을 엿볼 수 있다.

사설시조의 풍자는 정신적 여유와 우월한 태도에서 상대방을 우습게 만들어 버릴 수 있는 방법과 해학과 기지같은 웃기는 말투가 다 동원되고 있다.

사벽달 셔리치고 지스는 밤에 짝을 닐코 울고 가는 기러기야
너 가는 길에 정든 임 이별호고 참아 그리워 못살네라고 전하여 주렴
쩌난니다 마음 나는디로 젼호야 줌세

위 작품은 기러기를 제재로 인간의 이기심을 비판하고 있다. 남의 일에 무관심하는 이기심을 해학적으로 비판하고 있다. 또 풍자는 자기 자신을 포함하여 인류 전체가 풍자의 대상이 되며 독자는 풍자의 대상에서 제외된다는 착각에서 작자와 더불어 인류(인간)을 비웃게 되는 것이다. 그러나 풍자의 대상이 만만치 않다던가, 곤란한 상대로서 그와 맞서 싸울 때는 욕설이 된다.

얼골조코 뜻 다라온 년아 밋졍조차 不貞한 년아
엇더호 어린놈을 黃昏에 期約호고 거즛 밋바다 자고 가란 말이 입으로
츠마 도와나는

두어라 娼條治業이 本無定主ᄒ고 蕩子之探春이 彼我의 一般이라 허믈
홀줄 이시랴
가마기를 뉘라 물드려 검다 ᄒ며 빅노를 뉘라 마젼ᄒ야 희다드냐
황신다리를 뉘라 니워 기다 ᄒ며 오리다리를 위라 분질너 쌀으다 ᄒ랴
아마도 검고 길고 희고 길고 잘으로 흑백장단이야 일너 무슴

5. 시조의 문학사적 의의

시조는 한국인의 주체성과 정체성을 가장 잘 지닌 우리 민족의 정형
시라고 할 수 있다. 시조의 3단 구성은 절제와 함축적 표현으로 작가의
상상력을 간결하게 표현하여 사고의 확장과 여운을 유도해 내면서 미적
가치를 생산해 낸다. 시조의 형식적인 우수성은 교훈, 서정, 서사의 모든
주제를 소화하기에 무리가 없었으며, 그러면서 당대의 상대적 양식인 가
사 장르와 쌍벽을 이루면서 전개되었는데, 가사가 상대적으로 경관과 심
사를 '들려주기'로 지향하였다면, 시조의 서정적 감동을 '드러내기'에
중점을 두는 양식이었다.

시조가 이처럼 '드러내기'를 지향하였기에 사설시조라고 하는 길어진
형태조차도 산문에 떨어지지 않고 노래로서의 압축성을 지닐 수 있었다.
이 점에서 시조라는 양식의 견고성과 역동성이 함께 드러난다.

우리말 시가에는 중세전기는 서정시의 시대이고 중세 후기는 교술시
와 서정시가 공존하는 시대였다. 중세후기에 새롭게 이룩한 교술시가 경
기체가와 가사이고, 서정시가 시조이다. 먼저 나타난 경기체가가 쇠퇴하
면서 후발 교술시 가사가 주도권을 차지해 오랜 생명을 누리면서 다음
시대에도 큰 구실을 했으며 시조는 오늘날까지 남아있다. 시조의 특성은
사뇌가와 비교해 이해할 수 있다. 사뇌가가 다섯줄이라면 시조는 석 줄

이다. 사뇌가가 '4+1'이고 시조가 '2+1'이라고 하면 공통점이 잘 드러나는데 '1'이 다른 줄과 다른 특이한 짜임새를 가진 것이 같다.

갑오경장(1894) 이후 현대시조에 와서는 우리 민족의 성정(性情)에 가장 알맞은 문학 양식인 시조를 민족시로 계승 발전시키기 위해, 고시조의 형식상의 제약을 탈피하여 현대인의 생활감정을 다양하게 표현할 수 있게 되었다.

가사의 산문과 길게 들려주기

1. 가사의 개념

가사는 시조와 함께 조선조 문학의 쌍벽으로 일제강점기까지 면면이 창작, 향유되어 온 우리 고유의 문학 갈래이다. 고려 노래는 음악성이 강하다는 면에서 '가사(歌詞)'라 표기하였고, 조선의 노래는 이들 고려 가사와 구분하기 위해서 '가사(歌辭)'로 써서 표기하였다. 그러나 조선전기에는 전자와 후자가 구별 없이 사용되다가 후기에 와서 가사(歌辭)란 용어만이 장가(長歌)인 가사와 단가(短歌)인 시조를 함께 지칭하는 문학용어로 사용되었다. 그러다가 영조 때에 단가는 시조로 일컬어지고, 장가인 가사만 지칭하는 용어로 오늘날까지 관습적으로 남아 있다.

명칭이 일정하지 않아 '장가(長歌)', '장편(長篇)', '장사(長辭)', '가사(歌詞)', '가사(歌辭)' 등과 같이 여러 가지로 쓰였으며 국문으로는 '가스', 'ᄀ사' 등으로, 규방가사는 향유층에 의해 주로 '두루말이'란 이름으로 사용되었다. 이렇게 명칭이 여러 가지로 사용된 것은 장르 개념이 없이 편의에 따라 수의(隨意)로 부르거나 표기한 결과이다. 오늘날 장르 명칭

은 '가사'로 굳어졌으나 한자 표기는 가사(歌詞) 혹은 가사(歌辭)로 달리
쓰이고 있다. 그러나 가사(歌詞)의 '사(詞)' 자나 가사(歌辭)의 '사(辭)' 자가
다같이 '말'이나 '말이 글을 이룬 것'이란 뜻이므로 오늘날 우리가 감상
하거나 연구의 대상으로 삼고 있는 문학상 갈래 명칭임을 염두에 둘 때
음악의 노랫말인 가사(歌詞)와 혼동을 피하기 위해 가사(歌辭)로 표기하는
것이 옳다.

　가사란 3·4조 혹은 4·4조가 우세한 4음보격 무제한 연속체로서 일
정한 율격을 지닌 다소 개방된 율문시(律文詩)라고 할 수 있다. 여기서 말
하는 '일정한 율격을 지닌 개방된 율문시'란 형식적으로 볼 때 1행을 4
음보로 하는 일정한 율격을 지니는 시인 동시에 내용적으로는 삶의 다
양한 모습을 서술적으로 묘사하는 시라는 뜻이다. 시조와 달리 곡진한
사연이나 경관예찬을 길게 들려주는 방식으로 되어 있다.

2. 가사의 기원과 장르

가사의 기원에 대한 학계의 견해는 다음과 같다.

　　첫째, 고려가요(高麗歌謠) 특히 경기체가(景幾體歌)에서 기원하였다는 설
　이다. 그 근거로는 고려 장가의 소멸 시기와 가사의 발생 시기가 근접한다
　는 점, 두 장르가 모두 사물이나 생활을 나열 서술한다는 점, 두 장르의 작
　자층이 대부분 사대부라는 점이다.
　　둘째, 시조(時調)에서 기원하였다는 설이다. 이는 가사의 율격이 4음보격
　으로 시조의 율격과 같고 양반가사의 마지막 행은 시조의 종장 형식과 같
　기 때문에 시조의 초, 중장이 연속되어 가사가 형성되었다는 주장이다.
　　셋째, <용비어천가(龍飛御天歌)>와 <월인천강지곡(月印千江之曲)> 등
　악장(樂章)에서 기원하였다는 설이다. 이것은 악장체의 분장형식이 파괴되

면서 사설형식의 가사문학이 발생하였다는 것이다.

넷째, 한시현토체(漢詩縣吐體)에서 기원하였다는 설이다. 종래 우리 조상들은 글을 읽을 때 축문이나 치사(致詞) 이외에는 반드시 우리말로 토를 달아 읽었기 때문에 장편 한시에 토만 달아 읽든지 시조체의 초·중장을 연속하면 가사체가 발생할 수 있다고 보는 견해이다.

다섯째, 교술민요(敎述民謠)에서 발생하였다는 설이다. 모든 문학의 모체는 민요이며, 서정민요에서 향가와 고려속요가 나오고, 서사민요와 설화에서 판소리와 소설이 나왔듯이 4음보 연속체의 교술 율문인 교술 민요에서 가사가 나왔다는 견해이다.

여섯째, 불교계의 신라가요에서 발생하였다는 설이다. 신라 경덕왕 대에 월명사가 지은 <도솔가> 이야기에 나오는 "별도로 산화가가 있는데, 글이 많아 싣지 않는다."에 근거한 주장 등이다. 그런데 현존하는 최고(最古)의 작품은 고려말 나옹화상의 <서왕가>와 조선 성종 때 정극인의 <상춘곡>을 들 수 있다.

이처럼 가사의 기원에 대한 견해는 너무나 분분하고 다양하다. 이는 가사가 지닌 내용과 형식의 특성 때문이라 생각된다. 그래서 가사의 기원은 가사가 지닌 속성, 곧 가사의 내용, 형식, 서술구조, 표현상의 특성 및 향유층 등을 충분히 고려하여 모색되어야 한다. 가사는 고려 무신난 이후 관료 생활에 뜻을 버리고 강호에서 시부를 읊조리며 일생을 보내던 사대부들이 그들의 기호에 맞는 4음보격 민요의 리듬을 바탕으로 하여 그들의 울분을 사부식(辭賦式)으로 토로한 것이 그 기원이 되었다. 다시 말하면 가사는 4음보격 민요 율격에 대구식(對句式)인 사부(辭賦)의 영향을 받아 배대되어 볼 수 있는 것이다. 이런 원시 가사 형태는 승려들에게 수용되어 고려 말에는 나옹화상의 가사와 같은 포교용 가사체가 형성되었다고 하겠다.

가사는 형식적인 면에서 일정한 율격을 지니고 있어 시가의 성격을 띠기도 하고, 내용면에서는 느낌이나 생각, 체험 등을 서술하기 때문에 산문적 성격도 띠고 있다. 그러므로 운문적 형식을 빌려 문필적 내용을 표현하고 묘사하는 양면성을 동시에 가지는 문학이라 할 수 있다. 또한 운문 문학에서 산문 문학으로 넘어가는 도정에 놓여 있다고 할 수 있다. 지금도 끊임없이 가사에 대한 장르적 논의가 이루어지고는 있지만 확실하게 정해진 것은 없고 다음의 네 가지 설로 살펴볼 수 있다.

첫째, 가사를 서정 장르인 시가로 보는 견해이다. 시가는 율문 체계의 대표 양식으로 4·4조 연속체의 4음보격을 이루고 행수의 제한이 없다. 이에 가사의 마지막 행은 시조의 종장과 같은 마무리 구조를 보이며, 읽기 위해서 이기보다는 노래로 부르기 위해서 지어진 형식이라고 할 수 있다. 내용 면에서 볼 때 수필적인 가사가 있지만 서정적 가사가 더 많고, 형식면에서는 모든 가사가 율문으로 되어 있다는 데 근거한다. 둘째, 가사를 산문적인 수필로 보는 견해이다. 수필은 일체의 규격과 제한된 사상에서 벗어나 어떠한 형식에도 구애받지 않는다. 가사의 내용에 있어서 무제한적 확장이 시가와의 결별을 하게 하였고 음성과도 연을 끊게 해서 산문의 발생을 가져오게 하였다는 것이다.

셋째, 가사를 제4의 장르인 교술 장르에 포함시키자는 견해이다. 이것은 가사의 기원을 교술 민요에서 찾으려 하였으며, 작품 외적 세계의 개입이 있는 자아의 세계화의 장르로서 있었던 일을 확장적 문체로, 일회적으로, 평면적으로 서술해 알려 주기 때문에 희곡, 서정, 서사 중 그 어느 것도 아니고 교술 장르라는 것이다. 넷째, 가사를 서정과 서사 또는 서정, 서사, 교술, 희곡이 복합된 혼합 장르로 보는 견해이다. 가사문학에는 주관적이고 서정적인 가사만 있는 것이 아니라, 기행, 유배, 교훈, 종교적인 내용을 가진 수필 문학적인 가사도 있기 때문에 시가로서의 가사와 수필로서의 가사로 양분할 수 있으며, 그 기준은 주관적인 감정을 노래한 것은 시가로서의 가사이고, 객관적 서사적인 사물을 서술한 것은 수필로서의 가사가 된다는 것이다. 다섯째, 가사문학을 독립적인 장르로 인정하자는 견해이다.

3. 가사의 내용

(1) 사대부가사

유교 이념을 사상적 배경으로 인생관과 세계관을 펼치며, 긍정적이고 인습적인 의식을 바탕으로 하고 있다. 그들의 관심사와 현실적 경험을 나열하거나 관념적 세계추구를 형상화하고 있다.

❶ 강호생활(江湖生活)의 즐거움을 읊은 가사

양반 사대부들은 이기철학에 심취되어 왕도정치를 추구하였고, 정치에서 이루지 못한 유교적 이상을 자연과의 융화를 통해 실현하고자 하여 이른바 강호가도(江湖歌道)를 형성하였다. 특히 강호지락(江湖之樂)을 읊은 가사는 일시적으로 정치에 참여한 후에 평소 잊지 못하던 자연에 귀의한 귀거래형(歸去來型) 문인과 자연에 은거하여 내면적 성찰을 통해 자기 완성을 추구한 은구형(隱求型) 문인들에 의해 주로 읊어 졌다. 이들은 강호에 거닐면서 한정을 노래하거나 안빈낙도(安貧樂道)를 토로하였다.

전개 방식은 서사에서 부귀공명을 버리고 강호에 묻히게 된 취지, 동기를 노래하였고, 본사에서 소요음영(逍遙吟詠)하거나 물아일체(物我一體)가 되어 유유자적하는 생활상을 읊었다. 마지막 결사에서 안빈낙도하려는 뜻을 드러내거나 성은에 감사하였다. 이들의 작품으로는 <상춘곡>,

<면앙정가>, <강호별곡>, <강호정가>, <강촌별곡>, <환산별곡>, <낙지가>, <낙빈가> 등이 대표적이며 권력에 대한 원심적 행동을 보인 것이 많다.

❷ 정치적 패배와 회귀의지를 읊은 가사

연군가사에는 임금을 그리워하는 심정을 사랑하는 '님'에 대한 연정으로 표현하였다. 작품 외적으로는 자신의 과오를 뉘우치고 반성하지만, 내면에는 자신은 죄가 없다고 극구 변명하며 정계에 복귀하고자 하는 강력한 기원을 표출한다. 서정성이 가장 뛰어난 가사이며, 정철의 <사미인곡>, <속미인곡>과 양사언의 <미인별곡>등이 있다. 유배가사에는 우국지정을 통하여 다시 임금의 곁으로 가 충성의 도리를 다하겠다는 권력지향 의지를 토로했다. 조위의 <만분가>, 송주석의 <북관곡> 등이 있다.

❸ 유교적 이념을 읊은 가사

문이재도의 관점으로 유교적 이념, 유교 윤리와 도덕을 많이 읊었다. <도덕가>, <권선지로가>, <금보가>, <상저가>, <길몽가>, <자경별곡>, <삼강오륜자경곡>, <오륜가>, <천군송덕가>, <천군복위가>, <경세가> 등이 대표적인 작품이다. 유교적 이념을 간접적으로 읊어 유교 윤리와 덕목을 현실에 적용시켜 실천하고자 한 가사군에는 정학유의 <농가월령가>, 위백규의 <권학가>, 김익의 <권농가> 등이 있다.

❹ 명승지와 유적지의 기행을 읊은 가사

사대부들이 일상생활에서 벗어나 명승지나 사행지를 기행하고 빼어난 경치와 느낀 감회를 읊은 가사들이다. 국내 기행가사는 관료들이 신임지에 도착하는 과정 또는 임지에서 유람했던 경치를 읊은 가사 작품들이다. 백광홍의 <관서별곡>, 정철의 <관동별곡>, 조우인의 <관동속별곡> 등이 있다. 국외 기행가사는 중국이나 일본으로 사행을 갔다가 오는 도정의 풍치, 풍습 등을 읊은 가사로 박권의 <서정별곡>, 김인겸의 <일동장유가> 등이 대표적이다. 선현의 유적지를 탐승하고 유적지 주위의 수려한 산수를 노래하고 선현의 덕망을 추모한 가사 작품들이 있는데 박인로의 <독락당>, 정재문의 <화양별곡>, 조성신의 <도산별곡> 등이 그것이다.

❺ 현실 문제를 읊은 가사

전쟁가사에는 전란을 소재로 전란의 피해와 처참한 상황 및 비애를 읊은 것인데 양사준의 <남정가>, 박인로의 <태평사>, <선상탄>, 최현의 <용사음> 등이 있다. 전란과 당쟁으로 피폐된 국정 비판한 작품에는 이원익의 <고공답주인가>, 정훈 <성주중흥가>가 있고, 전후의 곤궁한 사회상을 노래한 박인로의 <누항사>, 정훈 <탄궁가> 등이 있다. 창의가사는 숙명배청 사상을 바탕으로 한 청에 대한 적개심과 복수심을 읊은 작품이다. <대명복수가>, <봉산곡>, <무호가>와 왜구를 물리쳐 독립을 이루려는 의병가사인 <고병정가사>, <창의가> 그리고 빼앗긴 주권의 회복을 주장하는 <분통가>, <대한복수가>와 어려운 시대적, 사회적 여건 속에서도 선정을 베풀어 백성들로부터 칭송을 받는 관리들을 찬양하는 <영남가>와 <금릉별곡> 등이 있다.

❻ 역사와 고실을 통한 회고의 정을 읊은 가사

지난날 우리나라의 역사나 가문의 역사, 개인의 일생을 노래하거나 시대적 풍물과 인사를 재조명하고, 고사 중에서 후대에 교훈이 될 만한

것을 읊은 가사로서 이들은 대개 서사적인 성격을 띠고 있다. 실학사상
의 영향을 받아 우리 것과 나의 것에 대한 자각과 온고지신의 정신으로
후대에 교훈과 자각을 주기 위한 것이다.

영사가사는 역사를 노래한 <역대전리가>, <한양오백년가>, <한양
가>, <해동만고가>, <만고가>, <해동만화>, <역대가>, <옥루연가>,
<해동조선가> 등이 있다. 역대 풍물과 인사를 읊은 가사는 <팔도읍지
가>, <팔도가>, <몽유가>, <완산가> 등이 있다. 세덕가계가사는 가
문의 역사를 읊은 가사로 <광산 김씨 세덕가>, <고흥 유씨 세덕가>
등이 있다. 고사를 가사체로 읊은 가사는 <공명가>, <초한가>, <적벽
가>, <왕소군원가> 등이 있다. 개인의 일생이나 과거를 회고한 가사는
<정처사술회가>, <모하당술회가>, <자회가>, <사은가>, <애경당충
효가> 등이 있다.

(2) 민중세태가사

민중세태 가사는 서민에 의해 지어졌거나 서민의식을 가진 양반에 의
해 지어진 가사로서 서민들의 의식과 생활 감정을 잘 드러낸 가사이다.
임 · 병란 이후 서민의식의 성장과 실학사상을 바탕으로 위항문학, 사설
시조, 판소리, 서민소설, 등 서민문학의 성립을 보게 되었는데 서민가사
는 이런 서민문학의 일환으로 17세기 말엽에 대두되어 조선조 후기가사
의 주류를 이루었다. 서민가사는 주로 현실적 모순의 폭로와 비판, 기존
관념에의 도전과 인간본능의 추구, 연정 및 신세한탄, 인생무상과 취락,
서민적인 소박한 꿈과 소망을 읊고 있다.

❶ 현실적 모순의 폭로와 비판

가혹한 징세와 양반관료의 수탈 및 부정, 부패상 등을 비판하여 폭로하고 있다. 이런 가사로는 <갑민가>, <기음노래>, <거창가>, <정음군민란시여항청요>, <합강정가>, <한시절곡> 등이 있다.

❷ 기존 관념에의 도전과 인간 본능의 추구

표면적으로는 유교적 이념과 도덕을 부르짖으나 내면적으로는 유교도덕의 허위성을 드러냄으로써 기존관념에 도전하고 인간의 본능적 욕구를 토로한 가사이다. <우부가>, <용부가>, <거사가>, <과부가>, <상사회답곡> 등이 있다.

❸ 연정 및 신세한탄

연정 및 신세한탄을 내용으로 하는 가사는 연정을 읊은 것과 신세를 한탄한 것으로 나누어 볼 수 있다. 남녀의 관능적 사랑을 읊은 가사로 <양신화답가>, <이별곡>, <오섬가> 등이 있다. 부부가 아닌 남녀가 상사의 정을 토로한 것에는 <규수상사곡>, <단장사>, <송녀승가>, <재송녀승가> 등이 있다. 부부가 생이별이나 사별 후에 상사의 정을 읊은 것에는 <청춘과부곡>, <청상가>, <단장이별곡>, <과부가> 등이 있다. 신세한탄의 가사는 님과 이별한 후의 슬픔, 시집을 가지 못한 처지와 신세의 한탄, 늙은이의 설움 등을 토로하고 있다. 이런 가사에는 <녹의자탄가>, <노처녀가>, <원한가>, <노인가>, <백수한> 등이 있다.

❹ 민중의 소박한 꿈과 소망

자작, 소작농민의 소박한 긍지와 꿈을 읊은 가사로 <농부가>, <치산가>, <용가>, <명단가> 등이 있으며, 민족적 영웅을 희구하는 서민들의 간절한 소망이 투영된 <적벽가>, <공명가>, <사설공명가>, <별조공명가>, <홍문연가> 등이 있다.

(3) 규방가사

규방가사는 부녀자들에 의해 향유된 가사이다. 내방가사라고도 불리는 이 작품들은 처음에는 영남지방 양반 부녀자들의 전유물이었으나 조선조 말엽에는 서민 부녀자들도 향유층에 가세하였다. 규방가사는 대개여성이 지은 것이지만, 남성이 지은 것도 있으니 아버지가 시집가는 딸에게 시집살이에 필요한 교훈인 <계녀가(誡女歌)>를 지어준 것도 많고남편이 죽은 아내를 그리워하여 지은 것도 있다. 남성이 지은 가사라도부녀자들의 안방에서만 향유되었기 때문에 내방가사라 한다.

❶ 여성교훈적인 가사

시집살이에 필요한 규범을 가르치는 계녀류 가사가 대부분인데 소학,주자가훈 등 유교적 규범서의 내용을 전달하는 유형과 규범서의 내용을바탕으로 자신의 구체적인 체험을 통해 훈계하는 유형이 있다. <계녀사>, <계녀가>, <경계가>, <규행가> 등이 있다. 그리고 도덕류 가사는일반 부녀자들에게 지켜야 할 도리를 읊은 것이다. 대개 삼강오륜을 기본으로 하여 행신(修身), 언행(言行) 등 부덕을 강조하고 있다. <교녀가>, <도덕가>, <오륜가>, <귀녀가>, <효행가>, <나부가> 등이 있다.

❷ 생활체험적인 가사

생활체험적인 가사는 탄식류(歎息類), 송축류(頌祝類), 풍류류(風流類) 등으로 구분된다. 탄식류 가사는 문학적 수준과 양적인 면에서 규방가사의 주류를 이룬다. 이들 가사는 출가의 괴로움, 인생살이의 무상함, 늙음의 탄식, 시절에 대한 한탄, 개인의 부정적인 체험을 개탄하는 내용으로 되어 있다. 두 번째로 송축류 가사는 자녀의 장래를 축복해 주는 가사와 부모의 회갑이나 회혼을 맞아 장수를 송축하는 가사들이다. 세 번째로 풍류류 가사는 야유, 기행, 절후, 놀이, 애환 등을 읊은 것이다.

(4) 종교가사

종교가사란 일반 대중에게 포교를 목적으로 각 종교의 교리를 읊은 가사이다. 현재 불교, 천도교, 천주교 가사가 전해지고 있다. 불교 가사로는 <서왕가>, <회심곡>, <태평가>, <염불가> 등이 있으며, 천도교 가사는 최제우의 『용담유사』에 <용담가>, <안심가>, <교훈가>, <고수사> 등 9편이 전한다. 천주교 가사에는 <십계명가>, <사향가>, <삼세대의>, <천주공경가>, <성당가>, <자신책가> 등이 있다.

(5) 개화가사

개화가사는 1894년 갑오경장 이후로부터 1910년 한일합방 전까지 지어진 것으로 개화문제를 읊은 가사이다. 그리고 특히 형식적인 면에서 주로 분련체(分聯體)로 된 가사를 말한다. 그러므로 개화가사는 개화기에 창작된 모든 가사를 뜻하는 것이 아니기 때문에 '개화기 가사'라고 할 수 없다. 결국 개화가사는 개화기에 간행된 <독립신문>, <데국신문>, <대한매일신보>, <황성신문>, <대한자강회월보>, <대한유학생학보>, <경향신문> 등의 기관지와 서우(西友) 등 학회지에 실린 가사를 뜻한다.

4. 가사의 형식

가사의 형식상 특징을 음보와 음수 및 구수에 의하여 정리해 보면 다음과 같다.

첫째, 가사는 4음보격(音步格) 연속체(連續體)로서 비련시(非聯詩)이다. 그러나 행의 수도 일정하지 않고 음보의 변화도 거의 없기 때문에 매우 단조롭다. 그리하여 4음보격의 음보율을 가지나 행의 수가 일정하지 않다는 점에서 볼 때 가사는 '일정한 율격을 가진 자유시'라 할 수도 있다. 둘째, 사대부 가사는 3·4조가 우세하고 서민가사와 내방가사는 4·4조가 우세하다. 셋째, 사대부 가사는 시조의 종장과 같은 결사(結詞)를 가진 것이 많다. 사대부 가사에 시조의 종장과 같은 결사 형식이 쓰이게 된 것은 그들의 취향과 사고방식에 기인한다고 할 수 있다. 사대부들은 사고가 논리적이고 체계적일 뿐만 아니라 생활 태도와 취향이 맺고 끊는 것이 분명하기 때문에 가사에도 분명한 형태를 원하였을 것이고 이러한 취향과 요구를 그들이 향유해 오던 시조에서 종결의 형식을 쉽게 차용할 수 있었으리라 생각된다.

5. 가사의 작품세계

(1) 조선전기 주요 가사

가사가 국문학사상 처음으로 등장한 것은 조선전기 성종 때 정극인이 지은 <상춘곡>에서부터이다. 이렇게 시작된 가사문학은 송순의 <면앙정가>을 다리로 하여 송강 정철에 이르러 그야말로 황금시대를 이루게

된다. 그가 지은 <성산별곡>은 공교(工巧)한 서경시가이고, <관동별곡>
은 웅장한 서정·서경 복합시가이며, <사미인곡>과 <속미인곡>은 섬
세한 서정시가다.

  이 밖에도 조선전기 가사를 대표하는 가사로 최초의 유배 가사인 조
위의 <만분가>, 정철의 <관동별곡>에 영향을 준 백광홍의 <관서별
곡> 등이 유명하다. 내방가사로서의 면목을 갖춘 최초의 작품이기도 한
허난설헌의 <규원가> 또한 조선전기를 대표하는 작품이다. 조선초기의
가사들은 안빈낙도하는 군자의 미덕을 자연 속에 묻혀 읊기도 하고, 군
신 사이의 충의 이념을 남녀 사이의 애정에 비유하여 읊기도 하였다. 조
선전기 시조처럼 유교적 이념에 얽매여 있었다.

▋ 〈상춘곡〉, 정극인

紅塵에 뭇친 분네 이내 生涯 엇더ᄒᆞ고
녯 사ᄅᆞᆷ 風流ᄅᆞᆯ 미출가 못 미출가
天地間 男子 몸이 날만ᄒᆞᆫ 이 하건마ᄂᆞᆫ
山林에 뭇쳐 이셔 至樂을 ᄆᆞᄅᆞᆯ 것가
數間茅屋을 碧溪水 앏픠 두고
松竹 鬱鬱裏예 風月主人 되어셔라
엇그제 겨을 지나 새봄이 도라오니
桃花杏花ᄂᆞᆫ 夕陽裏예 퓌여 잇고
綠楊芳草ᄂᆞᆫ 細雨中에 프르도다
칼로 몰아 낸가, 붓으로 그려 낸가
造化神功이 物物마다 헌ᄉᆞ롭다
수풀에 우는 새는 春氣ᄅᆞᆯ 못내 계워 소리마다 嬌態로다
物我一體어니 興이이 다롤소냐
柴扉예 거러 보고 亭子애 안자 보니
逍遙吟詠ᄒᆞ야 山日이 寂寂ᄒᆞᆫᄃᆡ
閒中眞味ᄅᆞᆯ 알 니 업시 호재로다

이바 니웃드라 山水 구경 가쟈스라
踏青으란 오늘 ᄒ고 浴沂란 來日ᄒ새
아춤에 採山ᄒ고 나조ᄒᆡ 釣水ᄒ새
ᄀᆞᆺ 괴여 닉은 술을 葛巾으로 밧타 노코
곳나모 가지 것거 수노코 먹으리라
和風이 건듯 부러 綠水롤 건너오니
淸香은 잔에 지고 落紅은 옷새 진다
樽中이 뷔엿거든 날ᄃᆞ려 알외여라
小童 아ᄒᆡᄃᆞ려 酒家에 술을 믈어
얼운은 막대 집고 아ᄒᆡᄂᆞᆫ 술을 메고
微吟緩步ᄒᆞ야 시냇ᄀᆞ의 호자 안자
明沙 조ᄒᆞᆫ 믈에 잔 시어 부어 들고
淸流롤 굽어보니 ᄯᅥ오ᄂᆞ니 桃花ㅣ로다
武陵이 갓갑도다 져 ᄆᆡ이 긘 거인고
松間 細路에 杜鵑花롤 부치 들고
峰頭에 급피 올나 구름 소긔 안자 보니
千村萬落이 곳곳이 버려 잇ᄂᆡ
煙霞日輝ᄂᆞᆫ 錦繡롤 재펏ᄂᆞᆫ 듯
엇그제 검은 들이 봄빗도 有餘ᄒᆞᆯ샤
功名도 날 ᄭᅴ우고 富貴도 날 ᄭᅴ우니
淸風明月 外예 엇던 벗이 잇ᄉᆞ올고
簞瓢陋巷에 흣튼 혜음 아니 ᄒᆞ니
아모타, 百年行樂이 이만ᄒᆞᆫᄃᆞᆯ 엇지ᄒᆞ리

<상춘곡>은 조선조 양반가사의 첫 작품인 동시에 대표적인 작품이
다. 고려 말 나옹 화상의 <서왕가>와 <승원가>가 발견되기 전까지는
최초의 가사로 평가받기도 하였다. 정치를 떠나 산수 속에서 자연을 벗
삼아 안빈낙도(安貧樂道)의 삶을 즐기겠다는 작가의 지극히 낙천적인 생
활 철학과 물아일체(物我一體)의 자연관이 잘 드러나 있다.

형식적인 면에서는 매우 사실적인 표현과 함께 의인, 대구, 직유, 설
의 등의 다양한 표현 기법과 옛 사람들의 고사(故事)를 풍부하게 인용함
으로써 작품을 유리하면서도 효과적으로 형상화하고 있다. 그러나 이 작
품이 정극인 당대에 기록된 것이 아니라 훨씬 후대에 기록된 것이어서
창작 당시의 특성이 그대로 담겨 있다고 보기 어려운 점이 있다. 따라서
정극인이 창작한 작품이 가사의 성숙기에 이를 무렵에 세련되게 다듬어
져 기록되었을 것이라는 견해도 있다.

▌〈면앙정가〉, 송순

无等山 혼 활기 뫼히 동다히로 버더 이셔
멀리 쩨쳐 와 霽月峯의 되여거눌
無邊大野의 므슴 짐쟉 ㅎ노라
일곱 구비 홈더 움처 므득므득 버럿눈 듯.
가온대 구비는 굼긔 든 늘근 뇽이
선줌을 굿 씨야 머리롤 언쳐시니
너르바회 우희 松竹을 헤혀고
亭子롤 언쳐시니 구름 툰 靑鶴이
千里를 가리라 두 노래 버렷눈 듯.
玉泉山 龍泉山 느린 믈이
亭子 압 너븐 들히 올올히 펴진 드시
넙쩌든 기노라 프르거든 희디 마나
雙龍이 뒤트는 듯 긴 깁을 치 폇눈 듯
어드러로 가노라 므슴 일 비얏바
둗눈 듯 똔로눈 듯 밤낫즈로 흐르눈 듯
므조친 沙汀은 눈ㄱ치 펴졋거든
어즈러온 기러기눈 므스거슬 어르노라
안즈락 느리락 모드락 훗트락
蘆花를 스이 두고 우러곰 좃니눈뇨.
너븐 길 밧기요 긴 하눌 아릭

두르고 쏘즌 거슨 뫼힌가 屛風인가 그림가 아닌가.
노픈 듯 ᄂᆞ즌 듯 근ᄂᆞᆫ 듯 닛ᄂᆞᆫ 듯
숨거니 뵈거니 가거니 머믈거니
어즈러온 가온디 일홈ᄂᆞᆫ 양ᄒᆞ야 하ᄂᆞᆯ도 젓티 아녀
웃독이 셧ᄂᆞᆫ 거시 秋月山 머리 짓고
龍龜山 夢仙山 佛臺山 魚登山
湧珍山 錦城山이 虛空에 버러거든
遠近 蒼崖의 머믄 것도 하도 할샤.
흰구름 브흰 煙霞 프로ᄂᆞᆫ 山嵐이라.
千巖 萬壑을 제 집으로 삼아 두고
나명셩 들명셩 일ᄒᆞ도 구ᄂᆞᆫ지고.
오르거니 ᄂᆞ리거니 長空의 ᄯᅥ나거니
廣野로 거너거니 프르락 블그락
여트락 디트락 斜陽과 섯거디어
細雨조차 ᄲᅳ리ᄂᆞᆫ다. 藍輿ᄅᆞᆯ 비야 ᄐᆞ고
솔 아리 구븐 길로 오며 가며 ᄒᆞᄂᆞᆫ 적의
綠楊의 우ᄂᆞᆫ 黃鶯 嬌態 겨워 ᄒᆞᄂᆞᆫ고야.
나모 새 ᄌᆞᄌᆞ지어 綠陰이 얼린 적의
百尺 欄干의 긴 조으름 내여 펴니
水面 涼風야 긋칠 줄 모르ᄂᆞᆫ가.
즌 서리 ᄲᅡ딘 후의 산 빗치 錦繡로다.
黃雲은 ᄯᅩ 엇디 萬頃에 펴겨 디오.
漁笛도 흥을 계워 돌룰 ᄯᅪ 브니ᄂᆞᆫ다.
草木 다 진 후의 江山이 미몰커ᄂᆞᆯ
造物리 헌ᄉᆞᄒᆞ야 氷雪로 ᄭᅮ며 내니
瓊宮瑤臺와 玉海銀山이 眼底에 버러셰라.
乾坤도 가ᄋᆞᆷ열샤 간 대마다 경이로다.
人間을 ᄯᅥ나와도 내 몸이 겨를 업다.
이것도 보려 ᄒᆞ고 져것도 드르려코
ᄇᆞᄅᆞᆷ도 혀려 ᄒᆞ고 ᄃᆞᆯ도 마즈려코
밤으란 언제 줍고 고기란 언제 낙고

柴扉란 뉘 다드며 딘 곳츠란 뉘 쓸려뇨.

아춤이 낫브거니 나조힌라 슬흘소냐.

오늘리 不足커니 來日리라 有餘ᄒ랴.

이 뫼ᄒ 안자 보고 뎌 뫼ᄒ 거러 보니

煩勞ᄒ 모ᄋᆞᆷ의 ᄇ릴 일이 아조 업다.

쉴 사이 업거든 길히나 젼ᄒ리야.

다만 ᄒᆞᆫ 靑藜杖이 다 므듸여 가노미라.

술이 닉어거니 벗지라 업슬소냐.

블너며 ᄐ이며 혀이며 이아며

온가짓 소릭로 醉興을 빅야거니

근심이라 이시며 시름이라 브트시랴.

누으락 안즈락 구브락 져츠락

을프락 포람ᄒ락 노혜로 놀거니

天地도 넙고넙고 日月도 ᄒᆞᆫ가ᄒ다.

義皇을 모룰러니 이 적이야 긔로고야

神仙이 엇더턴지 이 몸이야 긔로고야.

江山風月 거놀리고 내 百年을 다 누리면

岳陽樓 샹의 李太白이 사라오다.

浩蕩 情懷야 이에서 더홀소냐.

이 몸이 이렁 굼도 亦君恩이샷다.

<면앙정가>는 <무등곡(無等曲)>이라고도 하며, 필사본 『잡가(雜歌)』에 국문가사가 전하고 지은이의 문집 『면앙집』에 한역가사가 실려 있다. 서사에서는 제월봉 주위의 경관을 노래하고 있는데, 산봉우리를 의인화 하여 생동감 있는 묘사를 보여 주고 있다. 본사에서는 면앙정에서 바라 보이는 근경과 원경에 대하여 묘사하고 사계절의 아름다운 모습을 노래 하고 있다. 결사에서는 그 속에서 지내는 작가의 풍류스런 생활을 노래 한 다음 임금님의 은혜에 감사하며 끝을 맺는다.

전원에 물러나 자연의 한가로움을 즐기며 심성을 수양하는 이른바 강
호가도(江湖歌道)의 전형적인 노래이며, 물 흐르듯 하는 유려한 문체가 매
우 아름답다. 이수광의 『지봉유설』이나 홍만종의 『순오지』 등에서는 이
작품을 "호연지기를 유감없이 표현하였으며, 어사(語辭)가 청완(淸婉)하고
유창하다."라고 평가하였다. 정극인의 <상춘곡>과 더불어 호남 가사문
학의 원류가 되며, 그 내용, 형식, 묘사 등에서 정철의 <성산별곡>에
영향을 미쳤다.

▌▌〈관동별곡〉, 정철

江강湖호애 病병이 깁퍼 竹듁林님의 누엇더니,關관 東동 八팔百백里니
에 方방面면을 맛디시니,어와 聖셩恩은이야 가디록 罔망極극하다.延연秋
츄門문 드리다라 慶경會회南남門문 바라보며,下하直직고 믈너나니 玉옥節
졀이 알패 셧다.平평丘구驛역 말을 가라 黑흑水슈로 도라드니,蟾셤江강은
어듸메오, 雉티岳악이 여긔로다.

昭쇼陽양江강 나린 믈이 어드러로 든단 말고.孤고臣신 去거國국에 白백
髮발도 하도 할샤.東동州쥐 밤 계오 새와 北븍寬관亭뎡의 올나하니,三삼角
각山산 第뎨一일峯봉이 하마면 뵈리로다.弓궁王왕 大대闕궐 터희 烏오鵲
쟉이 지지괴니,千쳔古고 興흥亡망을 아난다, 몰아난다.淮회陽양 녜 일홈이
마초아 가탈시고.汲급長댱孺유 風풍彩채를 고텨 아니 볼 게이고.

營영中듕이 無무事사하고 時시節졀이 三삼月월인 제,花화川쳔 시내길히
風풍岳악으로 버더 잇다.行행裝장을 다 떨티고 石셕逕경의 막대 디퍼,百백
川쳔洞동 겨태 두고 萬만瀑폭洞동 드러가니,銀은 가탄 무지게, 玉옥 가탄
龍룡의 초리,섯돌며 뿜난 소래 十십里리의 자자시니,들을 제난 우레러니
보니난 눈이로다.

金금剛강臺대 맨 우層층의 仙션鶴학이 삿기 치니 春츈風풍 玉옥笛덕聲
셩의 첫잠을 깨돗던디,縞호衣의玄현裳샹이 半반空공의 소소 뜨니,西셔湖
호 녯 主쥬人인을 반겨셔 넘노난 닷.小쇼香향爐노 大대香향爐노 눈 아래
구버보고,正졍陽양寺사 眞진歇헐臺대 고텨 올나 안잔마리,廬녀山산 眞진面
면目목이 여긔야 다 뵈나다.어와, 造조化화翁옹이 헌사토 헌사할샤.

(…중략…)

松숑根근을 볘여 누어 픗잠을 얼픗 드니,꿈애 한 사람이 날다려 닐온 말이,그대랄 내 모라랴,上샹界계예 眞진仙션이라.黃황庭뎡經경 一일字자랄 엇디 그랏 닐거 두고,人인間간의 내려와셔 우리랄 딸오난다.져근덧 가디 마오 이 술 한 잔 머거 보오.北븍斗두星셩 기우려 滄챵海해水슈 부어 내여 저 먹고 날 머겨날 서너 잔 거후로니,和화風풍이 習습習습하야 兩냥腋액을 추혀 드니,九구萬만里리 長댱空공애 져기면 날리로다.이 술 가져다가 四사海해예 고로 난화億억萬만 蒼챵生생을 다 醉취케 맹근 후의,그제야 고텨 맛나 또 한 잔 하 Y고야.말 디쟈 鶴학을 타고 九구空공의 올나가니,空공中듕 玉옥簫쇼 소래 어제런가 그제런가.

강호에 병이 깊어 대숲에 누워있었더니
관동팔백리에 방면을 맡기시니, 은혜야말로 갈수록 그지없다.
연추문(경복궁의 서쪽문)을 달려들어가
경회루의 남쪽문 바라보며 하직하고 물러나니
출발준비가 다 되었다.
양주역 말을 갈아타고 여주로 돌아드니,
원주는 어디메오, 치악이 여기로다.
소양강 느린물이 어디로 든단 말이냐.
고신거국에 백발도 많기도 하구나.
철원밤 겨우세워 북관정을 오라가니
삼각산 제일봉이 웬만하면 보일것도 같구나.
궁왕대궐 터의 오작이 지저귀니 천고 흥망을 아는가 모르는가.
회양네 이름이 마초와 같을시고,
급장유의 풍채를 다시 보아야 하겠구나.
영중이 무사하고 시절이 삼월인데
화천시내길이 풍악으로 뻗어있다.
행장을 다 떨어버리고 석경의 막대짚어,
백천동 곁을 지나서 만폭동 드러가니,
은 같은 무지개, 옥같은 용의 꼬리, 섞어 돌며 뿜는 소리
십리에 자자하니, 들을 때는 우러러 보이는 눈이로다.

금강대 맨윗층의 선학이 새끼 치니,
춘풍옥덕성의 첫잠을 깨엇던지,
호의현상이 반공에 솟아뜨니,
서호 넷주인(송강 임포)을 반겨서 넘노는듯.
크고 작은 봉우리 눈아래 보이고,
정양사진헐대 다시올라 앉으니,
금강산의 참모습이 여기서야 다 보인다.
아아, 조물주의 솜씨가 야단스럽기도 야단스럽구나!
(…중략…)
소나무 뿌리를 베고 누워서 선잠을 얼핏드니
꿈에 신선이 나타나 나에게 이르는 말이
정철 그대를 내가 모르겠느냐?
그대는 하늘나라에서 살았던 신선이라,
황정경 한 글자를 어찌 잘못 읽어두고
인간세상에 귀양내려 와서 우리를 따르는가?
잠깐만 가지마오. 이술한잔 먹어보오
"이 술 가져다가 온 세상에 고루 나누어
모든 백성을 다 취하게 만든 후에
그때에야 다시 만나 또 한잔 합시다"하는 내말이 끝나자마자,
신선은 학을 타고 아득한 하늘나라로 올라가니
공중에서 들려오는 옥피리소리가 어제런가
그제던가 아련히 들려오네.

<관동별곡>은 1580년(선조 13) 정철(鄭澈)이 지은 가사이다. 작자가 45세 되는 해 정월에 강원도관찰사의 직함을 받고 원주에 부임하여, 3월에 내금강, 외금강, 해금강과 관동팔경을 두루 유람하는 가운데 뛰어난 경치와 그에 따른 감흥을 표현한 작품이다. 율격은 가사의 전형적인 4음 4보격을 주축으로 하고 있다. 또한, 진술양식에서 작자가 독자에게 직접 말하기도 하고, 등장인물인 신선(神仙)과의 대화를 보여주기도 한다. 이

작품은 감탄사와 생략법과 대구법을 적절히 사용하고 있어 우리말을 시적으로 사용하는 작자의 뛰어난 문장력이 잘 나타나 있다. 송강 정철의 빼어난 가사 작품으로 평가받는다. 이 작품은 단순히 기행에 따른 견문(見聞)과는 달리 경험 속에 임금을 그리워하는 마음과 신선이 되어 자유로이 놀러 다니는 꿈을 융화시켜 보여 주는 것 이외에도, 특히 인간 내면의 갈등과 그 해소 과정을 함축적으로 잘 드러내었다는 데에서 오늘날 우리에게도 감동을 주고 있다. 특히 <관동별곡>에서 갈등의 양상과 극복은 자연에의 몰입과 도취를 추구하는 도교적(道敎的) 신선 추구와 충의, 우국, 애민 등을 지향하는 유교적 충의 사상의 대립과 갈등을 드러내고 있다. 송강의 빼어난 경치 묘사의 특징은 생략과 비약에 의한 전개, 역동적인 움직임의 포착에 의한 박진감 있는 경치 묘사가 특징이다.

▌▌〈사미인곡〉, 정철

　이 몸 삼기실 제 님을 조차 삼기시니, 혼싱 연분이며 하놀 모롤 일이런가. 나 혼나 졈어 잇고 님 혼나 날 괴시니, 이 ᄆᆞ음 이 ᄉᆞ랑 견졸 ᄃᆡ 노여 업다. 평싱애 원호요ᄃᆡ 혼ᄃᆡ 녜쟈 호얏더니, 늙거야 므스 일로 외오 두고 글이눈고. 엇그제 님을 뫼셔 광한뎐의 올낫더니, 그 더딕 엇디호야 하계예 ᄂᆞ려오니, 올 저긔 비슨 머리 헛틀언 디 삼년일쇠. 연지분 잇ᄂᆞ마는 눌 위ᄒᆞ야 고이 홀고. ᄆᆞ음의 미친 실음 텹텹이 ᄡᅡ혀 이셔, 짓ᄂᆞ니 한숨이오 디ᄂᆞ니 눈믈이라. 인싱은 유혼ᄒᆞᆫᄃᆡ 시롬도 그지 업다. 무심혼 셰월은 믈 흐르ᄃᆞᆺ ᄒᆞ눈고야. 염냥이 째롤 아라 가는 ᄃᆞᆺ 고텨 오니, 듯거니 보거니 늣길 일도 하도 할샤.

　동풍이 건듯 부러 젹셜을 혜텨 내니, 창 밧긔 심근 미화 두세 가지 픠여셰라. ᄀᆞᆺ득 닝담혼ᄃᆡ 암향은 므스 일고. 황혼의 돌이 조차 벼마틱 빗최니, 늣기는 ᄃᆞᆺ 반기는 듯 님이신가 아니신가. 뎌 미화 것거 내여 님 겨신 ᄃᆡ 보내오져. 님이 너롤 보고 엇더타 너기실고.

　꼿 디고 새 닙 나니 녹음이 ᄭᅵᆯ렷ᄂᆞᆫᄃᆡ, 나위 젹막ᄒᆞ고 슈막이 뷔여 잇다. 부용을 거더 노코 공쟉을 둘러 두니, ᄀᆞᆺ득 시롬 한ᄃᆡ 날은 엇디 기돗던고.

원앙금 버혀 노코 오싁션 플텨 내여 금자히 견화이셔 님의 옷 지어 내니, 슈품은 키니와 졔도도 구즐시고 산호슈 지게 우히 빅옥함의 다마 두고, 님의게 보내오려 님 겨신 디 브라보니, 산인가 구롬인가 머흐도 머흘시고. 천리 만리 길히 뉘라셔 초자 갈고. 니거든 여러 두고 날인가 반기실가.

ᄒᆞᄅᆞ밤 서리김의 기러기 우러녈 제, 위루에 혼자 올나 슈정념을 거든마리, 동산의 ᄃᆞᆯ이 나고 븍극의 별이 뵈니, 님이신가 반기니 눈믈이 절로 난다. 쳥광을 피여 내여 봉황누의 븟티고져. 누 우히 거러 두고 팔황의 다 비최여, 심산 궁곡 졈낫ᄀᆞ티 밍그쇼셔.

건곤이 폐식ᄒᆞ야 빅셜이 ᄒᆞᆫ 빗친 제, 사ᄅᆞᆷ은키니와 눌새도 긋처 잇다. 쇼상 남반도 치오미 이러커든 옥누 고쳐야 더옥 닐너 므슴ᄒᆞ리. 양츈을 부처 내여 님 겨신 디 쏘이고져. 모쳠 비쵠 히롤 옥누의 올리고져. 홍상을 니믜츠고 취슈롤 반만 거더 일모슈듁의 헴가림도 하도 할샤. 댜ᄅᆞᆫ 히 수이 디여 긴 밤을 고초 안자, 쳥등 거론 겻티 뎐공후 노하 두고, 꿈의나 님을 보려 턱 밧고 비겨시니, 앙금도 ᄎᆞ도 출샤 이 밤은 언제 샐고.

ᄒᆞᄅᆞ도 열두 째, ᄒᆞᆫ ᄃᆞᆯ도 셜흔 날, 져근덧 싱각 마라. 이 시롬 닛쟈 ᄒᆞ니, ᄆᆞᄋᆞᆷ의 미쳐 이셔 골슈의 쎄텨시니, 편쟉이 열히 오다 이병을 엇디ᄒᆞ리. 어와 내 병이야 이 님의 타시로다. 출하리 싀어디여 범나븨 되오리라. 곳나모 가지마다 간 디 죡죡 안니다가, 향 므든 ᄂᆞᆯ애로 님의 오시 올므리라. 님이야 날인 줄 모ᄅᆞ셔도 내 님 조츠려 ᄒᆞ노라.

<사미인곡>은 송강 정철이 50세 되던 해에 조정에서 물러나 4년간 전남 담양 창평에서 은거하며 불우한 생활을 하고 있을 때에 지은 작품이다. 창작 배경을 고려할 때, 이 노래는 왕과 자신의 충정을 하소연할 목적으로 지은 것이다. 그러나 이 노래는 왕과 자신의 관계를 직접적으로 표출하는 대신, 자신을 임의 사랑을 받지 못하는 여자로, 임금(선조)을 임으로 설정하고 네 계절의 경물을 완상하는 가운데 이별한 임을 그리워하는 형식을 취하고 있다.

작품 전체는 서사, 본사, 결사로 구성되고, 본사는 다시 봄, 여름, 가

을, 겨울로 나뉘어 있다. 계절에 따른 자연의 변화를 그리면서 그 가운데서 솟아오르는 연군의 정을 엮어 낸 솜씨가 탁월하다. 특히 임이 시적 자아를 모르더라도 나는 임을 따르겠다는 결사는 한 여인의 절절한 애정의 표현이자 신하로서의 일편단심의 충정을 함축하고 있다. 뛰어난 우리말 구사의 세련된 표현으로 속편인 〈속미인곡〉과 함께 가사문학 최고의 걸작으로 꼽히고 있다. 임금을 사랑하는 임으로 설정하는 방식은 고려 속요 '정과정'과 맥을 같이하고 있으며, 우리 시가의 전통인 부재하는 임에 대한 자기희생적 사랑을 보이고 있다는 점에서 〈가시리〉, 〈동동〉 등에 이어져 있다고 할 수 있다.

▌ 〈속미인곡〉, 정철

데 가는 뎌 각시 본 듯도 ᄒᆞᆫ뎌이고. 텬天샹上 ᄇᆡᆨ白옥玉경京을 엇디ᄒᆞ야 니별ᄒᆞ고, 히 다 뎌 져믄 날의 눌을 보라 가시ᄂᆞᆫ고. 어와 네여이고 내 ᄉᆞ셜 드러 보오. 내 얼굴 이 거동이 님 괴얌즉 ᄒᆞᆫ가마ᄂᆞᆫ 엇딘디 날 보시고 네로다 녀기실ᄉᆡ 나도 님을 미더 군ᄠᅳᆮ디 젼혀 업서 이리야 교ᄐᆡ야 어ᄌᆞ러이 구돗ᄯᅥᆫ디 반기시ᄂᆞᆫ 눗비치 녜와 엇디 다ᄅᆞ신고. 누어 ᄉᆡᆼ각ᄒᆞ고 니러 안자 혜여ᄒᆞ니 내 몸의 지은 죄 뫼ᄀᆞ티 ᄡᅡ혀시니 하ᄂᆞᆯᄒᆡ라 원망ᄒᆞ며 사ᄅᆞᆷ이라 허믈ᄒᆞ랴 셜워 플텨 혜니 조믈의 타시로다.

글란 ᄉᆡᆼ각 마오. 미친 일이 이셔이다. 님을 뫼셔 이셔 님의 일을 내 알거니 믈 ᄀᆞ툰 얼굴이 편ᄒᆞ실 적 몃 날일고. 츈한 고열은 엇디ᄒᆞ야 디내시며 츄일동천은 뉘라셔 뫼셧ᄂᆞᆫ고. 죽조반 죠셕 뫼 녜와 ᄀᆞ티 셰시ᄂᆞᆫ가. 기나긴 밤의 ᄌᆞᆷ은 엇디 자시ᄂᆞᆫ고. 님 다히 쇼식을 아므려나 아쟈 ᄒᆞ니 오놀도 거의로다. 뉘일이나 사ᄅᆞᆷ 올가. 내 ᄆᆞ음 둘 ᄃᆡ 업다. 어드러로 가쟛 말고. 잡거니 밀거니 놉픈 뫼히 올라가니 구롬은 ᄏᆞ니와 안개ᄂᆞᆫ 므ᄉᆞ일고. 산쳔이 어둡거니 일월을 엇디 보며 지쳑을 모ᄅᆞ거든 쳔리ᄅᆞᆯ ᄇᆞ라보랴. 출하리 믈ᄀᆞ의 가 ᄇᆡ 길히나 보쟈 ᄒᆞ니 ᄇᆞ람이야 믈결이야 어둥졍 된뎌이고. 샤공은 어ᄃᆡ 가고 뷘 ᄇᆡ만 걸렷ᄂᆞ니. 강텬의 혼쟈 셔셔 디ᄂᆞᆫ 히ᄅᆞᆯ 구버보니 님다히 쇼식이 더옥 아득ᄒᆞᆫ뎌이고. 모쳠 ᄎᆞ자리의 밤듕만 도라오니 반벽쳥등은

눌 위호야 볼갓는고. 오르며 느리며 헤쓰며 바니니 져근덧 녁진호야 풋줌
을 잠간 드니 졍셩이 지극호야 꿈의 님을 보니 옥 フ튼 얼굴이 반이나마
늘거셰라. 무옴의 머근 말슴 슬코장 슓쟈 호니 눈물이 바라 나니 말인들
어이호며 졍을 못다호야 목이조차 몌여호니 오던된 계셩의 좀은 엇디 쩨
돗던고.

　어와, 허스로다. 이 님이 어디 간고. 결의 니러 안자 창을 열고 브라보니
어엿븐 그림재 날 조출 뿐이로다. 출하리 싀여디여 낙월이나 되야이셔 님
겨신 창 안히 번드시 비최리라. 각시님 둘이야코니와 구준 비나 되쇼셔.

　<속미인곡>은 <사미인곡>의 속편으로 우리말 표현이 가장 뛰어난
작품으로 평가되고 있다. <사미인곡>과 달리 한자숙어와 전고(典故), 전
례(典例)와 고사(故事)가 거의 들어가 있지 않다. 또한 이 작품은 시적 화
자의 일방적인 독백으로 이끌어 간 것이 아니라, 보조적 인물을 설정하
여 두 여인의 대화 형식으로 전개되고 있다는 점에서 참신한 맛을 엿볼
수 있다. 화자가 상대방 여인의 물음에 답하는 형식으로 해서 자신의 사
연을 풀어내고, 동등하게 묻고 답하기보다는 화자가 자신의 서러운 사연
을 길게 토로하고 있다. 이러한 사설에 대하여 상대 여인은 아주 짧게
개입함으로써 단락을 전환시키고 또 매듭을 짓는 방식으로 되어 있다.
그래서 사연은 사연대로 길게 풀고, 대화 상대자가 개입하여 위로하거나
공감을 표시함으로써 그 사연이 일방적인, 주관적인 것이 아니라 다른
사람의 동의할 수 있는 절실한, 객관적인 사연으로 드러나게 된다.

▌〈규원가〉, 허난설헌

　엇그제 졈엇더니 호마 어이 다 늘거니. 少年行樂 싱각호니 닐너도 쇽절
업다. 늙거야 셜운 말슴 호쟈 호니 목이 멘다. 父生母育 辛苦호야 이 내 몸
길너낼 제 公侯配匹 못 브라도 君子好逑 願호더니 三生의 怨業이오 月下
의 緣分으로 長安遊俠 輕薄者를 꿈곧치 맛나 이셔 當時에 用心호기 살어

름 드듸는 듯. 三五二八 겨오 디나 天然麗質 절노 이니 이 얼골 이 態度로
百年期約 ᄒ얏더니 年光이 훌훌ᄒ고 造物이 多猜ᄒ야 봄브롬 ᄀ올믈이 뵈
오리 북 디나듯. 雪鬢花顔 어디 두고 面目可憎 되거고나. 내 얼골 내 보거
니 어느 님이 날 괼소냐. 스스로 慚愧ᄒ니 누구를 怨望ᄒ랴.

三三五五 冶遊園의 새 사롬이 나닷 말가. 곳 픠고 날 저믈 제 定處 업시
나가 이셔 白馬 金鞭으로 어디 어디 머므는고. 遠近을 모르거니 消息이야
더욱 알랴. 因緣을 긋처신들 싱각이야 업슬소냐. 얼굴을 못보거든 그립기
나 마르려믄. 열 두 째 김도 길샤 셜흔 날 支離ᄒ다. 玉窓의 심근 梅花 몃
번이나 픠여 딘고. 겨을 밤 ᄎ고 친 제 자최눈 섯거 치고 녀름 날 길고 길
제 구즌 비는 므슴 일고. 三春花柳 好時節의 景物이 시름업다. ᄀ올돌 房
의 들고 蟋蟀이 床의 울 제 긴 한숨 디는 눈물 속절업시 혬만 만타. 아마
도 모딘 목숨죽기도 어려울사 도르혀 플터 혜니 이리ᄒ야 어이ᄒ리. 靑燈
을 돌나 노코 綠綺琴 빗기 안아 碧蓮花 훈 曲調롤 시름조차 섯거 튼니 瀟
湘夜雨의 댓소리 섯도는 듯, 華表 千年의 別鶴이 우니는 듯. 玉手의 트는
手段 녯 소리 잇다마는 芙蓉帳 寂寞ᄒ니 뉘 귀예 들리소니. 肝腸이 九曲되
야 구비구비 근처셰라

출하리 잠을 드러 꿈의나 보려 ᄒ니 브롬의 디는 닙과 풀 속의 우는 즘
싱 므스 일 怨讐로서 잠조차 씨오는다. 天上의 牽牛織女 銀河水 막혀서도
七月七夕 一年一度 失期티 아니거든 우리 님 가신 後는 므슴 弱水 ᄀ렷관
대 오거나 가거나 消息조차 그첫는고. 欄干의 비겨 셔서 님 가신 디 브라
보니 草露는 믹쳐 잇고 暮雲이 디나갈 제 竹林 푸른 고디 새 소리 더옥 설
다. 世上의 설운 사롬 數업다 ᄒ려니와 薄命훈 紅顔이야 날 ᄀᆺᄒ니 쏘 이
실가. 아마도 이 님의 지위로 살동말동 ᄒ여라.

허난설헌이 지은 가사이다. 허난설헌의 본명은 초희(楚姬)이고 호가 난
설헌이다. <홍길동전>의 작가 허균의 누님이다. 홍만종의 『순오지』에
는 허균의 첩 무옥이 지은 것이라 되어 있으나, 『고금가곡(古今歌曲)』이나
하는데, 조선조 봉건사회에서 독수공방하여 겪는 부녀자의 고독한 심정
을 노래한 '규방가사'이다. 당시의 사회에 있어서 여성들은 '삼종지도(三

從之道)'나 '여필종부(女必從夫)'라는 윤리 속에서 남성들에 의해서 철저히 지배를 받고 있었다. 따라서 이 작품에 담겨져 있는 슬픔은 여성인 작가 자신이 그러한 사회 속에서 겪어야 했던 외로움을 담고 있었다. 따라서 이 작품에 담겨져 있는 슬픔은 여성인 작가 자신이 그러한 사회 속에서 겪어야 하였던 외로움과 한(恨)의 표출이라고 이해할 수 있다.

'규방가사'는 조선조 양반 부녀자들이 주로 향유하였던 가사의 일종 을 지칭하는 것으로 여성 생활의 고민과 정서를 호소하는 내용으로 이 루어져 있다. 이러한 규방가사는 조선후기에 들어 많이 창작되었는데, 양반 사대부들의 가사보다는 오히려 서민가사에 더욱 가까이 접근해 있 으며, '내방가사'라고 하기도 한다. 오늘날도 창작되고 있다.

(2) 조선후기 주요 가사

조선후기의 가사는 실학사상과 같은 현실주의적인 의식이 대두하고, 평민층의 문학적 참여가 증대되면서 앞 시기의 가사와는 다른 면모를 보인다. 양반가사 역시 음풍농월류의 내용에서 벗어나 생활의 구체적인 내용을 다루려는 경향을 띠게 된다. 이 시기의 양반가사 유형으로는 기 생가사와 유배가사를 들 수 있다. 박인로의 <선상탄>, <누항사>, 김인 겸의 <일동장유가>, 안조환의 <만언사>, 정학유의 <농가월령가>, 홍 순학의 <연행가> 등이 이 시기의 대표적인 작품들이다.

또한 이 시기에는 규중의 여성들에 의해 내방가사가 활발하게 창작되 었다. 내방가사는 조선후기 가정에 숨은 부녀의 손으로 지어지고 또 전 해진 노래들의 총칭으로 그 수효가 수십에 이른다. 그 내용은 봉건 사회 의 사슬에 얽매여 규중에 숨어 살던 여성들의 하소연과 슬픔, 그리고 남 녀간의 애정, 시집살이의 괴로움, 예의범절, 현모양처의 도리 등 부녀자들의 생활을 노래한 것이 대부분이다.

▌〈누항사〉, 박인로

어리고 우활(迂闊)홀산 이 니 우희 더니 업다.
길흉 화복(吉凶禍福)을 하날긔 부쳐 두고,
누항(陋巷) 깁푼 곳의 초막(草幕)을 지어 두고,
풍조우석(風朝雨夕)에 석은 딥히 셥히 되야,
셔 홉 밥 닷 홉 죽(粥)에 연기(煙氣)도 하도 할샤.
설 데인 숙냉(熟冷)애 뷘 배 쇡일 뿐이로다.
생애 이러ᄒ다 장부(丈夫) 뜻을 옴길넌가.
안빈 일념(安貧一念)을 젹을망정 품고 이셔,
수의(隨宜)로 살려 ᄒ니 날로 조차 저어(齟齬)ᄒ다.
ᄀ올히 부죡(不足)거든 봄이라 유여(有餘)ᄒ며,
주머니 뷔엿거든 병(甁)이라 담겨시랴.
빈곤(貧困)ᄒ 인생(人生)이 천지간(天地間)의 나쁜이라.
기한(飢寒)이 절신(切身)ᄒ다 일단심(一丹心)을 이질ᄂ가.
분의 망신(奮義忘身)ᄒ야 죽어야 말녀 너겨,
우탁 우랑(于橐于囊)의 줌줌이 모아 녀코,
병과(兵戈) 오재(五載)예 감사심(敢死心)을 가져 이셔,
이시섭혈(履尸涉血)ᄒ야 몃 백전(百戰)을 지니연고.
일신(一身)이 여가(餘暇) 잇사 일가(一家)를 도라보랴.
일노장수(一奴長鬚)는 노주분(奴主分)을 이젓거든,
고여춘급(告余春及)을 어늬 사이 싱각ᄒ리.
경당문노(耕當問奴)인돌 눌ᄃ려 물롤논고.
궁경가색(躬耕稼穡)이 닌 분(分)인 줄 알리로다.
신야경수(莘野耕叟)와 농상경옹(隴上耕翁)을 천(賤)타 ᄒ리 업것마는,
아므려 갈고젼돌 어늬 쇼로 갈로손고.
한기태심(旱旣太甚)ᄒ야 시절(時節)이 다 느즌 졔,
서주(西疇) 놉흔 논애 잠짠 긴 널비예
도상(道上) 무원수(無源水)를 반만깐 듸혀두고,

쇼 흔 젹 듀마 ᄒ고 엄섬이 ᄒᄂᆫ 말삼

친졀(親切)호라 너긴 집의 둘 업슨 황혼(黃昏)의 허위허위 다라 가셔,

구디 다돈 문(門) 밧긔 어득히 혼자 셔셔

큰 기춤 아함이를 양구(良久)토록 ᄒ온 후(後)에,

어와 긔 뉘신고 염치(廉恥) 업산 닉옵노라.

초경(初更)도 거읜듸 긔 엇지 와 겨신고.

연년(年年)에 이러ᄒ기 구차(苟且)혼 줄 알건마ᄂᆫ

쇼 업슨 궁가(窮家)애 혜염 만하 왓삽노라.

공ᄒ나나 갑시나 주엄 즉도 ᄒ다마ᄂᆫ,

다만 어제 밤의 거넨 집 져 사롬이,

목 불근 수기치(雉)을 옥지읍(玉脂泣)게 꾸어 닉고,

간 이근 삼해주(三亥酒)을 취(醉)토록 권(勸)ᄒ거든,

이러한 은혜(恩惠)을 어이 아니 갑흘넌고.

내일(來日)로 주마 ᄒ고 큰 언약(言約) ᄒ야거든,

실약(失約)이 미편(未便)ᄒ니 사셜이 어려왜라.

실위(實爲) 그러ᄒ면 혈마 어이홀고.

헌 먼덕 수기 스고 측 업슨 집신에 설픠설픠 믈너 오니,

풍채(風採) 저근 형용(形容)애 긔 즈칠 뿐이로다.

와실(蝸室)에 드러간돌 잠이 와사 누어시랴.

북창(北牕)을 비겨 안자 시배롤 기다리니,

무정(無情)한 대숭(戴勝)은 이닉 한(恨)을 도우ᄂᆞ다.

종조(終朝) 추창(惆悵)ᄒ야 먼 들흘 바라보니,

즐기ᄂᆞ 농가(農歌)도 흥(興) 업서 들리ᄂᆞ다.

세정(世情) 모론 한숨은 그칠 줄을 모르ᄂᆞ다.

아ᄭ아온 져 소뷔ᄂᆞ 볏보님도 됴홀셰고.

가시 엉긘 묵은 밧도 용이(容易)케 갈련마ᄂᆞ,

허당 반벽(虛堂半壁)에 슬듸업시 걸려고야.

춘경(春耕)도 거의거다 후리쳐 더뎌 두쟈.

강호(江湖) 혼 꿈을 쑤언지도 오러러니,

구복(口腹)이 위루(爲累)ᄒ야 어지버 이져쩌다.

쳠피기욱(瞻彼淇燠)혼듸 녹쥭(綠竹)도 하도 할샤.

유비군자(有斐君子)들아 낙디 호나 빌려스라.
노화(蘆花) 깁픈 곳애 명월 청풍(明月淸風) 벗이 되야,
님지 업손 풍월강산(風月江山)애 절로절로 늘그리라.
무심(無心)한 백구(白鷗)야 오라 호며 말라 호랴.
다토리 업슬손 다문 인가 너기로라.
무샹(無狀)한 이 몸애 무슨 지취(志趣) 이스리마는,
두세 이렁 밧논를 다 무겨 더뎌 두고,
이시면 죽(粥)이오 업시면 굴물망졍,
남의 집 남의 거슨 전혀 부러 말렷스라.
니 빈천(貧賤) 슬히 너겨 손을 혜다 물너가며,
남의 부귀(富貴) 불리 너겨 손을 치다 나아오랴.
인간(人間) 어늬 일이 명(命) 밧긔 삼겨시리.
빈이무원(貧而無怨)을 어렵다 호건마는
니 생애(生涯) 이러호디 설온 뜻은 업노왜라.
단사표음(簞食瓢飮)을 이도 족(足)히 너기로라.
평생(平生) 호 뜻이 온포(溫飽)애는 업노왜라.
태평천하(太平天下)애 충효(忠孝)를 일을 삼아
화형제(和兄弟) 신붕우(信朋友) 외다 호리 뉘 이시리.
그 밧긔 남은 일이야 삼긴 디로 살렷노라.

<누항사>는 이덕형이 찾아와 누항(陋巷) 생활의 어려움을 묻자 박인
로가 이에 대한 답으로 지은 작품이다. 박인로의 누항은 세속의 생활을
영위해야 하는 것이고, 밥을 끓이고 매운 연기를 맡아야 하는 곳이다.
이처럼 누항 깊은 곳에 초막을 지어 가난한 생활을 할 때에 추위와 배
고픔으로 인한 어려움과 수치스러움은 크지만 그대로 누항에 묻혀 자연
을 벗삼아서 빈이무원(貧而無怨)하고 충효(忠孝)와 형제간의 우애, 친구간의
신의를 저버리지 않겠다는 내용으로 되어 있다.

<누항사>는 자연에 묻혀 사는 생활을 읊고 있다는 점에서는 조선전

기의 가사를 계승하였다고 할 수 있지만 한편으로는 임진왜란 후의 어려운 현실을 사실적으로 그렸다는 점에서는 조선후기 장편 가사들의 출현에 직접적인 영향을 끼쳤다고 할 수 있다. 특히 이 작품은 표현면에서 지금까지 가사에는 쓰이지 않았던 일상 생활어를 구사하여 작품에 생동감과 구체성을 부여하는 탁월함을 보임으로써 후기 가사의 새로운 방향을 제시하는 선구적 역할을 하였다. 조선전기의 가사가 주로 양반층에 의해 창작되었고 강호시가(江湖詩歌)의 범주에 드는 작품들이 많으며 전반적으로 서정적인 경향이 강하였던 것이 비해 조선후기 가사는 작자층이 다양화되면서 작품 경향이 여러 방향으로 분화되고, 생활 현실을 사실적으로 그리는 작품들이 많아지는 변화가 나타났다. 이 작품은 바로 이와 같은 변화의 흐름을 뚜렷하게 보여 준다는 점에서 문학사적으로 중요한 위치를 차지한다.

▌〈만언사〉, 안조환

어와 벗님네야 이 내 말씀 들어보소
인생 천지간에 그 아니 느껴온가
평생을 다 살아도 다만지 백년이라
하물며 백년이 반듯기 어려우니
백구지과극이요 창해지일속이라
역려 건곤에 지나가는 손이로다
빌어온 인생이 꿈의 몸 가지고서
남아의 하올 일을 역력히 다 하여도
풀 끝에 이슬이라 오히려 덧없거든
어와 내 일이야 광음을 헤어보니
반생이 채 못되어 六六에 둘이 없네
이왕 일 생각하고 즉금 일 헤아리니
번복도 측량없다 승침도 하도할사

남대되 그러한가 내 홀로 이러한가
아무리 내 일이라 내 역시 내 몰라라
장우단탄 절로 나니 도중상감 뿐이로다

부모생아 하오실 제 제 죽은 나를 나으시니
부귀공명 하려던지 절도고생 하려던지
천명이 기압던지 선방으로 서험한지
일주야 죽은 아해 홀연히 살아나네
평생길흉 점복할 제 수부강녕 가졌으니
귀양 갈 적 있었으며 이별순들 있었으랴
빛난 채의 몸이러니 노래자를 효측하여
부모앞에 어린 체로 시름 없이 자라더니
어와 기박하다 나의 명도 기박하다
십일세에 자모상에 호곡애통 혼절하니
그때나 죽었더면 이때 고생 아니 보리
한번 세상 두번 살아 인간행락 하려던지
종천지통 슬픈 눈물 매봉가절 몇 번인고
십년양육 외가은공 호의호식 그렸으랴
잊은 일도 많다마는 봉공무하 함이로다
어진 자당 들어오셔 임사지덕 가지시니
맹모의 삼천지교 일마다 법이로다

좀 전에 적던 식량 크기는 어쩐 일고
한 그릇 담은 밥은 주린 범의 가재로다
조반석죽이면 부가옹 부러하랴
아침은 죽이더니 저녁은 그도 없네
못 먹어 배고프니 허리띠 탓이런가
허기져 눈 깊으니 뒤꼭도 거의로다
정신이 아득하니 운무에 쌓였는가
한 되 밥 쾌히 지어 슬카지 먹고파져
이러한들 어찌하며 저러한들 어찌하리

천고만상을 아모런들 어찌하리
의복이 족한 후에 예절을 알 것이고
기한이 작심하면 염치를 모르나니
궁무소 불위함은 옛사람의 이른 바라
사불관면은 군자의 예절이요
기불탁속은 장부의 염치로다
질풍이 분 연후에 경초를 아옵나니
궁차익견하여는 청운에 뜻이 없어
삼순구식을 먹으나 못 먹으나
십년일관을 쓰거나 못 쓰거나
염치를 모를 것가 예절을 바랄 것가
내 생애 내 벌어서 구차를 면차하니
처음에 못 하던 일 나종은 다 배혼다
자리치기 먼저 하자 틀을 꽂아 나려놓고
바늘대를 뽐내면서 바디를 드놓을 제
두 어깨 문어지고 팔과 목이 부러진다
멍석 한 잎 들었으니 돈 오분이 값이로다
약한 근력 강작하여 부지런을 내자하니
손뿌리에 피가 나서 조희 골모 얼리로다
실 같은 이 잔명을 끊음즉도 하다마는
아마도 모진 목숨 내 목숨뿐이로다
인명이 지중함을 이제와 알리로다
누구서 이르기를 세월이 약이라도
내 설움 오랠사록 화약이나 아니 될가

날이 지나 달이 가고 해가 지나 돐이로다
상년에 비던 보리 올해 고쳐 비어 먹고
지난 여름 낚던 고기 이 여름에 또 낚으니
새 보리밥 담아 놓고 가삼 맥혀 못 먹으니
뛰든 고기 회를 친들 목이 메어 들어가랴
설워함도 남에 없고 못견딤도 별로하니

내 고생 한 해 함은 남의 고생 십년이라
흥즉길함 되올는가 고진감래 언제 할고
하나님께 비나이다 설은 원정 비나이다
책력도 해 묵으면 고쳐 쓰지 아니하고
노호염도 밤이 자면 풀어져서 버리나니
세사도 묵어지고 인사도 묵었으니
천사만사 탕척하고 그만 저만 서용하사
끊쳐진 옛 인연을 고쳐 잇게 하옵소서

　유배가사의 하나로, 조선 정조 때 대전별감(大殿別監)이던 안조환(安肇煥)
이 지은 가사로 <사고향(思故鄉)>이라고도 한다. 이본으로 필사본 3종이
전하며, 필사본에 따라 작자 안조환이 안도환으로 기록되어 있다. 작자
가 34세 때에 추자도(楸子島)로 유배된 사건을 작품의 배경으로 하고 있
다. <만언사>라는 주가사(主歌詞)와 <만언답사(萬言答詞)>, <사부모(思父
母)>, <사처(思妻)>, <사자(思子)>, <사백부(思伯父)>로 구성된 작품이다.
내용은 추자도로 유배당한 신세 한탄과 함께 자신의 과거사를 회상한다.
작자가 주색잡기에 빠져서 국고금을 축낸 죄로 34세 때 추자도에 귀양
가서 굶주림과 추위에 시달리며 지은 죄를 눈물로 회개하는 내용을 애
절하게 읊었다. 이 작품이 서울에 전하자 궁녀들이 읽고 눈물을 흘리지
않는 이가 없었고, 이로 인하여 이것이 임금에게 알려져 유배에서 풀려
났다는 일화도 전한다.
　조위(曺偉)의 <만분가(萬憤歌)>, 김진형(金鎮衡)의 <북천가(北遷歌)> 등과
아울러 유배문학(流配文學)에 속하는 가사이나, 다른 가사와는 달리 자신
의 체험과 감정을 고스란히 표백(表白)하여 놓은 사실적인 작품이라는 점
에서 재평가된다. 전편(前篇) 2,916구, 속편(續篇) 594구로 된 장편가사로,
3종의 필사본이 전하는데, 모두 한글로 쓰였다. 김진형이 지은 장편 유

배 가사인 <북천가>와 더불어 쌍벽을 이루었으며, <만언사>의 경우 현실 세계의 질곡에 대한 발분적 정서가 정론적인 차원에서는 이루어지지 않고 있지만, 유배 생활 자체에서 느끼는 고통과 분노의 차원에서는 전형적인 형태로 형상화되고 있다. 연군적 서정성이 약화된 반면 유배 생활에서 느끼는 슬픔과 분노가 보다 전형적인 형태로 형상화된 것이다.

이 작품은 유배문학에 속하는 다른 가사들에 비해 자신의 체험과 감정을 사실적으로 밝혀 놓았다는 점에서 특이하다. 이 작품의 작가는 당쟁과는 관계없이 공무상의 개인적인 비리로 유배되었기 때문에 유배 생활의 억울함을 주장하지 않았으며, 임금에 대한 그리움이나 충성심이 작품의 지배적 정서로 나타나지도 않는다. 다만 유배지에서의 궁핍한 생활상과 그 속에서 느끼는 고통을 생동감 있게 드러내는 데에 치중하고 있을 뿐이다. 그래서 어조 면에서 양반들의 점잖은 또는 의연한 태도 같은 것이 눈에 띄지 않으며, 절절한 신세 한탄에서 회한의 어조를 강하게 느낄 수 있다. 즉, 허식과 과장으로 자기를 변호하는 성격이 강한 유배문학의 범주에서 벗어나 평민적인 사실성을 잘 그려낸 가사작품이다.

■ 〈일동장유가〉, 김인겸

평싱의 소활(疎闊)ᄒ야 공명(功名)의 ᄠᅳ디 업너.
진ᄉ 청명(淸名) 죡ᄒ거니 대과(大科)ᄒ야 무엇ᄒ리.
당등 졔구(場中諸具) 업시ᄒ고 유산(遊山) 힝쟝(行裝) 출혀 내여,
팔도(八道)로 두루 노라 명산(名山) 대천(大川) 다 본 후의
풍월(風月)을 희롱(戱弄)ᄒ고 금호(錦湖)의 누엇더니
북창(北窓)의 줌을 ᄭᅢ야 세샹 긔별 드러 ᄒ니
관빅(關白)이 죽다 ᄒ고 통신ᄉ(通信便) 쳥호다니.
이 ᄯᅢ논 어느 ᄯᅢ고, 계미(癸未) 팔월 초삼이라.
북궐(北闕)의 하딕(下直)ᄒ고 남대문 내 ᄃᆞ라셔
관왕묘(關王廟) 얼픗 지나 젼싱셔(典牲署) 다드르니

스힝을 전별(餞別)ᄒ랴 만됴(滿潮) 공경(公卿) 다 모닷늬.

곳곳이 댱막(帳幕)이오 집집이 안마로다.

좌우 젼후 뫼와 들어 인산인히(人山人海) 되어시니

졍 잇ᄂᆞᆫ 친구들은 손 잡고 우탄(吁嘆)ᄒ고

쳘 모르ᄂᆞᆫ 소년들은 불워ᄒ기 측량(測量) 업늬.

셕양(夕陽)이 거의 되니 늦늦치 고별(告別)ᄒ고

상마포(上馬砲) 세 번 노코 ᄎᆞ례로 ᄯᅥ나갈ᄉᆡ

졀월(節鉞), 젼ᄇᆡ(前陪) 군관(軍官) 국셔(國書)ᄅᆞᆯ 인도ᄒ고

비단 일산(日傘) 슌시(巡視) 녕긔(令旗) ᄉᆞ신(使臣)을 뫼와셧다.

내 역시 뒤흘 ᄯᆞ라 역마(驛馬)ᄅᆞᆯ 칩더 ᄐᆞ니

가치옷 지로 나쟝(指路羅將) 깃 곳고 압희 셔고

마두셔자(馬頭書子) 부쵹ᄒ고 ᄲᅡᆼ곗마 잡앗고나.

셰퓌놈의 된소리로 권마셩(勸馬聲)은 무슴 일고.

아모리 말나여도 젼례(前例)라고 부디 ᄒ늬.

빅슈(白鬚)의 늙은 션비 졸연(猝然)이 별셩(別星) 노릇

우숩고 긔괴(奇怪)ᄒ니 눔 보기 슈괴(羞愧)ᄒ다 (…후략…)

<일동장유가>에서는 김인겸이 1763년 8월 3일부터 1764년 7월 8일 까지 약 11개월 동안 일본에 체류하면서 보고 느낀 일본의 문물, 제도, 인물, 풍속 등을 개인적인 판단을 삽입하면서 실감 있게 묘사하고 있다. 이렇게 이 작품은 작자의 공정한 비판, 기발한 위트, 흐뭇한 해학, 정확 한 노정(路程)과 일시(日時)의 기록, 상세한 기상(氣象) 보고와 자연 환경의 묘사 등이 잘 나타나 있어서 기행문의 모범이라 할 만하다. 또한, 작가 의 예리한 관찰과 비평을 통하여 당시의 외교상의 미묘한 갈등을 파악 할 수 있다는 점에서 귀중한 외교사적(外交史的) 자료이기도 하다. 그리고 문명 비평적 시각이 잘 드러나 있는데, 이는 당시의 시대적 정신인 사실 적(事實的) 사고(思考)를 반영하고 있음을 보여준다.

|| 〈연행가〉, 홍순학

어와 천지간에 남ᄌ 되기 쉽지 안타. 편방의 이 닉 몸이 즁원 보기 원ᄒ더니, 병인년 츈삼월의 가례 칙봉 되오시민, 국ᄀ에 딕경이요 신민의 복녹이라. 상국의 쥬쳥헐시 삼 ᄉ신을 닉이시니, 상ᄉ에 뉴 승상과 셔 시랑은 부시로다. 힝즁 어ᄉ 셔장관은 직칙이 즁헐시고. 겸집의 사복 판ᄉ 어영 낭쳥 쯰여스니, 시년이 이십 오라 쇼년 공명 장호도다.

하 오월 초칠일의 도강 날ᄌ 졍호여네. 방물을 졍검호고 힝장을 슈습호여, 압녹강변 다다르니 송객졍이 여긔로다. 의쥬 부윤 나와 안고 다담상을 츠려 놋코, 삼 ᄉ신을 젼별홀시 쳐챵키도 그지없다. 일비 일비 부일비는 셔로 안져 권고호고, 상ᄉ별곡 훈 고조를 참아 듯기 어려워라. 장계을 봉훈 후의 쎨더리고 이러나셔, 거국지회 그음업셔 억졔호기 어려운 즁, 홍상의 ᄭᅩᆺ눈물이 심회을 돕는도다. 뉵인교을 물녀 노니 장독교을 등딕호고, 젼비 토인 호직호니 일산 좌견뿐만 잇고, 공형 급챵 물러셔니 마두 셔ᄌ뿐이로다.

일엽 소션 비을 져어 졈졈 멀이 쪄셔 가니, 푸른 봉은 쳡쳡호여 날을 보고 즐긔는 듯, 빅운은 요요호고 광식이 참담ᄒ다. 비치 못홀 이닉 마음 오날이 무슴 날고. 츌셰훈 지 이십오 년 시호의 ᄌ라나셔 평일의 이측호여 오릭쩌나 본 일 업다. 반 년이나 엇지홀고 이위졍이 어려우며, 경긔 빅 니 밧긔 먼길 단여 본 일 업다. 허박호고 약훈 긔질 말 이 힝역 걱졍일셰. 훈 줄긔 압녹강의 양국지경 난화스니, 도라보고 도라보니 우리나라 다시 보ᄌ. 구연셩 다다라셔 훈 고기를 너머셔니, 앗가 보든 통군졍이 그림ᄌ도 아니 뵈고, 쥬금 뵈든 빅마산이 봉오리도 아니 뵌다. 빅여 리 무인지경 인젹이 고요ᄒ다. 위험훈 만쳡 산즁 울밀훈 슈목이며, 젹막훈 시 소리는 쳐쳐의 구슬푸고, 훈가훈 들의 ᄭᅩᆺ츤 누을 위히 피엿는냐? 앗갑도다. 이러한 ᄭᅩᆺ 양국의 발인 ᄯᅡ의 인가도 아니 살고 젼답도 업다 호되 곳곳지 깁흔 골의 계견 소리 들이는 듯. 왕왕이 험훈 산셰 호포지환 겁이 난다.

총 3,924구로 된 장편 기행가사로 고종 3년(1866)에 고종이 왕비를 맞이한 사실을 알리기 위해 중국에 사신을 보낸 진하사은겸주청사행(進賀謝

恩兼奏請使行)에 지은이 홍순학이 서장관(書狀官)으로 북경에 다녀 온 130여 일 간의 여정과 견문을 노래한 작품이다. 가사 작품으로는 보기 드물게 장편인 까닭으로 노정이 자세하고 서술 내용이 풍부하며, 치밀한 관찰력으로 대상을 자세하고도 객관적으로 묘사하여 독자에게 생동감을 준다. 고사 성어나 한자의사용을 억제하고 순 한글로 기록하여 서민 계층의 독자를 겨냥한 것은 조선후기 가사의 한 특징을 보여 준다. 김인겸의 <일동장유가>와 더불어 조선후기 기행 가사의 대표적인 작품으로 평가할 만하다.

▌▐ 〈상사별곡(相思別曲)〉

> 인간이별 만사중에 독수공방 더욱 섧다.
> 임 못 보아 그리운 이내 심정을 누가 알리.
> 맺힌시름 허튼 근심 다 후리쳐 던져두고
> 자나깨나 깨나자나 임 못 보니 가슴 답답
> 어린 양자 고은 소리 눈에 암암 귀에 쟁쟁
> 보고지고 임의 얼굴 듣고지고 임의 소리
> 비나이다 하나님께 님 생기라 비나이다
> 전생차생 무슨죄로 우리 둘이 생겨나서
> 잊지말자 처음 맹세 죽지말자 백년기약
> 천금같이 믿었는데 세상일에 마가 많다

　12가사 중의 하나로 18세기의 만언사와 19세기의 <한양가>에 이 작품의 제목이 인용되고 있어, 18세기에는 가창(歌唱)으로 존재하였으며, 19세기에도 대표적인 잡가로 광범위하게 전파되었던 것으로 추측할 수 있다. 청구영언 등의 가집과 '증보신구잡가'를 비롯한 각종 잡가집, 그리고 소설 '부용의 상사곡' 등에 전한다. 내용은 인간의 이별 만사 중에 독숙공방(獨宿空房)이 더욱 서럽다는 것으로 시작하여, 기다리는 마음과 상사(相思)하는 마음을 여러 각도로 묘사한 다음, 한번 죽어 가면 다시 오기 어려우니. 옛정이 있거든 다시 보게 태어나길 기원하는 것으로 끝나고 있다. 이러한 상사류는 그러한 이전의 가사와는 달리 이념적 질곡에서 벗어나 남녀간의 순수한 연정을 무한정 표출한다는 점에 그 특징이 있다.

▌〈우부가〉, 작자미상

니 말슴 광언(狂言)인가
져 화상을 구경허게.
남촌 활량(閑良) 긔똥이는 부모 덕에 편이 놀고
호의 호식 무식허고 미련허고 용통ᄒ야,
눈은 놉고 손은 커셔 가량 업시 쥬져 넘어
시체(時體)따라 의관허고 남의 눈만 위허것다.
장장 츈일 낫줌자기 조셕으로 반찬 투정
미팔ᄌ로 무상 츌입 미일 장취 계 트림과
이리 모야 노름 놀기 져리 모야 투전(鬪錢)질에
기싱첩 치가(治家)ᄒ고
외입장이 친구로다.
ᄉ랑의는 조방(助幇)군이 안방의는 노구(老嫗) 할미.
명조상(名祖上)을 쩌셰허고 셰도 구멍 기웃 기웃,
염냥(炎涼) 보아 진봉(進奉)허기 직업(財業)을 짜불니고
허욕(虛慾)으로 장ᄉ허기 남의 빗시 퇴산이라.
니 무식은 싱각 안코 어진 사람 미워허기,
후(厚)헐 데는 박ᄒ야셔 한 푼 돈의 쌈이 나고,
박헐 데는 후ᄒ여셔 슈빅 량이 헛것시라.
승긔자(勝己者)를 염지(壓之)하니 반복 소인(反覆小人) 허긔진다.
니 몸에 리(利)헐 디로
남의 말를 탄치 안코
친구 벗슨 조화허며 제 일가는 불목(不睦)허며,

병 날 노릇 모다 허고 인습 녹용 몸 보(補)키와

쥬식 잡기 모도 흐야 돈 쥬정을 무진허네.

부모 조상 돈망(頓望)허여 계집 족식 지물 슈탐

일가친척 구박하며 니 인스는 나종이요 남의 흉만 줍아닌다.

니 힝셰는 기치반에 경계판(警戒板)을 질머지고

업는 말도 지여 니고 시비의 션봉(先鋒)이라.

날 더 업는 용젼 여슈(用錢如水) 상하 팅셕(上下撐石)흐야 가니

손님은 채긱(債客)이요 윤의(倫義)는 니 몰니라.

입구멍이 제일이라 돈 날 노릇 흐야 보셰.

젼답 파라 변돈 주기, 종을 파라 월슈(月收) 쥬기

구목(丘木) 버혀 장수허기, 셔칙 파라 빗 쥬기와

동니 상놈 부역이요, 먼 데 사람 힝악이며

줍아오라 써믈니라 즈장격지(自將擊之) 몽둥이질,

젼당(典當) 줍고 셰간 뺏기 계집 문셔 종 숨기와

살 결박(結縛)에 소 뺏기와 불호령에 솟 뺏기와

여긔저긔 간 곳마다 젹실 인심(積失人心) 허겟고나.

사람마다 도적이요 원망허는 소리로다. 이스나 흐야 볼가.

가장(家藏)을 다 파라도

상팔십이 니 팔즈라.

종손 핑계 위젼(位田) 파라 투전질이 싱이로다.

졔스 핑계 졔긔(祭器) 파라 관즈 구셜(官災口舌) 이러는다. (…후략…)

<우부가>는 조선후기에 지어진 작자 미상의 가사로 『경세설(警世說)』과 『초당문답가(草堂問答歌)』에 13편의 가사 중 하나로 실려 전한다. 이 작품은 제목에 드러나 있듯이 어리석은 사나이[愚夫]의 행적을 다루고 있다. 어리석은 사나이로는 '개똥이', '꼼생원', '꽁생원' 세 사람이 등장하는데, 이에 따라 작품을 크게 세 단락으로 나눌 수 있다. 그 가운데에서 개똥이의 행적이 작품의 절반 이상을 차지하고 있어 이 작품의 핵심을 이룬다. 나머지 꼼생원과 꽁생원의 행적은 개똥이와 동질적이어서 개

똥이의 행적에 대한 부연과 확대 또는 연장선에서 이해할 수 있다. 개똥이의 행적부분을 살펴보면 이 부분은 다시 전반과 중반·후반의 세 단락으로 나누어볼 수 있다.

전반의 모티프는 부모덕에 재산이 많았는데 절제하지 않고 함부로 탕진하였다는 것이고, 중반의 모티프는 살아가기 위하여 돈을 벌겠다고 무슨 짓이든지 가리지 않고 하였다는 것이다. 후반의 모티프는 돈벌이도 할 수 없게 되고 사람노릇도 할 수 없는 비렁뱅이신세가 되었다는 것이다. 이러한 세 가지 모티프는 유교적 규범을 저버린 망나니의 말로가 어떻게 되는가를 점강적(漸降的)인 구성으로 보여주고 있다. 곧, 처음에 개똥이는 명문가의 종손으로 태어나서 부모덕에 호의호식하며 부러울 것이 없었다. 그러나 재산이 있을 때에는 절제하고 삼가야 하는 것이 마땅한 도리인데, 이러한 도리를 저버린 대가로 재산을 모두 날리고 가난뱅이가 되었다는 것이 전반의 요지이다. 가난하게 된 개똥이는 이에 그치지 않았다. 재산이 없으면 없는 대로 분수에 맞게 지내야 하는 것이 마땅한 도리인데, 이러한 도리도 저버렸기에 더욱 비참한 비렁뱅이꼴이 되지 않을 수 없었다. 이것이 중반부의 요지이다. 비렁뱅이꼴이 된 개똥이는 명문가의 후손이라는 사회적 체면도 저버리고 '옆걸음질병신' 같이 남의 문전에 걸식하며 실제로 밥을 얻으러 다니는 극단적인 상황에 이르렀다는 것이 후반부의 요지이다.

이와 같은 작품구성에서 작자는 개똥이의 비참한 말로를 통하여 자기의 분수를 지키면서 살아야 하고, 헛된 욕심은 내지 말아야 한다는 유교적 규범을 보이고 있다. 즉, 개똥이와 같은 망나니짓을 하는 자를 경계하지 않으면 세상은 더욱 그릇되어 간다는 교훈적 의도를 뚜렷이 드러내고 있다. 이러한 사실로 미루어 이 작품은 계녀가사(誡女歌辭)에 부응하는 일면을 가지고 있다. 한편, 이 가사에서 개똥이의 거침없는 행동, 상식을 벗어난 파격적인 행위를 선명하게 드러내고 있음은 이 작품이 단순히 유교적 규범을 교훈하자는 의도 외에도 숨은 주제가 따로 존재할 수 있음을 암시하고 있다. 여기에서 숨은 주제는 반어적 표현을 통하여 드러나 있다. 작자의 의도나 표면에 강조된 주제와는 반대방향으로 나간다. 필자의 의도를 나타내고 있다. 표면의 주제와는 달리 봉건적 이념이나 규범을 개똥이의 생생한 부정적 행위를 통하여 파괴하고 있다.

▌〈농가월령가〉, 정학유

정월은 맹춘(孟春)이라 빙설우수(氷雪雨水) 절기로다
산중 간학(澗壑)에 빙설은 남았으나
평교(平郊) 광야에 운물이 변하도다
어와! 우리성상 애민중농(愛民重農) 하오시니
간측(懇惻)하신 권농륜 음방곡에 반포하니
슬프다! 농부들아! 아무리 무지한들
네 몸 이해고사하고 성의를 어길소냐
산전 수답 상반(相伴)하여 힘대로 하오리라
일년 풍흉은 측량하지 못하여도
인력이 양진(揚塵)하면 천재(天災)를 면하나니
제 각각 근면하여 게을리 굴지마라
일년지계(一年之計)니 재춘하니 범사(凡事)를 미리 하라
봄에 만일 실시하면 종년(終年) 일이 낭패되네
농기를 다스리고 농우(農牛)를 살펴 먹여
재거름 재워놓고 일변으로 실어내어
맥전(麥田)에 오줌치기 세전(稅錢)보다 힘써 하라
늙은이 근력(筋力)없어 힘든 일은 못하여도
낮이면 이엉 엮고 밤이면 새끼 꼬아
때마쳐 집 이으면 큰 근심 덜리로다
실과 나무 버굿 깍고 가지 사이 돌 끼우기
정조(正朝) 날 미명시에 시험조로 하여보라
며느리 잊지 말고 소국주(小麴酒) 밑하여라

삼춘 백화(百花)시에 화전(花煎) 알취하여 보자
상원(上元)날 달을 보아 수한(壽限)을 안다 하니
노농(老農)의 징험이라 대강은 짐작나니
정조에 세배(歲拜)함은 돈후(敦厚)한 풍속이다
새 의복 떨쳐 입고 친척 인리(隣里) 서로 찾아
노소 남녀 아동까지 삼삼오오 다닐적에
와삭 버석 울긋 불긋 물색(物色)이 번화하다
사내아이 연 띄우고 계집아이 널뛰기요
윷놀아 내기하기 소년들 놀이로다
사당에 세알(歲謁)하니 병탕(餠湯＝떡국)에 주과(酒果)로다
엄파와 미나리를 두엄에 곁들이면
보기에 신신하여 오신채(五辛菜)를 부러하랴
보름날 약밥 제도 신라적 풍속이라
묵은 산채(山菜) 삶아내니 육미(肉味)을 바꿀소냐?
귀 밝히는 약술이며 부름 삭는 생률(生栗)이라
먼저 불러 더위팔기 달맞이 횃불 혀기
흘러오는 풍속이요 아이들 놀이로다.

　　<농가월령가>는 농가에서 1년 동안 해야 할 농사에 관한 실천 사항
과 철마다 다가오는 풍속과 지켜야 할 될 범절을 달에 따라 읊은 월령
체 가사의 전범이다. 머리 노래에 이어 정월령부터 12월령까지 모두 13
연이다. 월령(月令)이란 달거리라고도 하는 것으로, 열두 달에 행할 일을
말하며, 주기전승(週期傳承)의 의례적인 정사(政事), 의식, 농가 행사 등을
다달이 구별하여 기록하는, 일종의 월중 행사표라고 할 수 있다. 이 작
품은 농가의 일 년 행사와 세시풍속을 달에 따라 읊으면서, 철마다 다가
오는 풍속과 지켜야 할 예의범절을 때맞추어 하도록 타이른 교훈 가사
(歌辭)이다. 농촌 생활과 관련된 구체적 어휘가 풍부하게 나타난다는 점
과, 그리고 세시풍속을 기록해 놓은 월령체 가운데 가장 규모가 크고 짜
임새가 있다는 점에서 그 가치를 높이 평가할 만하다.

▋ 〈분통가(憤痛歌)〉, 김대락(金大洛)

우습고도 분통ᄒ다 無國之民 되단말가
우습고도 憤痛하다 離親去國ᄒ단말가
憤痛한 일 許多하나 니릴 더욱 憤痛하다
二氣五行 聚精하샤 父母님께 稟受할졔
萬物中에 秀出하니 그 안니 貴重한가
四民中에 션비되니 그 안니 多幸한가
孝悌忠信 根柢샴고 仁義禮智 坯ㅇ이라
禮義東方 예딥이셔 靑ㅇ世業 구어보니
四書六經 기동삼아 詩賦表策 工夫로다
時來運到 됴흔 바람 事君之路 열예거던
史魚董狐 부슬 비러 史局鍊院 드러셔셔
北寺 黃門 두다리고 小人 놈을 버혀닉야
太祖大王 帶礪之盟 萬億年을 期約하고
太平聖主 만나거던 日月山龍繡를 노코
世上이 板蕩커던 死於王事하쟈던니
庚戌年 七月 變故 꿈일넌가 참일넌가
칼도 槍도 못써보고 이 地境이 되단말가
二十八世 宗廟 陵寢 香火祭享 뉘할런고
三千里內 祖宗疆土 大洋 차디 되단말가
二千萬人 痛哭소리 졋줄 노은 아희로다
天地가 문어진덧 日月이 晦彩한 덧
五百年을 休養하신 우리 先王 餘蔭으로
家庭에서 익언 見聞 朋友까지 講論하던
忠孝義烈 넷 글字를 간입샤예 싹여 노코
敎育하고 發達하야 禮樂文物 보쟈던니
事業은 蹉跎하고 歲月은 如流로다
할이라도 故國生活 갈샤록 憤痛하다
轉海回山하쟈히도 赤手空拳 無奈何오
赴湯蹈火 하재히도 運歇命盡 無奈何오

七十年 布衣 寒士 죽난 것도 分外事라
賃金 쥬고 그 술가제 祖上 祭享하단말가
屋賃쥬고 基賃쥬고 그 터전에 샤단말가
砒霜갓튼 恩賜金을 財物이라 밧단말가
실갓히도 國服이라 그 國服을 입단말가
毒蛇갓튼 그 모양을 아츰 졔역 터탄말가
鬼蝎갓튼 그 人物을 이웃갓치 샤단말가
길짝가라 길짐져라 雷霆갓튼 號令소리
金玉갓튼 우리 민족 져의 奴隷되단 말가
龍鳳갓튼 堂堂士夫 져게 壓制 밧단말가
哀殘하고 憤痛하다 그 거동을 엇디 보리
속졀업시 싱각하니 檀公 上策 一走字라
南走越에 北走胡에 四面八方 살펴보니
그리히도 난은 곳디 長白山下 西間島라
檀組 當年 開國號오 句麗 太祖 創業地라
決定하고 斷定하야 勇往直前 하쟈할제
八世邱隴 香火所랄 弟姪의게 付託하고
冬溫夏凉 好家舍를 헌신 갓치 버려노코
南田北畓 祖先世業 紙貨 한줌 바다 너코
九十當年 猶父兄을 열줄 걸로 하직하고
白首之年 왜낫 동싱 生離死別 쩟쳐 노코
梁山令公 處義할졔 샨 鬼神을 치하하고
李司諫의 봄을 바다 우숨으로 됴샹하고
漠漠 江天 汾浦거리 再從叔姪 이별하고
칼긋갓치 맘을 먹고 활샬겻치 압흘 셔셔
李侍郎과 李上舍는 열 걸 句로 薤歌하고
至情切戚 다 더디고 越獄 逃亡하덧하니
淚水가 압흘 막가 白日이 無光이라
洞口 박글 쩌나 올졔 머리 둘너 다시 보니
山川이 어두은 덧 草木이 슬퍼한 덧
아무려도 싱각하니 가난 거시 良策이라

氣色 업시 가난곳디 栗城 査頓 門前이라
孫女난 삼이잡고 孫壻난 압흘 막가
痛哭하며 怨望ᄒ며 白首尊顔 언제 볼고
水石肝腸 안니거던 子孫之情 업살손가
草木禽獸 안니거던 慈愛之心 업살손가
己發之勢 無奈何라 다시오마 쏠엇치고
七十之年 査兄弟를 城쌕귀예 ᄒ딕ᄒ고
어셔가쟈 밧비가쟈 汽車 우예 올나 션니
千里 길이 디쳑이오 萬事無念 그만너라
漢陽 城門 드러 셔셔 古宮室을 울어 보니
光化門과 大漢門은 寂寂 無人 門 닷기고
萬朝 百官 朝會길은 忝稷蓬蒿 一望이라
壁돌 담과 電汽燈은 統監府와 外國領事
銃槍들고 橫行하난 補助員과 日巡査가
白地 行人 調査하고 無罪 窮民 懲役치니
져승인가 이승인가 이 地方이 어더런고
郊廟神靈 업샤신가 이 光景이 무샤일고
宣祖大王 中興하신 鐵券勳錄 잇건만은
그 子孫과 그 百姓이 背國叛卒 되단말가
不幸이 눈귀 이셔 보고 듯기 慣痛하다
南亨字딥 作別하고 金箕壽딥 단녀나와
力車 나려 汽車타고 가난 곳디 新義州라
鬱乎 蒼蒼 龍灣浦난 宣祖大王 駐蹕處오
우리 先祖 勤王ᄒ신 御史行臺 愴感하다
鳳凰城과 吉林省에 從某至某 다다르니
雨萍風絮 根着 업시 안는 곳디 ᄂ딥이라
柳河縣과 通化縣에 上下四方 둘너보니
鴨綠江과 松花江은 左右로 둘너 잇고
太白山과 白頭山은 虎踞龍蟠 摩天ᄒ데
高麗村과 盖年城은 英雄壯蹟 曠感하다
遼城 城郭 잇건만은 古都人物 어더 간고

伯夷叔齊 찾쟈히도 山이 놉파 못오을네
魯仲連을 쌀챠히도 바다 머러 못갈네라
鄕曲腐儒 拙手分이 射不穿札 어이홀고
七十前程 얼미런고 河水 말기 보기손가
하릴 업셔 憤鬱홀세 大言張膽하여 보시
吾夫子의 春秋筆로 沐浴請討하올 젹에
宗室大臣 內部大臣 兇逆黨에 大書하고
開門納賊 몟몟 놈은 奸黨篇에 실어 넛고
皇天后土 昭告하샤 忠逆黨을 剖判훈 후
西小門外 處斬當튼 洪在學과 再拜하고
海牙談判 피흘이든 李俊氏를 痛哭하고
鐘樓거리 칼딜ᄒ던 李在明을 賀禮하고
哈爾濱을 바라보고 安重根에 酌酒하고
閔永煥딥 더 구경과 崔益鉉의 返魂길에
上下 千載 둘너보니 古今 人物 다할손가
楚漢三國 英傑하다 東國史記 더욱 壯타
江湖 廟堂 進退憂난 聖明世도 그럿커든
主辱臣死하올 젹에 烈士忠臣 몟몟친고
句麗치고 倭물이던 金庾信은 上座안고
草檄 萬巢 崔致遠은 中國人도 景仰하고
百萬 隨兵 鈔滅하던 乙支文德 壯ᄒ시고
唐太宗의 눈째쥬던 安市城主 楊萬春과
猪首峰에 北賊치던 庾黔弼도 招魂ᄒ니
大阪城에 副脛當턴 朴堤上의 忠烈이오
善竹橋上 遇害ᄒ던 圃隱先生 血痕이라
松岳山中 깁흔 곳세 杜門洞이 져긔런가
契丹친고 獻ᄒ던 姜邯鄼도 가쟈셔라
鵝兒乞老 殲ㅇ하던 金就礪의 元勳이오
妙淸 趙匡 降服밧던 圖形褒賞 金富軾과
女眞치고 拓地하던 吳延龍과 同功爵謚
立碑定界 公儉鎭에 出將入相 尹瓘氏와

七日不食 金慶孫은 十二率노 蒙古치네
兩國大將 金方慶은 元世祖도 錄勳하네
七人으로 敵萬하는 元冲甲의 膽略보소
紅巾칠더 首倡하던 露布以聞 郭世雲의
○勳卓烈 壯커니와 羅麗以上尙矣로다
壬辰癸巳中興時代 本朝事蹟 더러보소
天下上狀 李舜臣은 龜船이 出沒하고
好男兒의 金應河난 兄도 壯코 弟도 壯타
六軍大將 權慄氏난 幸州大捷 第一이오
散財募兵 奮義하던 紅衣大將 郭再祐오
自請 從軍 鄭起龍은 以小敵衆 能事로다
賜號忠勇 金德齡은 庚死獄中 무샤일고
去鏃放矢 林慶業은 大明에도 忠臣일네
遇賊輒殺 鄭鳳壽난 有是兄과 有是弟라
三世 忠節 吳邦彦은 죽난 것도 榮光이오
莫非 王臣갓흔 義理 僧俗인달 달를손가
都憁攝에 休靜禪師 李堤督도 壯타 하네
四溟大師 靈圭和尙 忠義壯烈 짝이 없네
矗石樓中 三壯士난 忠魂毅伯 鳴咽水요
瀋陽死節 三學士난 烈日秋霜 凜然하다
罵賊不屈 李夫人은 一門 雙節 烈女傳에
抱賊投水 論介事난 娼妓락고 뒤할손가
그난마 忠臣義士 十更僕에 다 못할쇠
父老相傳 世守之論 所見所聞 잇건만언
三百州郡 二千萬中 一人抗敵 업단 말가
初遇再遇三遇如常 薄物細故 보덧 하니
太廟 門前 厭冠 痛哭 痛哭하고 두단 말가
샤라셔도 죽은디라 그릇탁고 참 죽으랴
否往泰來 理數잇고 人衆勝天 옛 그리라
大冬風雪 枯死木도 그 가디에 꼿치피고
火炎崑岡 다 타셔도 玉도 나고 돌도 나네

太平 基礎 困難이오 우름 긋혜 우숨이라
嘗膽으로 軍糧하고 臥薪자리 들어 누어
一死報國하쟈 홀제 老小之別 이슬손가
達八十에 呂太公은 創業圖室 하고
極壯其猷元老方叔 出將人相 거룩하고
斯翁 廉將軍은 上馬示其 可用이라
七十奇計 范亞父난 楚伯王의 骨鯁일네
圖上方略 金城씰에 趙充國도 老將이오
勿謂 儒臣 鬓髮蒼은 復讐 志願 陳同甫라
智將 福將 다 모도여 타手하고 拒腕하되
靑年子弟 압셔우고 復讐旗랄 놉피 들고
關雲將의 偃月刀와 趙自龍의 八枝槍에
陸軍大將 水軍大將 左右로 衝突하니
靑天이 쒸노난덧 白地가 쓸는 닷기
魁首 잡아 獻괵하고 都統 잡아 數罪한이
盤石갓흔 우리 帝國 너게 貢하단 말가
錦繡江山의 地方이 너의 차디 되단말가
縫掖章甫 三代衣冠 斷髮文身 當탄말가
笙簧 鐘鼓 다 더디고 曲鑼鉢을 부단 말가
社稷宗廟 背叛하고 너게 臣服하단 말가
各國其國 區域 박에 ○隙업시 쎗단 말가
巧○하고 凶毒하다 背義渝盟 멧벗기고
雲飜雨覆 이 世界예 너긔션달 오일손가
廓淸區字 하온 후에 自由鐘을 울니치며
오던 길로 도라셔셔 凱歌하며 춤을 추니
二千萬人 歡迎 소리 地中仁도 起舞한 덧
宇宙에 빗치 나고 日月이 開朗한 덧
英美法德 上等國에 上賓으로 올나 안쟈
六大洲와 五大洋에 號令하고 呑壓하니
筐篚王帛 四時節에 海航山梯 朝貢 바다
天地鬼神 祭享하고 太平宴을 排設하샤

大砲 닷헤 死節功臣 束草代人 酌酒하고
指揮方略 都元師 第一等에 勳號하고
忠臣烈士 다 모도여 次弟로 論功할 제
麒麟閣에 圖形하고 太常箕에 일름 쓰니
攻城身退 옛말이라 少年學徒 勸戒ᄒ고
深衣大帶 舊文物로 某水某邱 차쟈 가니
父老 宗族 情話할 제 風雨戰場 예말이라
海晏河平 熙皥世예 堯舜世界 다시 보니
憲法政治 共和政治 時措之義 싸라 가며
福을 바다 子孫 쥬고 德을 싹가 百姓 쥬고
壽考無疆 安樂太平 참말 삼아 두고 보식
長歌甚於 慟哭이오 大笑發於 無奈何라
憤痛코도 快活하다 靑年學徒 드러 보소
靑春이 더 이 없고 白髮이 於焉이라
日征月邁 時習하야 人一能之 己百之라
아무려도 雪恥하야 大韓帝國 보고 디고

<분통가>는 김대락(金大洛)이 1913년에 지은 것으로 일제에 나라를 빼앗긴 통분과 광복의 꿈을 읊은 것이다. 4음보 1행으로 계산하여 모두 186행으로 된 가사이며, 율조는 4·4조가 주조를 이룬다. 내용은 5단락으로 나눌 수 있는데, 첫째 나라를 빼앗긴 분통함을, 둘째 이런 상황에서 가야 할 길은 망명밖에 없음을, 셋째 일가친척에게 이별을 고하는 과정과 국경선을 넘기까지의 여정을, 넷째 상상으로라도 일본을 쳐서 설분하고 싶은 심정을, 다섯째 그러한 소원이 이루어진 때를 상상하여 일제의 패망과 그 기쁜 과정을 노래하였다. 왜적에 대한 분노와 망국의 한을 전통적인 가사 양식으로 절실하게 표현한 항일저항시가로서 문학사에 중요한 자리를 차지한다.

6. 가사문학의 문학사적 의의

가사문학에는 다양한 삶의 모습들과 다층적 세계관 및 이념들이 총체적으로 투영되어 있다. 고려 말에 발생하고 조선 초기 사대부계층에 의해 확고한 문학 양식으로 자리 잡아 조선시대를 관통하며 지속적으로 전해 내려온 문학의 한 갈래이다. 4음 4보격을 기준 율격으로 할 뿐, 행(行)에 제한을 두지 않는 연속체 율문(律文)형식을 갖고 있다. 장르 자체가 지닌 폭넓은 개방성 덕분에 양반가(兩班家)의 부녀자, 승려, 중·서민(中·庶民) 등 기술(記述) 능력을 갖춘 모든 계층이 참여했던 관습적 문학양식이라 할 수 있다.

가사문학의 연구사는 크게 두 방향에서 정리될 수 있다. 먼저 그 하나는 자료의 체계적 정리이다. 1936년 신명균 편 가사집인 『가사집(歌詞集)』을 필두로 이후 많은 가사집이 나왔다. 이들 가사집들의 출간은 자료 정리에 대체로 일정하게 공헌을 하였다. 그러나 아직도 산재한 자료들은 체계적으로 정리하여야 하고, 나아가 그 자료를 출간하여 연구에 도움을 주어야 한다는 점은 과제로 남아 있다. 다른 방향은 시학적 연구사 쪽이다. 가사문학의 문학적 연구는 그 초점이 사적 연구와 장르론적 연구에 집중해 왔다고 해도 과언이 아닌데 작품을 문예학적으로 깊이 다루지 않았다는 점은 지금까지 연구의 한계라 할 수 있다. 이런 점으로 미루어 볼 때 앞으로의 과제는 가사 장르의 체계적 검토와 개별 작품의 미학적 탐색에 있다고 볼 수 있다.

전문 소리꾼과 유통

1. 잡가의 개념

잡가는 조선후기 전문소리꾼에 의해 불러진 시가군(詩歌群)을 말한다. 조선후기말에서 20세기 초까지 번창하였던 시가의 한 갈래로 원래 잡가라는 말은 『동가선(東歌選)』, 『남훈태평가』 등의 가집에 나타나는 곡명에서 유래된 것이다. 문학적으로 볼 경우에는 시조, 가사, 민요 등과 구별되는 일군의 시가류를 범박하게 지칭한다. 이러한 잡가의 개념에 대한 견해는 다양하다. 학계에서는 장르 귀속문제에 대한 논의가 많았다.

잡가의 개념으로는 12잡가를 지칭하여 가리키는 경우를 들 수 있다. 12잡가는 잡가의 음악양식상 대표성을 지닌다. 그만큼 널리 불리었다.

① **8잡가**(八雜歌) : 유산가(遊山歌), 적벽가(赤壁歌), 연자가(鷰子歌), 집장가(執杖歌), 소춘향가(小春香歌), 선유가(船遊歌), 형장가(形杖歌), 평양가(平壤歌)

② **잡잡가**(雜雜歌) : 달거리, 십장가(十杖歌), 방물가(房物歌), 출인가(出引歌)

잡가를 지역적 특성을 가진 노래로 파악하는 경우가 있으며 사설시조
를 잡가라고 한 경우도 있다. 문학적으로 볼 때 평시조 같은 것도 잡가
라고 한 경우가 있는데, 이것으로 보아 잡가라는 명칭은 명곡의 하나로
사용된 것을 알 수 있다. 정가(正歌)와 대칭되는 곡인데 잡되고 혼합적인
성향이 있다.

조윤제는 처음에는 가사의 하위 장르에 잡가를 두었으며 그 특성으로
가사가 속화하여 읽고 읊는 시가에서 노래 부르는 창곡적 시가로 변할
때는 형식이나 내용의 변화가 일어남을 면하지 못하며, 이러한 것을 잡
가라 하되 넓은 의미의 가사의 하위 장르에 둔다고 하였다. 그러나 뒤에
잡가는 시가의 유형적 명칭이 되지 못하고 <유산가>, <이팔청춘가>
등은 곡조에 의존하여 존재할 뿐이라 하였다.

이병기는 처음에는 곡에 의하여 사설시조를 잡가라고 하였으나 뒤에
잡가는 민요, 속요, 타령 등을 통칭하는 명칭이라 하여 민요를 잡가라
지칭하고 있다. 그 밖에 김사엽은 잡가는 항간에서 잡되게 부르는 소리
로 광대라는 직업적 가수에 의하여 창작되고 성행되던 것이 일반에게
전창되어 내려온 것이라 하였다. 최근 김학성 등도 기존 논의를 비판하
면서 잡가의 대중적 소통을 중시하였다.

이러한 견해들은 잡가 개념규정에 있어 어떤 곳에 의하여 부른 노랫
말을 가리키되 그 창자나 곡에 너무 치중하고 있다. 그러나 문학장르의
분류기준은 곡이나 창자 등 문학외적 조건에 의하여 정해질 수 없으며
작품의 특성에 의하여 분류되는 것이 마땅하다. 그것은 문학과 음악의
기준이 서로 다르기 때문이다. <어부사(漁父辭)>나 <양양가(襄陽歌)>는
국악에서는 12가사에 넣고 있으나 문학적으로 볼 때 이들은 한시이고,
더구나 <양양가>는 이백의 시로 중국시가문학에 속한다. 그리고 시조
의 경우도 국문학에서 시조라 할 때 평시조에서 사설시조에 이르는 모

든 시조시를 다 포괄하나 국악계에서는 가곡이나 노랫가락의 곡조와 구별되는 시조계의 곡을 가리킨다. 따라서 잡가는 도시 대중의 노래문학에 대한 욕망에서 나온 장르로 그 중심에 전문소리꾼이 있었다. 대중가요의 성향을 지녔다는 점에서 주목되어야 한다.

2. 잡가의 전반적 성격

잡가는 한 제목 아래 내용상 통일이 이루어진 <유산가>와 같이 준가사체와 유사한 것, 같은 내용을 반복하는 <바위타령>과 같은 타령, <방물가>처럼 대화체로 구성된 것 등이 있다. 이 가운데 준가사체의 형식을 취하는 잡가를 가사의 변격으로 옮기자는 주장이 있다. 그러나 이렇게 비슷한 장르를 원장르에 귀속시키면 잡가의 일부는 사설시조로, 또 일부는 민요나 판소리의 허두가로 돌려져 그 존재가 분해되고 만다. 분해되는 것이 문제가 아니라 시가의 특성을 살펴 논의를 바르게 하는 것이 문학사의 이해에 도움을 준다면 서로 간에 변별되는 장르는 한데 묶어 이해하고 연구하는 것이 온당하다.

이런 이해를 기반으로 잡가의 전반적인 성격을 규정하면 잡가는 구비시가라는 성향이 강하다. 연행되고 소리꾼의 시가 장르라는 점이다. 잡가는 구비문학이면서도 민요나 무가에 비해서 자신의 동질성을 확보하려는 성질이 거의 없고 철저하게 개방되어 있다. 문학의 장르를 서정, 서사, 극, 교술로 나눌 때 잡가는 서정 장르에 속한다. 잡가의 내용을 살펴보면 남녀의 사랑과 인생무상에 대한 것이 주류를 이룬다. 형식적 특성을 율격 면에서 보면, 가사와 같은 시가에서 보이는 4음보의 율격이 잡가에서는 보이지 않으며, 나열과 반복의 표현 그리고 대화체의 전개

방식이 두드러짐을 알 수 있다.

잡가는 기존 장르를 두루 포함하는 독특한 형태를 보인다. 형태상 분절 현상이 일어나면서 장과 장이 유기적인 관계를 이루는 경우도 있으나 전혀 연결되지 않는 경우도 있고, 후렴과 더불어 전렴이 붙는 경우도 있게 된다. 잡가의 담당층에 대해서는 일반적으로 서민 이하의 하층민이 짓고 부르던 노래로서 서민 내지 하층민들이 놀이 공간에서 불렀던 것으로 파악한다. 특히 전문소리꾼의 등장이 주목되고, 그들의 전유물로 항목이 변모한다. 잡가의 수용층은 중심이 서민층으로부터 그 이하의 천민층이었지만 특별한 경우는 양반층도 여기에 참가하였던 것을 알 수 있다.

3. 잡가의 분류

(1) 서술체 잡가

서술체 잡가는 비교적 일관된 내용 아래 작시(作詩)되는 것으로서 가사의 서정적인 부분을 수용한 내용이 중심을 이루는 유형이다. 후렴이나 전렴 등이 없고 분절로 나누어지지도 않으면서 연속해서 부르기에 좋은 모습으로 만들어져 있는 것이 특징이다. 호흡이 대체로 길다. 이 계열에 속하는 잡가에는 <만고강산>, <죽장망혜>, <태평성대>, <영산가>, <초한가>, <화류사>, <자진중머리> 등이 있다.

▌ 〈자진중머리〉

가자 어서가 우수건너 백로가
빅노횡강 삼께가 소지노화 월일선
초강어부가 뷔인비 지경선자 간 연후에
공추월지 가단단 자라등 저달을 실어라 우리 고향을 함께가 (…중략…)
허리굽고 늙은 장송 광풍을 못익이어 우줄우줄이 빈춤춘다
녹음은 우거지고 방초는 숙어져
압니버들은 유죽장두르고 뒷니버들은 횡포장 느리쳐
흔가지 느러져 흔가지 찌여져 흔들흔들이 노닐적에
숨월숨짓날에 연즈 펄펄날아 옛집 다시 차자들고
호접은 분분 나무나무 속잎나
아마도 네로구나 이런 경치가 쏘잇는가 안이놀고서 무엇ᄒ랴

(2) 분절체 잡가

잡가 중에서 여러 개의 분절로 이루어져 있는 작품은 민요를 수용하여 이루어진 것이 중심을 이룬다. 민요의 성향을 그대로 닮아 있다. 여기에 속하는 작품들은 〈몽금포타령〉, 〈선유가〉, 〈수심가〉, 〈긴난봉가〉, 〈아리랑타령〉, 〈성주풀이〉, 〈길군악〉, 〈매화가〉 등으로 주로 애정, 유락, 삶의 무상, 풍자 등이 주류를 이룬다. 민요보다 훨씬 더 향락적이고 현세적이라 할 수 있다.

▌ 〈수심가〉

세월아 가지마라 청춘홍안이 속절없이 늙는구나
인생이 일장춘몽이로다 아니 노지는 못하리로다
늙어 백수를 날리면 못놀리라
인생일사는 만승천자 옥후장상 문장명필 가인재자도 차사불피로구나
젊어 청춘에 마음대로 노자구나

두정한 세월이 덧없이 가더니 무심한 백발이 날 침노하는구나
천수만한 서리밤에 일일야야 수심일다
내 마음 풀어 내어 수심가를 부르리라
슬프다 우리 낭군 어데 간고 수심일다
한 번 가고 아니 오니 이내 마음 수심일다
관산이 어드메요 바라보니 수심일다
난간이 적막한데 사람 그려 수심일다
겨울 가고 봄이 오니 이내 시름 수심일다
붉은 꽃이 희어지니 삼월오춘 수심일다
청년 이별 생각하니 눈물 솟아 수심일다
동원도리편시춘에 주야 답답 수심일다
해 다 지고 밤이 오니 상사불견 수심일다
명원이 만정하니 독취배회 수심일다
도화 같은 귀밑에 서리 차니 수심일다
독수공방 홀로 누워 전전반측 수심일다
세월이 무정하여 여리박빙 수심일다
공지남산 송백수는 제작중수 수심일다
추풍에 지는 잎이 흩날릴 제 수심일다
아이 불러 옷을 지어 관산부송 수심일다
외오 두고 지은 옷을 내 못 보니 수심일다
슬프다 저 아해야 불식불연 수심일다
산고 수심 험한 곳에 어이갈까 수심일다
창외에 있는 오동 베거저 수심일다
명월야 긴긴밤에 실솔성이 수심일다
창천에 우는 홍안(鴻雁) 지나갈 제 수심일다
어와 이 사람을 그인 줄 알고 수심일다
소소낭군 찾을 적에 하마 불견 수심일다
운산 첩첩한데 소식 몰라 수심일다
수심수심 수심 중에 임 이별이 수심일다

(3) 묘사체 잡가

어떠한 사물이나 사실과 현상을 계속해서 열거하는 방식으로 불리는 잡가로 주로 타령이라는 명칭이 붙은 작품들이 여기에 속한다. 이 계열의 노래들은 민요와도 일정한 상동성을 가지고 있지만, 중심을 이루는 기존의 시가는 조선후기의 사설시조와 닮아 있다. 여기에 속하는 작품들로는 <곰보타령>, <맹꽁이타령>, <바위타령>, <만학천봉> 등이 있다. 작가의 정서가 개입한 여지가 전혀 없고 현상을 나열하면서 묘사하는 속에서 골계적이고 풍자적인 효과를 얻는 노래들이다. 놀이판에서 웃음을 촉발시킨 측면이 있다.

▌〈곰보타령〉

칠팔월 청명일에 얼고검고 찡기기는
바둑판 장긔판 곤우판갓고 뎡셕덕셕 봉셕갓고
쳥동덕셕 고셕미갓고 써암장이 발등갓고
아박마즌 지덤이 쇠쏭중화전 철망갓고
진사젼산기둥 신젼마루 연죽젼 좌판갓고
한량의포더 관역남게 안진 밉이 잔등이갓고
상하미젼 멍셕호망 쥰오관이 갓고
뎐보젼 관견긔 등불죵 갓고
경상도 문경시지로 건너머오는 진상쓸항아리 초병갓치
아주무쳑 얼고검고 푸른 즁놈아
네무삼 얼골이 엿브고 쏙쏙하고 밉자하고
얌전한 연녁이라고 시너가로 나리지마라
써다써다 고기가 너를 그믈벼리만 녀겨
슈많은 곤장이 째많은 송스리
눈큰쥰치 키큰장더 머리큰도미 살진방어
누른조긔 넓적방어 등고븐싀우

그믈벼리만 녀겨 아주펄펄 쮜여넘쳐 다라ᄂ는고나
그중에 의뭉ᄒ고 니숭ᄒ고 슝칙스러운
로어란놈은 가라안자 슬슬

(4) 대화체 잡가

잡가 중에는 분절로 이루어지지도 않고 노래 부르는 이의 정서를 노래하는 서술체로도 이루어지지 않는 작품에는 대화체의 형태를 띤 것들이 상당수 존재한다. 조선후기 연행예술의 성장과 관련이 있다. 긴 서사물을 부분적으로 부르거나 또는 축약하여 부르는 경우가 있다. 주로 판소리의 일부를 수용해서 부른 잡가 중에 이런 노래가 많은데, <사랑가>, <소춘향가>, <십장가>, <적벽가>, <형장가>, <제비가>, <토끼화상>, <공명가> 등이 이런 유의 잡가라고 할 수 있다.

4. 잡가의 전개 과정과 주요 작품

(1) 전개 과정

잡가의 성립은 임란과 병란 이후의 사회 변동과 일정한 관계를 가진다. 17·18세기를 거쳐 19세기로 넘어오면서 서민층의 문화적 욕구는 상승일로를 걸어서 서민층 이하의 민중들은 자신들이 만들고 즐기는 예술양식으로 판소리와 가면극 등을 발전시켜 나갔고, 한 편으로는 기존의 문학 양식인 시조와 가사를 변형시켜 새로운 모습으로 창조해 나가기도 하였다. 현재 남아 있는 자료상으로 보면 1764년에 만들어진 <고금가

곡>에는 12가사의 일부가 실려 있고, 1828년에 만들어진 <청구영언>에는 12가사의 대부분이 실려 있다. 12가사는 잡가와 밀접한 연관을 가진 것으로 파악되며 경우에 따라서 잡가로 분류된 것을 보면 잡가의 시작은 일단 18세기 이후로 볼 수 있다.

잡가는 19세기에 들어와서는 좀 더 적극적으로 지어지고 불리었던 것으로 보인다. 19세기말에서 20세기 초에 이르기까지 잡가는 가장 전성기를 맞았던 것으로 보이는데, "1898년에 만든 협률사(協律社) 같은 극장에서도 잡가를 공연하였다"는 기록으로도 알 수 있다. 잡가의 생명력이 길지 못하였던 이유는 시류를 탄 유행적인 성격을 띠고 있는데다가 다른 시가 장르를 수용하여 형성된 것이기에 작가층이나 향유층의 기반이 튼튼하지 못하였기 때문이라고 생각된다. 그러나 고전시가유산이 근대적 대중성을 확보하는 데 일정하게 기여한 것이다.

잡가를 통하여 상층의 시가양식과 하층의 시가양식이 서로 만나는 자리를 마련함으로써 우리 시가사(詩歌史)에 중요한 계기를 마련하였다. 시조나 가사 같은 정형적이고 상층문화적인 성격을 띠고 있는 것은 하층문화와 만나서 새롭게 개편되는 모습을 보여 주었으며, 서민 민요 같은 서민층의 문화는 삶의 공간에서 유흥공간으로 이동하여 상층의 문학과 만남으로써 좀 더 넓은 향유층을 가지면서 폭을 넓힐 수 있는 계기를 마련하였다. 전통적 시가양식을 근대 지향적인 시가양식으로 바꾸는 데 일정한 기여를 한 것이다. 대중가요의 등장을 암시한다. 소리꾼문화를 불러오는 계기가 된 양식이다.

(2) 잡가 주요 작품

▌유산가(遊山歌)

화란춘성(花爛春城)하고 만화방창(萬化方暢)이라.
때 좋다 벗님네야 산천(山川) 경개(景槪)를 구경을 가세.

죽장망혜 단표자(竹杖芒鞋單瓢子)로 천리강산 들어를 가니,
만산홍록(滿山紅綠)들은 일년일도(一年一度) 다시 피어
춘색을 자랑노라 색색이 붉었는데,
창송취죽(蒼松翠竹)은 창창울울(蒼蒼鬱鬱)한데,
기화요초 난만중(琪花瑤草爛漫中)에 꽃 속에 잠든 나비 자취 없이 날아
난다.
유상앵비(柳上鶯飛)는 편편금(片片金)이요,
화간접무(花間蝶舞)는 분분설(紛紛雪)이라.
삼춘가절(三春佳節)이 좋을씨고 도화만발 점점홍(桃花滿發點點紅)이로구나.
어주축수 애산춘(漁舟逐水愛山春)이라던 무릉도원(武陵桃源)이 예 아니냐.
양류세지(楊柳細枝) 사사록(絲絲綠)하니,
황산곡리 당춘절(黃山谷裏當春節)에 연명오류(淵明五柳)가 예 아니냐.

제비는 물을 차고, 기러기 무리져서
거지중천(居之中天)에 높이 떠 두 나래 훨씬 펴고,
펄펄펄 백운간(白雲間)에 높이 떠서
천리강산 머나먼 길을 어이 갈꼬 슬피 운다.
원산(遠山)은 첩첩(疊疊) 태산(泰山)은 주춤하여,
기암(奇岩)은 층층(層層) 장송(長松)은 낙락(落落),
에이 구부러져 광풍(狂風)에 흥을 겨워 우줄우줄 춤을 춘다.
층암절벽상(層岩絕壁上)의 폭포수(瀑布水)는 콸콸,
수정렴(水晶簾)드리운 듯 이 골 물이 수루루루룩,
저 골 물이 솰솰, 열의 열 골 물이 한데 합수(合水)하여
천방져 지방져 소쿠라져 펑퍼져 넌출지고 방울져,

건너 병풍석(屛風石)으로 으르릉 콸콸
흐르는 물결이 은옥(銀玉)같이 흩어지니,
소부(巢父) 허유(許由) 문답하던 기산영수(箕山潁水)가 예 아니냐.
주곡제금(奏穀啼禽)은 천고절(千古節)이요,
적다정조(積多鼎鳥)는 일년풍(一年豊)이라.

일출낙조(日出落照)가 눈앞에 어려라
경개무궁(景槪無窮) 좋을씨고.

　<유산가>는 잡가의 백미로 알려져 있다. 4음보격 연첩율격, 한문투
어휘 혼용, 결사형식 등을 통해 사대부 시가의 맥도 일부 지녔다. 빠르
게 엮어가는 속도감과 시어의 생동감, 시조 수용성 등이 새롭다. 한시문
을 이용하여 아름다운 자연을 노래하였다. 교과서에 게재될 정도로 잡가
의 대표성을 띤다. 호방한 경관 묘사와 그 속에 한바탕 유흥을 즐기는
모습이 보이는 듯하다. 힘찬 어조로 즐거움과 재미를 드러내고 있다.

▌▌적벽가(赤壁歌)

　삼강(三江)은 수전(水戰)이요 적벽(赤壁)은 오병이라 난데없는 화광(火光)
이 충천(沖天)하니 조조(曹操)가 대패(大敗)하여 화용도(華容道)로 행(行)할 즈
음에 응포일성(應砲一聲)에 일원대장(一員大將)이 엄심갑(掩心甲)옷에 봉(鳳)
투구 저켜 쓰고 적토마(赤兎馬) 비껴 타고 삼각수(三角鬚)를 거스릅시고 봉
안(鳳眼)을 크게 뜹시고 팔십근(八十斤) 청룡도(靑龍刀) 눈 위에 선뜻 들어
엡다 이놈 조조(曹操)야 달다 길다 하시는 소래 정신(精神)이 산란(散亂)하여
비나이다 잔명(殘命)을 살으소서 소장(小將)의 명(命)을 장군전하(將軍前下)
에 비나이다 전일(前日)을 생각하오 상마(上馬)에 천금(千金)이요 하마(下馬)
에 백금(百金)이라 오일(五日)에 대연(大宴)하고 삼일(三日)에 소연(小宴)할 제
한수정후(漢壽亭候) 봉(封)한 후에 고대광실(高臺廣室) 높은 집에 미녀충궁(美
女充宮)하였으니 그 정성을 생각하오
　금일 조조가 적벽(赤壁)에 패하야 말은 피곤 사람은 주리어 능히 촌보(寸

步)를 못하겠으니 장군후덕(將軍厚德)을 입사와지이다 네 아무리 살려고 하
여도 사지 못할 말 듣거라 네 정성 갚으려고 백마강(白馬江) 싸움에 하북명
장(河北名將) 범 같은 천하장사(天下壯士) 안량(顔良) 문추(文醜)를 한 칼에
선듯 버혀 네 정성을 깊은 후에 한수정후(漢壽亭侯) 인병부(印兵符) 끌러 원
문(轅門)에 걸고 독행천리(獨行千里)하였으니 네 정성만 생각하느냐 이놈 조
조야 너 잡으러 여기 올 제 군령장(軍令狀) 두고 왔다 네 죄상을 모르느냐
천정(天情)을 거역(拒逆)하고 백성을 살해(殺害)하니 만민도탄(萬民塗炭)을 생
각지 않고 너를 어이 용서하리 간사한 말을 말고 짤은 목 길게 늘여 청룡
도(靑龍刀) 받으라 하시는 소래 일촌간장(一村肝臟)이 다 녹는다

　　소장(小將) 잡으시려고 군령장(軍令狀) 두셨으나 장군님 명(命)은 하늘에
달립시고 소장(小將)의 명은 금일 장군전(將軍前)에 달렸고 어집신 성덕(聖
德)을 입사와 장군전하(將軍前下) 살아지이다 관왕(關王)이 들읍시고 잔잉
(殘仍)히 여기사 주창(周倉)으로 하여금 오백도부수(五百刀斧手)를 한편으로
치우칩시고 말머리를 돌립시니 죽었던 조조가 화용도(華容道) 벗어나 조인
(曹仁) 만나 가더란 말가

　<적벽가>는 <유산가> 다음으로 대표적인 12잡가 중 하나로, 적벽대
전에서 크게 패한 조조가 화용도로 도망하여 여러 번 죽을 고비를 넘기
다가 마침내 500 도부수를 거느린 관운장을 만나 구차스럽게 잔명을 비
는 광경을 그리고, 관운장의 너그러운 덕으로 조조는 목숨을 건져 화용
도를 빠져나가는 데까지를 엮은 것이다. 아기자기한 시김새나 특출한 목
을 쓰지는 않지만 씩씩하고 무게 있는 소리를 사용해서 호쾌한 맛을 내
게 한다. 장단은 전반 4분의 6박자인 도드리 장단이고 전후 12절 120각,
즉 120장단으로 되어 있다.

▌ 연자가(鷰子歌 : 제비가)

　만첩산중(萬疊山中) 늙은 범 살찐 암캐를 물어다 놓고 에－어르고 노
닌다

광풍(狂風)의 낙엽(落葉)처럼 벽허(碧虛) 둥둥 떠나간다
일락서산(日落西山) 해는 뚝 떨어져 월출동령(月出東嶺)에 달이 솟네
만리장천(萬里長天)에 울고 가는 저 기러기
제비를 후리러 나간다 제비를 후리러 나간다
복희씨(伏羲氏) 맺힌 그물을 두루쳐 메고서 나간다
망탕산(芒宕山)으로 나간다
우이여— 어허어 어이고 저 제비 네 어디로 달아나노
백운(白雲)을 박차며 흑운(黑雲)을 무릅쓰고 반공중(半空中)에 높이 떠
우이여— 어허어 어이고 달아를 나느냐 내 집으로 훨훨 다 오너라
양류상(楊柳上)에 앉은 꾀꼬리 제비만 여겨 후린다
아하 이에이 에헤이 에헤야 네 어디로 행(行)하느냐
공산야월(空山夜月) 달 밝은데 슬픈 소래 두견성(杜鵑聲) 슬픈 소래
두견제(杜鵑啼) 월도천심야삼경(月到天心夜三更)에 그 어느 낭군(郎君)이
날 찾아오리
울림비조(鬱林飛鳥) 뭇새들은
농춘화답(弄春和答)에 짝을 지어 쌍거쌍래(雙去雙來) 날아든다
말 잘하는 앵무(鸚鵡)새 춤 잘 추는 학(鶴)두루미 문채(紋彩) 좋은 공작
(孔雀)
공기 적다 공기 뚜루루루루루룩 숙궁 접동 스르라니 호반새 날아든다
기러기 훨훨 방울새 떨렁 다 날아들고 제비만 다 어디로 달아나노

<제비가>는 '도드리 장단'으로 시작을 한다. 이는 서양음악으로 치면
4분음 6박자에 비교되는 장단이다. 도드리 장단으로 부르던 제비가는
"제비를 후리러 나간다"라는 부분에서부터 세마치 장단으로 바뀐다.

이 부분은 판소리 <흥보가> 중 "제비 후리러 나가는 대목"과 유사한
데, 판소리에서는 이 대목을 호쾌하게 질러내는 설렁제로 부르지만 경기
잡가의 경우는 그저 장단만 조금 빨라졌을 뿐 가락의 변화는 거의 없다.
또한 제비가에는 "제비노정기"와 유사한 대목도 보이는데, "백운을 박

차고 흑운을 무릅쓰고 반 공중에 높이 떠"라고 하는 제비노정기의 첫
부분 사설이 등장하기도 한다.

▌집장가(執杖歌)

집장군노(執杖軍奴) 거동을 봐라 춘향(春香)을 동틀에다 쫑그라니 올려
매고 형장(刑杖)을 한아름을 듸립다 덥석 안아다가 춘향의 앞에다가 좌르
르 펄뜨리고 좌우 나졸(邏卒)들이 집장(執杖) 배립(排立)하여 분부(吩付) 듣
주어라 여쭈어라 바로바로 아뢸 말삼 없소 사또안전(使道案前)에 죽여만
주오

집장군노 거동을 봐라 형장 하나를 고르면서 이놈 집어 느긋느긋 저놈
집어 는청는청 춘향이를 곁눈을 주며 저 다리 들어라 골(骨) 부러질라 눈
감아라 보지를 마라 나 죽은들 너 매우 치랴느냐 걱정을 말고 근심을 마라

집장군노 거동을 봐라 형장 하나를 골라 쥐고 선뜻 들고 내닫는 형상(形
狀) 지옥문(地獄門) 지키었던 사자(使者)가 철퇴(鐵槌)를 들어메고 내닫는
형상 좁은 골에 벼락치듯 너른 들[廣野]에 번개하듯 십리만치 물러섰다가
오리만치 달려 들어와서 하나를 드립다 딱 부치니 아이구 이 일이 웬 일이
란 말이오 허허 야 년아 말 듣거라 꽃은 피었다가 저절로 지고 잎은 돋았
다가 다 뚝뚝 떨어져서 허허한치 광풍(狂風)의 낙엽이 되어 청버들을 좌르
르 훌터 맑고 맑은 구곡지수(九曲之水)에다가 풍기덩실 지두덩실 흐늘거려
떠나려 가는구나 말이 못된 네로구나

<집장가>는 판소리 <춘향가> 중에서 이도령이 한양으로 올라간 뒤
신관사또가 내려와 춘향이가 수청 들지 않는다고 매질을 하는 대목을
서울 소리로 노래한 것이다. <집장가>는 우쭐거리며 무지막지하게 행
동하는 집장군노와 연약한 춘향이를 대비시키는 멋과 '쫑그라니, 듸립
다, 덥석, 좌르르, 느긋느긋, 는청는청…'과 같은 토속미 나는 형용사가
재미있다. 장단은 빠른 도드리 장단이기 때문에 마치 경쾌한 세마치를
듣는 것 같다.

▌ 소춘향가(小春香歌)

춘향(春香)의 거동(擧動) 봐라 오인(왼) 손으로 일광(日光)을 가리고 오른 손 높이 들어 저 건너 죽림(竹林) 보인다 대 심어 울하고 솔 심어 정자(亭子)라 동편(東便)에 연정(蓮亭)이요 서편(西便)에 우물이라 노방(路傍)에 시매고후과(時賣故侯瓜)요 문전(門前)에 학종선생류(學種先生柳) 긴 버들 휘늘어진 늙은 장송(長松) 광풍(狂風)에 흥을 겨워 우쭐 활활 춤을 춘다

사립문(柴門) 안에 삽사리 앉아 먼 산을 바라보며 꼬리치는 저집이오니 황혼(黃昏)에 정녕히 돌아를 오소 떨치고 가는 형상(形狀) 사람의 간장(肝臟)을 다 녹이느냐 너는 어연 계집 아희관데 나를 종종(從從) 속이느냐

아하 너는 어연 계집 아희관데 장부간장(丈夫肝臟)을 다 녹이느냐 녹음방초승화시(綠陰芳草勝華時)에 해는 어이 아니 가노 오동야월(梧桐夜月) 달 밝은데 밤은 어이 수이 가노

일월무정(日月無情) 덧없도다 옥빈홍안(玉鬢紅顔)이 공로(空老)로다 우는 눈물 받아 내면 배도 타고 가련마는 지척동방천리(咫尺洞房千里)로다 바라를 보니 눈에 암암(暗暗)

<소춘향가>는 사설 내용은 판소리 <춘향가>에서 이도령과 춘향이 만나는 장면에서 나오는 '춘향의 집 근경'을 그린 노래이다. 장단은 4분의 6박자 도드리 장단에 <유산가>와 비슷한 선율로 이루어져 있으며 이 곡은 전반은 누르는 목과 깊이 뜨는 목이 많고 후반은 아루성으로 손목을 쓰는 부분이 있어 아주 들을만한 경기 12잡가 중의 하나이다.

▌ 선유가(船遊歌)

가세 가세 자네 가세 가세 가세 놀러 가세

배를 타고 놀러를 가세 지두덩기어라 둥게 둥덩 덩실로 놀러 가세

앞집이며 뒷집이라 각위(各位) 각집 처자(處子)들로 장부간장(丈夫肝臟) 다 녹인다

동삼월(冬三月) 계삼월(桂三月) 회양도(淮陽道) 봉봉(峯峯) 돌아를 오소 아나 월선(月仙)이 돈 받소

가던 임은 잊었는지 꿈에 한번 아니 보인다 내 아니 잊었거든 젠들 설
마 잊을소냐

가세 가세 자네 가세 가세 가세 놀러 가세

배를 타고 놀러를 가세 지두덩기어라 둥게 둥덩 덩실로 놀러 가세

이별이야 이별이야 이별 이자(二字) 내인 사람 날과 백년 원수로다

동삼월 계삼월 회양도 봉봉 돌아를 오소 아나 월선이 돈 받소

살아 생전 생이별은 생초목(生草木)에 불이 나니 불 꺼 줄 이 뉘 있읍나

가세 가세 자네 가세 가세 가세 놀러 가세

배를 타고 놀러를 가세 지두덩기어라 둥게 둥덩 덩실로 놀러 가세

나는 죽네 나는 죽네 임자로 하여 나는 죽네 나 죽는 줄 알양이면 불원
천리(不遠千里) 하련마는

동삼월 계삼월 회양도 봉봉 돌아를 오소 아나 월선이 돈 받소

박랑사중(博浪沙中) 쓰고 남은 철퇴(鐵槌) 천하장사(天下壯士) 항우(項羽)
를 주어 깨치리라 깨치리라

이별 두 자 깨치리라 가세 가세 자네 가세 가세 가세 놀러 가세

배를 타고 놀러를 가세 지두덩기어라 둥게 둥덩 덩실로 놀러 가세

<선유가>는 산놀이를 주제로 한 유산가와 대비되는 것으로서 물놀이
를 노래한 것이라 하여 선유가라고 이름 붙였으나 가사의 내용으로 볼
때 물놀이와 관련된 줄거리는 없다. 다만 노래의 후렴구에서 '배를 타
고…'라는 내용이 있어 <선유가>라고 한 것 같다. <선유가>는 마루와
마루 사이에 후렴구를 삽입한 곡이다. '가세 가세'의 후렴이 중간 중간
에 삽입되기 때문에 '가세 타령'이라고도 하며 장단은 도드리 장단이다.

▌▌ 형장가(刑杖歌)

형장(刑杖) 태장(笞杖) 삼(三)모진 도리매로 하날치고 짐작(斟酌)할까 둘
을 치고 그만 둘까 삼십도(三十度)에 맹장(猛杖)하니 일촌간장(一村肝臟)
다 녹는다

걸렸구나 걸렸구나 일등춘향(一等春香)이 걸렸구나 사또분부(使道吩付)

지엄(至嚴)하니 인정(人情)일랑 두지 마라 국곡투식(國穀偸食) 하였느냐 엄
형중치(嚴刑重治)는 무삼 일고 살인도모(殺人圖謀) 하였느냐 항쇄족쇄(項鎖
足鎖)는 무삼 일고

관전발악(官前發惡)하였느냐 옥골최심(玉骨摧甚)은 무삼 일고

불쌍하고 가련(可憐)하다 춘향 어미가 불쌍하다 먹을 것을 옆에다 끼고
옥 모퉁이로 돌아들며 몹쓸 년의 춘향이야 허락 한 마디 하려무나 아이구
어머니 그 말씀 마오 허락이란 말이 웬 말이오

옥중에서 죽을망정 허락하기는 나는 싫소

새벽 서리 찬 바람에 울고 가는 기러기야 한양성내(漢陽城內) 가거들랑
도련님께 전하여 주렴

날 죽이오 날죽이오 신관사또(新官使道)야 날 죽이오

날 살리오 날 살리오 한양낭군(漢陽郎君)님 날 살리오

옥 같은 정갱이에 유혈(流血)이 낭자(狼藉)하니 속절없이 나 죽겠네

옥 같은 얼굴에 진주 같은 눈물이 방울방울방울 떨어진다

석벽강상(石壁江上) 찬 바람은 살 쏘듯이 드리불고

벼룩 빈대 바구미는 예도 물고 제도 뜯네 석벽(石壁)에 섰는 매화(梅花)
나를 보고 반기는 듯 도화유수묘연(桃花流水渺然)히 뚝 떨어져 굽이굽이굽
이 솟아난다

<형장가>는 판소리 <춘향가> 중에서 신관사또가 수청을 들지 않는
다고 춘향이를 매질하는 대목과 그것을 보고 불쌍하게 생각하는 구경꾼
들의 동정, 춘향의 굽힘없는 수절을 잡가로 엮은 것이다.

장단은 제비가에서처럼 처음에는 도드리로 나가다가 '국곡투식…'에
서 부터는 세마치 장단으로 넘어간다. 형식을 도드리 장단에 4마루, 세
마치장단 18마루로 되어 있다.

■ 평양가(平壤歌)

갈까 보다 가리갈까 보다 임을 따라 임과 둘이 갈까 보다

잦은 밥을 다 못 먹고 임을 따라 임과 둘이 갈까 보다

부모 동생(父母同生) 다 이별하고 임을 따라 임과 둘이 갈까 보다
불붙는다 평양성내(平壤城內) 불이 불붙는다
평양성내 불이 불붙으면 월선(月仙)이 집이 행여 불갈세라
월선이 집이 불이 불붙으면 육방관속(六房官屬)이 제가 제 알리라
월선(月仙)이 나와 소매를 잡고 가세 가세 어서 들어를 가세
놓소 놓소 노리놓소그려 직영(直纓) 소매 노리놓소그려
떨어진다 떨어진다 떨어진다 떨어진다 직영소매 동이 동떨어진다
상침(上針) 중침(中針) 다 골라 내어 세(細)모시 당사(唐絲)로 가리감춰
줌세

　<평양가>는 4 내지 5연으로 분절할 수 있는 사랑의 곡이다. 음악은
별로 시김새없이 그저 평담하게 불러 나가는 소리로 오래된 옛스러운
맛을 보여주는 곡이다. 장단은 6박자 도드리 장단이고 11마루로 되어
있으며 비교적 들쭉날쭉이 없는 유절형식으로 되어 있다.

▌ 달거리[月令歌]

　네가 나를 볼 양이면 심양강(潯陽江) 건너와서 연화분(蓮花盆)에 심었던
화초 삼색도화(三色桃花) 피었더라
　이 신구 저 신구 잠자리 내 신구 일조낭군(一朝郎君)이 네가 내 건곤(乾
坤)이지 아무리 하여도 네가 내 건곤이지
　정월이라 십오일에 망월(望月)하는 소년들아 망월도 하려니와 부모 봉양
생각세라
　이 신구 저 신구 잠자리 내 신구 일조낭군이 네가 내 건곤이지
　아무리 하여도 네가 내 건곤이지
　이월이라 한식(寒食)날에 천추절(千秋節)이 적막이로다 개자추(介子推)의
넋이로구나
　면산에 봄이 드니 불탄 풀 속잎이 난다
　이 신구 저 신구 잠자리 내 신구 일조낭군이 네가 내 건곤이지
　아무리 하여도 네가 내 건곤이지

삼월이라 삼진날에 강남서 나온 제비 왔노라 현신(現身)한다

이 신구 저 신구 잠자리 내 신구 일조낭군이 네가 내 건곤이지

아무리 하여도 네가 내 건곤이지

적수단신(赤手單身) 이내 몸이 나래 돋친 학(鶴)이나 되면 훨훨 수루루룩 가련마는 나아하에 지루에 에도 산이로구나

안 올림벙거지에 진사상모(眞絲象毛)를 덤벅 달고 만석당혜(萬鳥唐鞋)를 좌르르 끌며 춘향(春香)아 부르는 소래 사람의 간장(肝臟) 다 녹는다

나하에 지루 에도 산이로구나

경상도 태백산(太白山)은 상주(尙州) 낙동강이 둘러 있고 전라도 지리산 (智異山)은 두치강(豆治江)이 둘러 있고 충청도 계룡산(鷄龍山)은 공주(公州) 금강(錦江)이 다 들렸다

나아하에 지루에 에도 산이로구나

좋구나 매화로다 어야 더야 어허야 에— 디여라 사랑도 매화로다

인간 이별 만사중(萬事中)에 독수공방(獨守空房)이 상사난(相思難)이란다

좋구나 매화로다 어야 더야 어허야 에— 디여라 사랑도 매화로다

안방 건넌방 가루다지 국화 새김의 원자문이란다

좋구나 매화로다 어야 더야 어허야 에— 디여라 사랑도 매화로다

어저께 밤에도 나가 자고 그저께 밤에는 구경가고 무슨 염치로 삼승(三升) 버선에 볼 받아 달람나

좋구나 매화로다 어야 더야 어허야 에— 디여라 사랑도 매화로다

나무로 치면은 행자목(杏子木) 돌로 쳐도 장군석(將軍石) 음양(陰陽)을 좇아 마주 섰고 좌청룡(左靑龍) 우백호(右白虎) 한가운데는 신동(神童)이 거북의 잔등이 한 나비로다

좋구나 매화로다 어야 더야 어허야 에— 디여라 사랑도 매화로다

나 돌아감네 에헤 나 돌아감네 떨떨거리고 나 돌아가노라

좋구나 매화로다 어야 더야 어허야 에— 디여라 사랑도 매화로다

<달거리>는 한자로 <월령가(月令歌)>라 불리며 1월부터 12월까지 일 년 열두 달의 모습을 노래하는 것을 뜻한다. 12잡가 중 달거리는 정월 보름, 이월 한식, 그리고 삼월 삼진날만을 노래하고 있다.

일월, 이월, 삼월을 노래한 뒤에는 "이 신구 저 신구 잠자리 내 신구 일조낭군(一朝郎君)이 네가 내 건곤(乾坤)이지 아무리 하여도 네가 내 건곤 이지"와 같은 서로 연관성이 없는 사설을 후렴으로 노래하고 있다.

경기민요 <매화타령>과 유사한 가락도 나오는데 달거리의 뒷부분을 따로 떼어 부르는 노래가 민요 <매화타령>이라고 이야기를 하는 이들 도 있다.

달거리는 다른 잡가에 비해 빠른 장단으로 노래를 한다. 대부분의 잡 가는 도드리 장단으로 노래를 하는데 달거리의 경우는 첫 번째 부분은 세마치 장단, 두 번째 부분은 도드리 장단 그리고 마지막 부분은 굿거리 장단으로 되어 있다. 따라서 장단의 변화가 다양한 것도 이 노래의 특징 이라 할 수 있다.

▌ 십장가(十杖歌)

전라좌도(全羅左道) 남원(南原) 남문 밖 월매(月梅) 딸 춘향(春香)이가 불 쌍하고 가련하다

하나 맞고 하는 말이 일편단심(一片丹心) 춘향이가 일종지심(一從之心) 먹은 마음 일부종사(一夫從事)하겠더니 일각일시(一刻一時) 낙미지액(落眉 之厄)에 일일칠형(一日七刑) 무삼 일고

둘을 맞고 하는 말이 이부불경(二夫不敬) 이내 몸이 이군불사(二君不事) 본을 받아 이수중분백로주(二水中分白鷺洲) 같소

이부지자(二父之子) 아니어든 일구이언(一口二言)은 못하겠소

셋을 맞고 하는 말이 삼한갑족(三韓甲族) 우리 낭군 삼강(三綱)에도 제일 이요 삼촌화류승화시(三春花柳勝華時)에 춘향이가 이 도령(李道令) 만나 삼배주(三盃酒) 나눈 후에 삼생연분(三生緣分) 맺었기로 사또 거행(擧行)은 못 하겠소

넷을 맞고 하는 말이 사면(四面) 차지 우리 사또 사서삼경(四書三經) 모 르시나 사시장춘(四時長春) 푸른 송죽 풍설이 잦아도 변치 않소

사지(四肢)를 찢어다가 사방으로 두르서도 사또 분부는 못듣겠소

다섯 맞고 하는 말이 오매불망(寤寐不忘) 우리 낭군 오륜(五倫)에도 제일
이요

오늘 올까 내일 올까 오관참장(五關斬將) 관운장(關雲長) 같이 날랜 장수
자룡(子龍)같이 우리 낭군만 보고지고

여섯 맞고 하는 말이 육국유세(六國遊說) 소진(蘇秦)이도 날 달래지 못하
리니 육례연분(六禮緣分) 훼절(毁節)할 제 육진광포(六鎭廣布)로 질끈 동여
육리청산(六里靑山) 버려서도 육례연분(六禮緣分)은 못 잊겠소

일곱 맞고 하는 말이 칠리청탄(七里靑灘) 흐르는 물에 풍덩실 넣으셔도
칠월칠석 오작교(烏鵲橋)에 견우직녀(牽牛織女) 상봉(相逢)처럼 우리 낭군
만 보고지고

여덟 맞고 하는 말이 팔자(八字)도 기박(奇薄)하다 팔괘(八卦)로 풀어 봐
도 벗어날 길 바이없네

팔년풍진초한시(八年風塵楚漢時)에 장량(張良)같은 모사(謀士)라도 팔진
광풍(八陣狂風) 이 난국(難局)을 모면(冒免)하기 어렵거든 팔팔결이나 틀렸
구나 애를 쓴들 무엇하리

아홉 맞고 하는 말이 구차(苟且)한 춘향이가 굽이굽이 맺힌 설움 구곡지
수(九曲之水) 아니어든 구관자제(舊官子弟)만 보고지고

열을 맞고 하는 말이 십악대죄(十惡大罪) 오늘인가 십생구사(十生九死)
할지라도 시왕전(十王前)에 매인 목숨 십륙세(十六歲)에 나는 죽네

비나이다 비나이다 하나님전 비나이다

한양(漢陽) 계신 이 도령(李道令)이 암행어사(暗行御史) 출도(出到)하여
이내 춘향을 살리소서

<십장가>는 판소리의 <춘향가> 중에서 옥에 갇혀 있던 춘향에게
집장사령이 매질하는 대목의 사설을 경기 12잡가로 옮겨 부르는 곡이다.
음악의 짜임새는 6박자 도드리 장단에 전체적인 구성인 춘향이가 매를
한대 맞고 항변하는 내용이 각 한마루씩 10마루, 여기에 '전라좌도…'로
시작하는 서장 한 마루를 합하여 11마루로 구성되어 있다.

▌방물가(房物歌)

서방(書房)님 정(情) 떼고 정(正) 이별(離別)한대도 날 버리고 못 가리라

금일 송군(送君) 임 가는데 백년소첩(百年小妾) 나도 가오 날 다려 날 다려 날 다려가오

한양낭군(漢陽郎君)님 날 다려가오 나는 죽네 나는 죽네 임자로 하여 나는 죽네

네 무엇을 달라고 하느냐 네 소원을 다 일러라 제일명당(第一名堂) 터를 닦아 고대광실(高臺廣室) 높은 집에 내외분합(內外分閤) 물림퇴며 고불도리 선자(扇子) 추녀 헝덩그렇게 지어나 주랴 네 무엇을 달라고 하느냐

네 소원을 다 일러라 연지분(臙脂粉) 주랴 면경(面鏡) 석경(石鏡) 주랴 옥지환(玉指環) 금봉차(金鳳叉) 화관주(花冠珠) 딴 머리 칠보(七寶) 족두리 하여나 주랴 네 무엇을 달라고 하느냐 네 소원을 다 일러라 세간 치례(致禮)를 하여나 주랴

용장(龍欌) 봉장(鳳欌) 귓도리 책상이며 자개 함롱(函籠) 반다지 삼층 각계수리 이층(二層) 들미장(欌)에 원앙금침(鴛鴦衾枕) 잣베게 샛별 같은 쌍요강(雙尿江) 발치발치 던져나 주랴

네 무엇을 달라고 하느냐 네 소원을 다 일러라 의복 치례(衣服致禮)를 하여나 주랴

보라[藍色] 항릉(亢綾) 속저고리 도리볼수 겉저고리 남문대단 잔솔치마 백방수화주 고장바지 물면주 단속곳에 고양 나이 속버선에 몽고삼승 겉버선에 자지 상직 수당혜(繡唐鞋)를 명례궁(明禮宮) 안에 맞추어 주랴

네 무엇을 달라고 하느냐 네 소원을 다 일러라

노리개 치례를 하여나 주랴

은(銀)조로롱 금(金)조로롱 산호(珊瑚)가지 밀화불수(蜜花佛手) 밀화장도(蜜花粧刀) 곁칼이며 삼천주 바둑실을 남산(南山)더미만큼 하여나 주랴 나는 싫소 나는 싫소 아무것도 나는 싫소 고대광실도 나는 싫고 금의옥식(錦衣玉食)도 나는 싫소 원앙충충 걷는 말에 마부담(馬負擔)하여 날 다려 가오

<방물가>는 이별을 거부하는 여인에게 여러 가지 방물을 주어 타이르는 곡으로 작자와 연대는 알 수 없다. 장단은 도드리 장단으로 규칙적

인 율조보다는 대화체로 이루어져 있으며 여러 방물을 늘어놓은 수법은 사설 시조의 기법을 연상케 하며 모두 14마루로 되어 있다. 방물가에는 '구방물가'와 '가진 방물가'가 있었다고 하나 1910년을 전후해서 간행된 잡가집에 실린 '가진 방물가'나 '방물가'는 서로 비슷하고 '구방물가'는 보이지 않는다.

▌출인가(出引歌)

풋고추 절이김치 문어 전복 곁들여 황소주(黃燒酒) 꿀타 향단(香丹)이 들려 오리정(五里亭)으로 나간다 오리정으로 나간다

어느 년 어느 때 어느 시절에 다시 만나 그리던 사랑을 품 안에 품고 사랑 사랑 내 사랑아 에— 어화둥개 내 건곤(乾坤)

이제 가면 언제 오뇨 오만 한(限)을 일러 주오 명년 춘색(春色) 돌아를 오면 꽃 피거든 만나 볼까

놀고 가세 놀고 가세 너고 나고 나고 너고만 놀고 가세

곤히 든 잠 행여나 깨울세라 등도 대고 배도 대며 쩔래쩔래 흔들면서 일어나오 일어나오 겨우 든 잠 깨어나서 눈떠 보니 내 낭군(郎君)일세

그리던 임을 만나 만단정회(萬端情懷) 채 못하여 날이 장차 밝아 오니 글로 민망하노매라

놀고 가세 놀고 가세 너고 나고 나고 너고만 놀고 가세

오늘 놀고 내일 노니 주야장천(晝夜長天)에 놀아 볼까

인간 칠십을 다 산다고 하여도 밤은 자고 낮은 일어나니 사는 날이 몇 날인가

<출인가>는 <선유가>의 '풋고추'부터 따로 떼어서 부르게 된 곡으로 '풋고초'라고도 한다. 장단은 6박의 도드리 장단이지만 '놀고가세…'는 4박으로 친다. 모두 13마루로 되어 있는데 음계는 처음 3마루 정도까지는 경조인데 그 뒤부터는 서도식 음계로 바뀌어서 경·서도창의 진수를 보여준다.

5. 잡가의 문학사적 의의

잡가의 유통은 근대이행기의 직업성, 도시적 대중성, 노래의 상업성이 맞물려 이루어졌다. 잡가는 가사, 시조, 한시, 민요, 판소리 등의 경향으로 형성되어 그 내용이나 형식이 다양하다. 잡가의 여러 작품들은 일정한 역사적 요구에 부응하여 공통적인 기능을 수행한 조선조 말기에 형성된 문학 장르라고 할 수 있으며, 현대에서 이어지는 과도기적 문학이라고 할 수 있다. 좀 더 구체적으로 말하면 조선후기의 새롭고 활력적이며 흥행적이고 유흥적인 시가가 요구되던 상황 속에서 이에 부응하여 등장한 역사적 양식이 잡가인 것이다. 잡가부류는 일정한 직업적 연희자에 의해 시정의 유흥공간에서 연행되었다는 면에서 공통성을 지닌다.

이러한 사실을 바탕에 두고 노랫말이 수용되는 과정에서 잡가들 유락적이고 흥행에 알맞은 성격을 함께 갖게 되었다. 세태의 비판적 날카로움은 적으나, 당내 놀이판의 소리꾼 존재를 알게 한다. 다양한 소리의 탈을 쓰고 노는 모습이 선명하게 보인다. 그러므로 잡가란 창곡에서 유래된 문학 장르이나 음악과 문학의 기준이 다르므로 창곡을 초월한 시가 장르라는 의의를 지닌다.

시가콘텐츠와 작품론 사례

1. 고전시가의 현대적 계승과 문제점

고전시가는 한국문학의 대표적인 분야다. 정통성을 지닌 영역이다. 한국문학의 정체성을 가장 잘 간직한 장르이다. 문화론적 기반을 위해 학술적으로 논의해야 그 진면목이 보인다. 고전시가는 음악과 함께 노래로 향유되다가 가사에 이르러 비로소 음악과 분리되었다. 그러므로 고전시가는 구전문학적인 성격을 지닌다. 같은 작품의 노랫말이라도 전하는 문헌에 따라서 다소간의 차이가 나는 것은 그 때문이다. 이런 경향은 시조의 경우가 가장 심하고 고려가요도 그것을 전하는 문헌은 많지 않지만 표기상에 다소간의 차이를 보이며, 입으로 흥얼거리는 형태로 전해졌을 것으로 보이는 가사의 경우에도 이본이 있으면 이런 현상이 나타난다. 오랜 세월 동안 구전되다가 문자로 정착되는 과정에서 그러한 차이가 생기는 것은 당연하다.

고전시가가 이처럼 구전된 자료로서의 특성을 가진다는 것은 그 작품의 창작 과정이 오늘날의 시인이 작품을 쓰는 과정과는 달랐음을 시사하며, 그 작품들의 향유 또한 눈으로만 읽는 오늘날의 독서와도 달랐을 것임을 암시한다. 고전시가가 한시와는 달리 글자 수에 대범한 형식을 지녔던 것과 압운 등의 정형적 요건을 필요로 하지 않았던 것은 바로 이런 이유 때문이라 할 수 있다.

노래로 불렸던 고전시가는 그 길이로 보아 짧은 것과 긴 것이 자유롭게 지어질 수 있었다. 향가 가운데 넉 줄짜리처럼 짧은 형식의 노래가 있는가 하면 열 줄짜리와 같이 비교적 긴 길이의 노래가 있고, 더구나 균여대사의 <보현십원가>처럼 11수의 작품이 길게 되풀이 될 수 있는 요건도 노래의 형식을 되풀이한 데서 찾을 수 있다. <동동> 등 고려속요 역시 길게 연으로 되풀이되고 있다. 그러기에 고전시가는 시조처럼 짧은 형식이 있는가 하면 악장이나 가사처럼 긴 형식도 가능하였고, 고려가요처럼 같은 연을 되풀이하는 형식도 가능하였던 것이다.

이처럼 자유로운 가운데 장르마다의 독특한 양식성을 지녔던 고전시가는 그 다양한 변화가 보여 주듯이 문학적 조건에 따라 얼마든지 새로운 면모로 변화할 수 있는 가능성을 지녔음이 특징이다. 근대 이후에 새로운 자유시가 도입될 때에도 그러한 조류에 별 무리 없이 적응할 수 있었던 것도 이러한 고전시가의 유연한 양식성이라는 전통에 그 힘이 있었다. 이러한 형식적 유연성과 내용상의 다양성이 고전시가의 한 특질이며 오늘날의 현대시에까지 이어 오는 전통이다. 고전시가 이후에도 민요적 율조를 바탕으로 한 시가 정서적 공감성을 지니면서 창작된 것은 이러한 전통의 발현이라 할 수 있다.

고전시가는 노래하는 환경이나 의도에 따라 그 내용도 다양하였다. 시대적 인식과 현실 문제가 두루 나타나 있다. 여럿이 일을 하면서 부르는 노동요적 성격의 작품들이 있는가 하면, 자신의 정서를 표현하는 정감적인 것도 있다. 그런가 하면 듣는 사람의 마음을 움직여서 전하고자 하는 말이 담고 있는 목적을 달성하고자 하는 노래도 있었다.

향가 작품 중에 충담사가 쓴 두 작품이 하나는 정서를 표현하는 <찬기파랑가>이고 하나는 임금의 도리를 설파한 <안민가>라는 사실이라든가, 시조 중에도 교훈적인 것이 있는가 하면 정서적인 것도 있고, 가사도 또한 그러하다는 것은 노래가 지닌 전달과 표현의 두 기능에 걸쳐 고른 발전을 보였던 것으로 이해될 수 있다. 전달 기능은 목적성과 교술성이 강하다. 표현 기능은 서정적 정서와 곡진한 사연을 담아낸다.

문학의 두 기능 가운데 어떤 삶의 관심에 더 치중하는가 하는 것은 그 담당층의 사회적 역할과 깊은 관계가 있다. 조선조의 시조나 가사처럼 사회 상층에 속하는 사람들이 그 작자가 되고 이념적 사회의 지향이라는 당면의 목표와 분위기가 형성되었을 때는 이념적으로 고양된 정신 세계로의 지향을 설득하기 위한 전달이 주된 목적이 되었던 데 비해서, 그러한 사회 분위기가 흐트러지고 장르의 담당층이 널리 하층민에까지 확산되었을 때는 실제 생활체험의 세세한 부분까지를 적나라하게 드러낸다든지 대상을 희화화해서 웃음을 유발하는 경향을 나타낸 것은 모두 고전시가를 통해 무엇을 누리고자 하였는가에 관계된다. 이념적 경직성이 강요되지 않았던 시대의 시가인 고려가요가 주로 정서의 표현에 편향되어 있는 것은 시가의 그런 기능에 중점을 두었기 때문이다.

이처럼 정서의 표현을 앞세울 때 고전시가에서 두드러지게 나타나는 경향은 이별이나 그리움의 정서이고, 그래서 이를 가리켜 한(恨)이라는 용어로 지적해 우리 고전시가의 특징이라고 말하기도 한다. 그러나 여기에는 두 가지 문제가 있다. 하나는 한(恨)의 개념이 아직도 명확하게 규정되지 못하였다는 점이고, 또 하나는 그렇게 느껴지는 정서가 고전시가 전반에 두루 나타나는 특징은 아니라는 점이다. 그보다는 오히려 시조에서 보여주는 바와 같이 조화를 이상으로 삼는 태도가 오히려 우리 민족이 지닌 삶에 대한 자세와 관련이 깊다는 점에서 눈여겨보아야 할 부분이라 하겠다.

고전시가 연구는 깊이와 폭이 과거와 달라졌다. 과거처럼 막연한 특질론보다는 삶의 조건과 문학의 관련성에 관심을 보이고 있는데, 현실대응의 문제와 미학성 등을 논의하고 있다. 게다가 조선조 후기에 나타난 시조 및 가사의 여러 양상이 당대 사회의 변화와 어떤 관계를 갖고 있는가 하는 점 등을 그 담당층과 상업문화의 형성 그리고 신분 계층의 이동이나 다변화와 관련지어 이해하려는 경향을 보인다. 19세기에 들어와서 활발한 양상을 띠는 가객의 역할과 문학적 기여를 헤아린다든지, 이 시기에 활발한 양상을 보이는 잡가와 판소리 등이 정통적인 고전시가와 관련해서 주목을 받게 된 이유도 여기에 있다.

상대시가의 문학적 기능이나 성격에 대한 논의의 여지는 아직도 남아 있는 형편이며, 향찰로 표기된 향가 작품의 해독은 대부분 해결되었다고는 하나 부분적으로는 아직도 새로운 해독의 노력이 가해지고 있다. '삼구육명(三句六名)'이 무엇을 뜻하는 말인가가 아직도 확연하게 드러나고 있지 않은 문제 등 아직도 해결되어야 할 문제가 상당하다.

표기의 이중성 속에서 고전시가는 향가에서부터 시조·가사에 이르기까지 우리말로 노래한 것들이어서 더욱 소중한 가치를 가진다. 한글로 표기된 고전소설이 조선조 후기에 와서야 비로소 나타난다는 점에 비한다면 고전시가를 통해서 삼국시대 이후 우리말의 옛 모습을 다시 볼 수 있다는 점도 중요하고, 한문 번역이라는 문자의 장벽이 없이 우리말로 표현된 정서의 모습을 그대로 맛볼 수 있다는 것은 매우 다행스러운 일이다. 한문문화가 우위를 차지하던 시대에도 이런 고전시가가 중요한 문학양식으로 인정되고 또 창작되었던 사실로 미루어 볼 때, 민족문화에 대한 올바른 인식과 긍지를 보여 준다는 점에서도 고전시가는 소중한 민족문화유산이다. 이중언어 체계도 주석과 분석에서 유념해야 한다.

고전시가의 길 찾기는 무궁무진하다. 선입감보다 동시대적 의미와 미래지향적 전망 속에서 고전시가의 아름다움을 오늘날 글쓰기로 살려내야 한다. 동아시아적 시각과 세계문학 속에서 한국인의 서정적 시학(詩學)을 찾아내야 한다. 그만큼 문제적 인식과 문학의 본령을 강조하면서 문화감성시대에 고전시가 읽기가 요청된다. 현대시와의 접목도 진지하게 따져나가야 한다. 현대시조처럼 사뇌가 창작하기와 내방가사의 현대적 이어쓰기 등도 주목된다.

고전시가 갈래 중 유일하게 현대적으로 살아난 것은 현대시조다. 현대시와 대결하면서 독자적인 측면을 유지하였다. 시조의 변신은 이러한 점에서 민족문학의 정수로 인정받았다. 그러나 그 생명력이 대단하다고 볼 수 없다. 사뇌가 살리기, 고려속요 노래문학 살리기, 내방가사 창작하기 등을 포함하여 고전의 노래문학이 문학콘텐츠 창작에 의해 새로운 모습을 선보이고 있다. 10줄 사뇌가의 현대창작, 시도해볼 필요가 있다.

고전시가는 노래문학이며 구비시가다. 고전시가는 민중들이 그들의 다양한 모둠살이를 통해 불러 온 소리양식이다. 고전시가는 일과 의식을 행하면서 그리고 놀이를 하면서 부르는데, 일과 의식, 그리고 놀이는 모두 민중계층의 일상적이고 보편적인 삶의 행위다. 전통 구비시가는 민족의 삶을 민족예술 입장에서 표출한 구비전승의 유산이며, 시가문학과 한국음악을 형성한 모태가 된다는 점에서도 가치가 있다. 이처럼 새삼스레 고전시가의 개념을 떠올리는 것은 고전시가 자체의 본질적 현상 곧 정체성은 유지되고 있으나 고전시가의 변화 요인 곧 특성상 '변화하는' 문화환경을 인식하자는 것이다. 또한 고전시가의 자료를 활용하여 민중의 삶에 대한 이론과 예술에 대한 이론을 통해 여러 분야에 축적된 성과를 창조적으로 수용하여 구체화할 시기가 되었다는 점이다.

고전시가의 자료 인식과 활용성 논의는 지금 여기 미디어 환경의 요구 조건에 따라 패러다임의 전환을 요구하고 있다. 고전시가의 문화자원화에 대한 전망은 단순한 고전시가 살리기 차원이 아니라 고전시가의 문화적 대응력을 높이는 일면이 있다. 고전시가 연구 방향과 전통적 방법과 달리 응용 분야라 할 수 있는 이러한 변화의 접점대도 다루어야 한다. 전통 고전시가가 죽은 시대에 고전시가의 재활에 대해 논의하는 자체가 문제점을 지니지만, 문화의 대응력 차원에서 볼거리 위주의 이벤트를 포함하여 고전시가의 콘텐츠산업에 대하여 진지하게 검토할 필요가 있다. 고전시가를 철저히 버리자는 역설이 통하는 세대와 세대의 격세지감에 더욱 그러하다.

이 시점에서 우리는 고전시가의 본질적 탐색과 더불어 고전시가 살리기의 두 가지 작업을 병행해야 하는 멍에를 짊어지고 있다고 생각한다. 고전시가의 정통성 찾기에 대한 원형론적 해석작업이고 고전시가의 지금 여기에 대한 문화산업의 활용론적 계승작업이 그것이다. 전자는 문제적 읽기를 통한 미시적인 주석달기와 원형 재구, 시학적 의미화 연구 등이다. 후자는 전통적인 생활관행이 무너진 상태에서 디지털문화에 접목시키는 인터넷 정보활용, 교육 기자재 개발, USB화상처리, 고전시가 상품화의 제안, 소리 네트워크 구축 등 인위적 살리기 작업이다.

2. 시가콘텐츠 창작과 지역문학

21세기는 문화감성시대다. 문화감성이 강조되는 문화산업에 대한 논의가 여러 각도에서 조명되면서 문화콘텐츠를 어떻게 활용하고 가치 있게 사용할 수 있는지에 대한 여러 처방전이 나오고 있다. 문화란 핵심

실체다. 이미 사람들이 이루어 놓은 많은 것들, 그것들이 공동체를 이루어 여러 사람들이 그 속에서 살아가고 있는 현상이 문화의 실체다. 그 문화 속에서 문학적 특성을 찾아내고 그것을 콘텐츠화하는 것이 문학콘텐츠이며 그 콘텐츠를 이야기로 풀어 말한 것이 스토리텔링이다.

스토리텔링이란 이야기가 가공되는 문학공학이다. '스토리(story)＋텔링(telling)'의 합성어로서 상대방에게 알리고자 하는 바를 재미있고 생생한 이야기로 설득력 있게 전달하는 행위기술의 총체다. 이 때 이야기는 특정 부류를 타깃으로 하여야 효과가 크며 내용은 듣는 이의 흥미를 자극하며 그 방향은 다중성(多衆性)을 지녀야 하는데 새로운 것을 이해할 수 있는 계기를 마련해 주어야 한다.

요즘 세대는 점점 복잡한 것을 싫어하는 경향이 늘어남에 따라 재미있는 이야기 형태로 상대방에게 메시지를 전달하는 방법의 필요성이 커지고 있다. 놀이의 경쾌함이 있어야 관심과 공감을 이끌 수 있다. 또한 지식의 생산과 활용이 중시되는 정보화 사회에 따른 교육제도의 변화로 인해 예술감성의 시대로 접어들었다. 이로 인해 예술과 상품의 경계가 와해되고 문화콘텐츠산업이라는 제3의 개념이 생겼고 힘을 얻고 있는 추세다. 이른바 CT산업이 그것이다.

문화산업은 물질을 산출하는 생산방식보다 기호를 산출하는 생산방식을 선호하면서 상품의 미학적 효과가 강조되면서 예술과 상품의 구분이 모호해지는 경향으로 대두되었다. 스토리텔링은 방법을 사용하여 효율적인 커뮤니케이션을 시도하고 있다. 이는 지나치게 사무적이고 전문적이며 압축적인 형태의 것을 부드럽지만 매우 설득력 있는 스토리로 전달하여 감성을 자극한다. 이를 좁혀서 말하면 문학콘텐츠의 방향으로 이해해야 한다. 문학의 고유영역에다가 전달의 고부가 가치화를 상생시킨다는 의미이다.

한국문학 유산에는 누대에 걸쳐 특이한 잠재 토속문화의 인자가 다양하게 전승되고 있다. 지역마다 독특한 유전인자가 있다. 독특한 유전인자가 한류를 주도하고 있다. 문화원형을 현대인들의 특성에 맞도록 문학 콘텐츠화하는 일이나 문화원형을 스토리텔링화하여 동화나 애니메이션 또는 영상화를 만드는 일 등은 고유한 유·무형 문화자산의 원형을 이용한 문화산업－좁게 특정 지역문화산업의, 더 나아가 한국의 문화산업－을 지적 재산권 위주의 특화된 문화로 바꾸는 데 그 효용이 있다. 문화산업강국의 청사진도 여기에서 나왔다.

애니메이션과 캐릭터 개발 사업은 상징캐릭터의 활용을 다양하게 전개할 수 있다. 그리고 더불어 나이스 제천을 알리고 고유문화를 정립하는 데 지대한 효과를 지닌다. 캐릭터 라이센싱, 캐릭터 매니지먼트 그리고 캐릭터 머천다이징 등을 통해 상품 기획제조, 캐릭터 상품 유통 및 판매를 할 수 있으며 고유의 특화된 문화자산을 문화에서 경제적 측면으로 넓힐 수 있는 것이다. 이를 생태문화체험관광의 문화상품으로 연계함으로써 지역민의 삶을 제고할 수 있다.

캐릭터 사업은 하나의 캐릭터가 다양한 파생시장을 형성하여 고부가가치 창출이 가능하며, 시장의 글로벌화가 용이한 분야이다. 이미 창작 애니메이션의 지상파, 케이블 TV 등의 매체를 통해 애니메이션의 주요 인물을 캐릭터화할 수 있다. 방송 애니메이션은 방송 및 비디오 특성에 적합한 콘텐츠 및 제작시스템 구축하며, 극장용 애니메이션은 사전 조사와 검증을 통한 프리마케팅 그리고 방송애니메이션 및 디지털콘텐츠 제작 노하우를 바탕으로 세계적인 디지털 애니메이션 영화를 제작할 수 있다. 지방 대학연구소 및 기술보유 기관과 기술제휴를 통해 영상시장에 진입한다.

또한 제작한 애니메이션의 캐릭터와 인지도를 활용할 수 있는 게임을 지속적으로 개발한다. 지역이 보유하고 있는 애니메이션 소스는 물론 다양한 아이디어 영상소스를 활용함으로써 디지털 애니메이션과 캐릭터 사업 그리고 온라인 및 PC게임으로 그 활용을 넓힌다. 제천의 오장사 애니메이션 창작물 및 캐릭터 유통의 장으로 인터넷을 활용할 것이다. 이를 통해 온라인 및 오프라인 상에서의 애니메이션 및 캐릭터 그리고 게임의 연동을 통한 시너지 효과를 얻을 수 있다. 그러한 내용으로는 캐릭터 다운로드, 벨소리 다운로드, 모바일 게임개발, 플래시와 연계된 모바일 콘텐츠 개발 등을 들 수 있다. 이를 장기적인 계획으로 추진하여 문화관광상품으로 부각시키고 해외에까지 확대하여 경쟁력을 높이는 데 있다. 최근 한류가 더욱 경쟁력을 높여주고 있다. 스토리텔링 창작인을 길러내는 전공학과를 만들어야 한다. 지역문화자원 활용 차원에서 재정지원도 필요하다.

지역문화자원 중 그 지역의 정서와 색깔 심지어 느낌을 살려 독자적인 문학세계를 구축한 문인들이 있다. 이는 지방색이 예술로 승화된 사례다. 윤선도의 <보길도>, 정철의 <금강산과 관동팔경>, 박인로의 <부산바다>, 권섭의 <남한강 청풍명월> 등에는 지방색이 있다. 김소월의 평안도, 박목월의 경상도, 서정주의 전라도, 이성교의 강원도, 신경림의 충청도 등이다. 얼핏 보면 토속적 세계에 빠져 있는 듯하지만 자세히 들여다보면 지역적 정취와 미학이 녹아 있다. 지역문학의 힘, 이제 이런 측면에서 길 찾기가 필요하다. 시비(詩碑) 세우기에만 머물지 말고 이를 활용한 문학콘텐츠의 확보와 차별화 전략이 필요하다. 앞서 말한 문학콘텐츠 창작도 이러한 지역문학의 원형을 활용하여 문학산업화가 가능하다.

지역문학의 상징화 작업은 취향문화시대에 우선하여 강조되어야 한다. 지역문학의 미학은 고향성을 보여준다. 모든 사람을 일깨우는 멋이 있다. 예컨대 한벽루 시는 열리고 닫히는 이중의 풍류미가 있다. 신화 없는 양반문화의 고장에 선비의 기개가 고스란히 각인되어 한시 속에도 나타난다. 누구든 받아들이는 듯 하면서도 서열의 권위성을 은근히 내비친다. 남한강은 목계장터와 함께 신경림의 브랜드가 되었다. 섬진강 서정도 김용택 시인의 브랜드가 된 듯하다. 문제는 이를 콘텐츠 개발에서 원형(소스)의 멀티유즈 곧 활용성이 브랜드로 연결될 때 경쟁력이 있다.

지역시가유산의 원형에 대한 인문학문의 탐색이 강구되어야 한다. 이러한 인문학적 문화유산에 대한 문화산업적 읽기 곧 지역성과 역사성에 대하여 창의적으로 의미화하고 가치 공유화의 길로 나아갈 때 지역문학산업의 미래가 있다. 학술적 진단과 활용방안을 동시에 논의해야 마땅하다. 지역문학의 특성 찾기는 단선적인 방향으로는 효율성을 이룩할 수 없다. 문사철을 중심으로 언어예술의 현장성, 인성 등에 이르기까지 입체적으로 짚어내야 하는 것이다. 잊혀진 현상이나 잃어버린 지식창고를 다시 살피고 이러한 문제의식 속에서 지역문학의 진면목을 현대화할 때 지적 재산권이 지식기반 사회에서 힘을 얻을 수 있다. 지역 특성 찾기는 상생적인 문화개발 아이디어 읽기에 있고 문학상품 개발에까지 확대해야 한다.

지역문학 활용성을 높이기 위한 정책적 지원이 있어야 한다. 지역문학의 잠재적 에너지를 살리되 지역문화관광, 지역농산물홍보, 지역상품 전략화 등에도 두루 살려나가야 한다. 문학마을(예술인마을) 만들기, 고전시가 연고 공연 만들기, 시와 노래의 향기가 있는 체류형 문학펜션 만들기, 문학예술상품 만들기, 친환경 문학영상 개발하기, 시(詩)이벤트 만들기 등에도 문학원형의 가치를 문학콘텐츠로 부각시킬 때 경쟁력이 있다. 이러한 씨앗은 시가동호회가 세운 한국문학가비 세우기가 그 출발이다. 지역문학 콘텐츠 산업의 전망이 밝다고 할 수 있으나, 지금 여기에서는 '시작'이기 때문에 앞서 준비하고 미리 전략화한다는 사실을 염두에 두고 지속적으로 연구하고 집중 투자해야 할 미래예술산업임을 명심해야 한다.

시가콘텐츠의 역기능을 배제해야 한다. 아직도 문학향수의 목마름에 중앙중심 문학의 열망 운운하는 자체가 잘못되었다. 문학의 회귀성, 고향성을 살리자는 것이다. 대도시인들이 오히려 문학을 즐기려 지역 곳곳으로 나들이를 오도록 해야 한다. 문학이 지역의 아름다움과 어울릴 때 지역민들이 여유 있는 삶을 살 수 있는 경쟁력 확보와 문화 기반이 조화를 이룰 때 신명이 나고 살맛이 나는 것이다. 문화정책의 전환은 이러한 일면까지 세심하게 배려할 때 가능하다. 지역민이 지역문학의 생활화에 대한 미래 청사진에 대해 공감하는 방향에 제시되어야 한다. 예컨대 담양 '가사문학관', 삼척 <해가> 공원, 정읍 <정읍사> 공원, 울산 <처용가> 공원 등이 주목된다. 김동욱 등이 세운 전국 연고지 '한국시가비'가 있다.

시가콘텐츠의 특성화 전략은 가장 촌스러운 지역적인 것에서부터 독창성이 나온다는 사실을 염두에 두어야 한다. 편리라는 이름으로 지역의 고유성을 잃게 해서는 안 된다. 정보편리화라는 장밋빛 속도전으로 지역민의 문학색채를 잃게 해서도 안 된다. 지역 골골마다 독특한 시가문학이 살아 숨쉰다는 이미지로 남아야 한다. 과거 새마을운동이 물질적인 향상은 이룩하였으나 정신적인 향상은 실패하였다는 경험을 되새겨야 한다. 독창적인 지역문학상품 생산은 멀리 있는 게 아니다. 지금 여기의 생활문학 속의 감동 드러내기에 최선을 다해야 한다.

지역문화콘텐츠 구축은 예술적 치유의 기능도 있음을 알아야 한다. 무조건 앞서 가야만 성공할 수 있다는 급진적이고 이해타산적인 개발논리에서 벗어나야 한다. 조금은 느린 듯한 문학예술적 감각과 마음이 자정기능으로 작용되어야 한다. 또한 지역문학의 창조적 에너지를 살리는 웰빙적 삶의 방안이 강구되어야 한다. 이제 어느 분야든 문학마인드를 고려하지 않을 때는 그 빛을 잃을 수밖에 없다. 지역의 차별화 전략에도 지역문학의 느낌이 반영되어야 한다. 지역주체의 각종 문화교육계획안에 지역문학 바로알기와 새로 만들기가 마련되어야 한다. 그래서 지역홍보 사이버구축 시스템도 지역문학의 콘텐츠에 활용되고 게임, 애니메이션, 영상문화, 캐릭터 등으로 확대되어 명실상부한 지역문화 활력사업을 이룩해야 한다.

　뒤에 고전시가 새롭게 읽기 사례가 세 편 수록되어 있다. 필자가 관심을 두었던 지역시가 곧 단양 죽령 현장을 배경으로 한 <모죽지랑가>, 제천지역 문학사에 자취를 남긴 옥소 권섭의 시조와 의병가사를 다루었다. 대체로 지역적 가치를 고려하여 진단하였다. 이러한 작업 역시 지역학으로 창의성을 가지고 읽어야 한다는 점이다. 그 핵심 방향에는 팩션(faction)론이 있다.

3. 작품론

　고전시가는 한국문학의 정체성을 간직한 분야다. 고전시가는 고대부터 면면히 이어지는 민족 정서의 함축체인 것이다. 많은 고전시가 작품들을 연구론으로 다룰 경우 막막한 경우가 있다. 개별 작품을 다룰 수도 있고 하나의 군(群)으로 묶어 다룰 수도 있다. 고전시가에 입문하는 학생들을 위해 고전시가 작품론 사례 세 가지를 제시한다. 향가로는 득오의 <모죽지랑가(慕竹旨郞歌)> 새롭게 읽기를, 시조로는 권섭의 <황강구곡가(黃江九曲歌)> 새롭게 읽기를, 가사로는 의병가사유산자원의 새롭게 읽기를 아래에 덧붙인다.

득오의 〈모죽지랑가慕竹旨郞歌〉 새롭게 읽기

1. 머리말

　〈모죽지랑가〉는 〈제망매가〉・〈찬기파랑가〉와 더불어 향가 25수 중 빼어난 노래로 알려져 왔다. 〈모죽지랑가〉는 『삼국유사』〈효소왕대 죽지랑〉조에 실려 있는 이른바 8구체 향가다. 이 작품은 죽지랑과 득오의 경험담, 죽지랑의 신이담(神異譚)이 담긴 기술물을 동반하고 있다. 이야기의 끝에 실려 있는 〈모죽지랑가〉는 앞의 기록과 긴밀한 관계를 지니고 있어 작품의 시적 의미를 파악하는 데 중요하다. 〈모죽지랑가〉의 시적 구조와 의미상을 면밀히 파악하기 위해 죽지랑과 득오에 관한 산문기록은 기본적으로 전제되어야 하고 서정적 의미를 해석하는 데 긴요한 열쇠가 될 수 있다.

　〈모죽지랑가〉는 설화 〈효소왕대 죽지랑〉 끝 부분에 실려 있다. 이 설화는 지금까지 논의에서 연속성을 띤 구성이 아니고, 설화와 향가와의 관련성이 깊이 관여되지 않다고 하였다. 필자는 〈모죽지랑가〉는 설화와 긴밀한 관계를 지니고 〈모죽지랑가〉의 시적 의미도 설화의 총체성과 유기적으로 관련된다고 생각한다. 또 『삼국유사』 편목 중 '신이(紀異)' 편에 수록된 점도 주목한다. 기왕의 <모죽지랑가> 읽기가 다양하게 이루어졌으나, 이 글에서는 향가의 시적 분위기를 재구하는 '온전한 시학(詩學)'으로 읽고자 한다.

죽지랑은 김유신과 더불어 삼국 통일에 크게 이바지한 화랑으로 문무왕 전후에 활약하고, 이 작품의 작자인 득오와 같은 일반 화랑에게 꿈과 희망을 준 인물이다. 그는 위대한 인간됨을 지녔기에 미륵의 현신처럼 추앙을 받았던 당대 인물이다. <모죽지랑가>는 이러한 죽지랑의 인간적 면모를 사모하여 '예찬적' 어조로 부른 시가다. <찬기파랑가>의 화자인 충담사가 기파랑의 인품을 흠모하는 어조를 통해 자연물의 객관적 거리로 조정하여 노래하였다면, <모죽지랑가>의 화자는 죽지랑의 인품을 사모하는 어조를 통해 정신 감화의 직접적 드러내기 방식으로 절실하게 노래하였다. 필자는 <죽지랑가>의 문학성에 대해 화자의 입장을 염두에 두고 감동적으로 읽힐 수 있는 몇 가지 대안을 찾아보고자 한다.

향가를 다루는 연구자는 향찰을 해독하는 기본적 능력을 갖추고 있어야 한다. <모죽지랑가>의 문학적 평가가 향찰의 해독에서 작품성을 파괴하지 않는 범위에서 이루어낸 성과를 따르는 것은 너무나 당연하다. 기왕의 성과가 많이 축적되었기에 <모죽지랑가> 작품론 쓰기는 수월할 것이라 생각할 수 있겠지만, 실제 작품론을 작업해 보면 그 축적된 성과만큼 혼란스러운 것도 사실이다. 따라서 <모죽지랑가> 작품론은 시의 문맥과 설화의 개연성에 대하여 집약적인 전략 읽기가 될 수밖에 없다.

2. 〈모죽지랑가〉 연구사의 문제점

〈모죽지랑가〉에 대한 기왕의 논의는 대체로 해독 문제, 노래의 창작 시기와 그 창작 배경문제로 좁혀진다. 〈모죽지랑가〉의 향찰표기에 대해서는 오꾸라, 양주동, 홍기문, 지헌영, 정연찬, 서재극, 김준영, 김완진 등이 그 나름대로의 해독을 제시하였다. 임기중은 양주동 해독작업과 김완진 해독작업을 비교하여 '문학적 평가'를 시도한 바 있다.[1]

창작 시기에 대해서는 죽지랑의 생존시에 창작되었다는 주장과 그의 사후에 지어진 것이라는 주장이 서로 맞서 있다. 생존할 때 지어진 것이라도 해도 기술물에 나타난 득오가 부역할 때 지어졌다는 의견과, 그 이전 어느 때일 것이라는 의견도 있다.

〈모죽지랑가〉의 창작 배경에 대해서는 박노준이 삼국통일 이후 통일을 주도하였던 화랑 세력이 매우 약화된 화랑단의 위기와 관련이 있다고 하였고,[2] 그는 역사·사회학적인 방법론을 적용하여 노래가 창작된 당대의 정치·사회적 현상, 특히 화랑단의 몰락 과정 속에서 배경설화를 이해하고 이 작품을 해석하여야 한다는 주장을 내세웠다. 이러한 입장에서 이 노래를 분석한 결과, 화랑을 찬양한 노래가 씩씩한 기상을 나타내는 것이 아니라, 오히려 힘이 없어 보이고 처량하거나 가냘픈 가락으로 짜이게 되었다고 풀이하였다. 죽지랑의 사건은 진골에 대한 육두품 출신들의 대립과 반복의 감정이 작용한 것으로 주장한 최성호가 있다.[3] 김동욱(생존)은 1993년 〈모죽지랑가〉의 연구사를 총괄하여 정리한 바 있다.[4]

---

1) 임기중, 「향가해독과 문학적 평가」, 『고전시가의 실증적 연구』, 동대출판부, 1992, 137~182면.
2) 박노준, 『신라가요의 연구』, 열화당, 1982, 132면.
3) 최성호, 『신라가요연구』, 문현각, 1984, 124면.
4) 김동욱, 「모죽지랑가」, 『향가문학연구』, 일지사, 1993, 356~368면. 이 논문은 〈모죽지랑

그 결과 <모죽지랑가> 연구과제에서 "채록작업에 참여하고 있는 연구자들에 의해 부단히 표기체계의 정립을 위한 노력이 기울여지고 있으니 새로운 용례 자료의 발굴로 원칙론의 단계를 넘어서는 이론화가 이루어져야 할 것"이라고 하였다. 이러한 입론을 염두에 두고 연구사의 문제점을 정리하였다.

이재선은 향가의 어법과 수사를 중심으로 하여 살핀 후에 <모죽지랑가>에 대하여, "추체험을 통한 자기추구적인 감정만으로 조정되어 있다. 따라서 이는 순수 서정시로 보아야 할 필요성이 매우 강하다고 할 것이다."라고 하여 이 노래가 순수 서정시 계열에 속한다는 것을 주장하였다.5) 정상균은 "시인 득오는 부계의식 남성정신의 표상인 김유신·처용과 동렬인 죽지랑을 추종하고 있지만, 짙게 깔려 있는 모계적 동경을 완전히 불식하지는 못하고 있다는 점을 확인"할 수 있다고 하였다. <모죽지랑가>에 이르러 '울고 싶도록 심화된 시름'이 나타난 점을 중시하여 서정시적 면모가 더욱 부각된 것으로 해석하였다. 다만 이 노래의 경우, 정서의 객관화가 단편적 어휘(울고 싶은 시름)에 그치는 한계가 있음을 정신분석학적 입장에서 피력하였다.6)

윤영옥은 "설화자들은 죽지를 미륵화생적인 인물로 관념하였으나, 득오는 탐욕적인 익선을 통해 세속적인 인간생활을 인식한 데 비해 죽지를 이상적인 인간으로 인식"한 것으로 설명하고, 득오는 "당시 미타정토를 희원하는 많은 무리의 종교적으로 착색된 내세관과는 다른, 세계의 비관적 인식자이며, 그만큼 현실에 투철하였던 자"라고 하였다.7) 그는

가> 연구에 대한 문제점을 구체적으로 정리하고 연구 방향을 제시하였는데, 그 이후 주목되는 연구 성과로 양희철과 신재홍을 들 수 있다.
5) 이재선, 『향가의 어문학적 연구』, 서강대 인문과학연구소, 1972, 147면.
6) 정상균, 『한국고대 시문학사 연구』, 한신문화사, 1984, 164~165면.
7) 윤영옥, 『신라시가의 연구』, 형설출판사, 1981, 192~193면.

〈모죽지랑가〉의 종교적 측면을 설화와 관련하여 해석하였다.

김동욱(작고)은 〈모죽지랑가〉를 〈찬기파랑가〉·〈제망매가〉 등과 함께 사후 진창가로 규정하였다.[8] 김종우는 이 노래를 미륵 상생염원이 깔린 만가로 규정하고, 부대 설화인 죽지랑의 출생담은 노래와는 달리 미륵하생 신앙을 담고 있는 본생담으로 파악하였다.[9] 이임수는 '안정궐 방초 득오곡모랑이작가'로 끊고 사후 창작설을 주장하였다.[10] 최철은 노래와 배경설화를 각기 별도로 다루면서, 〈모죽지랑가〉는 죽지랑과 득오의 정분관계를 통해 불교의 내세관을 은연 중에 나타낸 노래로 파악하고, 배경설화의 첫 단락은 죽지랑의 득오 구출담이자 인과응보담으로, 둘째 단락은 죽지랑 영웅적 출생담으로 정리하였다.[11]

신동흔은 이 작품에 대한 해독 결과에 이의를 제기하고, 김완진의 해독을 바탕으로 몇 군데 수정 제의를 하였다.[12] 모동거질소를 '살아 계시지 못하여' 대신 '가만 있지 못하고'로, 윤의를 '저를' 대신 '저에게'로, 낭야의 야를 특수조사가 아니라 호격조사로 본 것 등이 그것이다. 그는 수정한 해독을 바탕으로 노래와 배경설화를 긴밀히 연관지어, 〈모죽지랑가〉의 전반부에서는 죽지랑과 떨어져서 시름하는 득오의 모습을, 그 후반부에서는 죽지랑과의 재회에 대한 득오의 기대를 찾을 수 있다고 하였다. 따라서 이 노래는 박노준이 주장하듯 쇠퇴함과 어두움의 모습이 부각된 작품이 아니라, 실의가 기대로 변전되는 뿌듯한 승리감 위에서 지어진 작품일 가능성이 크다고 하였다. 첫째 단락에 나타난 배경설화의 의미 역시 화랑집단의 몰락을 보여 주는 것이 아니라, 화랑세력과 지역

---

8) 김동욱, 『한국가요의 연구』, 을유문화사, 1961, 32면.

9) 김종우, 「모죽지랑가의 성격고」, 『한국문학논총』 1, 한국문학회, 1978, 14~17면.

10) 이임수, 「모죽지랑가를 다시 봄」, 『문학과 언어』, 문학과언어연구회, 1982.

11) 최철, 『향가의 본질과 시적 상상력』, 새문사, 1983, 178~179면.

12) 신동흔, 「모죽지랑가와 죽지랑 이야기의 재해석」, 『관악어문연구』 15, 서울대, 1990, 176~185면.

기반에 의지하는 신흥세력의 갈등에서 왕권의 도움을 입은 화랑세력이 승리한다는 의미를 함축하고 있다는 것이다. "그 사건의 와중에, 혹은 그 사건의 결과로서 지어졌다고 판단되는 모죽지랑가는 바로 그 다툼에서의 승리를 상징하는 노래"로 전승되어 왔을 것으로 보았다. 결국, 이 노래는 강한 정치성을 띠고 전승되어 왔으며, '왕권의 강화라는 정치적 의도와 밀접한 관련'을 맺고 있다는 점이다.

김동욱(생존)은 일단 <모죽지랑가>를 득오라는 자신이 죽지랑과의 만남을 이루려는 노래로 보고, '만남의 시간'의 부활을 기도한 노래 내용이 단순치 않음에 의문을 제기하였다.13) 만남의 시간의 부활을 곧 죽지랑의 부활기도로 본 것인데, 그 근거로 둘째 단락의 배경설화를 들어, 죽지령거사가 죽지랑으로 환생한 것을 곧 제의적 의미에서의 부활로 풀이하였다. 곧 죽지령 거사에서 죽지랑으로의 부활은 둘째 단락의 설화로, 죽지랑이 부활한 죽지랑이라는 부활의 기대는 <모죽지랑가>로 각각 실현되었다고 하였다. 첫 단락의 설화는 이 노래가 생성된 역사적 측면에서의 동기를 설명해 준다고 하였다.

홍기삼은 <모죽지랑가>에 대한 논의는 구체적으로 개진하지 않았지만 "이 시에 대한 이해 없이도 설화에 대한 이해가 불가능한 것은 아니다"라고 하였다.14) 더욱 중요한 지적은 "만약 이 시에 대한 이해가 중심이 될 경우 연구의 방향은 완전히 달라질 수밖에 없을 것이다"라고 한 점이다.

신재홍은 <모죽지랑가>가 추모시일 수 없음을 강조하고, "배경 가사에 나온 바, 익선에게 잡혀가 심한 노역에 시달리는 득오가 죽지랑과 자

---

13) 김동욱, 「효소왕대 죽지랑 이야기와 모죽지랑가 이해의 두 바탕」, 『성대문학』 25, 성균관대학교, 1987, 45~46면.
14) 홍기삼, 「효소왕대 죽지랑」, 『향가설화문학』, 민음사, 1997, 105~106면.

신의 동료들을 만나게 될 날을 기다리면서도 시대의 추이에 비추어 죽
지랑의 안위를 걱정한 노래"라고 하였다.[15] 그는 작품 속의 주요 시어
를 주목하였고, 전체 내용이 배경 가사와 긴밀히 연관되어 있는 것으로
해석하였다.

양희철은 시성(詩性)과 향찰식 사고를 강조하여 〈모죽지랑가〉를 어학
적으로 새롭게 읽고 이를 창작시기에 초점을 맞추어 그 내용도 다시 읽
었다.[16] 그는 방대한 분량으로 향가 14수를 읽었다.[17] 기왕의 연구 업
적을 바탕으로 향가의 향찰식 읽기를 시도하였다. 그 과정에서 미진한
향가 읽기 부분을 많이 해결한 측면을 볼 수 있다. 그러나 오늘날 한자
또는 향찰식 표기를 통해 향가를 읽었다는 점이 문제가 된다. 기왕의 향
가 해독 역사는 자의성을 줄이려고 노력하였으나 어학적 해독이 발전적
이지만 않다는 사실을 간과한 듯하다. 최소한 15세기 국어체계의 입장
에서 향찰식 사고를 해야 하지 않을까 한다. 이 점은 앞으로 지속적으로
논쟁이 이루어질 것이다.

기왕의 연구사를 보면 〈모죽지랑가〉를 사모시로 보는 양주동, 이탁
계열은 정렬모, 정연찬, 서재극에 의해 이어졌고, 추모시로 보는 지헌영
계열은 홍기문, 김선기, 김준영, 김완진, 강길문에까지 이어지고 있다. 이
해독의 결과에 대하여 다시 문제점을 제시하고 사모시의 가능성에 비중
을 둔 연구자는 신동흔, 양희철, 신재홍 등이다. 사모시의 가능성은 득오
가 익선에게 잡혀가서 부역에 시달리는 중에 떨어져 있던 죽지랑을 사모
한 데서 나온 결론이다. 그러나 부역 중에 개인의 심경을 토로하는 절실
한 노래가 그렇게 명편화되기 어려웠으리라 생각된다. 필자는 〈모죽지

---

15) 신재홍, 「향가 난해구의 재해석(3)−모죽지랑가」, 『국문학연구』, 국문학연구회, 1997, 95면.
16) 양희철, 「모죽지랑가의 해독」, 『인문과학논집』 15, 청대 인문과학연구소, 1996 ; 양희철,
　　「모죽지랑가의 창작시기 일별」, 『한국시가연구』, 한국시가학회, 1997.
17) 양희철, 『삼국유사 향가 연구』, 태학사, 1997.

랑가>와 설화 두 이야기가 긴밀한 문맥을 가진다는 점에서 추모시의 쪽
으로 본다.

3. 〈모죽지랑가〉의 쟁점과 대안

(1) 설화문맥과 〈모죽지랑가〉 읽기의 문제

앞에서 언급한 연구사의 논의에서 보듯 향가 한 편을 온전하게 읽는
데는 많은 장애물이 도사리고 있다. 무엇보다 〈모죽지랑가〉 문면에 대
한 바른 이해 없이 해석자가 자의적으로 의미 부여하는 일은 시를 시답
게 읽는 것이 아니라 또 다른 왜곡의 수용에 불과하다. 기왕의 연구물을
바탕으로 하여 〈모죽지랑가〉를 총체적으로 읽되 오늘날 시를 읽듯이
통찰력을 지닌 감각이 요구될 뿐더러 당대 문화적 개연성을 요구하는
것이다. 필자는 양주동의 〈모죽지랑가〉 해독과 임기중 설화 번역에 크
게 무리가 없다고 보고, 문제가 된 부분을 집중적으로 살펴 〈모죽지랑
가〉 시적 복원에 집중하고자 하였다. 특히 〈모죽지랑가〉 해독에 대하
여 김완진 이후 어학적 해독에 대하여 논의는 앞으로 별도로 해야 한다
고 본다.

제32대 효소왕(692~702) 때에 죽만랑의 낭도 중에 득오(혹은 곡이라고
도 한다) 급간이 있었는데 화랑의 명부에 이름이 올라 있었다. 그는 날마
다 출근하여 정진하고 있었는데 한 열흘 동안이나 보이지 않자 죽만랑이
그 어머니를 불러서 "그대의 아들은 지금 어디에 있는가?"라고 물었다. 그
어머니가 대답하기를 "당전으로 있는 모량부의 익선 아간이 제 아들을 부
산성 창직으로 차출시켜 급히 달려가느라 미처 낭에게 하직 인사를 못하

였습니다." 하였다. 죽만랑은 "그대의 아들이 만일 사사로운 일로 거기에 갔다면 찾아볼 필요가 없지만 공적인 일로 갔으므로 마땅히 찾아가서 대접해야겠소." 하고 떡 한 합과 술 한 동이를 좌인(방언으로는 개질지라 하니 종을 말한다)들에게 들려 득오를 찾아갔다. 낭도 1백 37명도 모두 의례를 갖추어 그를 따라갔다. 부산성에 이르러 문지기에게 "득오실이 어디 있느냐?" 하고 묻자 "지금 익선의 밭에서 관례대로 부역하고 있습니다." 하였다. 죽만랑이 밭으로 찾아가서 술과 떡을 대접하고 익선에게 휴가를 청하여 같이 돌아오려 하였으나 익선은 굳이 허락하지 않았다. 그때 사리 간진이 추화군에서 조세 30석을 거두어 성 안으로 수송하다가 죽만랑이 선비를 중히 여기는 정을 아름답게 여기고 변통성이 없는 익선을 야비하게 생각하여 거둔 벼 30석을 주며 청하였지만 허락하지 않았다. 다시 진절 사지가 타던 말과 안장을 주니 그제서야 허락하였다. 조정에서 화랑을 관장하는 이가 그 말을 듣고 사신을 보내어 익선을 잡아다가 그 추한 짓을 씻겨주려 하였는데 익선이 도망하여 숨어 버려 대신 그 맏아들을 잡아갔다. 동짓달 몹시 추운 날 그를 성 안의 못에다 목욕을 시켰더니 얼어 죽었다. 대왕이 이 말을 듣고 어명으로 모량리 사람으로 벼슬하는 자들을 모두 쫓아 버리고 다시는 관공서에 발을 붙이지 못하게 하고 승복도 입지 못하게 하였다. 만일 승려가 된 자가 있어도 큰 절에는 들지 못하게 하였다. 한편 간진의 자손은 평정호의 자손(枰定戶孫)으로 삼아 특별히 표창하게 하였다. 원측법사는 해동의 큰 스님이지만 모량리 사람이므로 승직을 주지 않았다.

처음 죽지랑의 아버지 술종공이 삭주 도독사가 되어서 임지로 부임하게 되었는데 그때 마침 삼한에 병란이 일어나 기병 3천 명으로 그를 호송하게 하였다. 일행이 죽지령에 이르렀을 때 한 거사가 고개의 길을 닦고 있어 술종공이 그것을 보고 찬미하였다. 거사도 역시 공의 위세가 혁혁함을 좋게 여겨 서로의 마음이 감동되었다. 술종공이 부임지에 간 지 한 달이 되었는 데 꿈에 거사가 방으로 들어오는 것을 보았다. 부인도 같은 꿈을 꾸었으므로 더욱 놀랍고 이상히 여겨 이튿날 사람을 시켜 거사의 안부를 물었더니 "거사가 죽은 지 며칠이 되었다."고 하였다. 그 사람이 돌아와 말하는 것을 들어 보니 죽은 그 날이 꿈꾼 날과 같았다. 술종공이 생각하기를 거사가 우리 집에 태어날 것이라 하고 군사들을 보내어 고개 위 북쪽

봉우리에 그를 장사하게 하고, 그 무덤 앞에 돌미륵 하나를 만들어 세웠다.
술종공의 아내는 꿈꾸던 날로부터 태기가 있어 아들을 낳고 이름을 죽지
라 하였다. 죽지는 자라서 벼슬길에 나아가 유신공과 함께 부원수가 되어
삼한을 통일하고 진덕, 태종, 문무, 신무 4대 조정에서 재상이 되어 나라를
안정시켰다. 처음 득오곡이 죽지랑을 사모하여 지은 노래가 있다.

> 간 봄 그리워
> 모든 것이 서러이 시름하는데
> 아름다움 나타내신
> 얼굴에 주름살이 지려 하옵니다.
> 눈 돌이킬 사이에나마
> 만나뵙기를 어떻게 만드리.
> 죽지랑이여, 그리는 마음의 가는 길
> 다북쑥 우거진 마을에 잘 밤이 있으리까.[18]
>
> —『삼국유사』권2 기이 〈효소왕대 죽지랑〉

설화 읽기는 역사적 개연성을 염두에 둔 전략적 독법이 요구된다. 더
구나 『삼국유사』 향가 관련 설화 읽기는 역사적 사실에 얽매여서는 안
되고 거꾸로 허구화된 담론이라는 강박관념으로 읽어서도 안 된다. 설화
는 실체적 사실에 기반하면서도 관념적 사실로의 변이가 이루어진 전승
물이다. 설화의 현장성은 이런 점에서 다시 짚어야 한다. 향가 〈모죽지
랑가〉 또는 설화 〈효소왕대 죽지랑〉는 신라 효소왕대에 있었던 사실이
당대 향유층에 수용되었다가 일연의 의해 관념적 —『삼국유사』 편목에
따른 편찬의식인 신이적(神異的) 세계관 — 입장이 개입되어 정리된 노래
와 이야기다. 따라서 〈모죽지랑가〉와 죽지랑을 둘러싼 문화적 진실성은
설화론의 방법으로 읽어야 하고 이럴 경우에만 사료적(史料的) 한계를 극

---

18) 임기중 앞의 책에서 〈모죽지랑가〉 읽기와 임기중, 『우리의 옛노래』(현암사, 1993)에서
   〈모죽지랑가〉 읽기가 같다.

복할 수 있다.

〈모죽지랑가〉가 죽지랑의 인물전에 있다는 것은 설화 위주로 읽을 수 있고, 반대로 그 대상인물을 예찬한 것이기에 〈모죽지랑가〉 위주로 읽을 수 있다. 전자로 읽을 경우, 노래의 작가인 득오와 그 대상인 죽지랑의 인간적 관계는 죽지랑의 인물상이 부각된 후반부에 부수적일 수밖에 없다. 후자로 읽을 경우, 〈모죽지랑가〉는 제목대로 '죽지랑을 사모하는 노래'이므로 작가인 득오와 죽지랑의 인간적 관계가 부각될 수밖에 없다. 이 두 가지를 앞세워 읽어도 여전히 전자는 〈모죽지랑가〉를 부르게 된 사연 설명담이고, 후자는 주인공의 필연적으로 회자된 당위성을 말한 담론임을 부인할 수 없다.

필자는 『삼국유사』의 현장성(現場性) 검토를 일관하게 강조한 것처럼 〈효소왕대 죽지랑〉의 현장성도 다시 강조하고 싶다.[19] 〈효소왕대 죽지랑〉의 현장성은 죽지랑 인물의 당대적 수용을 문학적으로 대응하면서 읽는 길이고 일연의 또 다른 수용을 동시대 문학적 의미로 읽는 전략이기도 하다. 박노준이 일찍이 선입감을 가지고 경험한 것처럼 〈효소왕대 죽지랑〉이 "시간상의 선후를 전혀 무시하고 질서 없이" 기록된 것도 아니고,[20] 홍기삼이 읽은 "익선을 둘러싼 전반부 사건과 거사의 전생으로 설명되는 후반의 사건들에 이 시(모죽지랑가)는 직접적으로 간여하지 않는다"[21]고 한 대목도 설득력이 없다. 설화와 〈모죽지랑가〉는 긴밀한 서술양식을 보이고, 〈모죽지랑가〉의 시적 문면은 설화의 문맥을 꼼꼼하게 읽을 경우만이 〈모죽지랑가〉의 현장성 곧 시의 문학성과

---

19) 이창식, 「수로부인 설화의 현장론적 연구」, 『동악어문논집』 25, 동악어문학회, 1990. 이런 시각에서 필자가 〈처용가〉, 〈풍요〉, 〈원앙생가〉, 〈제망매가〉 등을 읽었던 시론이 있다.
20) 박노준, 앞의 책, 120면.
21) 홍기삼, 앞의 책, 106면.

당대 문화적 개연성에 도달할 수 있다.

<모죽지랑가>의 현장성에 대하여 작품의 창작동기, 주제와 발상, 전승동기, 일연 「기이(紀異)」 편목 수록동기 등을 의식하여 살필 때, 표층적 의미와 심층적 의미를 선명하게 드러낼 수 있다. 앞서 말한 것처럼 설화를 중심에 놓고 읽을 경우 표층적 의미는 쉽게 드러난다. 작자인 득오가 고통을 받을 때 헤아려 준 삶의 은인인 죽지랑을 위해 찬양한 노래를 지은 것은 당연하다. 당연히 창작시기는 신동흔, 신재홍, 양희철 등이 살핀 것처럼 부역 갔을 때 지은 것이기에 주제 역시 생전에 빨리 만나보고 싶은 '사모'의 심정을 노래한 것이다. 그러나 상식적으로 생각하더라도 부역 나간 정황이 복잡한 시기에 '이토록 절실한' 향가를 지을 수 있을까 하는 점이다. 이는 필요조건이 될 수 있고 표층적 의미로서 <모죽지랑가>의 주제도 될 수 있다. 이런 시각에 머문다면 <효소왕대 죽지랑> 후반부 이야기는 기록할 필요가 없거나 군더더기가 된다. 더구나 일연의 신이적 사관에 따른 '죽지랑'의 인물전(人物傳)이 수용될 수 있었을까 하는 점이다.

이런 점을 감안하여 <죽지랑가>의 현장성은 표층적 의미와 심층적 의미를 동시에 염두에 두거나 시적 이중성을 노출시켜 이야기와 노래는 필연적 유기성을 말한다고 이름 붙이고 싶다. 이야기 속에 가상적 노래 <죽지랑가>는 득오에 의해 생전에 창작된 듯하고, 실제로 '죽지랑의 위대함'을 기린 노래(모죽지랑가)는 죽지랑의 죽음 또한 그 이후 널리 불린 것이다. 이 현장성 위주의 시 읽기는 양주동 해독 이후 임기중까지 향찰 표기의식과 문학성을 동시에 주목하려고 애쓴 연구자들의 <모죽지랑가> 읽기에 따라 다시 읽어도 아무런 문제가 생기지 않는다. 임기중의 설화 해석과 향가 해독에도 그대로 적용된다.

(2) 죽지랑 생존작과 사후작의 문제

신동흔은 <모죽지랑가>를 김완진 해독을 중심으로 생전과 사후로 나
누어 읽고 생전에 지은 작품으로 결론을 내렸는데, 사후에 지어진 것으
로 전제한 관점에서 다음과 같은 흐름으로 읽었다.[22] 이 입장은 양희철,
신재홍도 지지하였고, 앞의 설화가 부각되어 <모죽지랑가>를 읽는 데
기여하였다.

그 배경 설화에서 이용할 수 있는 정보는 대체로 간명하다. 득오라는
낭도가 생전에 죽지랑으로부터 큰 은덕을 입었다는 사실이 그것이다. 죽
지랑의 문하에 있다가 아간 익선에게 불리어가 모량부 부산성에서 일하
게 된 득오를 죽지랑이 손수 가서 힘을 써 데려왔다는 것이 그 은덕의
요지다. 이처럼 큰 은덕을 베풀었던 죽지랑이 세상을 떠난 다음 득오가
추모의 정을 노래하였다. 신동흔은 김완진 해석 부분을 고치고 부역 시
에 지었다는 입장으로 정리하였으나 추모시로 읽을 수 있는 길도 열어놓
았다.

> 간 봄 못 오리매
> 가만있지 못하고 울어 말라버릴 이 시름.
> 눈두덩 볼두덩 좋으신
> 모습이 해가 갈수록 헐어가는 것을.
> 눈물 돌음 없이 저에게
> 만나보기 어찌 이루리.
> 郎이여, 그리는 마음에 가는 길
> 다보짓 굴형에 잘 밤 있으리까.

---

22) 신동흔, 앞의 논문 및 신동흔, 「모죽지랑가의 시적 문맥」, 『한국고전시가작품론 1』, 집문
당, 1992.

이 시 1~2행은 시적 화자의 슬픈 심정을 단적으로 드러낸 부분이다. 이 시의 3~4행을 보면 이와 같은 화자의 비통한 심경이 낭의 모습이 해가 갈수록 헐어 간다는 것과 연관되어 있음을 알 수 있다. 5~6행에서는 그러한 비통하고 무상한 현실에 대한 대안으로서 피안의 세계에서의 새로운 만남이 그려져 있다. 7~8행은 낭과의 재회를 향한 화자의 신념, 혹은 다짐을 재확인하는 부분으로서의 의미를 지니고 있다. 이와 같이 연모를 노래한 격조 높은 서정시로서 그 모습을 갖추고 있다. 이 작품은 이승에서의 헤어짐·슬픔과 피안에서의 만남·기쁨을 대비시키면서 한 인간이 사랑과 깨달음의 힘으로 무상한 현실을 이겨나가는 모습을 감동적으로 그려낸, <제망매가>에 견줄 만한 불교적이고 구도적인 서정시라는 것이다. 김완진의 해독에 근거하여 읽었기에 문제는 있으나 불교적 추모시로 읽었을 때 자연스러움도 드러났다.

(3) 〈모죽지랑가〉의 형식 문제

　　〈모죽지랑가〉는 〈처용가〉와 함께 8구체로 알려져 있다. 8구체의 정체는 삼구육명(三句六名)의 원리처럼 명쾌한 해석이 이루어지지 못하였다. 10구체는 3단 구성이 선명한 데 비하여 8구체는 그렇지 못하였다. 8구체의 통사적 단락이 10구체처럼 3단 구성으로 이루어지지 않았지만 의미단락은 3단으로 볼 수 있다.

　　〈처용가〉가 1~4행, 5~6행, 7~8행으로 짜여 있다.[23] 〈모죽지랑가〉의 세 의미단락은 설화문맥과도 일치한다. 특히 8행의 '낭야(郎也)'를 주목해야 한다. 필자는 설화 문맥과 긴밀한 관계 속에서 〈모죽지랑가〉

---

23) 신재홍은 삼구를 8구체에 적용하기에는 난점이 있다고 하였다. 삼구가 곧장 8구체에 적용되지 않는다고 8구체를 두 의미 단락으로만 보는 것은 무리다. 신재홍, 앞의 글, 60면 참조

를 읽을 때 그 형식적 특성도 부합된다고 본다.

김학성은 필사본『화랑세기』를 검토하면서 이 8구체의 정체를 양식적 특징으로 정리하였다.24) 화랑 및 낭도집단은 8구체를 주양식으로 삼았다는 것이다. 그 계통에 대하여 〈송랑가〉-〈모죽지랑가〉-〈처용가〉-〈도이장가〉로 상정하였다. 8구체 향가로 10구체 향가 못지 않게 독자적 양식성을 띠고 있었다. 〈모죽지랑가〉의 8구체는 4구체의 민요적 취향을 바탕으로 하면서 놀이의 연행성(演行性)이 강한 듯하다. 실제로 화자의 입장에서 보면 8구체 향가는 연희성 또는 희곡성이 강한 특징을 보인다.

신재홍은 〈처용가〉의 '본ᄃ'가 연결의미의 역할만 하고 있을 뿐이라고 하였다.25) 이 논리로 〈모죽지랑가〉도 삼구의 정제된 형식이라고 보기 어렵다고 하였다. 〈모죽지랑가〉와 〈처용가〉가 통사론적인 단락으로 볼 때 삼구의 3단 형식으로 보기는 어려우나 시적 의미단락으로 볼 경우에는 3단 구성으로 짜여 있다. 〈모죽지랑가〉의 3단 구성은 화자와 죽지랑의 인간 관계를 긴밀하게 구성하는 데 시적 적합성을 지닌다고 볼 수 있다. 배경 설화가 전반부 이야기-후반부 이야기-〈모죽지랑가〉 세 단락으로 이루어지는 것처럼 〈모죽지랑가〉의 문학성 못지 않는 역사적 개연성 ― 일연의 신이관에 따른 채록의식 ― 을 말해주는 대목이다.

---

24) 김학성, 「필사본 화랑세기와 향가의 새로운 이해」,『한국고시가의 거시적 탐구』, 집문당, 1997, 106~111면.
25) 신재홍, 앞의 논문, 60면.

(4) 〈모죽지랑가〉와 죽령

죽지랑의 전생이 죽지령의 거사였다. 배경기사의 후반부에 나오는 죽지랑 연기담은 〈모죽지랑가〉의 성격과 사상적 기반을 말해주는 것이다. 죽지랑을 사모하여 지은 〈모죽지랑가〉는 단순히 득오가 부산성에 부역을 나갔을 때 죽지랑이 그리워 지은 작품이 아니다. 더구나 〈소백산가(小白山歌)〉가 있다는 점이 주목된다. 설화 문맥에서 효소왕초 술종공이 삭주도독사로 부임하기 위하여 가마병사 삼천을 거느리고 호송하던 중 죽지령에서 거사 한 사람을 만나게 된다는 것은 〈모죽지랑가〉가 죽지랑 죽음 이후에 불교의례에 불린 가요임을 암시해 준다.

'죽령(竹嶺)'은 죽령산신당이 있고 단양과 영남지방을 잇는 고갯길이다.26) 이곳은 삭주인 춘천을 가는데 길목이다. 이곳에는 보국사지(輔國寺址)가 있다. 보국사지는 보국사교(輔國寺橋)에서 소백산 연화봉 쪽으로 200m쯤 올라가면 원터가 있고 그 아래쪽에 있다. 이 길목은 『삼국유사』 기록으로 보아 158년 아달라니사금대에 죽죽(竹竹)이라는 사람이 개척하였기에 죽령이라고 한다. 실제로 보국사지에 설화 속의 미륵불이 불두가 손상된 상태에 주불로 봉안되었다. 석불입상(石佛立像)이 곧 연기담의 미륵불이라는 단정할 수 없으나, 사원의 배치 형태와 조각수준으로 보아 이 보국사 석불은 석굴암상과 인근 월악산 미륵리 석불과 비슷한 시대로 파악되어 불교적 개연성이 있다. 석주형 석재는 크게 두 가지로 구분되는데 단순한 원통형 석주와 죽절형 석주가 있다. 석불은 사원 창건 당시 죽령이나 죽지령(竹旨嶺)의 영향으로 만들어진 것으로 9~10세기경으

---

26) 죽령이라는 지명은 몇 군데 있으나 신라 당대의 역사적 사실로 추단할 때 소백산 영주~단양 고갯길이 유력하다. 강원도 삼척 죽령(댓재)은 '소로'이고 기병 삼천여 명이 이동할 수 없다.

로 추정하고 있다. 김동욱은 〈모죽지랑가〉가 계절제나 화랑의 부활제에서 불린 노래라고 추단한 바 있다.[27)

이러한 현장성(現場性)은 소백산 일대의 유적과 죽령 설화에도 보인다. 촌로들의 이야기를 들어보면 옛날에 이 잿마루에 죽지랑과 김유신 장군을 모신 사당이 있었다고 한다.[28) 죽령은 역사상 신라의 북진 요새이고 문화교류의 핵심지였다. 또 "최근 죽령 잿마루에 두 개의 대나무 모양의 돌기둥이 있어 옛 사당의 유물인가 하였더니, 잿마루에서 북으로 2킬로미터 가량 내려가면 보국사라는 신라 통일기의 절터가 있는데, 그곳에 마루의 돌과 같은 모양의 돌기둥 두 개와 높이 10미터 가량의 미륵불상이 넘어져 네 동강 나 있고, 주위에 석조불이 파손된 돌을 보고 혹시 이곳이 삼국통일 후 죽지랑의 공적을 기리기 위해 전생의 거사의 묘 앞에 불사를 일으킨 것이 아닌가 생각된다"고 하였다.[29) 김동욱의 지적대로 '제의적 의미에서의 부활'까지는 확대할 수 없으나,[30) 죽지랑의 위상을 염두에 두면 불교적 윤회 전생과 호국적 기도의례와의 관련성을 찾을 수 있다. '다자구 할머니' 죽령산신제가 전승되고 있고, '보국사'라는 사찰명으로 미루어 죽지랑 사후 명산 기도의례의 사실성을 인정할 수 있다.

앞으로 설화의 후반부인 신이한 출생담과 〈모죽지랑가〉와의 관계는 현장론적 작업이 요구된다. 전설의 양식적 특성이 앞의 사회적 활동 이

---

27) 김동욱, 「효소왕대 죽지랑 이야기와 모죽지랑가 이해의 두 바탕」, 『성대문학』 25집, 1987, 46면.

28) 영주문화원 편, 『우리 고장의 전통문화』, 영주문화원, 1983, 241면. 단양군 편, 『죽령 보국사지 석실유구조사 보고서』 1차(1984), 2차(1986), 자료에 의하면 보국사를 주목하고 죽지령과 석미륵상의 탐구를 병행하여야 한다고 하였다.

29) 앞의 책, 242면. 필자는 죽령 일대와 용부원리를 집중적으로 현지조사한 바 있다(1996. 7. 6~10). 필자, 『죽령 국행제 현지조사연구』, 박이정, 2005.

30) 김동욱(생존) 앞의 논문과 같은 이의 〈모죽지랑가〉 논문(366면)에 대하여 홍기삼은 '제의적 의미'로 보는 것은 문제가 있다고 비판한 바 있다. 홍기삼, 앞의 책, 95면.

야기를 뒷받침하면서 거사담(居士譚)의 영험성을 드러내기 때문이다. 죽지의 전생은 거사의 생애다. 거사가 재가 수행자를 의미한다면 죽령의 토착신앙의 수행자와 관련이 있을 듯하다. 그 징표가 미륵석상이다. 실제로 미륵석상은 죽령에 있고 술종공이 처음 그를 만나보고 그 아름다움에 감탄하였다고 하였다. 화랑의 명산대천에서의 수련과정과 죽령 산신제는 깊은 관련을 맺고 있다. 죽지랑은 태어나서 삼국통일의 위업을 이루는 화랑 출신의 명장인 것이다. 인연은 '죽령'의 신물(神物)이 맺어주었고, 그 영험에 따라 생존시 활동이 탁월하였고 사후에도 영웅성이 기려졌다고 보는 것이다. 이런 설명 속에 역사와 설화는 '진실 드러내기'의 공통분모로 자리할 수 있다. 있었던 일과 있을 수 있는 일 사이에는 채록자의 인식론적 논리—불교적 신이 사관 또는 초논리적인 개연성을 띤 세계관—에 따라 앞의 두 이야기와 긴밀한 관계를 맺고 있는 것이다.31)

4. 〈모죽지랑가〉 새롭게 읽기

앞의 제2·3장 논의를 염두에 두고 양주동의 해독 〈모죽지랑가〉 전문을 옮겨보면, 설화의 문맥과 시의 문면과의 유기성이 오히려 자연스러운 것을 발견할 수 있다. 김완진의 해독과 비교하였을 때 시적 파탄을 줄이고 시 전체의 완결성은 양주동 해독임을 알 수 있다.

---

31) 홍기삼은 "화랑—미륵—죽지의 출생 이야기를 통해 이 설화의 바탕에 깔린 불교적 관점이 결코 간과될 수 없다는 사실과 더불어 사실과 허구가 어떻게 조화를 이루어 하나의 서사가 되는지에 유의하였다"고 결론을 맺고 있다(홍기삼, 앞의 책, 107~108면).

1행 去隱春皆理米
      간봄 그리매 (간 봄 그리워하여)

2행 毛冬居叱沙哭屋尸以憂音
      모둔 것사 우리 시름 (모든 것은 울며 시름하는데)

3행 阿冬音乃叱好支賜烏隱
      아롬 나토샤온 (아름다움이 나타나신)

4행 兒史年數就音墮支行齋
      즈싀 살쭘 디니져 (얼굴에 주름이 지려네)

5행 目煙廻於尸七史伊衣
      눈 돌칠 스이예 (눈 돌이킬 사이에도)

6행 逢烏支惡知作乎下是
      맛보옵디 지소리 (만나 보고 지어라)

7행 郎也慕理尸心未 行乎尸道尸
      郎이여 그릴 ᄆᆞᅀᆞ민 녀올길(郎이여 그리운 마음의 가는 길)

8행 蓬次叱巷中宿尸夜音有叱下是
      다봊ᄆᆞᅀᆞᆶ희 잘밤 이시리 (쑥대마을에 잘 밤 있으리)

필자는 양주동이 읽었던 〈모죽지랑가〉 현대역을 존중하면서 임기중의 『우리의 옛노래』(1993)에 따라 다시 읽기로 하였다. 왜냐하면 이들의 현대역은 문학적 해독을 염두에 두었기 때문에 시적 유기성과 향가의 문학성을 비교적 복원해 놓았다는 사실이다. 위의 시를 앞의 임기중 현대역을 바탕으로 조정하여 '향가답게' 서정시로 옮겨보면 다음과 같다.

간 봄 그리워
모든 것이야 서러이 시름하는데
아름다움 나타내신
얼굴에 주름살 지려 할제.

눈 돌이킬 사이에나마
만나뵙기를 만드리
죽지랑이여, 그리는 마음의 가는 길
다북쑥 마을에 잘 밤 있으리.

이 노래는 추모시다. 1행의 '간 봄'은 서정적 시간단위이다. 이중성을
띤 봄은 설화의 정보를 빌리면 역경 속에 인간적으로 헤아려주고 베풀
어준 '과거'다. 또 생전의 만남에 대한 서정적 무상단위다. <제망매가>
의 가을처럼 덧없는 시간단위에 대응되는 시어다. '가다(去)'는 6행의 '만
나다(逢)'와 호응을 이루어 과거와 미래가 조응을 이룬다. 다만 '그리워
(그리매)'는 지난날의 우여곡절을 불러일으키는 상념의 행위진술이다. 설
화 속의 그립다(慕)와 7행 속의 그리다(慕)를 쓰지 않은 점을 주목해야 한
다. 신동흔의 말대로 '모(慕)'를 추모 아닌 사모의 의미로 해석할 수 있을
지 모르나,[32] 1행에서 '개(皆)'로 표기된 점은 새롭게 인식해야 한다. 이
때 '그리다'는 분명히 7행의 그리다와 다르다. 곧 '간 봄'을 다 그리워하
다 또는 지난날을 다하여 말하다 정도로 표현되었으므로 1행은 시적 화
자인 득오와 대상인물인 죽지랑의 관계를 뭉뚱그려 회상하는 언술인 것
이다. '간 봄'은 부역 나갔을 때의 특정 상황을 떠올리는 것은 아니다.
그러기에 2행의 울음(哭)과 호응되어 시적 확장을 꾀하고 읽는 이로 하
여금 삶의 유한성을 느끼게 하는 발상이다.

2행의 '모든 것'은 삼라만상의 사연 또 인간사의 희로애락 아니겠는
가. 간 봄에 있었던 온갖 사연 곧 시적 화자로 보면 화랑으로서 맹활약,
화랑의 인간적 의리, 힘이 넘친 젊은 날의 보필, 간진의 모함, 부역의 고
통 등 모두를 말할 것이다. 이런 일련의 사연도 지나고 나면 부질없는

---

32) 신동흔, 「모죽지랑가와 죽지랑 이야기의 재해석」, 『관악어문연구』 15, 서울대, 1990.

죽음 또는 죽음 이후로 보아 더욱 덧없는 집착이다. 유한한 삶 속에 생존은 처절한 싸움이었지만 '회상'의 자리에서는 울음 또한 시름일 뿐이다. 따라서 1행과 2행을 묶어보면 화자가 회고하는 날은 지금이 아니고 '과거'일 뿐이고 '지금' 되돌아보니 부질없는 한 때 사람이고 그런 속에서 위대한 한 인간 죽지랑을 만나 연을 맺은 것은 애틋한 일이고 되돌아보면 아픔인 것이다. 이런 아픔의 각인 속에 떠오르는 대상인물 죽지랑의 인상이다. 이 인상이 3행과 4행으로 이어지고 있다. 따라서 1행·2행은 그리운 사람에게 회상으로 당연히 떠올려지는 인품·풍모를 이끌어내는 전단계임을 알 수 있다.

　3행의 '아름다움'은 단순히 미남을 지칭하는 것이 아니라 사모 대상 인물의 내면적 품격까지 드러내는 시어다. 이를 뒷받침해주는 대조적 시어는 4행의 '주름살'이다. 아름다움의 절정을 이룬 죽지랑은 통일기의 영웅이었음을 암시하고 동시에 기파랑처럼 인격적으로 당대 신라인에게 추앙받았음을 나타낸다. 이는 설화를 정치적 함축과 연결시켜 해석한 연구자들과 다를 바 없다. 영웅이 아름다움을 반드시 지니는 것은 아니다. 죽지랑 같은 위대한 인격의 소유자도 때가 되면 주름살이 생기고 이 시 밖의 언술처럼 죽음에 이르기에 아픈 것이다. 출생담처럼 신이한 인물로 태어난 죽지랑, 설화의 전반부처럼 당대인 아픈 사연을 손수 헤아리고 죽지랑, 당대 역사적 배경처럼 통일 대업에 참여한 죽지랑, 이러한 다면적인 죽지랑의 인상은 '간 봄'이 도입되고 '얼굴'로 확장함으로써 설화에서 보여주는 위대함이 독자에게 상상력과 공감을 자아내도록 표현한 것이다.

　5행의 '눈 돌이킬' 사이는 유한성을 드러내는 찰나의 단위다. 이 대목은 짧은 시간이나마 다시 해후하고 싶은 시적 자아의 심정을 감각적으로 표출하였다. '간 밤'은 비록 사연이 많았으나 우뚝한 인물을 만났으나 기릴 만하고 더구나 그리운 얼굴이기에 다시 보고 싶은 것이다. 그러나 이는 예정되어 있지 않은 것이다. 그러기에 2행의 울음이 타는 것이다. 6행 대목의 해석이 해독자마다 부분적으로 차이가 보이더라도 시적 문맥은 '만남(逢)'의 사연이 간곡하게 담겨 있는 듯하다. 시적 자아의 의지를 나타낸 대목이다. 의지는 '간 봄'처럼 '아름다움'을 나눌 수 있는 만남의 희원을 뜻한다. 죽지랑의 기림은 이승과 저승으로 이어져 있다. 현실에는 이미 일어날 수 없다. 아주 없거나 일어날 수 없기에 대상인물을 높이거나 절실히 그리울 수밖에 없다는 시적 표현인 것이다. 죽음이나 이별은 누구나 예비할 수 있으나 막상 현실로 나타나면 가슴을 치도록 아프게 다가온다. 그토록 애정을 쏟아준 은인인데 이제 다시 만날 수 없기에 '가상적'으로 다시 만나고 싶은 심정은 처절한 것이다.

이러한 입장을 뒷받침해주는 문맥은 7행과 8행이다. 1행에서 6행까지는 화자와 대상인물의 회고이면서 긴장된 약속이 압축되어 제시되었다. 긴장의 정서는 7행의 낭야(郎也)에 의해 전환된다. 10구체 향가의 '아야'를 살린 것이다. 시적 화자가 함유하고 있는 정서 — 떠올리고, 울고, 지나가고, 만나고 그래서 아픈 복합적인 감정 — 는 7행에서 와서 전이가 이루어진다. <모죽지랑가>의 주제어인 '그리운 마음'에 귀결된다. 시적 화자가 옷깃을 여밀 정도로 정성을 다하는 자세를 보여주는 7행이다. 죽지랑을 불러보고 다짐하는 화자다. 화자는 죽지랑의 위대한 삶을 기리는 길 또는 자리에서 '다북쑥 마을'을 기약하고 있다. 독백처럼 화자는 그곳에서 같이 자겠다고 하고 있다. '잘 밤'은 1행의 '간 봄'과 대응하여 과거와 미래를 확장하는 시간단위다. 잘 밤은 간 봄이나 만나보려고 안타까워하는 현재가 아니다. 오로지 다북쑥 마을에 있을 뿐이다. 과거와 현재의 인연처럼 미래에 이어질 인연이라면 다북쑥 마을에서도 연을 맺어야 한다. 화자는 다북쑥 마을에서 함께할 수 있는 밤을 간곡하게 바라

고 있다. 앞서서 추모시로 본 논자들처럼 다북쑥 마을은 무덤 또는 저승
이라고 해도 무방하다. 다북쑥 마을에 가 있는 죽지랑이기에 화자는 아
직 그곳에 이르지 않았다. '이곳'에 있는 화자는 다북쑥 마을의 죽지랑
을 간절히 생각하고 있다.

　이처럼 〈모죽지랑가〉 전체를 시적 화자의 추모적 어조를 염두에 두
고 읽었는데, 만가의 수순을 밟아가고 있음을 알 수 있다. 주요 시어[哭,
逢, 慕 등]가 그러하듯이 시적 화자는 회상적 목소리를 통해 죽지랑을 떠
올리고(1ㆍ2행), 다시 그의 삶의 진면목을 부각시키고(3ㆍ4행), 그렇게 몰
아갈 때 아픔은 고조되고(5ㆍ6행), 그를 기리는 뜻을 고귀한 측면으로 느
낄 수 있다. 화자는 만나고 헤어지는 인간사를 서정적으로 때로는 직서
적으로 드러내고 있다. 〈모죽지랑가〉는 삶과 죽음을 노래한 서정시로
서 만가적 추모시인데 득오가 '처음' 지었지만 신라 당대 또는 득오 죽
음 이후에 널리 회자된 듯하다. 화자의 심정 추이로 볼 때 비련시(悲戀詩)
에 가깝고 김동욱의 지적대로 진혼가의 발상이 보인다. 따라서 〈모죽지
랑가〉의 시적 의미는 양희철이 주장한 '부정적인 시류의 견제를 호소하
기와 죽지랑을 흠모하는 마음의 영탄'이 아니라 이승의 삶에서 온 절실
한 인연을 그리워하기와 그렇게 만난 인격을 기리는 심경을 드러낸 격
조 높은 서정시임을 알 수 있다.

5. 맺음말

　이 글의 결론은 〈모죽지랑가〉가 추모시일 개연성이 더욱 크고, 분명
한 것은 득오가 '처음' 창작한 〈모죽지랑가〉를 죽지랑에 대한 추모의
자리에서 불렀고 죽지랑이 죽은 이후에 널리 회자되었다는 점이다. 배경

설화 앞부분의 노역에 시달리던 득오가 지었다는 것은 정치적 함의에 집착한 시각임을 알 수 있다. 필자는 그 대안으로 <모죽지랑가>의 문면과 설화의 문맥을 유기적으로 해석하고, 이를 바탕으로 자료의 현장성을 강조한 전략적 시 읽기를 시도해 보았다.

<효소왕대 죽지랑> 설화 뒷부분까지 고려한다면 <모죽지랑가>는 죽지랑의 인격적 도량과 영웅적 변모를 시적 화자의 연연한 마음에 결부시켜 형상화한 만가적 서정시라는 것이다. 시적 화자는 죽지랑의 위대성을 앞세워 인간적인 흠모와 재회를 절실한 어조로 노래하였다. 노래의 기능은 호국영웅을 기리는 제전에서 널리 연행된 자취를 찾을 수 있는 것이다. 시어 역시 삶과 죽음에서 오는 아픔(哭, 逢, 慕)이 주조를 이루는 것이다.

신동흔, 양희철, 신재홍 등이 주장하는 부역할 때에 창작한 시각은 '정치시'에 집착한 결과다. 설화의 문맥은 주동인물 죽지랑의 인간적 면모에 모아진 기술이므로 '염려'의 현실성이 보이지 않는다. 또 <모죽지랑가>의 문면에도 정치성이 암시되거나 풍자된 흔적을 구체적으로 찾을 수 없다. <모죽지랑가>와 배경설화는 긴밀한 유기성을 가지므로 과거의 만남, 오늘의 고통, 미래의 해후 등 인간의 길이 서정적으로 형상화된 애절한 '비련시'에 가깝다. 요컨대 <모죽지랑가>의 시적 특징은 죽지랑에 대한 화자의 그리움과 기림의 서정시인 것이다.

<모죽지랑가>의 문학적 평가는 어학적 주석에 편중한 바로잡기가 아니라, 『삼국유사』 관련 향가 읽기가 총체적 전략 해석이 요구되듯이 시 문면과 설화의 문맥, 당대 문화적 개연성 등을 긴밀하게 읽어 바로잡은 연후에 가능하다. 임기중의 지적대로 <모죽지랑가>의 문학적 평가는 양주동이 읽었던 '시 분위기를 살린' <모죽지랑가>의 읽기를 최대한 수용하되 최근까지 '꼼꼼하게' 다시 읽었던 연구 업적을 재평가하면서

향가다운 시학적(詩學的) 기반을 찾아야 온당한 것이다. 이런 점에서 이 글에서 선보이는 〈모죽지랑가〉의 시학적 인식은 일연의 향가 채록인식을 존중하는 읽기면서, 양주동 이후 해독자들의 문학적 인식을 존중하는 읽기고, 나아가 '지금 여기'에서 요구되는 향가의 현대적 읽기에 다름 아니다.

권섭의 〈황강구곡가黃江九曲歌〉 새롭게 읽기

1. 머리말

시조에는 이른바 '구곡가(九曲歌)' 류의 흐름이 있는데 이러한 시가의 미학적 가치를 분석하는 것은 조선조 시가의 사대부 '가도(歌道)'와 풍류를 밝히는 일이다. 이 글의 목적도 주자의 〈무이도가〉, 이이의 〈고산구곡가〉 등의 연관성을 추구하며 권섭의 〈황강구곡가〉에 나타난 문학성과 미적 의미를 탐색하는 데 있다. 이를 통해서 조선조 사대부 시가의 '강호가도'에 대해 조선후기적 변모 양상은 물론 자연친화적 세계관의 특징을 드러낼 수 있을 것이다. 곧 시적 인식에 대하여 사대부의 풍류적 성향과 도학의 철학적 기반 속에서 세부 구조를 살핌으로써 사대부 시조 연구의 새로운 관점을 확보할 수 있다.

〈황강구곡가〉는 주자 〈무이구곡〉에 영향을 받아 이이, 송시열, 김수증 등으로 이어지는 구곡계열의 연시조다. 황강은 충북 제천시 한수면 황강리의 남한강 수계 이른바 청풍강인데, 이곳에 수암 권상하 학맥의 터전이었던 '황강서사(나중에 황강영당)'가 자리하였다. 권섭은 이곳에서 이른바 '황강팔학사(黃江八學士)'의 학풍과 사대부 강호가도를 몸소 실천한 시인이었다. 그의 <황강구곡가>도 권상하와 연관이 있는 생활 터전과 인근의 승경을 형상화하되 주자학적 사유 세계와 근대적 조짐이 반영된 측면을 보인다.

옥소 권섭(權燮, 1671~1759)은 수암 권상하(權尙夏, 1641~1721)의 한수재 학통에 대하여 문학을 통해 창조적으로 계승한 인물이다.[1] 그의 시문학은 조선후기 대표적인 사대부 문학으로 강호지락의 풍류관을 계승하면서 인간 본성의 조화를 획득하고자 한 점에서 기존 사대부 시문학과 변별성을 갖는다. 그의 문학이 사대부 시조에서 중·서민 시조로의 이행이 이루어지는 시사에 놓여 있다는 데서 더욱 그렇다. 『옥소장계(玉所藏呇)』에 실려 있는 75수의 작품은 경관, 품격, 감흥, 회포, 화훼, 비애, 환희, 축수, 식도락, 승전, 건강 등을 노래하고 있다. 그의 대표적인 <황강구곡가>는 자연 경관과 흥취, 그것에서 일어나는 감흥까지를 읊은 연시조인데 그 문면에 자연적·현실적 역사관이 드러난다.

'구곡체시가'의 흐름은 권섭의 <황강구곡가>에 와서 조선후기 사대부적 세련성을 보여주고 아울러 풍류의식과 인간애가 시 문맥에 내재되어 나타난다는 점이 독특하다. 시조문학사에서 권섭은 일찍이 정철과 윤선도처럼 주목받지 못하였으나, 가사 <영삼별곡>, 『옥소집』의 한시 등을 포함한 시조 75수는 조선후기 사대부 시조 문학을 재인식하는 데 중요한 몫이다. 특히 <황강구곡가>가 시가의 전통성을 고수하되 시대적 변화에 대응하는 법고창신(法古創新)의 기운이 엿보이는 창작세계를 박요순이 발굴하여 소개함으로써 이후 연구자들에게 주목되었던 것이다.[2]

---

1) 권섭은 부친 권격이 일찍 별세(권섭의 나이 14세 때)하였기 때문에 백부인 권상하의 각별한 보살핌과 훈도를 받아 성장하였다. 그는 5세에서 10세, 14세에서 25세, 43세에서 47세까지 전후 23년을 백부 슬하에서 보냈다. 따라서 권섭의 생애에 가장 지대하게 예술적 영향을 미친 사람이 권상하인데 우암 송시열의 정통학맥을 지닌다.

국문시가의 작품 분석은 권성민에 의해 본격화되었다.3)

2. 제천의 지역성과 〈황강구곡가〉

　권섭은 주자의 정통 학맥을 이었다고 자부하였다. 성리학의 정통성 위에 75수의 시조와 2수의 가사 작품, 그리고 3,000여 수의 한시를 남긴 사대부 문인이다. 그의 삶은 당쟁이 극심하였던 현종·숙종·경종·영조의 4대에 걸쳐 있었다. 그는 당쟁의 격렬한 투쟁의 와중에서 승리하여 일파의 벌열 정치를 확립한 서인 중에서도 노론 명문가에서 태어났다. 그의 조부 권격은 세자 시강원에 오랫동안 봉직하였으며, 백부 권상하는 서인의 영수인 송시열의 수제자였다. 그는 우의정과 영의정 자리를 다 사양하고 남한강 청풍 황강리에 은거하며 학문과 제자교육에 전념하여 충북 북부지역의 학맥 형성과 당대 유생들의 지표가 되었다. 권섭의 의식지향도 권상하와 별반 다르지 않다.

　권상하의 제자 황강팔학사 가운데 남당 한원진과 외암 이간은 인물성동이(人物性同異) 논쟁으로 유명하다. 황강팔학사의 사유는 권섭에게 직접 영향을 주었다. 계부인 권상유는 이조판서 등을 역임하였다. 그의 외조부 이세백과 외숙 이선현은 내외 관직을 두루 거쳐 정승의 반열에 올랐다. 장인 이세필은 유명한 백사 이항복의 증손으로 한성부윤·이조참판을 지냈으며, 처형 이태좌는 이조판서를 거쳐 우의정·좌의정을 역임하였다. 그는 노론 일파의 중요한 일원으로 태어나서 의지만 가졌으면 출세의 길을 갈 수 있었음에도, 벼슬길에 나가는 것을 외면하고 삶을 자연

---

2) 박요순, 『옥소 권섭의 시가 연구』, 탐구당, 1987.
3) 권성민, 「옥소 권섭의 국문시가 연구」, 서울대학교 석사학위논문, 1991.

유람과 문필활동으로 보낸 전문시인이다.[4)]

그가 남긴 국문시가 작품들은 주제나 소재의 다양성과 표현 수법의 독특성 등이 이전 사대부 시가와는 다른 점이 많아서 주목된다. 권상하의 한수재는 제천사사의 원류인 동시에 실학의 모태라는 점에서 권섭시조를 새롭게 읽을 수 있는 계기를 마련해준다. 남한강 황강학맥과 관련이 있고 그의 제천의 지역성은 작품의 창작발상에도 두루 나타난다. 제천황강과 신동 그의 생활터전인 동시에 친자연적인 정감의 경험지이기도 하다. 그의 문학비는 이런 연유로 제천·단양에 두 군데 세워져 있다. 제천시 신동, 곧 말년을 보낸 고택지(古宅地) 입구의 작은 공원에 자리하고 있는 권섭 문학시비에 새겨진 박요순의 글을 옮겨 본다.

> 문학의 한 길로 여든 아홉 해를 살며 가사 <영삼별곡>과 <도통가>를 짓고 <황강구곡가> 등의 시조 75수를 남겨 시가문학사를 빛낸 옥소 권섭 선생(1671~1759)을 기리며 전국의 선비들이 그 뜻을 모아 이 비를 세운다. 선생은 육유당 권격의 손이며 설사(雪沙) 이세백의 외손으로 안동 권씨 명문가에서 태어났다. 어릴 때부터 재능이 뛰어나 촉망을 받았고 백부인 수암(遂菴) 권상하의 슬하에서 학문에 힘썼으나 관직에 나갈 뜻을 아예 버렸다. 선생은 전국의 명승지를 두루 찾아 아름다운 경관과 삶의 숨결을 시로 썼던 것이니 아! 선생만큼 시를 생활화한 분이 또 있으리요. 선생은 소탈한 성품으로 인정을 읊었고 사물과 자연을 예술로 승화시켰으니 선생의 시경(詩境)이 광활(廣闊)하고도 섬세, 오묘한 까닭은 일찍이 여덟 살 때부터 시를 썼던 천부적인 재능에서가 아니리요, 선생은 전통의 터전 위에 새로이 열리는 근대기를 내다보고 시대를 앞서가는 시를 썼던 것이다. 송강, 노계, 고산의 맥을 잇는 그 업적은 우리 시가 문학사에 찬연한 빛으로 길이 남으리니 오고가는 후손들은 옷깃을 여밀지어다.

---

4) '가계와 생애 부분'은 박요순의 책이 도움이 된다.

옥소 권섭과 그의 작품에 관한 연구는 쟁점을 부각시키는 논의보다 문학세계를 드러내는 쪽이다. 박요순은 권섭의 생애·문집의 서지적 사항·작품 분석 등에 관한 일련의 논문을 발표한 뒤, 그간의 연구를 종합하여 한 권의『옥소 권섭의 시가 연구』로 집약하였다.5) 그에 따르면 권섭은 국문시가 작품을 이전의 사대부들처럼 즉흥적 여기로 쓴 것이 아니라 현실 위주의 체험의식으로 썼다고 강조하였다. 그의 시가 작품에는 조선시대 작품에서 흔히 보는 교훈 따위의 목적의식이 전제되지 않았고 주제, 소재, 기법 등에 파격적인 면이 많다고 한다.6) 아울러 '순수한 우리말 시어 사용'·'섬세한 시적 감각의 탁월성'·'많은 작품량'(권섭의 시조는 총 75수로서 윤선도와 비슷한 분량이다)7) 등을 들어 권섭 시가의 시가문학사적 중요성을 부각시켰다. 비록 권섭의 내면의식과 연결하여 창작방식을 구체적으로 살피지는 않았으나 그의 시조세계를 전반적으로 소개하였다.

조동일은 권섭의 주요 시조를 통해 '사대부 시조의 규범을 무너뜨리는 충격'·'풍속을 묘사하여 주목할 만한 혁신'으로 특징지었으며, <영삼별곡>에 대해서는 '관념이 아닌 생활의 실상을 찾고자 하는 쇄신'·'진경산수와 상통하는 경지'·'풍속도를 곁들임' 등으로 설명하였다.8)

---

5) 박요순, 앞의 책.

6) 옥소의 작품에서는 조선시대 다른 작품들에서는 보기 드문 소재들을 발견하게 된다. 일반적으로 시조의 소재가 되었던 강·산·소나무·매화·난초·국화 등 자연물 이외에 동물을 소재로 한 작품에서는 호랑이, 잉어, 말 등을 작품화하였다. 그리고 서민들의 생활상에서도 소재를 찾았는데 축원과 회고 외에도 인간의 원초적인 감정 중에서 슬픔과 기쁨 등을 노래하고 있어 다양한 인간적인 감정을 소개하고 있다. 이들 소재를 다루는 기법 또한 여러 소재가 용해되어 이루어지는 경우보다는 하나의 소재를 대상으로 그에 집중하여 작품을 형성하는 경우가 대부분이라는 특징이 있다.

7) 권섭은 양적인 면에서 국문으로 가사 2편, 시조 75수를 남기고 있다. 이 점에서 조선의 3대 시인으로 꼽히는 정철(80여 수), 박인로(67수), 윤선도(75수)와 비교해 보더라도 결코 뒤지지 않는다.

8) 조동일,『한국문학통사』3, 지식산업사, 1984.

그의 이러한 언술은 사대부 문학의 가치를 강조한 것이다. 권섭의 국문 시가에 대한 본격적인 연구는 권성민의 <옥소 권섭의 국문 시가 연구>(1991)에서 권섭 문학의 형성 배경으로 당대 서울의 도회적 분위기와 다양한 교유집단, 그것의 결과인 '사대부적 세계관의 변화', 그리고 권섭이 주의 깊게 공부하였다는 사마천의 <자식전(資殖傳)>의 영향을 들었다.9) 이어서 권섭이 천기론에 입각한 '개성 중시의 문학관'을 견지하였으며 이것이 '흥'으로 나타남을 밝혔다. 또 그의 시조가 '자연관의 변화'·'사대부적 관념의 극복을 통한 사실성의 추구' 등이 이전에 볼 수 없는 새로운 경향이라고 하였다. 권섭 시가의 특성이 '소재·주제의 다양성과 시적 대상의 개성화'라 하였으며, 형식적 특징으로는 '시적 고정성의 극복과 연시조 구성의 특수성'을 지적하였다. 또 정흥모는 "권섭의 존재는 사대부 내부에서도 시조사적 변모를 감당하고 있었다는 증거가 된다."고 결론을 맺으며 사대부 시조의 18세기적 특징을 부각시켰다.10) 앞으로는 권섭의 한시 세계를 천착해야 한다.

이런 연구 성과에 힘입어 볼 때 <황강구곡가>는 권섭 시가의 결정판이다. <황강구곡가>의 배경은 남한강 수계로 송시열 학맥이 숨쉬던 곳이다. 권상하의 성리학이 정통적으로 뿌리내려 조선후기 실학 학풍의 터밭이었다. 그의 성격 탓도 있으나 지적 고루성을 받아들이지 않고 창조적인 개성을 드러낸 것은 이런 학풍과 무관하지 않다. 자유로운 성향은 실학적 발상에 동조하였을 것이다.

이런 점에서 말년 82세에 지어진 <황강구곡가>는 주자, 이이, 송시열, 권상하로 이어지는 성리학의 정통의식을 내보이면서 제천생활의 경험과 권상하 학맥이 원숙하게 조화를 이룬 상태에서 창작한 것이다.

---

9) 권성민, 앞의 논문.
10) 정흥모, 『조선후기 사대부 시조의 세계인식』, 월인, 2001.

〈황강구곡가〉의 남한강적 요소는 주자와 이이 그리고 송시열을 닮아 있으나 그의 생애가 보여주듯이 생활체험적 독창성과 방외인적 외양이 엿보인다는 점이다. 권상하에 대한 정통성 지향은 의림지 임호처사 박수 검에 대한 언급이 없고 오로지 황강에서만 찾을 수 있다.

3. 〈황강구곡가〉의 시학적 기반과 서정성

(1) 〈황강구곡가〉의 작품 구조

권섭의 시가를 이해하는 데에 가장 중요한 자료는 〈황강구곡가〉인 데, 이 작품이 그의 독창성과 풍류성을 온전히 드러내고 있다. 시조 75 수가 대체로 연시조 형태를 취하면서 동시대 사대부들의 시와 다른 측 면을 보이는 것이지만, 이 〈황강구곡가〉는 『옥소장계』에서도 제시하고 있듯이 구곡체의 전통을 지키면서 독자적인 시풍을 보여주고 있다.11) 특히 그는 백부인 권상하의 학풍을 시풍으로 계승한 면모와 그의 세계 인식이 진솔하게 형상화하고 있다.12) 권섭이 〈황강구곡가〉를 짓기까지 는 권섭 일문의 학통으로 미루어 짐작을 할 수 있다. 우선 주자는 종주 (宗主)요, 율곡 이이는 같은 계통의 학자로서 권섭의 정신적 지주였다. 또 한 권섭이 지극히 존경하던 권상하는 우암 송시열의 수제자로서, 권섭은 백부가 은거하여 학문을 이룩한 황강을 두고 구곡가의 필요성을 새삼 느꼈으리라 생각된다. 이러한 점은 다음 구곡체 시가들의 대비를 통해서

---

11) 필사본 『옥소장계』는 이창식, 「권섭의 가사 영삼별곡과 도통가 연구」, 『인문사회과학연 구』 4집(1996)영인 참조할 것.
12) 권섭의 가문적 배경과 일생에 대해서는 그가 54세 되던 해(1724년)에 쓴 〈술회시서〉와 〈자술번기〉에 나타나 있고, 권상하의 삶에 대해서는 〈寒水齋先生行狀〉이 참고가 된다.

알 수 있다.

- 武夷山上有仙靈 (朱子, <武夷九曲歌> 首詩初句)
- 武夷룰 想像ᄒ고學朱子룰 ᄒ리라 (栗谷, <高山九曲歌> 首詩 終章)
- 아마도 石潭巴谷을 다시볼듯 ᄒ여라 (玉所, <黃江九曲歌> 首詩 終章)

위 시의 구절들을 보면 <황강구곡가>의 주자의 영향권에 있음이 확인된다. 실제로 그는 주자로부터 내려오는 성리학의 정통이 송시열을 거쳐 백부인 권상하에게 계승되었다는 생각을 여러 군데에서 내보인다. 곧 선경의 경지를 모색하는 주자의 심경이나, 무이를 상상하며 주자를 배우고자 하는 이이, 그리고 율곡의 학통을 이어 그것이 재현되기를 염원하는 권섭의 소망이 내포되어 있음을 알 수 있다.[13) 이는 송시열의 화양구곡, 김수증의 화천곡운 등에서 지속된다.[14)

<황강구곡가>는 총 10연으로 이루어진 연시조로서 이른바 연작의 묘를 살린 작품이다. 발상은 <고산구곡가>와 기본적으로 동일하나 방외인적 기질도 남다른 개성으로 드러나고 있다. 권상하의 성리학적 정통을 회상하면서 숨길 수 없는 인간애가 묻어나 있다. 형식은 총가 첫 수와 대암에서 구담에 이르기까지의 아홉 수를 합하여 열 수로 되어 있다. <황강구곡가> 전문과 현대역을 보면 다음과 같다.

> 하ᄂᆞᆯ이 뫼흘여러 地界도 볽을시고 하늘이 산을 열어 땅도 밝구나
> 千秋水月이 分밧긔 붉아셰라 천추수월이 언제나 맑구나
> 아마도 石譚巴谷을 다시볼듯 ᄒ여라아마도 석담파곡을 다시 본 듯하구나
> ―총가(摠歌)

---

13) 필사본 『옥소장계』 참조할 것.
14) 유준영, 「구곡도의 발생과 기능에 대하여」, 『고고미술』 151, 1978.

一曲은 어드메오 花岩이 奇異홀샤일곡은 어디인가 화암이 기이하구나
仙源의 깊은물이 十里의 長湖로다선원의 깊은 물이 십리의 장호로다
엇더타 一陣帆風이 갈디아라 가ᄂ니한바탕 돛바람 갈 곳을 알아 가는구나

－대암(對岩)

二曲은 어드메오 花岩도 됴흘시고이곡은 어디인가 화암도 좋구나
千峰이 合沓한데 限없슨 烟花로다천봉이 중첩한데 한없는 봄 경치로구나
어디셔 犬吠鷄鳴이 골골이 들니ᄂ니어디서 개와 닭 소리가 고을마다 들리네

－화암(花岩)

三曲은 어드메오 黃江이 여긔로다삼곡은 어디인가 황강이 여기로구나
洋洋 鉉誦이 舊齋를 니어시니글 읽는 소리가 옛집을 이었으니
至今의 秋月亭江이 어제론둣 ᄒ여라지금의 추월정강이 어제인 듯하구나

－황강(黃江)

四曲은 어드메오 일홈도 홀난홀샤사곡은 어드메오 이름도 혼란하구나
灘聲과 岳危이 一壑을 흔드ᄂ디여울소리와 절벽이 골짜기를 흔드는데
그 아래 깁히자는 龍이 櫂歌聲에 ᄭ거다그 아래 깊이 자는 용 뱃노래에 깨는구나

－황공탄(皇恐灘)

五曲은 어드메오 이 어인 權소ㅣ런고오곡은 어디인가 여기가 권소인가
일홈이 偶然한가 化翁이 기드린가 이름이 우연인가 화옹이 기다린 탓일까
이 中의 左右村落의 살아 볼가 ᄒ노라 이 중의 마을에 살아볼까 하노라

－권호(權湖)

六曲은 어드메오 屛山이 錦繡로다육곡은 어디인가 병산이 비단수를 놓았구나

白雲明日이 玉京이 여긔로다흰구름과 달을 보니 옥경이 여기로구나
우희 太守神仙이 네 뉘신줄 몰내라저 위에 태수신선이 뉘신 줄 모르는구나

－금병(錦屛)

七曲은 어드메오 芙蓉壁이 奇絶홀샤 칠곡은 어디인가 부용벽이 뛰어나구나
白尺天梯의 鶴唳를 듯ᄌᆞ올듯높은 곳 학 울음소리 들려오는 듯하고
夕陽의 泛泛孤舟로 오락가락 ᄒᆞᄂᆞ다 석양에 외로운 배로 오락가락 하는구나

－부용벽(芙蓉壁)

八曲은 어드메오 凌江洞이 묽고깁희팔곡은 어디인가 능강동이 맑고 깊어
琴書四十年의 네어인 손이러니 금서 사십 년이 어찌된 손님인가
아마도 一室雙亭의 못내즐겨 하노라아마도 일실쌍정이 못내 즐거워하는구나

－능강(凌江)

九曲은 어드메오 一閣이 그 뉘러니 구곡은 어디인가 일각이 그 누구인가
釣臺丹筆이 古今의 風致로다 조대단필이 고금의 풍치로구나
져긔 져 別有洞天이 千萬世가 ᄒᆞ노라 저기 저 별유동천이 천만세인가하노라

－구담(龜潭)

필자가 <황강구곡가> 배경지를 옛 문헌과 구전자료를 통해 재구해본 결과, 권상하의 학문권역과 맞물려 있었다. 현대역도 이러한 면을 감안하여 한수재를 중심으로 청풍강의 산수를 고려한 것이다. 권상하와 권섭의 유허지는 권씨 집안과 이 일대 유림들에 의해 성역화되다시피 하면서 유지되었으나 근대이행기에 이르러서는 지속성을 보이지 못한 듯하다.

작품에서 총가는 서사로 이 시 전반을 아우르고 있으며, 시적 화자는 〈구산구곡가〉처럼 전곡의 매개를 통해 후곡을 열어 가는 방식으로 시상을 전개하고 있다.15) 황강16) 곧 남한강 청풍 한수재(寒水齋) 일대의 자연에 대하여 화자의 바라보기와 빠져들기를 통해 연속적으로 그려내고 있다. 황강한천(黃江寒泉)은 그의 정신적 본향이다. 시상을 이끌고 있는 시적 화자의 시선은 청풍강 일대에 펼쳐져 있는 대암, 화암, 황강, 황공탄, 권호, 금병, 부용벽, 능강, 구담의 구비구비 아홉 곡을 물 흐름에 따라 노래하고 있다.

> 하늘이 뢰흘여러 地界도 붉을시고
> 千秋水月이 分밧긔 묽아셰라
> 아마도 石潭巴谷을 다시볼듯 ᄒ여라

작품의 구성 방식은 배경이 되고 있는 구곡 곧 아홉 곳을 그림으로 펼치고, 한 수씩 창작하여 노래하고 있다. 위 서사처럼 청풍 일대 산의 원경을 그려내면서 이이의 석담파곡을 닮아 있는 한수재가 있는 황강의 아름다움을 드러내고 있다. 〈구산구곡가〉 서장의 '무이를 상상ᄒ고 학주자를 ᄒ리라'와 통한다. 그림처럼 대상의 자연 현장을 포착하면서도 외경만이 아닌, 이를 느끼는 시적 자아의 내면이 나타나 있다. 자연의 소재적 공간이 그림처럼 제시되고 이를 심경화하는 방식을 택하고 있다. 자연의 시적 발상은 근경과 원경의 거리감으로 나타난다. 이 서사를 비견되는 〈망천(望天)〉 시조가 있다.

---

15) 이민홍, 『사림파문학의 연구』, 형설출판사, 1987.
16) 黃江은 현재의 제천시 한수면 황강으로 단양을 돌아 나오는 황강 상류의 은빛 맑은 물이 구비쳐 흐르는 강기슭에 자리잡은 마을이었다. 지금은 충주댐으로 인해 권상하가 거주하던 古宅은 소실되었고, '寒水齋'만 옮겨지어 '황강영당'으로 전해지고 있다.

져긔 져 멀언 것 우희 파란거시 무어시니
그거슨 하늘히오 멀언거슨 구름일되
하늘이 구름만티 놋던들 술올일을 알낫다.

하늘의 이미지에서 시작하는 <황강구곡가>는 지상에 펼쳐놓은 그림
을 단계적으로 옮겨가며 형상화하는 방식을 통해 보여주고 있다. 황강
일대의 유구한 절경은 화자에 의해 새삼 재음미되어야 하고 그만큼 예
전의 운치를 느끼는 즐거움이 새롭게 다가온다는 것을 강조하고 있다.
이러한 방식은 <고산구곡가>처럼 'ㅇ곡은 어디인가'라는 시구로 먼저
읊고, 다음에서 경치를 화답하는 형식을 취하였다는 것에서도 드러난다.

一曲은 어드메오 花岩 奇異홀샤
仙源의 깊은믈이 十里의 長潮로다
엇더타 一陣帆風이 갈듯아라 가느니

二曲은 어드메오 花岩도 됴홀시고
千峰이 合沓혼디 限없슨 烟花로다
어드셔 犬吠鷄鳴이 골골이 들니느니

三曲은 어드메오 黃江이 여긔로다
洋洋 鉉誦이 舊齋를 니어시니
至今의 秋月亭江이 어제론듯 ᄒ여라

2연에서는 화암이 첫 번째 포착되어 '선원'의 섭리에 따라 제 길―
성현의 길, 성현이 열어 놓은 길―을 알아 나아감을 원경에서 노래하
고 있으며, 3연에서는 1연의 '화암'을 매개물로 해서 시상을 좁혀 가고
있다. 2연의 장호와 3연의 천봉은 황강의 대응적 배경이면서 구곡의 장
소성을 지시하는 시이다. 그 좁혀진 근경 안에 잡혀진 시상은 다름 아닌

개 짖는 소리와 닭 울음소리이며,[17] 다시 시상을 넓게 잡아 그 소리들이 골짜기까지 들리는 것이다.

이 울음소리는 4연에 와서 글 읽는 소리로 이어진다. 청각적 포착은 학문적 계승이라는 측면으로 서정화되고 있음을 확인할 수 있다. '황강'은 권상하가 '한수재'를 짓고 그곳에서 학문을 하며 황강팔학사를 포함하여 무수한 후학들을 길러낸 곳이다. 따라서 세월은 흘렀지만 권상하의 뒤를 잇는 후학이 있다며 '양양 현송이 구재를 니어시니'라고 자랑스러움을 읊었다. 구재는 권상하의 한수재(황강서사)를 뜻하고 현재의 황강영당을 뜻한다. 곧 책 읽는 소리는 강문팔학사를 포함하여 한수재 문도의 계승성과 전통성을 강조한 말이 된다.

四曲은 어드메오 일홈도 흘난홀샤
灘聲과 岳危이 一壑을 흔드는더
그 아래 깁히자는 龍이 櫂歌聲에 씨거다

五曲은 어드메오 이 어인 權소ㅣ런고
일홈이 偶然혼가 化翁이 기드런가
이 中의 左右村落의 살아 볼가 ᄒ노라

六曲은 어드메오 屛山이 錦繡로다
白雲 明日이 玉京이 여긔로다
더우희 太守神仙이 네 뉘신줄 몰내라

5연에서는 청각적 시상에서 물소리와 뱃노래까지 가세한다. 이러한 소리들은 결국 '용'을 잠 깨우고, 이는 다시 6연의 '화옹'으로 이어진다.

---

17) '견폐계명(犬吠鷄鳴)'은 전대의 〈고산구곡가〉나 〈무이도가〉에서는 볼 수 없었던 표현이다. 이것은 과거 성리학적 사관에 입각하여 작품을 썼던 사대부들과는 다분히 차이가 난다. 곧 권섭은 사대부의 문풍과 실사구시의 현실을 반영하여 작품을 썼음을 알 수 있다.

5연의 '도가성'은 주자를 연상하면서 시적 화자의 여유를 뜻한다. 여기에서 '화옹'은 수암 권상하를 표면적으로 지칭한다고 볼 수도 있는데, 이는 앞서 언급한 '선원'에서 그 단서를 찾을 수 있다. 좌우촌락에 산다는 것은 단순히 개인적 차원의 취락이나 유흥이 아니다. 자신을 포함하여 마을의 구성원이 되어 '어울리는' 삶을 뜻한다. 곧 시적 화자는 정신적 스승 권상하를 염두에 두고 그의 도학 터전인 황강의 발원을 일곡에 둔 것이다. 화자는 고인들의 품격을 흠모하면서 기질 탓으로 힘과 자유를 드러낸다. 용은 중의성을 띠면서 시적 화자의 자화상이기도 하다.[18]

여기에 7연의 백운과 명일이 '옥경'으로 형상화되어 다음 8연의 '학'으로 이어진다. 결국 시적 화자는 닿을 수 없는 것, 잡을 수 없는 것을 근경에 놓고, 보다 인간에 근접한 것을 오히려 원경에 놓아 때로는 이 둘을 혼용하여 역동성을 주고 있다. 숨길 수 없는 도도한 기질은 자부심과 청빈의 처신을 암시하고 있다. 화옹은 조물주이면서 시적 화자의 또 다른 표현이다.

<황강구곡가>는 황강의 흐름에 따라 시상을 전개하고 있는데, 그 방식은 '움직임'에 있다. 이러한 움직임, 특히 8연의 '범범고주'는 윤선도의 <어부사시사>를 연상하게 한다.[19] 그러나 일시적인 방편의 외로운 배가 아니라 권섭의 배는 자연과 함께하는 생활체험의 대상이다. 학이 천 길 절벽에 있으니 신선적 분위기인데 그 아래가 외로운 배가 있고 그 배에 화자가 타고 있다. 고독의 경지가 절경 때문만은 아니다. 유유자적의 탈속성을 보이면서 자연을 품고 있는 학의 분위기로 화자가 동화되고 있다.

---

18) '무이도가'와 '고산가'의 영향이 나타나 있으나 교술성보다 서정성이 강조되었다.
19) 움직임은 풍류미의 핵심이지만 여유와 관망의 자적미로 재론할 필요가 있다.

七曲은 어드메오 芙蓉壁이 奇絶홀샤
白尺天梯의 鶴唳를 듯즈올듯
夕陽의 泛泛孤舟로 오락가락 ᄒᆞᄂᆞ다

八曲은 어드메오 凌江洞이 ᄆᆞᆰ고깁희
琴書 四十年의 네어인 손이러니
아마도 一室雙亭의 못내즐겨 하노라

九曲은 어드메오 一閣이 그 뉘러니
釣臺丹筆이 古今의 風致로다
져긔져 別有洞天이 千萬世가 ᄒᆞ노라

8연의 절묘함은 시각과 청각의 회상적 결합에 있다. 천길 절벽과 학의 울음이 만들어내는 절창이다. 청풍의 청풍체 음악은 지방관인에서 최고에 이르렀다. 문풍과 예악이 살아 숨쉬던 청풍부의 전통, 그것을 확인하고자 하고 있다. 그래서 9연의 별유동천은 남한강의 이름대로 천 년 만 년 가는 것이다.

10연은 8연과 9연의 분위기를 이어가며 옛스러운 운치에 황강 터전이 별천지라고 하였다. 사대부의 품격이 강조되었지만 지나치게 체통을 강조한 것이 아닌 예전에 그랬듯이 고금의 풍치를 즐기고 그러한 세계가 오래 유지되기를 바라고 있다.

〈황강구곡가〉의 표현상 특징은 문체와 수사법, 그리고 어조를 통해 나타난다. 〈황강구곡가〉의 문체는 순수한 우리말을 시어로 구사하여, 우리말만이 지닐 수 있는 장점인 묘사를 하고 있어 사실적이다. 한자어와 한자투 구절도 함축적인 표현과 자수의 제한에서 오는 한계를 극복하는 데 알맞게 쓰고 있다. 견폐계명의 시어에서 절절하게 보이듯 상형적 한자어와 일상의 생활 용어들을 자유롭게 선택하여 구사하고 있다.

또 소재 선택에서 보면, 대암에서 구담에 이르기까지의 경승기행에서 얻어진 체험과 시어를 적절히 배열하는 천부적 작가의 솜씨가 드러나고 있다.

<황강구곡가>의 수사법은 'O곡은 어디인가'라는 시구로 묻고 화답하는 형식으로, 2연에서 10연까지 문답법을 취하고 있다. 2연의 대암과 3연의 화암을 쌍으로 놓아 대구법을 취하며, 3연의 견폐계명은 시각적 이미지와 청각적 이미지의 의성법을 통해 시적 화자의 현실 인식이 드러나고 있다. 이는 실사구시의 당대 인식으로, 진보적 강호가도의 실학적 자취라고 적극적으로 해석할 수 있다. 조선 사대부 가사나 시조에서 보이던 강호가도, '현실과 멀면 멀수록 좋다'와는 다르다. 4연에서는 '용'이 상징하는 바, 권상하로 중의법과 상징적 은유법이 드러나고 있다.

<황강구곡가>의 어조는 감탄과 예찬, 그리고 회고적이다. 먼저, 자연에 대한 감탄으로 이에 상응하는 감탄형 어미와 6연의 시적 화자가 '좌우촌락'을 통해 자연과 동화되며, 9연은 금서 사십 년을 돌아보며 예찬하는 어조다. 다만 회고적인 회상 어조가 과거에 머물지 않고 현재성 또는 장소성과 연결하는 발상은 작가의 전통 계승 인식에 발로된 것이다. 이 점은 조선후기 사대부 권섭의 진보적 자화상이기도 한 것이다.

(2) 〈황강구곡가〉의 서정적 미학

앞에서 살핀 대로 <황강구곡가>는 <고산구곡가>의 정신경보다 한 발 나아가 있다. <고산구곡가>가 외관의 경물만을 담담하게 그려냈다면 <황강구곡가>는 왜 황강의 풍광과 함께하는지 작자의 내면이 드러나 있다. 후대의 주자학적 정통 계승이라는 점에서 당연한 것이지만 현실적 자연관을 통해 또 다른 사대부의 흥취를 보인다. 담담한 시상에 서경과 서정의 조화를 통해 권섭다운 시선이 돋보인다. 그의 작품에는 문사가 뛰어날 뿐만 아니라 정신의 계승성까지 은유적 내포를 보여주고 있다. 시상에서 무미건조한 자연의 포착이 아닌 적극적인 자연에의 동일시 현상이 감정이입되고 있다.[20]

권섭은 자연을 대상으로 하였으되 단순한 자연의 묘사만이 아닌 대상과 체험 요소들을 상상력으로 결합함으로써 서정적 이미지를 환기시키고 자연을 매개로 한 자아의 깊은 심정을 형상화하는 고도의 시적 상상력을 보여 주고 있다. 6연에서 보이는 바와 같이 시적 화자는 자연 속에서 유유자적하는 것이 생활화되어 어떤 부귀나 지위도 부러워하지 않으며, 아름다운 경치를 즐기는 데 만족하고 있다. 이는 곧 자연에 순응하고 자연의 일부임을 자처하는 권섭의 생활 태도가 자연스럽게 작품에 용해되었다고 볼 수 있다.

창작법의 독특함에도 있지만 그의 체험적 문학과 관련이 있다. 정신경의 현실적 포착은 마음의 도학적 인식과 경관의 체험적 바탕이 조화를 이루었기에 권섭의 품격으로 개성화된 것이다. 이이의 『정언묘선(精言妙選)』에서 보인 시품 곧 자연스러운 묘취와 상통한다.[21] 다만 권섭의 개성 탓으로 기질의 편벽이 눈높이의 사색과 연관되어 돋보인다는 점이다.

마을과 사람이 전제된 자연을 형상화하고 아울러 권상하의 학문이 제천다운 정신으로 승화되어 있다. 이이의 도학적 근거를 바탕으로 하였지만 권상하의 학문적 환경이 작용한 셈이다. 인간의 심상과 도학의 경지가 자연을 매개로 하는 성정으로 희구된 결과이다. 황가에 대하여 선경이라고 하였지만 화자의 발길이 접근된 효율적인 곳이다. 이 점이 권섭

---

20) 〈무이도가〉는 풍류와 경물, 〈고산구곡가〉는 도학과 경물 위주로 형상화하는데 〈황강구곡가〉는 풍류, 경물, 도학적 실천(계승화), 인간과 함께하는 시선 등이 보인다.
21) 김병국, 「고전시가의 품격 미학」, 『고전시가의 미학 탐구』, 월인, 2000.

의 서정적 거리라고 할 수 있다.

서정적 거리는 조선전기 사대부의 일체감 위주의 자연몰입과 다르고 은둔의 자기방어와 다르다. 권섭의 서정적 거리가 주는 매력은 빠지되 체면치레로 겉멋의 자의성을 보이지 않는다는 점이다. 생활의 방편으로 내부의 감정과 자연의 감흥을 조절한 것이다.

생활 속에서의 자연이지만 사대부의 신분과 체면 때문에 차단된 대상이 아니다. <황강구곡가>의 경지는 자연과 인간의 동화성과 동일시성을 통해 유학적 풍모를 말하는 것이 아니라 유학의 격이 자연의 체험 속에 시풍으로 승화된 것인데 이 점이 <고산구곡가>보다 서정적 탁월함을 보여주는 측면이다.[22] 사대부의 반복적 삶 속에 절제와 흠모를 통해 기질의 생명력을 높이고 있다.

권섭의 시는 주자와 이이를 모델로 하였으나 실천 방향을 사뭇 달리하였다. 삶을 긍정하며 자연을 즐기되 자신을 방임하지 않고 또 자연을 통해 정신경의 도학적 관념으로 끌고 가는 것이 아니라 오히려 자연과 함께 하는 현실적 깨달음을 통해 내재적 반성의 삶을 추구하는 것이다. 그 인식에 <황강구곡가>의 서정성이 함축되어 있다.

권섭은 벼슬을 하지 않는다는 것을 강조하지 않았지만 권상하를 닮아 출세의 허위를 간파한 것이다. 도학적 관념의 무의미성을 잘 알았다. 그의 <황강구곡가>에는 이러한 현실적 자각과 학문의 정신적 계승에 대한 절실함이 형상화되어 있다.

권섭의 시조 언어는 이이와 정철을 닮아 있다. 궁극적 지향점도 닮아 있다. 그러나 절대적 가치추구보다 현실적 체험과 인간성 위주의 도학성을 드러내고 있다. <황강구곡가>의 시학적 기반에는 성리학의 이념

---

22) 신연우, 「일상문학의 시각으로 본 이이 시조의 문학사상적 의의」, 『열상고전연구』 12집, 열상고전연구회, 1999.

보다 학문의 현실적 실천성이 돋보인다. <고산구곡가>의 일상적 기운이 <황강구곡가>에 와서 구체적 체험성이 차원 높게 표현된 것이다. 권섭은 성리학적 상상력을 일상의 삶으로 활성화시켜 '기발'을 보여주었다.

4. 〈황강구곡가〉의 정신사적 성격

권섭은 <황강구곡가>를 통해 조선시대의 강호가도를 창조적으로 계승하고 있으며, 그의 문학은 기존의 강호가도 풍류관을 이어받으면서 인간의 문제를 드러내고 있다. 기존의 시조나 시가가 성리학의 이념을 바탕으로 그 위에 상투적인 어휘나 어법의 거푸집을 지었다면, 권섭의 시가는 그것과는 다르다. 이러한 점에서 그의 작품은 근대적 성향을 보여주고 있다. 시사에서는 양란을 계기로 새로운 흐름, 곧 근대성이 대두되는데, 이 시기에 사대부로서 권섭의 시문학이 자리하고 있다.[23] 성리학적 시상은 이념적 표상성으로 강조된 시기에 권섭의 시에는 정신적 감화가 나타나 있으나 이념의 도구에 함몰하지 않고 보다 인간적 이해를 자연의 아름다움과 조화시키려는 노력이 보인다.

권섭은 정철, 박인로, 윤선도로 이어지는 강호가도의 사대부 시맥을 이어주고 있는데, 박인로의 자리에 권섭이 자리할 만한 문학적 성과를 이루었음에도 불구하고 그의 이름은 잘 알려져 있지 않다. 왜 권섭의 시조가 사대부의 정서를 창조적으로 계승하였는가 문제는 그의 한시와 함

---

23) 임·병 양란으로 인해 혼란해진 조선의 사회적 현실은 이에 대응하기 위한 학문적 반성을 촉구하였고, 이러한 반성 속에서 새롭게 일어난 학문이 실학이었다. 곧 공리공론만 일삼던 성리학이 쇠퇴하고 실사구시의 학풍을 가진 실학자들이 역사와 현실을 직시하고, 새로운 학문적 연구를 토대로 이상을 실현하기 위한 분위기를 형성해 나가던 시기였다.

께 거론할 필요가 있고 국문시가의 표상성과 감각적 상상력을 미학적 측면에서 더 따질 당위성이 있는 것이다.[24] 다만 <황강구곡가>의 시맥은 이황과 이이의 중간적인 정신경이 보인다는 것이다.

<황강구곡가>의 사상을 이해하기 위해서는 조선시대 문학의 한 특징인 강호가도를 살펴보아야 한다. 강호가도는 조선시대 시가 문학에 널리 나타난 자연예찬의 문학사조다. 조선시대의 시가 작품으로는 <강호사시사>·<상춘곡>·<어부사시사> 등으로, 제목 자체부터가 그 내용이 자연 예찬임을 짐작하게 한다. 자연 예찬은 조선시대 시가 내용의 주류를 이루고 있다. 이 문학 현상에 대하여 조윤제와 최진원은 문학사조로 파악하여, '강호가도'의 범주로 부르고, 그 내용을 자연미의 현현이라 규정하면서, 최진원은 강호가도의 형성 원인을 조선시대 사대부 계층의 정치상과 생활상에서 파악하였다.[25] 권섭의 이력으로 보아 중세적 환경에 있었으나 지배이데올로기에 부합하여 예술활동을 한 것이 아니었기에 강호가도의 연속성으로 이해하는 데는 한계가 있다.

연산군 때부터 줄곧 일어난 당쟁에 휩쓸려 당시 사대부들은 자칫 잘못하면 일신을 보전하기 어렵게 되었다. 이에 명철보신(明哲保身을 꾀하는 사람은 아예 벼슬길에 나가려 하지 않았고, 기왕에 나간 이는 세상이 어지럽게) 되면 벼슬자리에서 물러나려 하였다. 또, 나이 들어 벼슬을 마친 사대부들은 조용히 고향 마을에 물러앉아 산과 물에 즐거움을 붙여 늙어가고자 하기도 하였다. 이에 권섭은 붕당에 관하여 다음과 같은 '독특한' 견해를 밝힌 바가 있다.

---

24) 권섭이 시조사의 새로운 흐름에 어떤 방식으로든 관련이 있는 사대부라는 관점은 조선 후기 정치사와 연관하여 천착할 필요성을 느낀다.
25) 최진원, 『국문학과 자연』, 성균관대학교출판부, 1981.

사람이 어찌 파벌로써 그 좋고 나쁨은 편가를 수 있단 말인가? 오직 사람에 달려 있을 뿐이다. 각기 선대의 의론을 전하며 각기 어질다 여기는 이를 존경하는 것이니, 이치와 형세로 보아 당연한 것이다. 그러나 서로가 의심하여 의론하는 것은 역시 심사가 서로 널리 이해하지 못하는 까닭이다. 독서를 하여 이치를 아는 사람일 것 같으면 모두 스스로의 올바른 견해가 있다. (…중략…) 나를 좋아하여 서로 왕래하는 자는 붕당의 습성으로 병이 든 사람이 아님을 안다.[26]

라고 하면서 나이 들어 사람을 대함에 파벌을 가리지 않고 한 마음으로 대하니 공평하고, 사사로움이 없어져 모든 사람과 한가롭게 담론할 수 있었다고 자신의 진솔한 체험을 밝히고 있다. 권섭은 당론과 당쟁을 일삼은 것이 결코 선현의 뜻이 아니고, 오히려 거기에 위배된 행위임을, 따라서 당파에 앞서 인간의 참모습을 보아야 한다는 점을 분명히 밝히고 있다. 권섭의 당당한 어조는 정치적 이해타산이 없었고 이미 그런 가치에서 떠나 있었다.

강호가도의 성립은 정치적인 문제에서 비롯하였으나, 여기에 토지경제적인 뒷받침과 조선시대 사림(士林)의 도학적 문학관의 작용을 간과할 수 없다. 세조 조에 토지의 사유화가 이루어져서, 양반들은 이 사유지에 기반을 둔 생활 근거가 마련되어 있었으므로 벼슬에서 물러 나와 강호생활을 할 수 있었다.[27] 남한강유역은 기호학파의 강호생활이 이루어진 터전이다. 조선시대 시가문학에 나타난 이와 같은 특성을 '강호가도'로 정립시킨 것은 의의가 크다. 작품에 따라 개별적으로 나타나는 현상을 자연미라는 보편적인 개념으로 파악할 수 있게 되었고, 작품에 드러난 자연미를 통하여 당대인들의 미의식을 추출해 낼 수 있었다. 이들 작품

---

26) 『옥소집(玉所集)』 6권, 〈산록외편(散錄外編)〉.
27) 남한강과 북한강의 상류 일대는 '선비'마을이라 불릴 만한 '집성촌'을 이룬 곳이 여러 군데 있다.

의 자연미는 흥취성과 풍류성에 있다. 구체적 감각과 흥겨운 정경을 드러내어 현실의 움직임을 재미있게 형상화하고 있다.

앞서 언급하였듯이 <황강구곡가>의 사상은 권상하의 한수재 학풍에서 비롯되었는데, 이를 문학을 통해 이를 창조적으로 계승하였다. 그의 시문학은 조선후기 대표적인 사대부 문학으로, 강호가도의 풍류관을 계승하면서 인본주의인 인간애의 조화를 획득하고자 하였다. 이러한 점에서 진보적 강호가도의 실학적 모습 ― 근대적 조짐과 인간애의 사실적 접근 ― 이 보이며, 이는 사대부 시조에서 조선후기 현실주의 시조로의 이행이 이루어지는 시사에 놓여 있음을 의미한다. 그렇기 때문에 기존의 강호가도와는 변별적이라는 데서 권섭 시조다운 면모를 보인다는 것이다.

<황강구곡가>의 배경은 청풍으로 권상하의 한수재 사상의 발원지이며, 옥소 권섭의 활동 무대였다. 2연에서 권상하의 도학 터전인 황강의 발원지를 '선원'이라 함으로써 백부를 우러르고자 한 것에서 사상과 밀접하게 관련되어 있다. 남한강 청풍일대에서 권섭이 있기까지의 계보를 살펴보면, 권섭은 사상적으로 기호학파였던 이이로부터 시작하여 송시열, 권상하의 뒤를 이었으며, 시문학적으로 정철, 박인로, 윤선도로 이어지는 강호가도의 시맥을 잇고 있다. 문제는 이러한 계승이 얼마나 발전적이냐에 달려 있는 것이다.

조선시대 문학은 사대부 문학의 독특한 흐름을 형성하였다. 사대부 문학은 관료적·처사적 특징을 두루 보이는데, 문학의 조류 역시 그러하다. 조선시대 대부분의 작품은 봉건적 지배 질서의 안정을 추구하고, 현실 세계의 고통과 문제를 대면하기보다는 오히려 정치적 초탈을 추구하는 이들의 보편적 정서를 반영하고 있다. 이는 인간의 문제를 심도 있게 다루지 못하고 이념적으로만 흘렀다는 한계를 갖는다. 그러나 <황강

구곡가>는 3연에서처럼 근경에 잡혀진 것을 통해 인간의 문제를 고민하게 된다. 기존의 시조나 시가가 성리학의 이념을 바탕으로 그 위에 상투적인 어휘나 어법에 머물렀다면, 권섭의 시가는 그것과는 다르다. 이러한 점에서 그의 작품은 잠재적으로 근대성과 혁신성을 보여준다.

권섭은 일찍이 권상하로부터 정치를 피하고 학문과 예술에 전념한 일면을 받아들이면서 허세는 본래 자기 것이 아닌 양 가까이 하지 않고 살았다. 그러면서 권섭은 어느 사상에도 얽매이지 않고 명승지를 두루 돌아다니며 책을 벗하고 감흥에 취하면 시를 짓고 노래하며 그 자신이 관직에 나가지 않은 사대부로서 일생 동안 자유로운 삶을 누리며 문필 생활을 하였다. 현실을 돌파하려는 모색을 하지 않았지만 세상 밖에서 현실을 간파하며 나름대로 취흥을 드러낸 삶을 영위한 것이다.

권섭의 문학론은 천기론에 입각한 것으로 그 요체는 각자성장(各自成章)과 성기성생물(成器成生物)에 있다. 이러한 입장은 모든 시대의 문학은 우열이 있을 수 없다는 시문학의 등가성과 함께 보편성과 특수성을 포괄하는 개념이다. 곧 각 시대의 문학은 구조적 대비를 통해서 비교해야 하며 각 시대의 문학이 '각자성장' 하였다는 점에서 보편성을, 그리고 '각자성장'한 환경이 다르다는 점에서 특수성을 인정해야 한다는 것이다. 따라서 중국과 조선의 문학에 차이가 있을 수 없음을 지적하고 있다. 이런 인식의 권섭은 국문문학에 깊은 관심을 보이고 있는데 특히 <황강구곡가>는 <고산구곡가>를 계승한 것으로, 주자의 <무이도가>에서 이어지는 성리학적 문학의 전통이 완성되고 있음을 보여주고 있다.[28] 생활의 구체적 근거지는 이러한 형상 작품들이 보여주는 공유점이다. 근거지를 바탕으로 도학의 조화성을 추구한 것이다.

---

28) 신연우, 앞의 논문 참조할 것.

권섭의 시가는 '흥발의 문학'과 '자기체험의 문학'이라고 할 수 있다. 곧 전자가 감흥에 따른 사실묘사의 표현방법이라고 한다면 후자는 마음 가는 여유의 표현방법을 보여주고 있다. 이에 따라 <황강구곡가>에는 자연 감흥을 법고(法古)를 전제로 현대화하고 일상의 체험을 감각화하고 있다. 그리고 이러한 창작의 발상은 작품의 직접적인 실천론이면서 생활 시조처럼 느끼게 하는 대목이다.

권섭은 국문시가를 창작함에 있어 사대부적 여기(餘技)가 아니라 전문 적인 시풍과 안목을 가지고 있었다. 그가 전대에서 찾아볼 수 없는 다양 한 소재를 가지고 작품화하였다는 사실은 매우 중요한 의미를 가진다. 권섭은 비약과 압축, 생략과 변증법적 조화, 시적 화자의 평범성, 시적 담화의 다양성, 대화체와 구어체의 구사, 모든 작품에 제목을 붙여 창작 하는 것으로 자신이 선택한 대상을 작품화하고 있다.[29] 말년의 <황강구 곡가>는 이러한 창작경험이 원숙하게 녹아 있다.

특히 <황강구곡가>의 기반에는 연시조로 가장 전통적인 사대부 문학 양식을 가지고 새로운 표현 영역을 개척하고 있는 바, 이 점은 달리 말 해 권섭 이전부터 세력을 확장하기 시작하는 단형시조의 형식적 제약성 을 인식하고, 철저히 연시조를 창작하는 것으로 이를 극복하고 있다. 이 점은 중·서민 시조가 단형시조의 형식적 제약성을 사설시조의 제약성 을 통해 극복하는 점과 비교하여 좋은 대조를 이룬다고 볼 수 있다. 다 만 연시조의 생활화 그리고 대중화의 길을 구체적으로 이끌지는 못하였 으나 현실적 감각의 다채로움을 사대부로서 보여주었다는 점은 높이 평 가해야 한다. <고산구곡가>의 시간적 질서가 안위적이라면 그런 시간

---

29) 권섭의 대표적인 평시조 한편을 들면, "산창에서 단잠 자다 달빛에 놀라 깨서 / 죽장을 빗기잡고 소나무 아래 걸어 보니 / 어디서 일진경풍에 시흥(詩興)조차 불러내는구나"가 있다(제천 권섭시비에 새겨짐).

성도 구애받지 않은 현실적 감각이 상정되어 있다.

이상과 같이 권섭의 시가가 새로울 수 있었던 것은 다양한 측면에서 검토될 수 있지만 무엇보다 당대의 문인, 예술가 등 다양한 인물들과의 교류를 통한 문필활동을 들 수 있다. 권섭은 회화에도 조예가 깊었는데, 시화일체론(詩畵一體論)에 입각한 시 창작을 하였다.30) 그의 시가는 흥발과 자기체험의 시가문학이라고 할 수 있다. 전자가 감흥의 유희적 형상화의 길이라면, 후자는 명상의 시적 내면화의 모습이다. 이에 따라 작품은 크게 여행적 체험, 일상의 서민적 체험, 사대부 미적 체험의 세 가지 모습으로 분류할 수 있으며, 이것은 창작의 배경이 될 뿐만 아니라 작품의 직접적인 소재가 되기도 한다. 그가 전대에서 찾아볼 수 없는 다양한 소재를 가지고, 그 소재마다 제목을 붙여 창작되었다면, 권섭의 작품은 자기 체험을 바탕으로 사실적 서정주의를 창작화한 것이다. 이는 권섭의 선비적 성격에서도 찾을 수 있지만, 양란을 기점으로 드러나는 조선의 역사적·사회적 제반 조건들에서도 찾을 수 있다.31) 작가에게 있어 작품은 작가의 전유물이 아니라 사회를 반영하기 때문이다.

권섭은 시조사에서 사대부 시조문학을 현실적 생활문학으로 옮겨가는 계기를 마련하였다. 시가사에서 큰 비중을 차지하는 인물임에도 불구하고 실학사상과 관련하여 적극적인 해석에는 나아가지 못하였다. 권섭의 창작 활동에 있어서 한문학이 주류를 이루는 것은 여느 사대부 작가들

---

30) 권섭의 시조 중 <육영>은 음악, 미술, 시가 조화를 이루어 창작된 뛰어난 작품이다. 그리고 이러한 작품이 나오게 된 배경으로는 그의 시적 재능과 시 정신, 이와 더불어 체험에 바탕을 둔 그의 시 창작 방식이라고 할 수 있다. 그러나 이러한 배경이 비단 여기에만 해당하는 것이 아니므로 무엇보다 중요한 것은 회화 특히 풍속화의 영향이라고 할 수 있다. 권섭은 그림에 재능과 안목이 있었을 뿐만 아니라 겸재 정선과의 친분 관계로 인해 직·간접적으로 많은 영향을 받았다.

31) 임·병 양란은 백성들에게 혼란과 민생고에서 벗어나려는 자아성찰의 계기를 마련해 주었으며, 양란을 겪은 조선사회는 이 시기에 이르러 오랫동안의 고난을 극복하고 재기의 움직임을 보이게 된다(강만길, 『한국근대사』, 창작과 비평사, 1984).

과 마찬가지다. 그러나 국문으로 가사 2편과 시조 75수를 남긴 점을 간과할 수 없다. 이 점은 조선의 3대 시인으로 꼽히는 정철(80여 수), 박인로(67수), 윤선도(75수)와 비교해 보더라도 결코 뒤지지 않는다. 이는 곧 도학적 도구로서 창작하던 시대에서 전문적인 창작의식으로의 전환을 의미하고 있다는 점에서 진전된 부분이다.

주제 면에서 보면 문학적 자아의식은 일상적 체험을 통해 순수하게 드러내고 있다. 정철의 <훈민가(訓民歌)> 16수, 박인로의 <오륜가(五倫歌)> 25수 등에서 보이는 주제의식과는 많은 차이가 있다. 소재 선택의 면에서도 일생을 통한 경승기행에서 얻어진 풍부한 생활 체험과 천부적 심미안, 그리고 섬세한 정감이 사물과 현상을 관조하고 선택하는 저력을 나타내고 있다. 그 결과 <황강구곡가>의 세계는 여타의 것보다 광범위하고도 다양한 특성을 가진다. 성리학적 발상이면서도 학문과 흥취를 일상의 삶 속으로 내면화하고 있다.

시어를 보면 정철이나 박인로의 어휘와 많은 차이가 난다. 권섭은 순수한 우리말, 곧 우리 일상의 생활 용어들을 자유롭게 선택하여 구사하고 있다.[32] 이 점은 일찍이 윤선도가 순수한 우리말을 시어로 아름답게 구사하였던 점과 상통한다. 승경을 그 자체로만 읊지 않고 원경에서 근경으로 이어지는 입체적인 구조 속에 인간의 삶과 감흥을 승화시켰다. 곧 서경과 자연물이 서정적 자아의 내면과 조화를 이루어 작품의 완성도를 높여 주고 있다. <고산구곡가>의 학문적 지향이 <황강구곡가>에 지속되었으나 현실적 조화와 생명력을 드러낸 것은 권섭의 몫이다.

권섭이 작품 활동을 하던 시기는 조선후기로 근대화 조짐이 나타나던

---

32) 권섭의 시조 작품 중에는 한자어를 하나도 쓰지 않고 순 우리말을 사용하여 작품을 완성한 것들이 7수나 되고 있다. 그의 시조들은 자신의 일상적인 체험에서 직접 구체적인 소재를 취하여 작품화한 데서 주목된다.

시기다. 문학 분야에서도 서민 작가들이 대두하는 등 새로운 경향이 나타나기 시작한다. 그는 사대부 신분임에도 관직에 나가지 않고 새로운 시대사조를 호흡하면서 〈황강구곡가〉를 창작하였다. 결국 그의 작품 경향은 그 시기까지의 일반 사대부 계층 작품과는 달리 변화하는 시대 기운에 연관하여 창작한 점에서 독특한 의식지향이 반영되어 있음을 확인할 수 있다. 선비의 항상성과 도학성이 작품의 문학성에 손상되지 않은 채 잘 갈무리되어 있어 '구곡체' 시조의 최고봉이라고 평가할 수 있다. 바깥과 안의 조화, 경물과 사유의 일원화, 감탄과 실천의 생활화 등이 기왕의 모델 작품들과 차별된 것이다.

5. 맺음말

이상에서 〈황강구곡가〉의 미적 가치를 탐색하여 조선조 사대부 시가 문학의 새로운 인식체계를 마련하였다. 보다 정밀한 천착에는 이르지 못하였으나 나름대로 작품의 이면적 의미를 새롭게 논쟁거리로 부각시켜 보았다. 기존 연구사의 성과에서는 표면적인 이념에 매달린 양상만을 살펴보았지만 이 글에서는 〈황강구곡가〉에 대한 청풍의 현장성과 도학적 예술성을 동시에 주목함으로써 사대부 연시조의 시적 형상화 방식을 구체적으로 확인할 수 있는 길을 열어 놓았다. 그러나 〈황강구곡가〉의 사상적 뿌리를 찾기 위한 측면 작업은 권상하의 『한수재집』과 권섭의 『옥소집』 한시 등을 살펴야 전모가 드러날 것이다. 아울러 제천(사군문화를 포함한 충북 북부) 시문학의 정체성은 그의 시가문학에 있음을 확인한 셈이다. 곧 주자의 성리학적 정통을 계승하였음에도 불구하고 묘사적 풍류도학의 미를 형상화한 측면이 보인다는 점이다.

　<황강구곡가>의 미학적 기반에는 18세기 사대부 시조의 변모를 부분적으로 감당한 것으로 보았다. 권상하의 강문팔학사 제자들처럼 실학적 기운을 구체적으로 확인할 수는 없었으나 현실적 감각 위에 형상화된 흥발과 '가도'는 주목되었다. 그의 시조에는 성리학적 이념에 갇혀 있으면서 생활체험의 미의식으로 지배이데올로기의 경직성에서 벗어났다고 판단된다. 이런 맥락에서 <황강구곡가>의 문학사적 의미는 구곡체 상상력을 바탕으로 창작하였으나 방외인적 기질 탓으로 자유로운 흥취의 세계를 사대부로서 처음 열었다고 정리할 수 있다.

의병가사유산자원의 새롭게 읽기
-화서학파 학맥을 중심으로-

1. 머리말

의병영웅 이미지를 지닌 의암 유인석(柳麟錫, 1842~1915)은 화서(華西) 이항로(李恒老, 1792~1868)의 학맥을 이어받았다. 화서 이항로는 조선 말기의 성리학자로 1840년(헌종6)에 휘경원 참봉에 임명되었으나 나가지 않고 고향에서 후진을 양성하였다. 1864년(고종1)에도 여러 관직에 임명되었으나 모두 거절하였다. 1866년에 병인양요가 일어나자, 동부승지의 자격으로 대궐에 들어가 싸울 것을 주장하였다. 그 뒤 공조참판, 경연관에 임명되었으나, 흥선 대원군과 대립하고 관직에서 물러나 낙향하였다.

이항로는 '존왕양이의 화이론'을 계승하여, 일본과 서양 세력을 배격하고 서양의 문물을 거부하며 공자와 맹자의 도를 지켜 임금과 나라 사랑하기를 강조하였다. 이러한 이항로의 사상은 김평묵, 유중교, 최익현, 유인석에게 이어져 조선 말기 위정척사 사상의 주류가 되었으며, 개항반대운동과 반일 의병운동을 이어나가는 정신적 지주가 되었다. 저

서로『화서집』등이 있는데 이른바 화서학파(華西學派)의 경전과 같은 구실을 한다.

이항로의 화서학맥에서 배출한 유인석은 민족영웅이다. 그는 학자로서 의병운동을 주도한 지도자다. 화서·성재·의암 등의 이념으로 무장한 유인석 호좌의진의 의병운동은 일본이 강요한 개항을 반대하였고, 개항 이후에는 개화정책에 대한 반대운동을 하였다. 이는 국가와 민족 그리고 문화의 보존과 일제침략에 대한 복수라는 목표를 강하게 갖고 적극적인 실천논리로 대응하였다.

유인석과 함께한 의병선비들의 의병운동은 화서학파의 존화양이·위정척사를 주장한 유림들이 주축을 이룬 실천사상운동의 일환[1])으로 이항로의 시대인식에서 출발한 항일의병투쟁의 민족운동이었다. 이러한 화서학파의 학문적 실천은 민족사의 노블리스 오블리주(Noblesse Oblige) 가치를 부각시킨 점에서 오늘날 높이 평가되고 있다.[2]) 이를 현대적으로 계승하는 방안에는 여러 가지 있으나, 이들의 정신선양과 함께 문화감성 시대에 걸맞게 의로운 역사문화인물로 재창조하여 보여줄 필요가 있다. 이 글은 이들 관련 유적지와 연계한 문화콘텐츠 활용방향을 진단하는 데 있다.

화서학파 관련 문화유산의 활용과 자원화 방안은 다른 역사자원보다 발이 느리다. 여러 이유가 있겠지만, 너무나 생생한 현지적 유형 유적이 남아 있고, 연고지와 후손의 증언성이 분명한 것도 한 몫을 하였다. 문헌 속에 갇혀 있는 이야기의 한계성도 그 이유가 된다. 더구나 의병 관련 검토는 철저한 자료수집과 연구 바탕 위에서 현대적 계승 차원이 객

---

1) 이창식 편,『제천의병의 정통성 연구』, 대유출판사, 2005.
2) 이창식,「유인석 관련 문화유산의 현대적 계승과 전망」,『의암학연구』5호, 의암학회, 2008, 157~183면.

관성, 상징성, 감동적 경쟁력이 확보되어야 할 것이다. 이 글에서는 화서 학적 관련 유산의 유적 복원, 축제와 이벤트 개최를 바탕으로 하되 화서 학적 인물에 대한 문화콘텐츠 방안을 시론으로 제시하는 데 있다. 가령 유인석은 선비인 동시에 학자이면서 장군이다. 전쟁의 활약상을 보여주 는 근대적 영웅성의 장군 스토리[3]를 살려내야 한다.

2. 화서 이항로의 학맥과 화서학파

(1) 화서 이항로의 학행과 영향

이항로는 1792년 경기도 양근(현재 양평군) 벽계리에서 태어났다. 1868 년 77세를 일기로 세상을 마칠 때까지 여러 차례 벼슬이 제수되었으나, 한 번도 현직에 나아가지 않았다. 그는 기호 노론의 후예로서 학통과 도 통을 이은 대표적인 학자였다. 이항로의 학통은 『학문도통도연원(學問道 統淵源圖)』에 의하면 이항로의 학맥은 송시열(宋時烈)과 같은 시대의 인물 인 이단상(李端相)으로부터 연원하여 김창흡(金昌翕), 김양행(金亮行), 이우신 (李友信)으로 이어져 내려온다. 그의 이러한 학통은 다소 미미한 점이 없 지 않다. 반면 도통의 전승과정은 뚜렷하다.[4] 이항로가 태어난 양평 벽 계는 학자들이 학문과 수양을 위하여 많이 머물렀던 곳인데 주자학의 성소성(聖所性)을 띤다. 16세기말에는 박순(朴淳), 이제신(李濟臣), 남언경(南 彦經) 등이 살았고 17세기말에는 김창흡, 18~19세기에는 남기제(南紀濟), 신기령(辛耆寧) 등이 살았던 곳이기도 하다.[5]

---

3) 이창식, 「스토리텔링과 문화콘텐츠」, 『한국신화와 스토리텔링』, 북스힐, 2008, 71~76면.
4) 한국사상연구회, 『조선유학의 학파들』, 예문서원, 1996.

이항로는 일찍이 33세 때(1824) 선조(宣祖)의 어필(御筆)과 송시열의 친필이 새겨져 있는 경기도 가평군의 조종암(朝宗巖)을 찾아 숭명멸청(崇明滅淸)의 존화의리(尊華義理)를 가슴 속에 새겼으며, 45세 때(1836)는 청주 화양동에 있는 송시열의 묘와 만동묘(萬東廟)를 참배하였다. 만동묘는 임진왜란 때 명나라 군대를 파견한 명의 신종(神宗)을 기리는 곳이다. 그가 열렬히 흠모하였던 이는 바로 송시열이었다. 그는 도통의 줄기를 공자(孔子)-주자(朱子)-송자(宋子)로 잡을 정도였다. 그는 공자의 춘추대의(春秋大義)와 맹자의 의리지사(義理之辭) 또는 벽이단(闢異端), 그리고 주자의 노불변척(老佛辨斥)과 『통감강목(通鑑綱目)』 등을 통한 '존화양이(尊華攘夷)'의 대의를 도학적 맥락으로 삼았다.[6] 결국 문화의 정통성과 조선적 정신을 의롭게 지켜내는 측면을 강조해 왔다.

(2) 화서학파와 전기의병 관계

이항로는 벽이단론(闢異端論)을 바탕으로 척사위정(斥邪衛正) 운동에 나서기도 하였다. 75세 때(2866) 병인양요가 일어나자 고종은 좌의정 김병학의 제의를 받아들여 그에게 승정원동부승지를 제수하게 된다. 그러나 그는 화서학파의 여러 문도들을 대동하고 직접 서울로 가서 노쇠함을 이유로 사직소를 올렸다. 다시 공조참판에 제수되자 또 사직소를 올렸다. 그러면서 사직소의 내용에다 현실에 대한 그의 세계관을 구체적으로 정리하여 제시하였다. 이후 이것을 발원처로 하여 화서학파의 척사위정 운동과 의병운동이 전개되었다.[7] 이는 보수적 존화양이론의 근대적 파장

---

5) 강대덕 편, 『화서 이항로의 삶과 문학세계』, 양평문화원, 2005, 148면.
6) 홍순석, 「추봉리·화봉산 암각문의 역사적 배경」, 『포천의 암각문』, 한국문화사, 1997, 112면.
7) 홍순석, 앞의 책, 113면.

이다.

이항로는 당시 사회의 시대적 현실에 대응하려는 논리로 위정척사사상을 전개하였던 재야지식인이다. 그는 19세기 중세에 서세동점의 동아시아 정세변화에 대처하기 위한 현실대응론을 실천운동으로 행동화한 대표적 실천론자이며 위정척사사상가였다.8) 이항로의 시대인식은 그의 보국양이(保國攘夷)와 위정척사에 기초하여 민족위기의식에서 구국활동으로 시작한 위정척사 상소운동과 의암 유인석과 같은 화서학파 문인에게 강렬한 항일의병투쟁의 민족운동으로 발전하게 방향을 제시하였다. 진전된 위정학사론은 의병운동의 기본적 이념이였다고 할 수 있다.

이항로를 따르던 문인들은 개항전후 존양위척의 실천사상운동과 전기 의병운동에 적극적으로 참여하여 현실문제를 극복하고자 시대를 올바르게 인식하고 진취적인 목적성과 처세관을 갖춘 화서영향권에 있었던 인물들이다. 화서학파의 시대인식은 자문화·자민족·자국가 중심의 주체적인 자주·자존의식에서 비롯된 문인들의 결집이었다.9) 의병운동은 일찍이 이항로가 1866년에 '의례책'을 개진할 시기부터 이후에 전개될 가능성을 보여주었다. 1895년 을미년간의 을미사변과 을미개혁의 위기상황 의식을 기저로 한 문인들의 국가에 대한 위기의식과 전통적으로 정치체제의 한 주체자였던 사람이라는 신분에서의 윤리적 위기의식에서 의병운동은 행동화된 독자적 대응방식으로 수행되었다.10)

---

8) 금장태, 「화서 이항로의 철학과 시대정신」, 『계간 사상』 가을호, 1997, 285~318면.
9) 강대덕 편, 『화서 이항로의 삶과 문학세계』, 양평문화원, 2005, 165면.
10) 강대덕 편, 앞의 책, 165~166면.

(3) 화서학파와 유인석의 활동

유인석의 '처변삼사'[11]라는 세 가지 행동강령은 이항로의 윤리적 위기의식을 바탕으로 나온 것이다. 이는 을미사변이라는 국가변란과 단발령 시행과 같은 개혁정책으로 인한 조선적 문화단절의 위기상황에 직면해 있던 사람들이 처신하는 방비책인 동시에 비장한 선언문이다. 이 세 가지 행동방법에 대해서는 각자 스스로에 따라서 나갈 길을 생각하고 선택하라고 주장하였다. 이러한 처변삼사의 대비책에 따라 이필희, 원용석, 안승우, 신지수, 이범직 등의 소장들은 '거의책(擧義策)'을 선택하여 현실대응의 길로 간 것이다.

유인석은 일제 침략세력이 미치지 않는 요순지역에서 의관과 예의를 보호, 보존하고 전통문화를 수호하고자 하였었다. 그러나 '나라의 원수를 값지 못하면 신하가 될 수 없고, 신체를 보존하지 못하면 사람이 될 수 없다'는 생각에서 수의책을 포기하고 거의책을 결심하게 된다. 유인석의 거의책에 부응하고자 한 원주, 지평, 제천지역의 호좌의병은 화서문인 의병장들의 주도세력을 이루었으며 의병활동을 본격적으로 전개하게 된다. 의병운동은 화서학파의 문인들에 의해 춘추대의를 기반으로 존양위척론의 사상이 이념적 무기를 성립시키면서 진행되었다.

의병운동은 일찍이 화서·성재·의암 등의 이념을 현실론으로 계승하였다. 그들은 일본이 강요한 개항에 대하여 무장투쟁으로 맞섰고 개항 이후에는 개화정책에 대해서도 끝까지 반대하였다. 이는 민족의 정체성과 일제침략에 대한 복수라는 목표를 통해 적극적으로 대응하여 전개되

---

11) 1. 거의소청(擧義掃淸) : 의병을 조직하여 왜적을 소탕하자는 의미, 2. 거지수구(去之守舊) : 국외로 망명해서 대의를 지키자는 의미, 3. 자정치명(自靖致命) : 의리를 간직한 채 치명(致命)하자는 의미.

었다. 학서학파의 시대인식은 보수적이었으나, 외부의 세력에 의한 자주권 위협을 인식하였다. 화서학파의 존화양이·위정척사 유림들이 주축을 이룬 실천사상운동은 이항로의 시대인식을 지속적으로 계승시킨 항일의병투쟁의 민족운동이라고 평가하고 있다.12) 거의소청(擧義掃淸)의 실천운동은 항일운동, 광복운동이라는 이름에 정체성을 부여한 셈이다. 이러한 민족사적 의미 부여는 오늘을 사는 이들에게 노블리스 오블리주의 가치로 공감되고 있다. 필자는 화서학파 인물들의 실천성을 살려내야 한다고 본다.

3. 의암 유인석의 의병창의와 화서학파의 전통

(1) 의암 유인석과 의병전개 과정

앞에서 말한 화서학파의 주권 수호의지는 의병창의에 직접 연결되었다. 1984년 갑오왜란에 반발하여 안동과 상원에서 의병봉기의 움직임이 있었으나 실질적인 의병봉기는 명성황후가 시해된 1985년 을미사변 이후 충북 보은에서 문석봉(文錫鳳)이 기의(起義)한 것을 시초로13) 전국에 걸쳐 확산되었다. 실제로 본격적으로 전개된 것은 1895년 제천 의병창의인데, 1895년 3월에 변복령(變服令)이 내려지자 유인석은 "천지간의 화이강상(華夷綱常)과 예의대도(禮儀大道)는 반드시 인신(人身)에 있다. 이 몸이 화(華)가 되가나 이(夷)가 되고 사람이 되거나 금수(禽獸)됨은 상투와 (…중

12) 강대덕 편, 앞의 책, 166면.
13) 황현(黃鉉), 『매천야록(梅泉野錄)』 권2, 을미(乙未) 10월조. "金海人文錫鳳 聚衆于湖西報恩等地 聲言擧義討賊 隣邑儒生 皆巾袍赴之 未幾見獲于公州附."

략…) 머리는 만번이라도 잘릴지언정 상투는 한 번도 잘릴 수 없고 몸은 만번이라도 찢게질지언정 원메(圓袂)는 한 번도 찢길 수 없다"[14]고 하고 "머리 깎는 날이 곧 죽음의 길로 들어가 인류가 하나도 살아남지 못하는 날"[15]이라며 강렬한 저항의식을 보였다.[16]

앞서 간략히 살핀 대로 화서학파는 이항로를 종장으로 하는 학파로 존화양이론에 입각한 위정척사론의 전개한 조선후기 대표 학맥이다. 1866년과 1876년, 1881년의 상소운동 주도하였으며 제천의병의 학문적 모태가 되었다. 제천의병의 주요인물로는 김평묵, 홍재구, 홍재학, 양헌수, 이준, 박문일, 박문오, 최익현, 전수용, 노응규, 유중교, 유인석, 이소응, 서상렬, 안승우, 유홍석, 신지수, 이필희, 주용규, 이정규, 이주승, 이조승, 이강년, 박정수, 원용팔, 이범직 등에 대하여 당시 기록문과 의병전쟁 이후의 증언구술물까지 포함하여 역사 다큐로 복원할 경우에 서사성과 진실성 그리고 정신적 내재 가치를 끌어올려야 한다. 유인석을 중심으로 한 의병콘텐츠의 스토리텔링을 위해 역사적 전개를 정리하면 다음과 같다.

1864	만동묘 철폐반대 상소
1866	병인양요, 척화상소
1868	이항로 작고
1876	개항반대 상소
1881	신사척사 상소(홍재학, 능지처참형 담함)
1889	유중교 제천 장담(제천시 봉양읍 공전리)으로 이사
1892	김평묵 작고

---

14) 유인석 외, 『소의신편(昭儀新編)』 권3, 1902, 116면.
15) 원용정(元容正), 「의암유선생서행대략」, 『독립운동사자료집』 1집, 고려서림, 1983, 818면.
16) 김문기(金文基), 「의암 유인석 일가(一家)의 의병활동과 의병가사」, 『유교사상연구』, 한국유교학회, 1996, 290~291면.

1893		유중교 작고
1893		유인석, 장담서사에서 강학 시작
1895		유인석, 장담(굴탄)으로 이사, 향음례 실시, 처변삼사 제기
1896.	1. 28.	(음. 1895. 12. 15) 제천의병 결성(총대장 : 유인석)
	2. 12.	제천에 본영 설치
	2. 15.	청풍군수 권숙 처형
1896.	6. 4.	수산으로 이전, 서행 결정, 이후 충주－제천－영월－평창 －정선(상소문)－강릉－대화(포고문)－춘천
	7. 22.	낭천전투, 서상렬 전사, 이후 회양－평강－구당－안변－양 덕－영흥－맹산－운산
	8. 24.	초산전투, 이범직 전사, 아성에서 <재격백관문> 발표, 중 국 회인현 도착
	8. 29.	무장해제, 210명 귀국, 21명 심양으로 감
	10.	통화현 오도구, 독립운동 기지화
1897.	10.	유인석 귀국
1989.	1.	유인석 통화현 오도구 재망명(배월 팔왕동으로 이동), 신지 수, 이필희, 이소응, 박정수, 김상태, 이조승, 윤정섭, 오인영 등 70여 문인 망명
1900		유인석 귀국
1901~1906		관서지역(평산, 태천, 용천 등)과 제천지역(제천읍,청성묘,대 로사)에서 강회활동, 의병재봉기를 위한 준비작업
1905.	1.	제천향약 결성, 일진회 대비향선생에 유인석이 사양함으로 공백도유사 이소응을 비롯하여 이정규(장의) 강순희(사정), 우기정(북면 약정) 등 제천의병 참여자 다수. 제천군내 현 석, 근우, 근좌, 동면, 서면, 남면 등에 임원을 두고, 하구곡, 상구곡, 음마곡, 양마곡, 송치, 답도, 오리동, 현박, 신대, 원 박, 삼성동, 소시랑, 공전, 장담, 구탄, 삼거리 등에서도 참 여(총 142명)
1905.	9.	원용팔 원주에서 거의
1906~1910.		호서의병장 이강년, 13도창의대장 이인영, 이정규, 김태원, 정운경, 박정수, 평산의병장 이진룡, 조맹성, 용천의병장 전

덕원, 홍천의병장 박장호 등 다수 의병 참여

1907. 8. 15.		이강년, 제천전투 승리
8. 23.		제천의 초토화
1908. 7.		유인석 블라디보스톡으로 망명
1910. 5.		유인석 우스리스크 재피거우에서 13도의군 조직, 도총재에 추대됨
1910. 8. 22.		한일합방조약 조인
1910		유인석 성명회의 대표로 추대되어 한일합방무효를 선언하는 전문과 성명서 전달
1911		유인석 구금
1911		유인석 불라디보스톡에서 권업회 수총재에 추대됨
1911		유인석의 가족 및 사우 45가구, 중국 난천자로 망명
1914		유인석 난천자 도착
1915		유인석 74세로 작고, 난천자 평정산에 묻힘
1917		『의암집』 간행
1935		유인석 묘소를 춘천군 가정리로 이장(해방후 성역화, 동상 건립)

유인석은 단발령에 대처할 처변삼사(處變三事)로 거의소청(擧義掃淸, 거의하여 왜적을 소탕하자), 거지수구(去之守舊, 국외로 망명해서 대의를 지키자), 자정치명(自靖致命, 의리를 간직한 채 치명(致命)하자)를 밝혔으나, 거의소청이 이뤄지지 않자 거의를 포기하고 화서학파의 학통을 계승하기 위해 거지수구의 방법을 선택하였다. 중국으로 망명하려 하였으나 이필희, 안승우 등 제자들이 의병을 조직하여 원주군 안창리와 제천, 단양 등지에서 활약하면서 의암에게 의병활동에 나서기를 권유하고 의병대장으로 추대하지만 모친 상중(喪中)이라는 점을 들어 반대하다가 결국 호좌의병대장(湖左義兵大將)에 취임한다. 유인석은 곧 <격고팔도별읍(檄告八道別文)>을 전국에 띄워 의병봉기의 당위성을 밝히고 관리들에게 친일행위를 중지하고 의병활동

을 도와 국가의 원수를 갚자고 호소함으로써 의병항쟁을 전국적으로 확산시켰다.

한때 충주성을 점령하고 일본군의 보급기지를 공격하는 등 전과를 올렸으나 관군과 일본군에 패퇴하여 서북지방으로 이동하면서 항전을 계속하다 요동으로 옮겨가 중국의 지원을 요청하였으나 오히려 무장해제 당하고 말았다. 이에 다시 1900년부터 1906년까지 제천일대를 위시해 한반도 북부지역을 순회하며 강회(講會)를 통해 의병봉기의 논리를 역설하여 많은 제자와 의병장들을 양성하였다. 또 1904년 '일진회(一進會)'17) 가 조직되자 이에 대항하기 위한 방책으로 전국적 향약(鄕約)을 구상하였으나 도유사로 내정된 면암 최익현이 고종의 소환을 받아 상경하여 실패하고 일부 지방에서만 실시되었다.

1905년 '을사조약'이 체결되자 의암은 전국 유림들에게 통고서18)를 발송하여 의병을 모았다. 그러나 유인석은 국내에서의 의병활동이 불리함을 판단하고 국외에 항일구국근거지를 설치하고 유격전, 지구전을 펼 것을 계획하였다. 1908년 유인석은 제자들을 이끌고 블라디보스톡으로 간다. 그는 그 곳에서 항쟁기지를 설치하고 본토회복작전의 수행과 국내·외의 의병조직을 통합한 단일 군단의 창설을 계획하였다. 1910년 의암은 연해주에서 활약하던 이범윤 등과 함께 '13도의군'을 창설하여 도총재에 올랐다. 13도의군의 주요 인사로는 이범윤, 이기남, 우병렬, 이진룡, 홍범도, 안창호, 이상설 등이 있었다.

유인석은 초기 상소를 통한 소극적 위정척사파와는 달리 한민족의식의 강조를 하였다. 1910년 '한일합방'이 있자 요동과 연해주 일대의 한인 연합체인 '성명회(聲鳴會)'의 대표로 추대되어 일본정부와 세계 각국에

17) 이종상, 앞의 책, 254~255면.
18) 여동지사우서(與同志士友書), 『의암집』 권26.

합방무효를 선언하는 전문과 성명서를 전달하였다. 성명서에는 중국과 연해주 근처에 있던 8,634명의 민족운동가들이 서명하였다.[19] 성명회 조직 직후 일본인 거류지를 공격하고 10,000여 명의 결사 의병을 조직하여 독립전쟁을 시작하려 하였으나 러·일간의 협정으로 성명회 간부와 의군 간부 200여 명이 러시아에 체포되었다. 1911년 구금되었다가 석방된 민족운동가들이 '권업회(勸業會)'를 발족시키고 의암을 수총재로 추대하였다. 의암은 중국 난천자로 망명한 후 <우주문답(宇宙問答)>(1913), <도창편(道昌編)>(1914)을 지으며 자신의 사상을 정리하다[20]가 1915년 74세의 나이로 세상을 떠났다.

유인석은 화서학파의 상소를 통한 소극적 위정척사 운동을 '을미의병'을 통해 적극적 투쟁으로 유도하였다. 그는 1905년 이후에는 연해주 등지에서 이범윤 등과 함께 분산되어 있던 항일세력을 하나로 통합하고자 꾸준히 노력하였다. 그 결과 의병지도자와 애국계몽운동 지도자들이 모두 참여한 '13도의군', '성명회', '권업회'의 대표로서 국권회복운동을 이끈 민족운동계의 상징적 지도자였다.[21]

유인석은 14세 때인 1855년 화서 문하에 입문[22]한 후 1868년 화서 이항로가 사망하자, 중암(重菴) 김평묵(金平默), 성재(省齋) 유중교(柳重敎) 등에게 수학하였다. 그 후 중암과 성재가 연이어 세상을 떠나게 되자 유인석은 화서 이항로, 중암 김평묵, 성재 유중교로 이어지는 화서학파의 맥을 계승하여 학파를 대표하는 인물로 부상하였다. 1893년 의암 유인석

---

19) 이종상, 앞의 책, 255면. "당시 의암의 친필 영문 서명이 있는 전문이 지금 독일, 오스트리아, 미국에 보관 중이라고 한다."
20) 김형찬(金炯瓚), 「의암 유인석의 철학사상」, 『율곡사상연구』 2집, 율곡학회, 1995, 503면.
21) 이종상, 앞의 책, 256면.
22) 유인석은 화서 이항로가 '병인척사소'를 올릴 때 수행하기도 하였으며, '병자척사소' 때에는 소수(疏首)로 추대되기도 하였다.

은 춘천에서 유중교가 있던 충북 제천 장담으로 그 근거지를 옮겨 화서
학파의 기반을 계승하고자 하였다.[23] 화서의 적통을 계승하여 제천에
있던 유인석은 1895년 '변복령', '을미사변', '단발령' 등의 사태가 발생
하자 그에 대처하는 방법으로 '처변삼사'라는 세 가지 행동방향을 제시
하였고, 그의 문인 이필희, 서상렬, 이춘영, 안승우 등이 조직한 '호좌창
의진' 대장에 취임하면서 본격적인 의병활동을 지휘하기 시작한다.

(2) 유인석 중심의 의병창의 정통성과 화서학파의 역사문화자원

유인석은 사상적으로 당시 위정척사파의 주도 인물인 화서 이항로의
적통을 이었으며, 소극적 초기 위정척사운동을 사회적으로 상소를 통해
서 을미사변 이후 의병운동이란 적극적 투쟁으로 진전시켰고, 합방을 전
후해서는 여러 가닥의 애국운동을 통합하였고 이후의 광복군 전쟁으로
연계시킨 위정척사파의 대표적 지도자였다. 유인석의 철학은 정통 성리
학의 입장에서 '리(理)'를 더욱 강조하는 철학으로 '리'를 절대시하는 경
향을 가지고 있었다.[24] 그러한 관념은 자연과 인간사회의 당위적 법칙
으로 인식되었으며, 그 리적 가치의 구현이라는 실천성을 강하게 내포하
고 있었다. 그러한 사유체계에 의해 적극적으로 현실에 참여함으로써 의
병활동이 가능하였던 것이다.

제천의병제를 포함하여 화서학파 관련 인물선양 행사가 경기, 강원,
충북, 충남, 경북 등지에서 열리고 있다. 대체로 연고지 중심이되 의병전
쟁 수행 과정의 전적지와도 관련된다. 의병전쟁의 당위성은 추모제와 더
불어 화맥(華脈)의 지속성으로 사이버시대에도 소통하도록 해야 한다. 이

---

23) 김형찬(金炯贊), 「의암 유인석의 철학사상」, 『율곡사상연구』 2집, 율곡학회, 1995, 500면.
24) 이종상, 앞의 책, 268면.

들 인물의 배향지, 교육 근거지, 묘소 등도 포함된다. 상당한 수준으로 복원되고 성역화되었다. 매우 소중한 역사문화자원임에는 틀림없다. 인물에 대한 추모제 행사도 필요하지만 이들에 대한 역사적 계승 차원에서 장소성과 활동성을 살려야 할 것이다.

유인석은 을미사변 이후 서거하기까지 20여 년 동안에 의병대장으로서 민족영웅성을 발휘하였다. 그와 관련된 문도적, 지연적, 혈연적 인물들 역시 그 실천논리에 부응하였다. 투쟁이론 제시뿐만 아니라 작전술을 통해 장군의 전범을 보여주었다. 그의 정당성과 전통성은 매우 합리적이었다. 여전히 현대인들에게 그의 사상 이론과 실천 대응력은 지속가능성으로 기려져야 한다.

- 화서학파 주요인물과 유인석 관련 의병 인물에 대한 전기적 연구가 필요함.
- 화서학파의 활동과 의병의 역사적 전개에 대한 역사 이야기체 스토리텔링이 필요함.
- 이들 활동에 대한 사실(fact)과 역사적 진실의 재구력이 문화론적으로 구상되어야 함.
- 화서학파 의병인물의 스토리텔링 방향 : 상징성, 이념성, 현재성, 감동성

4. 화서학파 관련 문화역사자원의 문화콘텐츠와 스토리텔링

(1) 내재적 의병역사문화에 대한 발상 전환

❶ 유인석 관련 문화유산

① 테마투어를 위한 의병마을투어리즘 개발

- 역사의 기념 : 유적지 테마화
- 문화의 기억 : 사상적 유적지 네트워크화
- 소통과 창조의 거점 : 노블리주 오블리주의 세계화
② 향음례, 강학 등 교육콘텐츠 연구
③ 역사 다큐 위주의 스토리텔링 창작

❷ 화서학파 관련 문화유산

- 화서학맥의 역사, 중심인물의 스토리텔링
- 춘천시, 의병마을~춘천시 가정리, 춘천문화원 연계 의병콘텐츠 개발
- 양평군 의병 관련 자료의 활용
- 윤희순 관련 테마, 콘텐츠 기획 자료
- 제천 의병 관련 자료의 활용25)

❸ 향음례 문화콘텐츠와 의병축제 콘텐츠

선비들이 행하였던 술의 예법은 오늘날에 절실하게 필요하다. 취향문화시대에 술과 같은 기호품이 또 다른 즐길거리로 등장하고 있다. 술이란 제대로 접할 때 비로소 좋은 음식이 된다는 사실이다. 주도의 품위가 사라진 이 시대에 의병항의의 시발이 된 향음례 재현을 통해 전통적 의병축제의 정체성을 확보할 수 있다. 전국 규모의 의병한시대회 같은 종목도 필요하지만 향교 또 시회(詩會) 중심의 전국 향음례를 재현함으로써 전통의례의 축제성, 선비패션의 규범성, 예절의 소통성 등을 살려낼 수 있다.

유인석의 사상과 발자취는 근대이행기의 노블리스 오블리주의 상징처

---

25)『제천의병의 여운』, 제천문화원, 2004 ;『제천의병의 발자취』, 제천문화원, 2005 ;『호서의병사적』, 제천문화원, 1994 .

럼 남아 있다. 또한 화서학파의 정신구조를 오늘날 새롭게 인식하고, 당대 지성의 가치관에 대해 보다 새로운 해석이 필요하다. 한말 의병자료의 현황에 대한 종합적 작업을 통해 활용방안이 제시되어야 한다.[26] 역사적 평가와 아울러 현재적 가치를 새롭게 부여해야 한다. 기존의 선양사업을 위한 다양한 인프라 구축과 연계한 효과적인 답사 프로그램과 홍보, 교육을 위해서는 이러한 화서학파 인물의 사상적 특성과 정체성에 대한 문화콘텐츠사업이 산학연으로 이루어져야 한다.

(2) 화서학파 정신과 의명인물의 통섭을 위한 스토리텔링 작업

❶ 역사콘텐츠를 활용한 성공사례들

- <허준>, <상도> 등 2007문화원형 콘퍼런스 이해
- 인물콘텐츠 창출은 위인전 이상의 의미가 있음.
- <불멸의 이순신>, <주몽>, <해신> 등의 역사 이해 영향력 확대

❷ 역사학, 이야기체 역사 부활, 팩션(faction)

- 역사의 본질이 서사에 있고, 이를 구체적 담론으로 활용함.
- 시각적 허구(visual fiction)와 근거 위주의 사실(fact)
- 역사 속 한 줄 기록과 작가의 상상력의 상생 효과

---

26) 의병원형을 충실히 활용하지 않은 문화콘텐츠 개발은 지역적 독자성(individuality)을 놓치거나 전통성을 살리지 못한 영상골동품을 만들게 한다. 그렇다고 감동성을 놓쳐서도 안 된다. 두 접점대를 상생시키는 아이디어와 전략이 필요하다. 이창식 편, 『제천의병과 전통문화』(제천문화원, 1998), 『제천의병의 종합적 이해』(백산, 1996), 『제천의병의 정통성 연구』(대유, 2005) 등이 참고가 된다.

❸ 화서학파 인물과 근대이행기의 테마 핵심

- 민족 정체성을 지킨 영웅들
- 문헌 속의 의로운 인물과 이야기 속의 의로운 인물 일치
- 민족운동사에서 붓과 칼을 동시에 사용한 선비상

❹ 산학연 연구를 통한 의병유산 스토리텔링 창작사업 사례

화서학파의 사상적 무게와 전통적 고급성, 화서학파 관련 인물들의 창의활동에 대한 복잡한 맥락 등이 스토리텔링 작업에 어려움을 주고 있다. 앞서 제시한 활용범위와 방향에 따라 다양한 원형콘텐츠의 체계적 정리가 가능하다. 다만 선양과 관광자원 양쪽에 부응하기 위해서는 ① 경쟁력 있고 차별화된 흥미성과 감동성이 있는 내동 선정, ② 수요자 중심의 맞춤형 프로그램의 활용성 확보, ③ 관련 기관과 단체 구성원의 이해와 협력 등을 고려해야 한다.

▌사례 1 : 의병활동에 대한 인물콘텐츠−신의관창의가

- **내용** : 신태식 의병장의 회상적 내레이터로 의병전투와 행로 재구
- **축전** : 『한말의병자료집』(한국독립운동사 자료총서 제3집) 등
- **소재내용** : 의병사 전말의 기록인데 가사체로 된 만큼 서사성과 묘사성을 확대한다. 일본군과 관군 등과의 주요 전투지 활약상과 의병진에 대한 지역적 호응과 의병조직의 힘을 보여준다.
- **활용 가능 분야** : 애니메이션, 다큐영상물, 마당극
- **연계 활용** : 의병제 등 공연 항목으로 상영, 의병전쟁 연고지 탐사 연계 가능

　매바우에 진을 치고 철통 같이 단속할 때 두려워함을 일체 금하다 각 장군과 관리를 모아세우고

−신태식, 〈신의관 창의가〉에서

▌ 사례 2 : 윤희순 인물콘텐츠—아, 여성의병아리랑

• **내용** : 유희순 활약을 중심으로 <안사람 의병가> 등을 서사로 재구
• **출전** :『외당선생삼세록』(1983) 등
• **소재내용** : 윤희순 의병장의 을미·병신년 의병활동을 중심으로 하되, 제천 여성극단 '정(情)'의 창작 연극도 도입한다. 시부 의암 유인석, 재종형제, 부군 항재 유제원, 아들 유돈상 등 투쟁 상황도 연계한다. 연변 쪽에서 나온 소설도 참고 한다.
• **활용가능 분야** : 뮤지컬, 영화, 애니메이션, 연극
• **연계 활동** : 근대 여성 영웅의 탐방로 장소성 확보, 여성의병 체험 공연물 유도

▌ 사례 3 : 의병 추모콘텐츠—제천 자양영당

• **내용** : 자양서사의 역사성, 제천의병의 진정성을 살리는 행사 재구
• **출전** :『강담록』,『종의록』(이정규) 등
• **소재 내용** : 의병운동의 시발(창의), 승리(충주성), 좌절(남산전투) 등 회고,[27] 정신 부활을 통해 역동적으로 과거와 현재, 미래로 노블리스 오블리주가 일깨워질 수 있도록 한다. 필자의 창작시 <의병아리랑>[28] 소개한다.

1895년 그 날의 함성에는 의병아리랑이 살아온다.
굽이마다 마을마다 끝 없는 피흘림
누구나 할 것 없이 대창과 조선낫을 들고
새날의 아침을 위하여 나서며 다짐한 소리가 들린다.
그대들의 쿵쿵 뛰는 심장, 용솟음 쳤던 힘줄
그대들은 이 땅의 꽃이고 마지막 강물이다.
남한강의 청풍루를 닮아있고
의림지의 큰 소나무를 키우고

---

27) 구완회,『한말(韓末)의 제천의병』, 집문당, 1997.
28) 2008제천의병제(2008. 9. 26), 제천 자양영당에서 의병춤과 이 시가 낭송됨으로써 의병 시극무가 되었다. 제천의병제의 사진을 첨부하였다.

청풍명월의 선비답게 제천사나이들로 당당이 섰다.
그날 아침 여기 장담 자양서사에서 유인석 장군은 창의를 선언하였다.
충주성 전투에서 승리깃발 드날리며
남산전투에서 다시 피눈물 울며
박달재 너머 보름달이 떠오르는 순간에도
처자식보다 따스한 안방보다 풍천노숙으로
피범벅 세수하며 두 주먹 움켜 쥐었다.
앞서거니 뒷서거니 쓰러지는 절망 속에서도
전의에 불타는 가슴 다독이면서
호좌의진 복수창의 깃발 아래 힘차게 의병아리랑 불렀다.
그대들은 박달재 김취려 장군 후예처럼 일당백으로
때론 화동강목 새긴 붓날의 힘으로
적을 베고 베고 그대들 하나같이 홍사구, 이강년이 되어갔다.
팔도에 고하노라를 외쳐대며 월악산 풀잎이 되어갔다.
의로운 새나라를 바라며 금수산 바위가 되어갔다.
그대들 살아온 길 되돌아 볼 적마다
남한강 푸른 물결 비봉산 능선이 울먹인다.
영국기자 멕킨지의 흑백사진을 보면 볼수록
제천 동헌, 박약재, 향교가 들썩인다.
더구나 광복 후 자양영당 김구가 와서 통곡하자
그대들 피빛, 오늘처럼 가을산 붉게붉게 불탄다.
이승의 문턱이 높은 탓인가. 저승의 문턱이 낮은 탓인가
민족사에서 영원히 사는 그대들, 간절히 불러 감응한다.
오늘 한 번쯤 그대들 나오셔서 빙그레 웃으시며
제천 한방 약초술 받으시고 약발 음덕 내리소서.
그대들 화서문도로서 호연지기를 다지던 120년 전 이곳
오늘 그대들 기리는 여기 자양영당 너른 마당에서
영원히 사는 그대들과 이를 지키는 우리들 하나가 아닌가.
향 사르며 그대 이름들을 부를 때마다 의병아리랑이 들린다.
의병아리랑에 귀 세우면 아픈 허리, 저린 오금 푸는 그대들
대의명분의 산하에서 평상심으로 돌아간 모습이 보인다.

이 얼마나 소중한 대동 한마당인가. 이처럼 값진 자리가 어디 있는가.
아, 의향(義鄕)의 영웅들이여 시대 부름의 분신들이여
청풍명월의 이름표처럼 저 남한강의 역사처럼
더도 덜도 말고 그렇게 대를 이어 의병아리랑을 부르소서.
가을이 익어가는 자양영당 깊은 뜨락에서
의병사에 살아 있는 그대들과 이토록 간절히 그대들 부르는 우리
눈부신 햇볕 잘 드는 이 가을 하늘 아래
손에 손 잡고 힘차게 힘차게 의병아리랑 불러본다.
감격의 눈물 고이도록 의병아리랑 거듭 불러본다.
의로운 그대들 있어 더욱 자랑스런 제천 땅
그대들의 값진 이름 위에 다시 세계에 고하노라를 선언하며
그대들, 우리 가슴 속에 영원히 살아있을지니
잘 한다는 박수와 함께 의병아리랑 신명나게 부르소서.
제천의병 이름에는 누구나 절을 하는 아름다움이 있다.
1895년 그 후의 의병아리랑에는 지고지순함이 살아난다.

―〈의병아리랑―제천의병제113돌, 의병 시민 속으로〉

- **활동 가능 분야** : 악극(대금청성곡), 마임, 오페라, 마당극
- **연계 활동** : 2008년 제천의병제 도입, 앞으로 지속적으로 축제공연의 응용 시도

▋ 사례 4 : 화서학파 활동에 대한 인물콘텐츠―벽계의 푸른 물

- **내용** : 이항로의 학맥을 중심으로 한 격론과 도학 강론 재구
- **출전** : 『화서선생문집』, 『화서 이항로의 삶과 학문세계』 등
- **소재내용** : 이항로의 일생을 기본 서사로 하되, 조선후기 학자적 결론과 도학의 실제적 전달 방식을 형상화한다. 이항로―김평묵―유중교로 이어지는 과정과 유인석을 중심으로 전개되는 의병 시발점도 부각시킨다. 다만 생활문화사 측면을 보다 정밀하게 그려냄으로써 간접적으로 화서학파 선비생활 분위기를 느낄 수 있도록 한다.
- **활용가능 분야** : 에듀테인먼트, 애니메이션, 드라마, 3D 캐릭터

- **연계 활동** : 춘천 의병학교 교재로, 자양영당 전시관 체험 교재로, 유교 체험 프로그램 탐방로 연계 관광공연물로 유도

‖ 사례 5 : 의병장 전기에 대한 인물콘텐츠 ─ 유인석 휘하의 의병장들

- **내용** : 주용규, 서상열,[29] 이춘영, 안승우,[30] 홍사구,[31] 이범직
- **출전** : 이정규의 <육의사열전(六義士列傳)>(필사본 1책 16장), <의병전> (뒤바보)
- **소재내용** : 여섯 의병장들의 약전(略傳)을 확대하여 의병전쟁의 추대와 연결한다. 구국 성전(聖戰)에 참여한 각각 캐릭터를 살려내되, 유인석과 활동하며, 그들의 독특한 개성이 드러나도록 한다. 결의, 순국, 화서학파 정신 등이 전달될 수 있어야 하고, 의로운 투쟁사가 느껴질 정도로 서사화의 전개과정이 실감나게 구성되어야 한다.
- **활용가능 분야** : 의병판소리, 애니메이션, 마당놀이,[32] 의병캐릭터, 아바타
- **연계 활동** : 묘소, 전적지, 생가터, 배향지 등을 의병인물 체험탐방로 연계, 그 외 의병장들을 추가하여 인물 시리즈 다큐 제작이 가능

‖ 사례 6 : 기록복원의 역사콘텐츠 ─ 매켄지(F·A. Mckenzie)가 본 1907년 제천의병

- **내용** : 의병활동으로 폐허가 된 당시 모습 재현과 당대 사람들의 인터뷰
- **출전** : 매켄지의 『대한제국의 비극』 중 <폐허가 된 제천>
- **소재내용** : 매켄지와 제천 인연 소개, 매켄지가 직접 찍은 사진 영상 복원을 통해 1907년 당시의 파괴된 마을들, 향교, 박약재 등을 보여준다. 일본군에 의해 어린 딸을 희생한 어머니들의 처절한 모습, 의병들의 모습, 그들이 말하는 일본군의 만행 등을 현장 고발 중심으로 재구한다. 마무리에서 오늘 날 모습과 비교하는 영상을 보여주는 것도 한 방안이다.
- **활용가능 분야** : 전시·박물관 역사관광, 영상 3D, 사진전
- **연계 활동** : 매켄지 기자 후손을 찾아 명예의병장 주기, 복원되지 못한 당

---

29) 서상열의 활약상을 따로 스토리텔링 창작할 수 있다. 『경암집』 참고.
30) 박정수, 『하사안공을미창의사실』.
31) 이창식, 「어린 의병 홍사구」, 『문학콘텐츠와 스토리텔링』, 역락, 2008, 152~168면.
32) 「춘천 의병행렬」(민속놀이), 『강원의 전통민속예술』, 강원도, 1994, 14~15면.

시 진상규명 활동, 마당극, 연극 등에 활용하여 역사성에 부각할 수 있도록 함.

▌ 사례 7 : 의병전투 복원을 위한 인물콘텐츠—이강년 장군

• **내용** : 이강년 부대의 유격전과 의병진 전술 재구
• **출전** : 『창의사실기』
• **소재내용** : 이강년 부대가 유인석 부대의 장점을 계승하여 신출귀몰 활약상을 드러내되 연승한 전술인 유격적 · 기습작전 · 복병작전과 의병진의 조직, 선비의병의 기개 등을 보여준다. 유의할 것은 산간 마을마다 지역민들의 호응도를 살려내고 특히 후원한 지방재지사족들, 외인부대로 포수들과 보부상 부류까지 포함시킨다. 이동루트, 행군수칙, 선제공격술, 화승총을 사용한 무기사용 등을 보여주고 이강년의 정신세계가 참여계층을 이끌어간 현상도 부각시킨다.
• **활동가능 분야** : 애니메이션, 이강년 기념관 등 영상 3D 접목, 의병놀이 등
• **연계 활동** : 서대문형무소 순국 장소성과 묘소, 전시관, 의병군가 등을 역사체험 코스로 확대, 이강년을 주제로 소설과 영화 제작

5. 맺음말

필자는 의암학회 발표 <유인석 관련 문화유산의 현대적 계승과 전망>(2008)에서 이미 의병유산 자원의 문화콘텐츠 방향을 제시한 바 있다. 지역문화유산을 살린다는 차원에서 강원도는 강원의 얼 선양작업이 마무리되었고, 춘천권 충의문화(忠義文化) 유적벨트 조성을 계획하였다. 충청북도 등 타도에서도 핵심인물로 대체로 충의 관련 문화인물이 대거 선양되고 있다. 선양인물의 학술적 작업과 평가도 중요하다. 그러나 오늘날 요구하는 역사인물의 전달방식은 위인으로 기리기뿐만 아니라

가슴으로 품는 감동적인 큰사람 의미가 흡인력이 있다. 그래서 역사인물의 정당한 평가와 아울러 이에 대한 통섭(統攝)의 인물콘텐츠로 계승하자는 취지가 강하다.

지역의 인물콘텐츠 개발은 지역문화자원의 특수성을 소재로 하되, 중심인물들의 보편적 가치로 환원하는 탈지역화, 탈문도화, 탈혈연화 단계를 거쳐 세계화의 보편성을 지향한다. 인물콘텐츠 개발은 지역브랜드화함으로써 21세기적 지역문화로 승화시킨다는 의미도 내포한다. 화서학파의 인물, 이를 역사적 전면에 내세우는 일이 지역의 가치를 올리고 이를 또 다른 문화콘텐츠와 연계시켜서 창조적인 패러다임을 이루어야 한다. 유인석 인물콘텐츠의 성공요소는 화서학파와 연계된 분포적, 지역적, 사상적 지방화와, 이를 21세기적 가치로 부각시키는 문화콘텐츠의 세계화를 동시에 수행하는 데 있다.

화서학파의 사상적 연원과 의병운동의 역사적 맥락에 대한 연구는 다각도로 축적되었다. 연구 성과의 축적에 비하여 의병의 전쟁 서사와 역사자원을 활용한 문화유산산업(Heritage industry)이 진전되지 않고 있다. 한말과 근대이행기에서 역사적 대응논리와 실천의 전범을 보여주는 이들에 대한 현대적 계승, 홍보, 교육, 세계화 등이 상대적으로 미진하다. 고대인물의 문화콘텐츠화는 빈약한 몇 줄의 정보를 가지고도 다양한 문화콘텐츠가 확대되고 있는 데 비해, 불과 100년 전후의 화서학파 역사문화자원에 대한 활용의 개발론이 소극적인 점을 각성해야 한다. 그래서 화서학파의 역사문화유산의 대한 가치 부여의 중요성과 활용을 다시 거론하였다.

이 글에서는 제안보다 실제로 활용하는 산학연의 스토리텔링 사례 7가지 협력안을 제시해 보았다. 화서학파와의 의병역사 분야의 연구 관련자뿐 아니라 각계의 관심과 지역정체성 활용화에도 자극이 되기를 바란다. 인물선양의 가치혁신은 이러한 문화콘텐츠산업으로도 이룰 수 있다. 발상의 전환이 필요하다. 다만 이러한 작업이 팩션의 이론을 토대로 이루어져야 생명력을 얻을 수 있다. 인물 스토리텔링 창작이— 특히 근현대사의 역사적 맥락 부문— 사실에 근거하지 않을 때에는 궁극적 가치를 훼손할 수도 있다.[33] 이 점 거듭 경계를 요한다. 이 방면에 진정한 팩션전문가가 나오기를 기대한다.

---

33) 의암학회 심포지엄 발표와 토론에서도 역사와 인물창작콘테츠와의 거리문제가 쟁점화되었다[토론 : 윤유석(한국외대 강사)].

참고문헌

제1장 고전시가 양식론

권오경, 『고전시가작품교육론』, 월인, 1999.

김대행, 『시가시학 연구』, 이대출판부, 1991.

김영수, 「공무도하가의 신고찰」, 『한국시가연구』 3집, 한국시가학회, 1998.

김욱동, 『대화적 상상력』, 문학과지성사, 1988.

김학성 외, 『고전시가론』, 새문사, 2005.

나정순, 「조선왕조실록을 통해 본 시가와 가요의 문제점」, 『한국시가연구』 22집, 한국시가학회, 2007.

박노준, 『고려가요의 연구』, 새문사, 1995.

박상천 외, 『학제간 연구를 통한 문학의 확장 가능성 탐구』, 글누림, 2008.

성기옥, 『한국시가율격의 이론』, 새문사, 1986.

송재주 외, 『한국고전시가론』, 국학자료원, 1997.

양희철, 「향가 10구체설의 논거」, 『한국시가연구』 16집, 한국시가학회, 2004.

염은열, 『고전문학과 표현교육론』, 역락, 2000.

원용문, 「고전시가의 율격 문제」, 『청람어문교육』 제27집, 청람어문교육학회, 2003.

이정주, 「한국시가 율격의 기본적 체계 고찰」, 『한국언어문학』 제31집, 한국언어문학회, 1993.

이창식, 『고전문학의 세계』, 대유, 1997.

이창식, 『고전시가의 이해』(교재용), 지역문화연구소, 2004.

이창식, 『문학공학과 민속학』, 대선, 2000.

이창식, 『한국신화와 스토리텔링』, 북스힐, 2008.

이창식 외, 『강원도 민요와 삶의 현장』, 집문당, 2005.

이창식 외, 『구비문학이란 무엇인가』, 푸른사상, 2005.

이창식 외, 『한국문학콘텐츠』, 청동거울, 2005.

이형대, 『한국 고전시가와 인물형상의 동아시아적 변전』, 소명, 2002.

임기중, 『고전시가의 실증적 연구』, 동대출판부, 1992.

정대현 외, 『표현인문학』, 생각의나무, 2000.

정병욱, 『한국고전시가론』, 신구문화사, 1999.

정재호, 『한국가사문학론』, 집문당, 1982.

조동일, 『한국문학의 갈래이론』, 집문당, 1992.

조동일, 『한국시가의 전통과 율격』, 한길사, 1982.

조동일, 『한국시가의 역사의식』, 문예출판사, 1993.

최진원, 『한국고전시가의 형상성』, 성균관대학교 대동문화연구원, 1988.

함화진, 『조선음악통론』, 을유문화사, 1948.

허혜정, 『처용가와 현대의 문화산업』, 글누림, 2008.

제 2 장 상대시가론

김승찬, 「한국상대시가고」, 『국어국문학지』 제18집, 문창어문학회, 1982.

김승찬·손종흠, 『고전시가론』, 한국방송통신대학교, 1994.

김학성, 「상대시가의 미의식 유형 체계」, 『한국언어문학』 제17집, 한국언어문학회, 1979.

김학성, 『한국고시가의 거시적 탐구』, 집문당, 1997.

성기옥, 「상고시가」, 『한국문학개론』, 새문사, 1992.

양주동, 『고가연구』, 일조각, 1965.

양태순, 『한국고전시가의 종합적 고찰』, 민속원, 2003.

이능우, 『고시가논고』, 선명문화사, 1966.

이영태, 『한국 고시가의 새로운 인식』, 경인문화사, 2003.

허남춘, 『고전시가와 가악의 전통』, 월인, 1999.

제 3 장 향가론

김승찬·손종흠, 『고전시가론』, 한국방송통신대, 1994.

김상현, 『신라의 사상과 문화』, 일지사, 1999.

김학성, 「향가 장르의 본질」, 『한국시가연구』 제1집, 한국시가학회, 1997.

김학성, 『한국 고시가의 거시적 탐구』, 집문당, 1997.

박노준, 『신라가요의 연구』, 열화당, 1982.

송석래, 『향가와 만엽집의 비교 연구』, 을유문화사, 1991.

신재홍, 「향가의 비유법」, 『문학교육학』 제17집, 한국문학교육학회, 2005.

신재홍, 『향가의 미학』, 집문당, 2006.

신재홍, 『향가의 해석』, 집문당, 2000.

양희철, 『고려향가연구』, 새문사, 1988.

양희철, 『삼국유사향가연구』, 태학사, 1997.

원용문, 「향가의 작가 문제」, 『우리어문연구』 제9집, 우리어문학회, 1995.

이능우, 『향가문학연구』, 선명문화사, 1974.

이영태, 『한국 고시가의 새로운 인식』, 경인문화사, 2003.

이임수, 「향가문학과 신라인의 의식」, 『문학과 언어』 제23집, 문학과언어학회, 2001.

이창식, 「수로부인 설화의 현장론적 연구」, 『동악어문논집』 25, 동악시문학회, 1990.

이창식, 「모죽지랑가」, 『새로 읽는 향가문학』, 아세아문화사, 1998.

정병욱, 『한국고전시가론』, 1983.

최정여, 『한국고시가연구』, 계명대학교 출판부, 1989.

최 철, 『향가의 문학적 해석』, 연세대학교 출판부, 1990.

제4장 속요론

강명혜, 『고려속요·사설시조의 새로운 이해』, 북스힐, 2002.

고혜경, 「고전시가의 역사적 조명」, 『고전문학연구』 제10집, 한국고전문학회, 1995.

김대행, 『한국시가의 전통연구』, 개문사, 1980.

김대행 편, 『고려시가의 정서』, 개문사, 1985.

김승찬·손종흠, 『고전시가론』, 한국방송통신대, 1994.

김학성, 『한국 고시가의 거시적 탐구』, 집문당, 1997.

김흥규, 「고려속요의 장르적 다원성」, 『한국시가연구』 제1집, 한국시가학회, 1997.

박노준, 「시가문학사의 관점에서 본 고려속요의 정서」, 『모산학보』 제7집, 동아인문학회, 1995.

박노준, 『고려가요의 연구』, 새문사, 1990.

윤성현, 「고려가요의 서정성 연구」, 연세대학교 박사학위논문, 1994.

이명구, 『고려가요의 연구』, 신아사, 1973.

이영태, 『한국 고시가의 새로운 인식』, 경인문화사, 2003.

정병욱, 『한국고전시가론』, 1983.

조동일, 『한국시가의 전통과 율격』, 한길사, 1982

최용수, 『고려가요연구』, 계명문화사, 1993.

최미정, 『고려속요의 전승 연구』, 계명대학교출판부, 2002.

최정여, 『한국고시가연구』, 계명대학교 출판부, 1989.

허남춘, 『고려속요의 송도성 연구』, 성균관대학교 박사학위논문, 1991.

제5장 경기체가론

김기탁, 「경기체가의 성격 고찰」, 『한민족어문학』 제8집, 한민족어문학회, 1981.

김대행, 『한국시가의 전통연구』, 개문사, 1980.

김승찬 · 손종흠, 『고전시가론』, 한국방송통신대, 1994.

김학성, 『한국 고시가의 거시적 탐구』, 집문당, 1997.

김흥규, 『한국문학의 이해』, 민음사, 1986.

박경주, 『경기체가 연구』, 이회문화사, 1996.

박을수, 『한국시가문학사』, 아세아문화사, 1997.

성호주, 「경기체가 및 악장시가 개관」, 『수련어문논집』 제13집, 수련어문학회, 1986.

송재주, 「경기체가의 형성과 성격」, 『선청어문』 제16집, 서울대 국어교육과, 1988.

이영태, 『한국 고시가의 새로운 인식』, 경인문화사, 2003.

이임수, 「경기체가에 대한 문학사적 검토」, 『어문학』 제58집, 한국어문학회, 1996.

임기중, 『경기체가연구』, 태학사, 1997.

조동일, 『한국시가의 전통과 율격』, 한길사, 1982.

조동일, 『한국문학통사』 제2권, 지식산업사, 1983.

최정여, 『한국고시가연구』, 계명대학교 출판부, 1989.

최진원, 『한국고전시가의 형상성』, 성균관대 출판부, 1988.

제6장 악장론

구사회, 「조선초기 악장에 대한 고찰」, 『한국어문학연구』 제22집, 한국어문학연구학회, 1987.

김대행, 『한국시가의 전통연구』, 개문사, 1980.

김승찬 · 손종흠, 『고전시가론』, 한국방송통신대, 1994.

김영주, 『조선초기시가론연구』, 일지사, 1989.

김학성, 『한국 고시가의 거시적 탐구』, 집문당, 1997.

김흥규, 『한국문학의 이해』, 민음사, 1986.

류근안, 「조선전기 시가의 연행 양상 연구」, 『한국언어문학』 제52집, 한국언어문학회, 2004.

성호경, 『조선전기 시가론』, 새문사, 1988.

성호주, 「경기체가 및 악장시가 개관」, 『수련어문논집』 제13집, 수련어문학회, 1986.

이영태, 『한국 고시가의 새로운 인식』, 경인문화사, 2003.

정병욱, 『한국고전시가론』, 1983.

조규익, 『조선초기아송문학연구』, 태학사, 1986.

조규익, 『조선조 시문집 서 · 발의 연구』, 숭실대출판부, 1988.

조규익, 「조선조 악장문학과 성리학적 이념」, 『우리문학연구』 제15집, 우리문학회, 2002.

조규익, 『조선조 악장의 문예미학』, 민속원, 2005.

조동일, 『한국문학통사』 제2권, 지식산업사, 1983.

조동일, 『한국시가의 전통과 율격』, 한길사, 1982.

최정여, 『한국고시가연구』, 계명대학교 출판부, 1989.

제 7 장 시조론

강명관, 「사설시조의 창작향유층에 대하여」, 『민족문학사연구』 4호, 민족문학사연구소, 1993.

김대행, 『시조유형론』, 이대출판부, 1986.

김병국, 『고전시가의 미학 탐구』, 2000.

김제현, 『사설시조 문학론』, 새문사, 1997.

김학성, 『한국고시가의 거시적 탐구』, 집문당, 1997.

김흥규, 『한국문학의 이해』, 민음사, 1986.

김흥규 외, 『고전시가론』, 새문사, 1984.

나정순, 『한국 고전시가 문학의 분석과 탐색』, 역락, 2000.

박요순, 『한국고전문학 신자료 연구』, 한남대출판부, 1991.

박을수, 『한국시조대사전』 상·하, 아세아문화사, 1992.

신은경, 『사설시조의 시학적 연구』, 개문사, 1992.

이정주, 「한국시가 율격의 기본적 체계 고찰」, 『한국언어문학』 제31집, 한국언어문학회, 1993.

이창식, 「김성기론」, 『고시조작가론』, 백산출판사, 1986.

이창식, 「사설시조의 화자와 층위」, 『시조학의 좌표와 그 전개』, 백산출판사, 1992.

장사훈, 『국악사론』, 대광문화사, 1983.

정병욱, 『한국고전시가론』, 신구문화사, 1999.

정형석 편, 『교방가요(성무경 역)』, 보고사, 2002.

조동일, 『한국시가의 전통과 율격』, 한길사, 1982.

조동일, 『한국문학통사』 제2권, 지식산업사, 1983.

최정여, 『한국고시가연구』, 계명대학교 출판부, 1989.

최진원, 『한국고전시가의 형상성』, 성균관대 출판부, 1988.

황병익, 『고전시가 다시읽기』, 새문사, 2006.

제 8 장 가사론

고순희, 「가사문학의 구비적 성격」, 『고전문학연구』 15집, 한국고전문학회, 1999.

김대행, 『노래와 시의 세계』, 역락, 1999.

김종진, 『불교가사의 연행과 전승』, 이회, 2002.

김흥규, 『한국문학의 이해』, 민음사, 1986.

박노준, 『조선후기 시가의 현실인식』, 고려대학교문족문화연구소, 1988.

성무경, 『가사의 시학과 장르실현』, 보고사, 2000.

윤덕진, 『가사읽기』, 태학사, 1999.

임기중 편, 『역대가사문학선집』, 동서문화원, 1987.

정병욱, 『한국고전시가론』, 신구문화사, 1999.

정재호, 『한국가사문학론』, 집문당, 1982.

정흥모, 『조선후기 사대부 시조의 세계인식』, 월인, 2001.

조규익, 『가곡창사의 국문학적 본질』, 집문당, 1994.

조동일, 『한국시가의 전통과 율격』, 한길사, 1982.

조동일, 『한국문학통사』 제3권(제4판), 지식산업사, 2005.

조세형, 「후기가사의 표현 특성과 그 문학사적 의미」, 『한국시가연구』 22집, 한국시가학회, 2007.

한국정신문화연구원, 『가사문학대계』 1-2, 성남, 1979.

제 9 장 잡가론

고정옥, 『조선민요연구』, 수선사, 1949.

김승찬·손종흠, 『고전시가론』, 한국방송통신대, 1994.

김흥규, 『한국문학의 이해』, 민음사, 1986.

신경숙, 『19세기 가집의 전개』, 계명문화사, 1994.

이노형, 「잡가의 유형과 그 담당층에 대한 연구」, 서울대학교 석사학위논문, 1987.

이상익, 『고전문학 어떻게 가르칠 것인가』, 집문당, 1994.

이창배, 『한국가창대계』, 홍인문화사, 1976.

이창식, 『한국의 유희민요』, 집문당, 1999.

이형대, 「휘모리잡가의 사설 짜임과 웃음 창출 방식」, 『한국시가연구』 13집, 한국시가학회, 2002.

조동일, 『한국문학통사』 제2권, 지식산업사, 1983.

장사훈, 『국악총론』, 정음사, 1985.

장사훈, 『전창십이가사』, 서울대출판부, 1980.

정재호, 「잡가고」, 『민족문화연구』 6호, 고대 민족문화연구소, 1984.

정재호, 『한국잡가전집』, 계명문화사, 1984.

한국정신문화연구원, 「잡가」, 『한국민족문화대백과사전』 19권, 1991.

제 10 장 고전시가 활용론

김학성, 『한국 고전시가의 정체성』, 성대 대동문화연구원, 2002.

김중신, 『문학교육의 이해』, 태학사, 1997.

김택규, 『한국민속문예 이론』, 일조각, 1980.

김학성, 『한국고시가의 거시적 탐구』, 집문당, 1997.

박기석 외, 『한국고전문학입문』, 집문당, 1996.

박진태 외, 『삼국유사의 종합적 연구』, 박이정, 2002.

변학수, 『문학치료』, 학지사, 2005.

유종호, 『문학이란 무엇인가』, 민음사, 1995.

윤금호, 『현대시조 쓰기』, 새문사, 2003.

이임수, 『향가와 서라벌 기행』, 박이정, 2007.

이창식, 『문학콘텐츠와 스토리텔링』, 역락, 2008.

이창식, 「수로부인 설화의 현장론적 연구」, 『동악어문론집』 25, 동악어문학회, 1990.

이창식, 「구비문학교육론」, 『동국어문학』 6집, 동국대, 1994.

이창식, 「제천 의병사적의 국문학적 연구」, 『제천의병의 종합적 이해』, 백산출판사, 1996.

정운채, 「고전시가론에 대한 문학치료적 조명」, 『한국시가연구』 10집, 한국시가학회, 2002.

『한국고전시가작품론 1・2』, 집문당, 1992.

찾아보기

저자 이창식(李昌植)

세명대학교 한국어문학과 교수, 시인

문화재청 문화재전문위원 역임
현재 충청북도 문화재위원
　　　한국공연문화학회 부회장
　　　충북학연구소 편집위원

저서 『한국의 유희민요』, 『충북의 민속문화』, 『단양팔경 가는 길』,
　　　『한국신화와 스토리텔링』, 『김삿갓문학의 풍류와 야유』 외 다수

이메일 chang-0715@daum.net
감성문화창조학교 운영 http://cafe.daum.net/sammernight

고전시가강의 古典詩歌講義

초판 1쇄 발행 2009년 3월 23일
개정판 1쇄 발행 2013년 8월 30일
저　　자 이창식
펴낸이 이대현
편　　집 권분옥
펴낸곳 도서출판 역락
주소 서울 서초구 반포4동 577-25 문창빌딩 2층
전화 02-3409-2058(영업부), 2060(편집부)
팩시밀리 02-3409-2059
등록 1999년 4월 19일 제303-2002-000014호
e-mail youkrack@hanmail.net

값 20,000원
ISBN 978-89-5556-079-4 93810

| 잘못된 책은 바꿔 드립니다.

이 도서의 국립중앙도서관 출판시도서목록(CIP)은 서지정보유통지원시스템 홈페이지(http://seoji.nl.go.kr)와 국가자료공동목록시스템(http://www.nl.go.kr/kolisnet)에서 이용하실 수 있습니다.(CIP제어번호: CIP2013016281)